ANOTHER 2001

綾辻行人
Yukito Ayatsuji

獻給親愛的 M. F.

· CONTENTS ·

Part 2

I.A.

Part 3

M.M.

Tuning I

一九七二年，以日式的算法等於昭和四十七年。**也就是說，那已經是距今二十九年前的事情了——那一年的春天，夜見山北中學三年三班的某個學生逝世。**我偶然在學校聽聞，該學生在新學期開始，剛過十五歲生日沒多久的時候，因為飛機或火車事故過世，不過眾說紛紜……該不會家裡發生火災才是真相吧？

——好像是喔。

那個學生全家人都死於火災。父母和小一歲的弟弟命喪黃泉。

——對啊。

那名學生叫做MISAKI。也有傳聞說是MASAKI，性別也不是很清楚。

不過，MISAKI才是對的。

是啊。

他的全名叫做夜見山岬，是一名男學生。

YOMIYAMA MISAKI……

……

他從一年級的時候就功課很好，運動能力也強，在美術和音樂方面也很有才華，再加上眉清目秀人品佳，是個備受學生和老師喜愛的孩子。這樣一說，感覺這個人好像很不真實。

不過，實際上真的是這樣。

嗯。所以啊……得知他的死訊，大家都很震驚也非常難過。備受歡迎的同學突然死去，大家都沒辦法接受。無論是同班同學還是老師都一樣。因此……

大家出於善意，開始用錯誤的方式面對這件事和MISAKI的「死」。

也就是說，大家都假裝「MISAKI還活著」。

沒錯。

MISAKI根本沒有死。我才不相信，也不想相信。因為這種想法，大家開始表現出「MISAKI才沒有死」、「他現在還活著，你看，他不是在**這裡**嗎？」的樣子。後來，這種情況越演越烈……

……

MISAKI還在**那裡**，真的還在。MISAKI還活著。他根本沒有死……三班的所有學生在教室裡全都裝作「MISAKI還活著」的樣子。一直假裝到畢業典禮那一天。

……

就連級任導師都一起幫忙。按照大家所說，假裝MISAKI沒有死。至少在這個教室裡，他還是班上的一員，現在也還活著。MISAKI的書桌依然保留，大家還會**假裝和MISAKI**聊天、一起玩、一起放學……

……

但是，那樣做——其實是不對的。面對「死亡」，本來就應該接受「死亡」的事實。然而……

……

畢業典禮之後，大家在教室裡拍紀念照。大家看到那張照片之後嚇了一大跳。因為全班團體照的角落裡，出現不可能存在的身影。早就已經不存在的MISAKI就在那裡，用死人般的蒼白面容，露出和大家一樣的微笑。**這就是二十九年前的開始的那一年……**

因為這件事，從隔年開始，三年三班就出現一連串不可思議的「現象」。

除了「現象」之外……還有隨之而來的不合理的「災厄」。

沒錯……

…………

…………

…………

……這樣好嗎？

你是指什麼？

「現象」沒有因為三年前的那件事結束，很有可能會再發生。如果你今年被分到

三班的話……而且，如果……

啊……不過，現在擔心這些也沒用。

沒用嗎？

…………

……你小心一點。要是萬一你真的被編到三班……

嗯。可是啊，如果你真的被編到三班，我啊……

Tuning II

一九九八年度（推測）因「災厄」逝世的死者一覽表

四月　藤岡未咲……三年三班見崎鳴的表妹，但其實是鳴的雙胞胎妹妹。
五月　櫻木由佳里……三年三班的學生，擔任三班的班長。
　　　櫻木三枝子……由佳里的母親。
六月　水野沙苗……三年三班水野猛的姊姊。
　　　高林郁夫……三年三班的學生。
七月　久保寺紹二……三年三班的級任導師，學校的國語教師。
　　　久保寺德江……紹二的母親。
　　　小椋敦智……三年三班小椋由實的哥哥。
八月　前島學……三年三班的學生。
　　　赤澤泉美……同上。
　　　米村茂樹……同上。
　　　杉浦多佳子……同上。
　　　中尾順太……同上。
　　　沼田謙作……「咲谷紀念館」的管理者。高林郁夫的祖父。
　　　沼田峯子……「咲谷紀念館」的管理者。謙作的妻子。

Part 1

Y.H.

欸。之前那件事，你覺得怎麼樣？

之前那件事……你是說畢業生發出的通知嗎？

對啊。你相信嗎？

我也不知道。

那就是不信囉？

——很難說。

那個「通知會」都會在每年三月的這個時候召開。從前一個三年三班，傳承給下一個三年三班。

時間選在新學期——四月份決定新的三班成員的時候。

校方一定也是知道箇中緣由，才會還不到四月正式公布，就先告訴被編入三班的學生這些資訊。也就是說，這不只是學生會在意的問題了。

可是啊，再怎麼說，這也太令人意外了……

我聽過一些傳聞。

譬如說**被詛咒的三年三班**？

嗯——那你有聽說過嗎？

我完全沒聽說耶。

嗯，**基本上他們班的事情都是「秘密」**。據說隨便向外傳的話，會發生不好的事。

不過，突然聽到那樣的事，一般人應該……

很難接受，對嗎？

你呢？你相信嗎？

我也不清楚。

對吧？去年、前年都沒有發生「災厄」。

我們入學的前一年，據說就是「有事的那一年」。發生了很多危險的意外和案件。因此，有很多人都……

死掉了對吧？

聽到這裡，就覺得很恐怖。

是沒錯啦。不過……

不過？

說那種**「詛咒」之類的東西**實際存在，我還真的不太能接受。

我是能了解你的心情啦。

來通知的學長姊們，應該也是半信半疑吧？

你看起來像是那樣嗎？

對啊。

這個嘛……

不過，**二十九年前那位MISAKI的種種傳聞**，本身就令人覺得可疑。

嗯……可疑嗎？

也有可能是畢業生為了嚇學弟妹而傳承下來的**遊戲**啊。

嗯嗯。不過，如果真的是這樣就好了。

聽說這個月底又要召集學弟妹對吧。

是啊。說是要召開**「應變會議」**。

感覺好麻煩喔。

因為也有人很認真看待這件事啊。

不去是不是不太好？

目前的氣氛看起來是這樣沒錯。

聽說級任導師也會來？

好像是這樣沒錯。

喔……那就沒辦法了。

去年和前年，也就是一九九九年度和二〇〇〇年度幸好都是「無事的一年」。畢竟都已經來到新世紀，**或許災厄早就結束了吧？**今年應該不會像之前一樣發生相同的事了吧？雖然也有人這麼想……

……但是，仍然沒有憑據證明「災厄已經結束」。

如果災厄尚未結束，而今年——二〇〇一年度又是「有事的一年」，我們還是必須現在就開始準備「對策」。今天就是為了這件事，才召集今年四月開始即編入三年三班的各位。

今天在這裡必須討論出結果的事情，大致有兩項。

第一件事是選出**「決策小組」**。

第二件事則是**萬一今年真的是「有事的一年」，要由誰擔任「不存在的透明人」。請各位決定這兩件事。**

每年決策小組和「不存在的透明人」的選定方式都有些微差異。不過，今年召開會議，就是想盡量從各位身上收集更多意見……

…………

…………

……那我們就開始吧。

按照剛才決定的方式，如果新學期開始之後，出現今年就是「有事的一年」的徵兆，屆時就要……

等一下，老師。

請說——什麼事？

這樣就能解決了嗎？

什麼意思？

就是，**所謂的「對策」只有這樣，真的好嗎？**

什麼意思？

那個，就是啊，我聽說三年前——一九九八年度是「有事的一年」，當時……

…………

…………

……我的意思是，**今年應該要從一開始就先做好準備，比較安全吧？**

原來如此。

如果今年是「無事的一年」當然再好不過了。不過，這個時候還是要盡可能……

這個提議的確有討論的價值——各位覺得怎麼樣？

Chapter 1 April I

1

春季來臨，明天就要開始國三的新學期，而我終於在前一天搬完家。

雖然說是搬家，但其實也沒什麼大不了的。以距離來說，水平方向移動不到一百公尺，垂直方向也不過十幾公尺，只是小規模的搬遷而已。我需要搬的東西，基本上幾乎都是隨身物品。

我沒有請搬家公司，花了幾天的時間，用紙箱慢慢搬走物品。一個人沒辦法搬的東西，赤澤伯父和伯母都盡量幫我搬了。

「弗洛伊登飛井」是一棟總共有六層樓的公寓，我住在五樓的E9號——這裡就是我的新住處。

乾淨小巧的一房一廳，把行李都搬進來之後還是很空曠，對一個國中生來說實在太大了。伯父他們如此為我著想，我當然很感激，不過同時心裡也覺得很抱歉。伯母對我說：「我可以幫你打掃。」

「謝謝，但是真的不用了。」我這樣回答。

「謝謝」和「不用了」都是我的肺腑之言。

晚餐在**伯父家**解決之後，我獨自回到這個只有我一人的房間——

我先打開今天最後搬進來的大尺寸運動背包，從裡面拿出用浴巾包裹的黑色木盒，打開蓋子確認裡面的內容物。

裡面是一尊人偶。

身穿黑色洋裝的美少女人偶。對我來說，這尊高度大約四十公分的球體關節人偶，是所有收藏品中位列第一或第二的重要珍品。

先把這個人偶的盒子放在尚未陳列書籍的書架一隅——

再信步走到陽台。

四月上旬夜晚的空氣仍冷冽地貼上臉頰，吐出的空氣也變成白煙。

夜空中只有屈指可數的星星。今晚的確是滿月，不過被雲遮住，完全看不見月亮。

我雙手搭在欄杆上，刻意挺起胸膛。靜靜地重複幾次深呼吸，望著眼前的風景。

一過晚上八點，這條街就陷入黑暗。

近處的夜見山川流淌著黑暗的河水，還有稀稀落落的街燈——河川對面的遠景可以看到些許燦爛的燈光，那應該就是紅月町的鬧區吧？

我**回到**這個城鎮已經兩年又七個月——這是一個位於山與山之間的小都市，夜見山。

我出生在夜見山市內的婦產科，曾經在夜見山市內住不到一年。之後離開夜見山，搬到海邊的緋波町，一直住到小學六年級的夏天。

雖然說以前住過這裡，但那也是嬰兒時期的事情，我完全沒有印象。一點也不覺得懷念，反而對這裡懷抱一種異國感。原本對這裡有種莫名的不安與恐懼……不過，經過兩年又七個月的時間後，這種心情漸漸被沖淡。

……可是……

視線從眼前的夜見山夜景移開，轉向自己的腳下。我不知不覺地嘆了一大口氣，用力閉上雙眼。

可是……從明天開始……

根據明天的狀況，我會……

就在我閉著眼睛，打算再度嘆氣的時候——

房間裡傳來扁平的電子音。是手機響了嗎？

2

該不會是**她**打來的？

我想著這個可能性，心跳略微加速地拿起銀色的手機。然而，現實違背了我的期盼，畫面顯示陌生的電話號碼——

「嗨，是阿想吧？我啦，矢木澤啦！我手機有點問題，這是我家的電話。」

矢木澤暢之。

他是市立夜見山北中學（通稱「夜見北」）的同學。我們國一、國二都同班，三年級又一起被分到三班。我和矢木澤有個**共通點**，而且認識沒多久的時候就發現，所以從那之後就一直比普通朋友更親近。

「怎麼了？」我這樣問。

我一直告訴自己，反正**她**本來就很少會打電話給我……

「怎麼還特地用家裡的電話打來？」

「哪有什麼為什麼啊……我這不是擔心你嗎？明天就開始新的學期了。」

「喔——你會怕喔？」

「當然會怕啊。要是真有個萬一……不過，我心想應該不會有『萬一』啦。」

「你之前就一直這樣說了啊。」

「基本上，我是個樂觀主義者嘛！」

「那就更不需要擔心我了啊。」

「我倒是希望你說：交到這個朋友很值得。」

矢木澤的聲音和他主張的「樂觀主義者」相反，感覺透著膽怯。雖然我這麼覺得，但那說不定只是我想太多罷了。

「我想說你搞不好正在煩惱『要是萬一真的出現徵兆……』，然後感到壓力而痛苦不堪。」

「這樣啊——那你就不用擔心了。」

我努力用冷靜的口吻回答。

「我沒事，也沒有痛苦不堪。」

「…………」

「總之還是要看明天的狀況才知道。樂觀主義是很好啦，不過……你應該懂我的意思吧？」

「呃……」

「如果真的有『萬一』，你聽好了，絕對不能半途而廢喔！」

「嗯……知道了……」停了一拍，他才這樣回答。他的聲音聽起來不太堅定。「那就先這樣。」我說完就掛掉電話。

大約一個小時之後，又有另一通電話打過來，打電話的人是赤澤伯母。

「啊，阿想嗎？我忘記說了，早餐要過來我們家吃喔！不能因為睡過頭著急出門，就不吃早餐喔。」

感覺這應該就是她要說的正事。我乖乖地答好。

「要洗的衣服每天都拿過來洗，洗澡的話就在你那裡好好洗吧！」

她好像有很多地方都覺得不放心，明明兩個小時前我們才互道晚安。

「你一個人會不會怕？」

她很認真地問。

「我沒事，畢竟今年秋天我就十五歲了。」

我也很認真地回答。

「如果碰到什麼問題，不要客氣……你隨時可以聯絡我們，緊急的話也可以找樓上的繭子小姐。」

「好，謝謝伯母。」

自從大前年——一九九八年的九月把我接過來之後，赤澤伯母一家真的對我非常好。我知道她很同情我充滿問題的遭遇，也很拚命為身置這種處境的我著想，對我非常好。

我當然對伯母一家非常感激。然而，有時候他們的關心和溫柔，會讓我覺得有點負擔。

「那就先這樣。晚安，阿想。」

「好，伯母晚安。」

「想」是我親生父母幫我取的名字。我現在的姓氏是「比良塚」，但是早晚有一天會改掉吧。

不知道會不會改成「赤澤」。雖然很有可能，但還不確定。

3

我家的親戚關係有點複雜，所以先簡單整理一下好了。

我聽說在夜見山悉心照顧我的赤澤家，以前是飛井町這一帶的大地主。上一輩（還沒過世）的赤澤浩宗有三個兒子，分別是長男春彥、次子夏彥以及三男冬彥。我稱呼為「赤澤伯父」的是長男春彥，「赤澤伯母」則是她的妻子，名為小百合。

春彥和小百合這對長男夫妻，目前和高齡且決定隱居的父親浩宗住在一起。我在距今兩年又七個月之前被接到飛井町歷史悠久的老宅——用以前的說法就是赤澤的本家。因為我在緋波町的老家＝比良塚家已經待不下去……老實說，我是被趕出來的。

和赤澤本家位於同一區，徒步約一分鐘至兩分鐘的地方，有一棟叫做「弗洛伊登飛井」的公寓。這其實是次子夏彥經營的租賃公寓。略過細節不談，簡單來說，公寓的其中一間房，從今年四月開始就是我的自習室兼寢室。

剛才在電話裡赤澤伯母＝小百合提到的「樓上的繭子小姐」，指的是住在這棟公寓頂層的房東，也就是夏彥先生的太太。因為姓氏都一樣，所以我都不稱呼姓氏，但是對我來說，夏彥先生和繭子小姐都是「赤澤家的伯父和伯母」——

所以……也就是說……

赤澤浩宗的三個兒子之一，三男冬彥就是我的親生父親。雖然他早在十四年前，我出生後沒多久就去世了。而且，直到我升上國中才知道，當時他是因為精神疾病，最後走上自殺的絕路。

4

我把搬運行李的紙箱一一打開，把生活所需最低限度的物品整理完，就已經接近午夜了。明天只是開學典禮，書包裡幾乎不需要放什麼東西。我從紙箱裡挖出學生制服和襯衫，掛在衣架上，這樣大概就準備完成了。

雖然是一個人住公寓，但實際上這裡只是「距離」本家一小段路的臨時住處——因此房間裡既沒有電視也沒有冰箱，而且我有手機，所以也不需要家用電話。不過，為了讓電腦連上網路，電話線路還是保持能使用的狀態。

沖個澡休息一下之後，我在客廳的茶几上打開筆電並啟動電源。當時，我只有一個目的，那就是確認電子信箱，然而——

我收到兩封新的郵件。

一封是名為《夜見山小鎮通訊》的免費電子報。電子報每個月會寄送兩次。內容大概是無關緊要的當地資訊或通知，我是從一年前開始隨手訂閱的。

另一封信則是自來幸田俊介。

他是我國中一年級時的同班同學，也是生物社的社員。他即將從四月開始接任生物社的社長。當然，他和剛才打電話過來的矢木澤也是朋友。

信件的內容，大半都在說今年度社團的活動計畫。因為他是很認真的男人，所以會寄這種報告類的信也很正常。不過——

信件最後突然出現這樣的一句話，讓我恍然大悟。

但願明天一切平安。

雖然**三年三班的特殊狀況**基本上「不能外傳」，但他應該已經有所耳聞。按常理思考的話，不知道才奇怪……

看過第二封信之後，我拿起放在筆電旁的手機。赤澤家的——小百合伯母打來之後，再也沒有其他人打給我了。

呼——我輕輕嘆了一口氣，視線回到電腦螢幕上。

我心裡大概微微期待著，就算沒打電話，她至少也寄一封信來吧。我是說MISAKI MEI。

MEI——我最後一次和見崎鳴說話是什麼時候的事了啊？

今年有一次……不對，有兩次和她說話的機會。

一次是過年的時候，在電話裡稍微說過話。

另一次是二月初的時候，我造訪御先町的人偶藝廊「夜見的黃昏是空洞的藍色眼睛」時，直接和她本人對話。

二月見面的時候，我們也聊過**那件事**。因為我剛好快要升國三，所以**這個話題**無論如何都避不掉。

後來，在畢業典禮和結業典禮幾天後，確定我從四月開始就會被編入新的三年三班時，我下定決心打電話給她。然而，打了好幾次，她都沒有接。四月之後，我曾去過御先町的藝廊一次，但入口貼著「休館」的告示……

我也想像過，她可能是和家人出門，去一趟長期旅行。不過，她從四月開始也升上高三了。她自己也有現在與未來的種種問題，一定忙得不可開交……所以……

我決定寄一封信給她，報告近況。

告訴她，我之前的預感很準，升上三年級之後果然被編進三班。

我當然沒有問她要怎麼辦。畢竟現在只是被編進三班，還不知道今年度到底是不是「有事的一年」。

呼——我反覆輕嘆幾口氣之後，打算關掉電腦，就在這個時候——

出現一個輕巧的聲音，那是通知有新郵件的鈴聲。

我不禁啊了一聲，重新握住滑鼠，望向寄件人的欄位。

那是一封沒有主旨的信。但是，寄件人是……

「啊……」

我又不禁喊出聲了。

寄件者的名稱是「Mei M」——是見崎鳴寄來的信。

阿想

明天開學對吧？

——自己小心一點。

我覺得這個時候的感覺，與其說是開心，不如說是一種微微的安心感。

盯著畫面上的文字，感覺浮現她——見崎鳴的樣子。這是為什麼呢？我眼中浮現的不是二月見到她的樣子，而是三年前某個夏日，左眼用眼罩遮住的十五歲少女的樣貌……

「……沒問題的。」

我在心裡靜靜地默念。

抿了抿乾燥的嘴唇。用力挺起胸膛。

「沒問題的，我會好好撐下去。」

5

我來夜見山之後就養成習慣，平日的早上大概都會在六點半醒來。除非我太疲勞或身體不舒服。為防萬一，我還是有設鬧鐘，不過就算沒有鬧鐘，也不會睡過頭。

醒來之後，我不會馬上起床。

我會躺在床上，盯著天花板幾分鐘。確認自己的呼吸、體溫和心跳。我用這種方式，把意識集中在**自己還活著的「現實」**。這一定是因為受到三年前那場怪異體驗的影響，或者是說，這算是一種後遺症——我自己知道這一點。

即便住處改變，從睜開眼睛到起床的這段流程還是一樣。

「很好。」

我自言自語，點了點頭然後起身。

我還活著。

活在西元二〇〇一年四月九日星期一的「現實」之中——嗯，OK。

我換好衣服離開住處，把大門鎖上。

門旁貼著標示房號「E9」的牌子，下面有一個鋁框可以插入寫上姓氏的門牌。我不知道要怎麼寫，所以一直維持空白。公寓大廳的信箱也一樣，沒有寫上姓氏。

小百合伯母昨天好像已經幫我向左右兩邊的鄰居打過招呼，他們應該不會覺得隔壁搬來一個怪人才對。我本來就不太會收到郵件，就算真的有也會送到伯父家，不寫門牌應該也沒什麼關係吧。

這棟公寓是用字母標示樓層，譬如一樓是A、二樓是B……E＝五樓的其他房客都有放門牌，大部分的隔間都和E9不一樣，屬於適合家庭居住的類型。

我沿著清晨空無一人的走廊走向電梯門廳。

門廳對面E1號房的門映入眼簾。這間和我住的E9一樣，門旁都沒有門牌耶……

……這裡是？

一陣疑惑掠過心頭。

這裡是？

這間房是……

世界突然一瞬間變暗。

此時，我覺得在聽力的範圍之外，好像有個低沉的聲響。

雖然這種譬喻有點奇怪，但這就好像……在**這個世界之外**的某個人，按下相機快門拍攝現在這個場景。或者是說，按下了什麼能夠當作「暗夜閃光燈」的東西。

雖然腦海裡突然浮現這種亂七八糟的想像，但馬上就消失了……

其實也不需要在意。因為那真的只是一瞬間發生的事而已。大概是零點零幾秒的超短時間。或許那只不過是感覺到自己眨眼的瞬間。

接著——

稍早之前心中掠過的疑惑，已經完全消失了。

「嗯，原來是這樣啊。」

我認同地點點頭，再度拉好書包，按下電梯的按鈕。

早上六點五十分——距離上學時間還很充裕。

6

到赤澤家吃過早餐之後，離學校規定的上課時間還遊刃有餘，不過……

「那我去上學了。」

我還是若無其事地這樣對伯母說，然後離開赤澤家。比我在這個家待更久的黑助（公的黑貓，推測是八歲）一直喵喵叫，跟著我走到門口。牠應該……不是在送我出門吧？

我平常不太會直接到學校。直接去學校的話，慢慢走不用十五分鐘就到了。不過，我都會稍微繞個遠路，往下走到夜見山川的河岸，只要不是天氣太差，我會在這裡度過獨處的時光。不知道為什麼，從去年的夏天開始就這麼做，已經變成幾乎每天都會做的事了——

這天早上的夜見山川，水流非常平穩。不知道是不是因為有段時間沒下雨，水量少到感覺可以徒步過河。

天空有點灰，但不會很冷。長袖襯衫加立領的學生服標準穿搭剛剛好。不過，偶爾吹來的風還是很冷，令人不禁縮起肩膀。

我像平常一樣，走在河岸邊的小路。途中有個放了幾座石造長椅的地方，我選了其中一張椅子坐下。

望向對岸，河堤上的一排櫻花樹很美。稍微錯過盛開的花季，感覺花瓣快要隨風吹散的這個時候反而更好。

用雙手的大拇指和食指比出四角視窗的樣子，把風景收進視窗內。然後在心裡默默發出相機快門的「喀嚓」聲。如果有相機的話，我還真的很想拍起來，但是像這樣幻想拍下眼前風景的感覺也很不錯。

「嗚嘎──」我聽到這種叫聲。

我轉移視線，看著叫聲的主人降落在河川上游的小土堆上，那是一隻比想像中還大的鳥。白色羽毛外加長脖子、長腿的……白鷺？

猛然一看覺得是白鷺，但這和常見的白鷺又不太一樣。牠體型更大，而且仔細一看，羽毛與其說是白色，不如說是帶點藍的灰色。額頭到後腦勺有一條黑的紋路，翅膀也是黑色的……如果是鷺科的鳥，應該是蒼鷺吧？

我第一次在這裡看見這種鳥。

我不禁起身，用幻想的取景器拍下牠的樣貌──

我模模糊糊地想著──

總有一天……沒錯，我要帶著真正的單眼相機，到各地去拍各種照片。我心裡果然還是有這種憧憬，就像晃也先生──三年前過世的舅舅賢木晃也那樣。

可是，來到夜見山升上國中之後，伯父伯母建議我參加社團活動，我反而沒有選擇攝影社……而是選了生物社。

不過，我覺得這個選擇沒有錯。因為當時的我就已經決定，不能再追隨晃也先生的背影了。所以……

「……現在還不是時候。」

至少現在還不是時候。

我現在有必須要做的事情，還有難關必須先克服才行。

我再度坐回長椅上，輕輕閉上眼睛。

流水的聲音、風吹過的聲音和觸感，都不可思議地從「現實」後退了幾步。那隻鳥再度發出鳴叫並起飛的聲音，聽起來也呈現相同的距離感。

我維持閉眼的狀態一陣子，待心情充分沉靜之後才起身。

此時已經看不到蒼鷺的身影，取而代之的是有更多嬌小的白鳥成群飛過河面附近。

不久後就可以看到名為「伊薩納橋」的行人專用陸橋。那是一座人勉強能擦身而過的舊橋，木造的橋墩和欄杆看起來有點危險。

我來到那座橋前，從河岸往上走回上方馬路時——

「比良塚同學。」

有人在叫我。

「比良塚同——學——」

聲音是從河川旁那條路後方約十公尺的地方傳來的。我看到揮著右手的人影。那是——

穿著夜見北制服的女學生，她長髮飄揚，小跑步往我這裡過來。那是……

HATZUMI YUKAI——葉住結香。

我記得，一年級的時候我們同班。雖然升上二年級時她分到別班，但我知道三年級我們又一起編進三班。我幾乎沒有好好和她說過話，但是清楚記得她的名字和長相。

不過，我沒有停下來，還是繼續往前走。

她為什麼會在這個時間出現在這裡？我覺得有點疑惑……不過，這也不是什麼大問題。

「啊！」

葉住有點驚慌地喊了一聲，從後面追上來。

「你等一下啦，比良塚同學。」

她這樣一說，我便停下腳步。反正以現況來說，也不至於需要甩開她。

葉住沒多久就追上我，與我並肩而行，從一年級開始，她就是男同學口中的「美女」。姑且不論我接不接受大家所謂「美女」的標準，她的確擁有巴掌小臉而且眉清目秀，看上去比她的年紀稍微成熟一點。

身高和一般男生差不多，長度及胸的頭髮帶著一點咖啡色，不知道是原本的髮色，還是染成那個顏色。

「我剛才在叫你耶，比良塚同學。」

葉住結香不知道為什麼，似乎有點擔心地看著我的側臉。

「為什麼？聽到我叫你，還繼續走。」

和她成熟的氛圍相反，說起話來帶著孩子氣。我沉默不答，她更加孩子氣地歪著頭說：

「欸，為什麼？」

「我聽說你每天早上都會在河岸散步，所以就來了。」

嗯？原來如此。她是刻意看準時間，到這裡來的？

「欸，比良塚……」

「這是練習。」

我這樣回答。視線沒有對著她，盡量保持淡然。

「現在又還不確定，今天去學校之後，說不定就……」

「說不定……」

我喃喃地重複這句話，葉住沉默了一、兩秒。

「呃，你是說，**如果教室裡的桌椅數不夠的話嗎？**」

「對啊，就是為了那個狀況練習。」

此時我才把視線落在她的臉上。然後說：

「妳懂我的意思吧？」

「——嗯。」

葉住乖乖地點了點頭，馬上又笑著對我說：
「所以我才想說，要先跟你說聲：『這學期就拜託你了。』」
「為了這個特地過來？」
「沒錯。」
她的臉頰有點泛紅，是因為跑著追上來而臉頰發紅嗎？
「那個……啊，嗯，辛苦妳了。」
我這樣回應。
「無論如何，馬上就知道結果了。**到時候**還是要跟你說：『這學期就拜託你了。』」
當時我和葉住的對話就只有這樣，因為我總覺得一起去學校不太好……
「那我先走了。」我就這樣留下似乎還有話要說的她，再度回到河岸。
「待會見。」
之後我又加了一句話。
「那個，葉住同學，如果可以的話，以後可以叫我名字嗎？我不太喜歡別人用比良塚這個姓氏稱呼我。」

7

我在早上八點四十五分抵達學校。
開學典禮預計九點開始。
校長室和教職員室等教務單位所在的行政大樓——「A號館」入口旁有一塊公布欄，上面貼著新學期的分班表。學校也有按照年級發分班表。三年三班的資訊早就已經跟班上的學生通知過了，但為防萬一，我還是去確認上面有沒有自己的名字。確認過後，才前往舉辦開學典禮的體育館。

就在大家按照新班級順序集合列隊的時候……我盡量不和其他學生對上眼。連昨晚打電話過來的矢木澤、以前曾經同班的同學、三月召開「通知會」與「應變會議」時認識的人都一樣。

不僅避開視線，也不講話……我站在隊伍的最後面，無心聽講台上老師們的叮嚀，就這樣度過開學典禮——心不在焉，我看起來一定就像字面所表達的那樣。

開學典禮結束，學生紛紛往教室移動。三年三班的教室在「C號館」的三樓。

當我踏入教室的時候，裡面已經有過半數的學生都到了。不過，教室裡完全沒有遇到這種事會出現的嘈雜。只有幾個人低聲交頭接耳，但其他人都保持沉默……

黑板上什麼也沒寫。明明是新學期，但天花板上的日光燈已經有一支燈管光線減弱，還不時閃爍……在這種環境下，排列整齊的桌椅，看起來格外陰森。

沒有人打算就坐，也沒有人把書包放在桌上。

「總之，請大家先坐下。」

某個女學生這樣說。

口齒清晰、鏗鏘有力……那是……是誰啊？

砰咚——

伴隨低沉的心跳聲，感覺世界有一瞬間變得黑暗，我突然發現「啊，原來是她」。她就是三月「應變會議」時選出來的「決策小組」成員之一……

「請按照資料上面寫的號碼……不過，這樣吧，大概就可以了，總之請大家先就坐。」

只有少部分學生聽完之後乖乖行動。

大多數人都不安地歪著頭面面相覷，不知道為什麼，有些人還不時偷瞄我。除了心想應該不會有「萬一」的矢木澤和其他幾個同學都這樣——我不經意地看了一下，發現早上在河邊小路上遇到的葉住也一副有話想說的樣子往這裡看。

我無視這些眼神，退到教室後的出入口附近。

如果有什麼萬一的話……

沒錯，我現在混在同學裡就坐很危險。

我不知道是不是該慎重到這個程度，畢竟我們也不清楚到底有沒有這麼嚴格的法則。然而——

我已經下定決心，對這件事一定要慎重再慎重。

不久，老師就來了。

此時就坐的學生大概不到一半。

「各位同學早安。」

級任導師神林雙手放在講台上這樣說。（女性，推測年齡在四十歲左右。負責自然科學，應該單身。）

「各位參加開學典禮辛苦了。我想你們在典禮上，應該也沒辦法專心。」

整個班級都散發出和三月那場會議時一樣或者超越當時的緊張感。

不只我們緊張，老師現在也一定非常緊張，緊張到甚至想逃離現場。

神林老師用手指推了推細金屬框眼鏡的鼻橋，環視寂靜的教室。

「總之，請各位先就坐，座位不用完全按照順序沒關係。」

決策小組的女同學這樣指示。剛才還在猶豫要不要坐下的學生，終於聽話找座位坐，而我仍然站在教室後方的出入口前。我打算最後再移動，當然，老師也知道我的想法。

然後，過了一陣子——

事情變得明朗，就在除了我以外的同學都就坐之後。

教室裡的桌椅剛好容納坐下的學生，數量剛剛好。也就是說，獨自站的我已經沒有空位——**課桌椅少了一組。**

「啊……」

站在講台上的神林老師發出顫抖般的低沉聲音。連帶著有幾位學生口中也發出一樣的聲音……其中蘊含著各種複雜的情緒。

葉住結香坐在靠窗那一排的最後一個座位。在大家的視線都往前，不願意看我的時候，只有她望著我。

接收到她的視線，我沉默地點點頭。

接著，我望向講台上的神林老師。老師發現我的眼神後，別開視線輕輕點頭，我什麼也沒說就離開教室了。我應該要好好扮演這個角色——**因為我是今年這個班級「不存在的透明人」**。

矢木澤樂觀的猜測，果然太過樂觀了。雖然已經連續兩年都「平安無事」，但不代表災厄就此**結束**。即便已經進入二十一世紀，也沒有**結束**——因為本來就不可能結束啊。

從二十九年前MISAKI的「死」開始這個班級的特殊「現象」，直到二十九年後的現在仍然持續……而且，一如我之前的預感，**今年——二〇〇一年度果然是「有事的一年」**。

8

「大家出於善意，開始用錯誤的方式，面對MISAKI的『死』。」

我想起二月和見崎鳴見面時，她說過的話。同時也想起我自己說過的話。

「面對『死亡』，本來就應該接受『死亡』的事實。可是……」

據說那就是一切的開端。

畢業典禮之後全班一起拍的團體照裡，**出現不可能存在的MISAKI**，從那之後的一年就開始了。夜見北的三年三班，開始出現不可思議的「現象」。

最初的徵兆就是在四月初新學期的教室裡，發生課桌椅不足的情形。原因就是——

「班上多了一個人，但大家都沒有發現。」

我在上國中之前，就已經大概了解這個「現象」了。我是從三年前過世的舅舅晃也先生那裡聽到的。

即便如此，二月快要變成夜見北的國三生時，我還是忍不住想要再確認一次細節。於是我借助見崎鳴的力量，畢竟她過去是三年三班的學生，又親身體驗過「有事的一年」。

「學生無論如何都不會知道誰是『多出來的人』。無論怎麼查、無論問誰都一樣……相關的一切，包含班級名冊、學校或公所的紀錄、周遭人物的記憶，**都會配合『多出來的人』**篡改、扭曲。」

紀錄的篡改。

記憶的扭曲。

「這個『現象』分為『有事的一年』和『無事的一年』……也就是說，不一定每年都會發生。截至目前為止，大概維持兩年一次的頻率，但是其中有什麼規則並不清楚。就算被編到三年三班，只要那一年是『無事的一年』就沒問題。不過，如果是『有事的一年』——」

「『災厄』就會降臨對吧？」

「沒錯。班上出現『多出來的人』那一年，就會發生不合理的災難。每個月至少會有一人犧牲，多的時候會有多名『相關人士』喪命——也就是被捲入『死亡』之中。」

意外死亡、病死、自殺、他殺……死法各有不同。所謂的「相關人士」，按照過去的案例推導出的法則，應該是「班上同學與二等親以內的血親」。除了學生本人之外，還有父母、兄弟姊妹、祖父母。

為什麼班上有「多出來的人」，就會招來「災厄」呢？

「因為『多出來的人』，其實是『死者』。」

鳴是這樣解釋的。

「或許夜見北三年三班是因為二十九年前的MISAKI事件，而靠近了『死亡』吧。所以這個班級才會變成一個宛如『死者』容器的場域。

「班級裡混入『死者』，就是整個班級靠近『死亡』的結果。反過來看，也可以說是因為有『死者』混入其中，才讓整個班級靠近死亡。因此——」

「三年三班的『相關人士』**很容易死亡**，也很容易被『死亡』吸引。」

這種脫離常軌的「現象」與「災厄」，校方因為立場不同的關係沒有正式承認。雖然公共組織沒有正面承認這種非科學的「詛咒」，但私底下嘗試了幾種「對策」。

譬如說換教室。或許「詛咒」是來自「三年三班的教室」這個地點——但這個做法不幸失敗。和教室的位置沒有關係，三班還是出現「現象」與「災厄」。

譬如說，還曾經把班級名稱從「一班」、「二班」、「三班」改成「A班」、「B班」、「C班」。但這也失敗了。「現象」與「災厄」還是降臨「三年級的第三個班級」——C班。

校方還曾經跳過「三班」，用「一班」、「二班」、「四班」、「五班」、「六班」的方式避禍，可是這個方法還是失敗了。那一年，雖然跳過三班，「現象」和「災厄」仍然降臨四班。

在嘗試各種方法之後，終於在距今十幾年前找到**有效的「對策」**。所謂的對策就是——

「既然『多出一個人』，那就讓班上的某個人變成『不存在的透明人』。如此一來，班上的**人數就回歸正常**。也就是讓帳面上的人數一致。感覺就像用『不存在的透明人』中和本來沒有的『多出來的人』。」

鳴這樣解釋給我聽。

「如果順利的話，即便是『有事的一年』也不會有『災厄』降臨。有好幾個實例證明，這種『對策』成功，沒有任何人死亡。所以，自從知道這個方法之後，三年三班每年都……」

三月底的那場「應變會議」，在神林老師擔任主持人的狀況下進行——

先選出決策小組，負責應對「現象」相關的所有問題。接著，再選出如果今年是「有事的一年」，要擔任「不存在的透明人」的學生……

……「不存在的透明人」。

一個明明是班上的同學，卻被**當成空氣的存在**。

全班同學甚至級任導師、各科老師，都會當作**沒這個同學**。從上學期到畢業典禮結束為止，一直都會這樣。

今年「如果是有事的一年」，誰要來扮演這個重要角色呢？

如果沒有人自願，那就要透過討論決定。如果討論也沒結果，就用抽籤的方式……雖然每年的方式都有點不同，但基本上決定人選的流程大概是這樣，不過……

「我來吧。」

那個時候，我毫不猶豫地舉手了。

「我來當那個『不存在的透明人』。」

在場所有人都帶著複雜情感的眼神望向我。

「真的可以嗎？」

神林老師這樣問我，她的眼神也流露出驚訝之色。

「真的可以嗎……」

「嗯。」

我端正坐姿，承受大家的目光，然後回答：

「我沒關係。」

從四月開始將近一整年的時間，我都要在班上扮演「不存在的透明人」。如果這樣就能防止「災厄」降臨的話——

那我很樂意扮演這個角色，我絕對不會膽怯也不會臨陣脫逃。

因為我早就想好，碰到這種情況的時候要由自己來扮演這個角色。

這根本沒什麼。一想到三年前的事，在同學有共識而且互相配合的狀態下扮演「不存在的透明人」根本沒什麼大不了。

我一定辦得到——我一直這樣告訴自己。

我，一定辦得到。一定能扮演好這個角色。我要好好做給大家看。

……然而……

在那之後，事情的發展出乎意料之外。

「等一下，老師。」

有人這樣說。那是被選為決策小組成員之一的女同學江藤。她當時一臉不安與恐懼，一臉凝重地開口：

「這樣就能解決了嗎？」

她問了這個問題。

「所謂的『對策』**只有這樣，真的好嗎？**」

之後進一步討論的結果就是——

今年度的「對策」，要另外加上一個重大的變更。

Chapter 2 April II

1

開學典禮之後的第一個班會上——身為「不存在的透明人」，我應該按照字面所述，**不要出現**比較好吧。因此，我早早就離開了。

雖然我還擔心另一個問題，不過，她應該能做好分內的事吧。反正我也不需要一一插手，萬一不小心做了畫蛇添足的事，事情反而會變得更複雜。

今天就這樣回家嗎？

我離開教室，一時有點猶豫。

每個班級都還在開班會，校舍的走廊上空無一人——

我決定不回家，輕手輕腳地走向樓梯。去頂樓看看好了——不知道為什麼，心裡突然有這個想法。

通往頂樓的入口處，有一扇奶油色的不鏽鋼門，上面還用封箱膠帶貼著一張紙。上面用紅筆寫著「禁止隨意進入」這種半吊子的命令，應該很少有學生會乖乖遵守吧。

打開門之後，頂樓理所當然地一個人也沒有。在鋼筋混凝土的校舍頂樓，髒兮兮的水泥非常掃興。四周的鐵欄杆也有茶褐色的鏽蝕，顯得很髒。

我走到操場那一側的鐵欄杆前，稍微伸個懶腰。

和早上一樣，天氣有點陰陰的。抬頭往上看，有幾隻黑色的鳥低空飛過，那是烏鴉。

嘎嘎——嘎啊啊啊——我聽著這個叫聲，突然想起……

如果在頂樓聽到烏鴉叫，回去的時候就要先跨左腳。不然，過不久就會受傷——我好像有聽說過這種詛咒。

入學後沒多久，就不知道從哪裡聽到這個傳聞。除此之外還有另一個詛咒。

升上三年級之後，絕對不能在學校後門外的坡道跌倒，不然就會考不上高中。

當然，無論是哪種詛咒，我都不相信。像是街頭巷尾都知道的「夜見北七大不可思議」，意外地有不少人信以為真，覺得很恐怖，可是我覺得那些都是很蠢又老掉牙的怪談。

其實，我已經受夠「幽靈」、「靈異現象」、「詛咒」之類非科學的超自然故事。這一定是受到我三年前那場怪異體驗的影響吧。不過——

其中，有個唯一的例外，那就是我自己正在面臨的三年三班的「現象」。絕對和「非科學」、「超自然」有密切關係的現象……

下課鐘聲響起，視線下方開始出現離開校舍的學生，但我還是獨自待在頂樓。本來想說等一下去看看生物社的社辦，但又覺得今天還是先不要去好了。應該只要用電子郵件或電話通知社長幸田俊介就好。既然如此……

就在這個時候，制服內側口袋裡的手機，接到來電開始震動。

「聽說今年是『有事的一年』？」

劈頭就這樣問的，就是幸田俊介。

「啊，嗯。」

我盡量淡然地回應。

「消息還真靈通。」

「敬介剛才跟我說了。」

「這樣啊。」

敬介是幸田俊介的雙胞胎弟弟，敬介也是今年度三年三班的一員。

雖然說「現象」的相關資訊算是「機密」，但面對住在同一個屋簷下的雙胞胎哥哥實在很難守密。敬介把這件事告訴俊介，也算是無可厚非。

「社團活動你打算怎麼辦？」

俊介這樣問，我便直接指出問題所在。

「之前已經說過了，森下同學也是三班的啊。」

「啊，對耶。」

三年級的生物社社員總共有三個人。除了俊介和我，還有第三個人就是森下。

「如果他來社辦，我就必須變成『不存在的透明人』，不能和在場所有人說話。」

「不過那傢伙這半年來都像個幽靈社員就是了。」

「先觀察一陣子再說吧。」

「這樣啊——嗯，好吧。」

感覺好像能看到手裡拿著手機的俊介，小小的眼睛在度數很重的銀框眼鏡後眨了眨。

「不過啊，你最近還是找時間來社辦一趟吧。我有幾件事想跟你確認、商量。」

「我知道了。」

「那就過一陣子見了。就像我昨天信裡寫的，希望你平安無事。」

「謝啦。」

掛斷電話把手機收回口袋的時候，烏鴉在空中發出鳴叫。

接下來要跨哪一隻腳回到校舍呢？——我漫不經心地想著這個問題，轉身往回走。

2

離開校舍之後，我走向位於操場南面的後門。雖然途中完全沒有遇到三年三班的同學，但一出校門沒走幾步就……

「比良塚同學。」

出乎意料地被叫住，使我停下腳步。

我馬上就知道對方是誰，因為今天已經是第二次被同一個人叫住了。這個聲音是——

「比良塚……同學，啊，阿想。」

是葉住結香。

她獨自站在門邊。她帶著有點尷尬的笑容，一臉不安地歪著頭。

「啊，是妳啊。」

我也有點尷尬地回應她。

這樣應該沒問題吧？畢竟這裡已經算是「校外」了——這樣一想，我便說服了自己。

「妳怎麼會在這裡？」

我這麼問，葉住便快步走過來說：

「我在等你。」

「——等我？」

「你剛才都在頂樓吧？」

「啊，嗯。」

「我從樓下看到了，所以想說稍微等一下，應該就能在這裡碰到你。如果你要直接回家的話，就會從這個門離開。」

「這樣啊。」

我點點頭，看著葉住的表情。她看上去似乎有點驚訝，避開我的視線低頭往下看。

「——所以呢？」

我再度詢問。

「妳有什麼事嗎？」

「我有很多話想跟你說啊，畢竟是第一次遇到這種事情。」

我覺得她說得沒錯，也知道她應該很不安。

「這給你。」

葉住說完，從書包裡拿出一個東西，遞到我面前。

那是一張白紙，我收下打開對折的那張紙。

「啊……妳什麼時候收到的？」

我看著手裡的東西接著問。

「在剛才班會的時候。」

葉住這樣回答。

「老師放在講桌上，要我們拿回去，所以我想說連你的份也一起拿。」

在我迅速離開之後，她一直在教室裡待到班會結束。

「那妳多拿一份之後沒事嗎？」

為防萬一，我還是先確認狀況。

「妳有沒有沒有和其他人說話，也沒有被叫到名字……」

「沒有，所以應該沒關係。」

她雖然斬釘截鐵地這麼說，還是一臉不安地歪著頭說：

「不過，碰到這種情況，我真的覺得好奇怪。」

「大家一定都有一樣的感覺。」

回答完之後，我重新審視手上那張紙。

那是三年三班的名冊。每年第一個學期開學典禮之後，都會在班會上發給學生。

今年度的名冊，一眼就能看出和一般的班級名冊有什麼不同。按照班號順序排列學生姓名、地址、電話。不過，其中有一行用兩條線劃掉——

「這就是為了『有事的一年』製作的名冊啊？」

這不是印刷後再劃掉的。看得出來是在處理資料的時候，就已經「刪除」。之所以沒有整個塗黑，應該是怕如果有什麼緊急狀況，這份名單就沒用了。

「應該是一開始就準備好『有事的一年』和『無事的一年』兩種名冊了。」

真像神林老師的作風。

我一年級的時候曾經上過這個老師的自然科學課。說好聽一點，她非常認真謹慎；說難聽一點，就是無趣又死板——不過，或許她很適合在三年三班遇到「有事的一年」時擔任導師。

「我不太擅長和神林老師相處。」

葉住有點自言自語地這麼說。

「總覺得她有點冷漠，應該是說，看不出來她的情緒。」

「我不覺得她冷漠。不過，她的態度淡然，我會比較……」

我會比較輕鬆。

因為我不太擅長應付那種情緒起伏大、會影響對方的「人」。即便是懷抱「熱情」與「善意」也一樣。

我的視線再度回到手邊的名冊上。

二〇〇一年度，為「有事的一年」而製作的三年三班名冊。第一筆用兩條線劃掉的資料是「比良塚想」的姓名、住址、電話號碼。從今天開始直到明年三月畢業典禮為止，為了讓大家都知道我就是「不存在的透明人」，這算是理所當然的處置。接著——

名冊上還有另一個用兩條線劃掉的姓名——葉住結香。

3

「這樣就能解決了嗎？」

三月底的那場「應變會議」上，有一個學生這樣問。

「所謂的『對策』**只有這樣**，真的好嗎？」

一名叫做江藤的女學生這樣說。

她提出三年前——一九九八年度的案例。她後來才聽說，自己的**表哥**是那年三年三班的成員之一。

九八年度是「有事的一年」，雖然採取「不存在的透明人」當作「對策」，但因為出了意外沒有成功，導致「災厄」降臨。不過，當時緊急追加了新的「對策」，也就是把**「不存在的透明人」增加為兩個**。

其實沒有人知道這個「追加對策」到底有沒有用。

「不存在的透明人」增加到兩個之後，「災厄」仍然降臨，有好幾個「相關人士」喪命——不過，每個月都會發生的「災厄」原本應該會延續到三月，但暑假之後災厄就**平息**，這也是不爭的事實。這說不定是因為**把**「不存在的透明人增加至兩個」的「追加對策」起了作用。

因此——當時她這樣提議。

今年要不要一開始就選出兩個「不存在的透明人」。

按照往例，如果沒有意外，只要有一個「不存在的透明人」，「災厄」就不會降臨。既然如此，一開始就先用**雙倍的「對策」**，成功率不就能倍增嗎？

譬如第一個「不存在的透明人」因為受不了壓力而中途放棄（實際上以前好像真的有這樣的狀況），只要由第二個「不存在的透明人」頂替，就可以避免「災厄」——這也可以當成一種「保險」。

「所謂的『對策』**只有這樣**，真的好嗎？」

她的問題之中，蘊含著這種意義：「**光是這樣**太令人不安了，所以今年要不要從一開始就先擬定**超越以往**的『對策』。」

神林老師認為這個臨時動議「有討論的價值」，所以詢問學生的意見。贊成和持保留意見的人大概各一半。很不可思議的是，沒有人積極反對。結果——

今年度的「對策」，才會加入「『不存在的透明人』增加至兩名」這個重大的變更。

在這個時間點，「第一個」不存在的透明人就由自己舉手自薦的我擔任，但是「第二個」不存在的透明人沒辦法輕鬆決定……最後當場用撲克牌抽籤。在和人數一致的撲克牌中混入一張鬼牌，抽中鬼牌的人就必須扮演這個角色，就連剛才選出來的決策小組成員也必須參加抽籤。於是——

扮演「第二個」不存在的透明人，就是她——葉住結香。

4

「嗯，其實啊，我到現在都還無法相信。」

我們並肩走在後門外的坡道上，我和葉住聊了一下。

「是喔？」

「如果到時候真的有什麼萬一，就要拜託你了。是說，今天早上我也說過一樣的話，沒想到還真的成真了。」

「妳覺得不可能會發生嗎？」

「畢竟這再怎麼說也太……」

「實際上今天就是少了課桌椅啊。」

「或許只是出了什麼差錯，或者剛好不夠，有很多種可能。」

「怎麼會……妳明明不相信這種事，為什麼還要扮演『不存在的透明人』啊？我覺得這絕對不是什麼愉快的角色。」

「那是因為……」

葉住回答時有點遲疑。

「因為我就抽到鬼牌了啊。」

「如果妳無論如何都不願意，應該可以當下堅持拒絕吧？」

「那個……可是……」

她說到這裡就停住了。

不過我也不是不能體會她的心情。即便三月開了那種「通知會」和「應變會議」，應該還是會有人不敢置信或半信半疑，這或許才是一般學生的真實反應。然而──

「妳聽好了，葉住同學。」

我帶著些許嚴厲的聲調說：

「絕對不能小看這件事。」

「呃……」

「三年三班的**事情**，可不是老掉牙的七大不可思議或者都市傳說那種東西，而是二十八年前這所學校真實發生的事件。」

葉住停下腳步，一臉疑惑地點頭答好。不過，她馬上輕輕搖頭說：

「我是有聽說過，但是，該怎麼說呢？總覺得沒有什麼真實感。」

「等到有真實感就已經太遲了！」

我加重嚴厲的聲調。

「一旦『對策』失敗，『災厄』開始降臨……就會有人死亡。實際上已經死過很多人了。」

「……」

「我啊，曾經聽經歷過這一切的人親口說，所以……」

沒錯，就是三年前過世的晃也先生告訴我的。他在十四年前曾是一九八七年度夜見北三年三班的一員。那年是「有事的一年」，親眼見證因為「災厄」的關係很多人被捲入「死亡」之中，所以晃也先生他……

「懂了嗎？」

我盯著葉住的臉再三強調。

「絕對不能掉以輕心，因為這不是一場遊戲。」

葉住困惑的神色退去，一臉溫順的樣子。然後緩緩地點了點頭，下一個瞬間露出孩子般的笑容說：

「我知道了──我沒問題的，所以之後就拜託你了，阿想。」

5

在那之後，我們一邊走一邊聊了幾句，主要是葉住問，然後我回答。

「聽說班上那個『多出來的人』就是『死者』，那是真的嗎？」

「嗯，而且那位『死者』似乎是和過去因『災厄』而死的『相關人士』之一。」

「那是幽靈嗎？還是殭屍？如果是這種類型的話，感覺應該能分辨得出來。」

這些問題她應該也在三月的「通知會」上聽過說明才對。不過，光是那些說明還是無法充分掌握語感，這也是沒辦法的事。

「因為有實體，所以不是幽靈；因為還活著，所以也不是殭屍。這就是死者甦醒的方式。外觀和『活人』一模一樣。就算做健康檢查也一樣……即便醫生有心想調查，也絕對無法分辨。

而且，『死者』本人也不知道自己就是『死者』。」

「連家人也分不出來嗎？那可是自己已經過世的孩子耶。」

「好像……連家人也分不出來。」

「可是，應該有很多跡象才對……」

「因為相關的紀錄和記憶全都會被篡改、扭曲。直到畢業典禮結束『多出來的人』消失為止。」

「……」

「所以任何人都不會發現，也無法確認。我們面臨的就是這麼獨特又怪異的『現象』。」

「現象？」

「啊，嗯，沒錯。不是什麼『詛咒』或者『作祟』，**也不是因為某個人而發生的『現象』**——這種看法似乎已成定論。」

這種「看法」不只晃也先生提過，晃也先生死後——三年前的夏天發生那件事情後，過了一陣子我也從見崎鳴以及他的同學榊原恒一那裡得知詳盡的內容。甚至在那之後，我就讀夜見北中學，在鳴的指點之下拜訪「第二圖書室」時，館員千曳先生也說過。

正當我想起千曳先生在談起這個問題的時候，喜歡用「超自然的自然現象」這個詞時——

我們已經走到夜見山旁的那條路。

水流和今天早上一樣穩定。吹過來的風，感覺沒有早上那麼冷。

「剛才的這個——」

葉住指著掛在自己肩膀上的書包。

「你的意思是說，這份名單裡面也有『死者』的名字嗎？」

「——是啊。」

葉住嘟著嘴巴說：

「我還是不能接受……啊，但是沒關係，我還是會好好扮演『不存在的透明人』。」
她像是要討好我似地這麼說，然後稍微吐了一口氣。
「明天早上有入學典禮，二年級和三年級只有班會，你打算怎麼辦呢？」
「我請假啊。」
「反正你不去也不會被罵對吧。」
「神林老師和其他老師都知道緣由，大家都會幫忙，所以沒關係。」
「喔——感覺好厲害喔。」
本來在想要不要往下走到河岸，但是因為葉住也在旁邊，所以就打消這個念頭。一邊沿著河岸旁的路慢慢前進，我一邊說：
「要不要先確認一下規則？」
「規則？」
「譬如『不存在的透明人』的訣竅之類的。」
「啊，那個啊。」
葉住伸出食指，在嘴唇正中間敲了敲。
「總之，在學校不能和班上的任何一個人說話對吧？就連神林老師也不例外。」
「沒錯。」
「如果是別班的同學就沒關係對吧？」
「對。」
只要三年三班的同學知道「不存在的透明人」這件事情就可以了——這是在嘗試「對策」之後，一直沒有改變的認知。
「除了神林老師之外的其他老師的課要特別小心。離開教室之後，像平常一樣接觸除了級任導師以外的老師沒關係，但是上課的時候不行。因為教室裡面有同班同學，無論哪一位老師都不會按照座位順序，指名學生朗讀教科書。」

「上課的時候不會叫到『不存在的透明人』對吧？」

「就是這樣。」

聽說老師們會透過和學生不同的方式，「通知」這件事。

「體育課就是在旁邊看，對吧？」

「團體競賽制的球類運動當然不能加入，跑步或游泳之類的個人競技也盡量在旁邊參觀就好。」

「我討厭體育課，這樣反而覺得很幸運。」

「在校內的基本規則大概就這樣吧。」

「呃……就是啊，離開學校之後，就可以和三班的同學說話了吧？」

「有人覺得校外也不行，不過似乎不需要做到這個程度，現在的規則也沒有規定。」

「如果連校外都不行，那就太嚴苛了。」

「不過呢——」

我繼續補充。

「即便是校外，遠足或校外教學這種學校的活動，也必須扮演『不存在的透明人』。因為這方面比較難判斷，所以我覺得盡量不要接觸三班的同學比較安全。尤其是上下學的時間，最好多注意一點。」

「總覺得，好像會很辛苦。」

「的確……啊，不過成為『不存在的透明人』和被同學忽視的那種霸凌完全不一樣，所以不要忘記這一點，懂嗎？」

「嗯……」

葉住點點頭，再度嘆了一口氣。然後問了這樣的問題：

「阿想你為什麼在三月的『應變會議』上先舉手啊？」

「啊，那個時候……」

我想了一下，說了一個模稜兩可的答案。

「嗯，我就覺得這是很適合我的『工作』。」

「為什麼？你怎麼會這樣想？」

我沒有回答她的問題。

「要完美扮演『不存在的透明人』。」

而是試圖轉移話題。

「就要隨時告訴自己『周圍的人都看不見我』。換句話說，就是把自己當成幽靈。妳做得到嗎？」

「——我會加油的。」

點著頭的葉住，伸手按住被風吹散的頭髮。

「如果一個人的話肯定辦不到，不過有你一起就可以。」

「還有，三年三班的特殊情況，原則上不能外傳，這一點不只『不存在的透明人』要遵守，其他人也要。即便是家人，也不能隨便說出去。」

「嗯，三月的會議上也有說過。」

「隨便說出去會招來災禍。雖然不是絕對禁止，但還是要盡量遵守。」

雖然這樣對葉住說，但我覺得對這件事不用這麼神經質。鳴也說過，不需要太過在意。這應該是在過度警戒之下衍生出的「民間傳說」吧。

「話說回來，葉住同學，妳的社團活動呢？」

我突然想到這一點，便開口問她。

「現在沒有加入任何社團。」

她稍微搖了搖頭。

「直到去年為止我都是話劇社的社員，不過已經退社了。」

那這樣就不用擔心了。如此一來，她就不會在社團活動中，不小心接觸到同班同學。

不久後，前方已經可以看到名為「伊薩納橋」的行人專用陸橋——

「啊，對了。」

我想起來有一件事忘了說，應該在這裡先說清楚才對。

「就是啊，葉住同學，還有另一件事……」

然而，就在這個時候，葉住也同時開口：

「就是啊，阿想你……」

兩人同時都停下來，呈現「面面相覷的狀態」。河面上成群而聚的幾隻鳥，好像被什麼驚擾，同時一起飛走。就在我因為鳥群的動作分心時——

「就是啊……」

葉住繼續說下去：

「剛才給你的名單上，你家的地址……」

「我家的地址……啊……」

我馬上就知道她想說什麼了。

「因為上面寫著飛井町的地址，後面又加上『赤澤家』對吧。呃，那個……赤澤是……」

「一年級的時候就這樣了，妳現在才發現？」

「啊，嗯。」

「我在想為什麼是『赤澤家』。」

「嗯……」

「家裡有點事。」

我這樣回答。

「我從小六的時候，就開始住在赤澤伯父和赤澤伯母家。比良塚的老家在緋波町……我們家裡有一些事情就對了。」

我不想把詳細的緣由告訴她。葉住好像還想繼續追問，但我假裝沒發現，甚至別開視線。

「那……那個赤澤……」

在她繼續說下去的時候，我們剛好來到伊薩納橋的橋墩。只要繼續沿著河邊的路就能回到家，但我停下腳步。

「今天就在這裡分開吧。」我這樣說。

葉住發出「呃……」的聲音，但我移開視線，看著橋的對面。

「我要去那邊辦點事。」

剛才本來要提「一件忘了說的事情」……不過，這件事也不急著現在馬上談。等後天像平常一樣開始上課的時候再說也不遲。

「那就這樣，再見。」

我稍微舉起手打招呼，便往橋的方向走去。

葉住站在原地，在胸前揮了揮手。突然吹來一陣強風，長髮散亂地遮住她的臉，所以我看不清她臉上的表情。

6

夜見的黃昏，
是空洞的藍色眼睛。

那塊在黑色木板上用奶白色油漆寫著文字的招牌，自我三年前的秋天第一次造訪以來，完全沒有改變。

那是一棟位於御先町閑靜住宅區一隅，宛如住商混合大樓的建築物，藝廊在一樓。這間店名奇特的人偶藝廊，入口正對著一個緩上坡。

剛才對葉住說「我要去那邊辦點事」並非謊言，但說「辦點事」也不太對，畢竟我沒有和誰相約，只是想要過來看看而已……

入口大門的不遠處，有一扇橢圓形的大片觀景窗。那是藝廊的展示櫥窗，但自三年前就一直放在櫥窗內展示的人偶（只有上半身的妖異美少女），在二月造訪的時候就不見了。據說是有人用適當的價格買走了。

我覺得很捨不得，但是對製造人偶的霧果小姐來說，「售出」自己的作品會開心嗎？還是說，她也會捨不得呢？

現在，展示櫥窗裡還沒有換上新的人偶。就這樣保持空無一物的狀態。

今天沒有貼「休館」的公告。正當我想打開門的時候，我決定先打一通電話。用我的手機打給她——見崎鳴。

沒有人接。

鳴住在這棟建築物的三樓。二樓是她母親——人偶師．霧果小姐的「工坊m」。

她曾指著手機說「真是討厭的機器」，甚至想丟掉手機，不知道是不是因為沒把討厭的手機放在身邊才沒接電話，還是說……

我不知道身為高中生的鳴，這個時候會不會在家。不過，我還是來到這裡……沒錯，因為我想盡快告訴她，今年三年三班的狀況。我想告訴她，然後聽聽她的意見。

我不知道該怎辦，稍微猶豫了一下，才推開入口處的大門。

叮鈴——門鈴發出沉重的聲響。

明明是大白天，但藝廊裡面暗得像黃昏，一踏進來視野就感覺瞬間蒙上一層灰。

我聽到耳熟的含糊人聲。

「歡迎光臨。」

進門之後左手邊有一張細長的桌子，上面放著老舊的收銀機，聲音就是從桌子後方傳來的。

一名白髮蒼蒼的老婦人穿著融入館內昏暗的深灰色服飾坐在那裡。

她捏著有深灰色蕾絲裝飾的眼鏡鏡腳，從桌後探出頭往我這裡看，然後說：

「喔，這不是阿想嗎？」

鳴都叫她「天根婆婆」。她是鳴的大姨婆，一直都在這裡，用這種調調應對客人。

「妳好。」

我靜靜地打了招呼，天根婆婆動了動她充滿皺紋的嘴角說：

「嗯，你好。阿想長大了呢。」

總覺得我每次來這裡，她都會這樣說。

第一次來這間藝廊是大前年的十月，當時我才國小六年級，身高比現在矮很多，也還在變聲……所以，她說我「長大了」其實也是事實。

「因為你們是朋友，我就不收錢了。你要去看人偶嗎？」

收銀機前的小黑板上，用黃色粉筆寫著「入館費五百日圓」。雖然說「國中生半價」，但我一開始來的時候就已經是「朋友」身分，所以從來沒有付過入館費。

「呃，那個……」

我很喜歡在這裡欣賞展示的人偶和繪畫，但是今天來這裡的目的不是這個……

「你要找鳴嗎？」

「對。」我用力點點頭。

「我有打電話給她，但是她沒有接，所以我才過來找她。鳴姊還在學校嗎？」
「她在三樓喔。」
天根婆婆這樣說。
「不過，她今天不能見你。」
「咦？」
我不禁歪著頭問：
「為什麼……」
「她從前天開始就得了流感，一直在睡覺。」
流感？流行性感冒嗎？——原來是這樣啊。
「好像還沒退燒呢。傳染給你就不好了，所以不能讓你上樓看她。」
「——這樣啊……」
我仰望藝廊昏暗的天花板，深深嘆了一口氣。
「謝謝妳。呃，那請她多多保重。」
「她還年輕，不用擔心。我會跟她說你來過。」
「啊，好，麻煩妳了。」
我有禮貌地低頭致意才離開。過幾天再聯絡看看吧。
不過——
得流感發高燒，一定很難受。但是，她昨晚還是特地傳了郵件給我——一想到這裡，從早上一直繃緊的神經，變得稍稍和緩了一點。
走到室外，視線再度望向「夜見的黃昏是空洞的藍色眼睛」那塊招牌。「空洞的藍色眼睛」這段文字，讓我想起見崎鳴的左眼——「人偶之眼」的顏色。

7

直到現在，我還是偶爾會做夢。

夢到我在來到這個城鎮之前——住在緋波町老家時發生的事。當時經歷的各種片段體驗，生成了恐怖的惡夢。

惡夢的背景大多在水無月湖湖畔的「湖畔宅邸」，那是晃也先生生前獨自居住的家——晃也先生的姊姊，也就是我媽媽月穗，十年前再婚之後改姓「比良塚」，和再婚對象也就是我的繼父生了妹妹美禮。在新家找不到棲身之所的我，經常去「湖畔宅邸」。晃也先生把我當成自己的弟弟疼愛，教我很多原本不知道的事情。我非常喜歡晃也先生。宅邸有一個書庫，裡面的藏書多到一輩子都看不完，我很喜歡在那裡度過獨處的時光，但是——

三年前的春天，晃也先生突然死了。在二十六歲生日的晚上，自己結束生命。然後——

從那天晚上開始，我就經歷一連串的怪事。

我大概是把那些常人眼中看來瘋狂的記憶，都封箱存放在心中的某個角落了。但是，我並沒有完全遺忘。那畢竟是無法完全封印的回憶，只要把箱子稍微打開一點，一定馬上就能鮮明地回想起所有細節。

這就是我做惡夢的原因。

在我睡著的時候，封印自動打開，原本封存的東西趁隙跑了出來……

譬如說……

我在「湖畔宅邸」的後院，單腳跪在地上。眼前立著好幾個木條組成的歪曲十字架（——是《禁忌的遊戲》對吧？）（那個很久以前的法國電影……）……其中有一個比其他大很多的新十字架。不知道我是想到了什麼，雙手伸向那座十字架。握住橫向的木條，打算把十字架從地面抽起來……突然之間——

十字架前的地面裂開，土壤裡竄出沾滿血的人手。就好像……沒錯，就像國一時借回家看的驚悚片裡，嚇人的最後一幕。

從土壤裡竄出的手，抓住我的腳踝。

我發出慘叫聲。

原本立著的其他十字架，紛紛倒在地上。倒地的十字架很快就變成燒焦般的黑色，化成灰隨風飛舞。

巨大的烏鴉出現在空中。烏鴉拍動翅膀，嘴裡吐出黑色的血並尖聲鳴叫。發出慘叫的我，嘴裡也吐出相同的黑血。血化成雨，雨化成洪水，我沉入洪水之中，一直沉到深深的水底才終於醒來。

或者是另一種夢境……

我在黑暗之中，完全沒有一絲光線，如字面所述完全黑暗……突然，我會聞到討厭的臭味。越是在意，那個味道就越濃……直到我覺得不能忍受的時候，黑暗之中就會出現些許光線。然後，映入我眼簾的——

就是一具屍體。

在髒兮兮的沙發上，躺著某個人的屍體。

腐爛的皮膚、腐爛的肉身、腐爛的內臟……還有成群蠕動的無數蛆蟲。

看著這具屍體，我覺得那就是自己。

我已經死在這裡。

我死在這裡，而且變成如此醜陋又噁心的東西。我——

我就是「死者」。帶來災禍的「死者」就是我本人，而不是其他人。我……我就是……

就在我抱著頭發出慘叫的時候——

咚！

劇烈的聲音搖晃整個世界，屍體像是被看不見的斧頭劈中一樣，瞬間崩毀失去形體。屍體和沙發一起化成黏稠的黑色液體融入黑暗之中，一直擴散到我的腳邊，甚至從我的下半身侵蝕到上半身……我發出不成調的尖叫時，突然從夢中驚醒。

這天我也做了這樣的夢。

在赤澤本家待到晚餐時間，回到公寓的房間後我躺在床上，不小心就睡著了。就在那幾分鐘的睡眠時間裡……

……不知道從哪裡傳來的低沉聲響一直縈繞。

我馬上發現是開靜音的手機在震動，或許就是因為這個聲音才醒來的。

起身把手伸向放在書桌上的手機，通知來電的震動已經停止。確認未接來電之後，得知是矢木澤打來的電話。他昨晚說「手機有點問題」，已經修好了嗎？

——喂。我是矢木澤，今天辛苦你了。放學到校外之後，像這樣聯絡也ＯＫ吧？

他有錄製語音留言。

——雖然我樂觀的預測不準，但是你也不要太緊繃了，事情一定會順利落幕的。對吧？我再打給你。

嗯。他還是像以前一樣，總是用輕浮的口氣說話——我露出苦笑，決定不回電話。

現在的確是放學後的時間，和他通電話也不算違反規則。不過，就像之前我叮嚀過「第二個不存在的透明人」葉住一樣，即便是在校外也盡量避免和同學接觸比較好。

因為在校外就和以前一樣來往，到時候在校內就會一個不小心……這樣不是很容易發生意外嗎？這是我個人的想法和方針。

因此，即便是這種時候我也不會主動打電話。

雖然不至於做到完全不接電話、偶然遇到對方搭話也不會不回答，但是我不會主動接觸同學——嗯。至少，目前這樣做比較好。

8

我去盥洗室洗臉，面對鏡子裡的自己。

來到夜見山的兩年七個月，我的外表看起來似乎有點變化，但基本上還是皮膚白皙身材嬌小，長相算是有點中性。雖然已經過了變聲期，嗓音變得低沉，但幾乎沒有長什麼鬍子……

為了讓打盹後的頭腦清醒一點，我用冷水洗臉，正在想要不要沖個澡的時候……

我想起浴室裡沒有肥皂和洗髮精。

說到這個，盥洗室裡面也沒有牙刷和牙膏。搬家的時候忘記帶過來了。所以今天早上我還是去赤澤本家的時候才刷牙。結果，今天還是忘記把牙刷牙膏帶過來。

本來想說明天再拿也不遲，而且看時鐘已經過晚上九點。雖然時間有點晚……

還是回去拿吧。

決定好之後，我離開公寓的房間。出門的時候，我順手把手機和鑰匙一起放進外衣的口袋。

我在五樓的電梯門廳準備按下樓按鍵時，手機有新的來電。

「喂。」我刻意克制興奮之情，簡短地接聽電話。

「啊……阿想。」

手機裡傳來有氣無力的粗啞聲音。

「見崎姊？」

看畫面上顯示的號碼，我知道是她的手機，不過我還是忍不住確認。

「是見崎姊嗎？呃……那個……」

我還在找適當的詞彙時，電話的另一頭傳來她的咳嗽聲。

「妳沒事吧？我聽說妳得了流行性感冒，那個……」

「我聽天根婆婆說，你有來藝廊找我。」
說完她又開始咳個不停。
「啊，妳沒事吧？」
「不好意思，不過我已經開始退燒了。」
「不要太勉強自己了。」
「你不用在意，我想應該不會因為這樣死掉。」
真是的……我希望她不要說這種不吉利的話。
「你特地過來，是要說那件事吧？」
她這樣問，我馬上回答：「沒錯。」
「今天開學典禮之後有開班會。」
「今年是『有事的一年』對吧？」
「對。」
「——這樣啊。」
「然後我是今年的『不存在的透明人』。」
「你果然這麼做了。」
二月見面的時候，我就已經跟鳴說過，「如果是有事的一年」我會自願擔任不存在的透明人。
「我啊——」
我不知不覺用力握緊手機說：
「因為我不能逃避。」
「——嗯。」
「而且啊，見崎姊，其實今年有點……」

當我打算說明今年的「追加對策」是把「不存在的透明人」增加至兩名時，電話的另一頭不斷傳來嗚的咳嗽聲。我把到嘴邊的話收回，重新想了想後說：

「妳現在說話太辛苦了……我們下次再聊。等妳身體康復之後再說吧。」

說完之後，我還向她道謝。看樣子嗚應該真的很不舒服。

「我知道了。」

她用沙啞的聲音淡淡地回答，我們的對話就在這個時候結束，然而——

當我掛斷電話，一邊嘆氣一邊把手機收回口袋時……電梯門廳附近的E1號房（——沒有門牌的那一間）房門突然被用力推開。

9

因為事出突然，所以我不禁定住不動，但是我並沒有嚇到。因為這個房間裡本來就有住人，而她剛好這個時間出來而已。

從E1號房走出來的人一如預料，當然就是我認識的那一位——

「啊，阿想。」

一看到我，她就這樣說：

「剛好，你可以幫我一下嗎？」

我一看，她手上提著大袋垃圾。總共有三個。

「妳是要我幫忙倒垃圾，對吧？」

「呃……啊，嗯，對啊。」

水藍色的休閒服加上牛仔褲，輕鬆的打扮讓人瞬間認不太出來，不過那張臉和聲音……絕對不會錯，應該是說絕對不會認錯。就是她。

今天在學校時，我們在三年三班的教室裡也見過。開學典禮結束後大家移動到教室，就是她催促還在猶豫的同學趕快坐下。她是今年度的決策小組成員之一。

「總覺得房間好亂，有好多不需要的東西。」

她把一個垃圾袋遞給我，然後說：

「雖然已經說好要由我打掃這個房間……嗯──不知不覺就亂成這樣了。」

雖然嘴裡說出這種話，但語調還是很俐落而且口齒清晰。因為是對我說，所以她的措辭已經算是非常平易近人了。

「你也會在這裡獨居一陣子對吧？」

「嗯，沒錯。大概到六月左右。」

「嗯，畢竟你家就在附近，應該不會有什麼不方便的地方。」

她邁出步伐，一邊按電梯按鍵一邊說：

「如果有什麼困難，隨時來找我。日常生活或班上的問題都可以……你知道吧？」

「啊，嗯。知道了。」

我們一起搭電梯到一樓。玄關旁有放腳踏車的停車場，公寓專用的垃圾集中箱就在停車場裡，我們把垃圾丟進去。

「謝謝你。這下倒完垃圾了──」

她雙手輕輕拍了拍，看著我說：

「你現在要出門？」

「嗯，有點事。」

「你要去哪裡？做什麼？」

「呃，這個嘛……」

我老實說要去拿肥皂、洗髮精和牙刷牙膏的時候，她馬上說：

「你就用我房間裡的吧。」
「呃，可是……」
「肥皂和牙刷牙膏我有多的，洗髮精也拿去用吧。」
「可是……」
「都已經超過九點了，你家那邊的人都很早睡吧？」
「啊……」
「不用客氣，反正**我們是堂兄妹**。」
「嗯……」
考量我們兩個人之間的關係，她在教室和在這裡的表情不同也很正常。如她所說，我們是堂兄妹。
直到三年前的秋天，我到赤澤家之前，我們從來沒有見過面。不過，後來我們就成了住得近的同年堂兄妹，所以也比較親近……不過，這次是第一次同班。
在學校的時候該怎麼稱呼她才好呢？——我現在才開始思考這件事。
還是用姓氏稱呼嗎？雖然平常都直接叫名字，但是總覺得不太對……是說，反正在學校我也是「不存在的透明人」，所以也不需要跟她講話。
「妳什麼時候搬到五樓那間房的？」
走回電梯的時候我這樣問。「嗯……」她歪著頭說：
「好像是從二年級的夏天開始吧。」
「為什麼？妳家不就在樓上嗎？」
「原因有很多啦。反正，我爸媽都會答應我的要求。」
「妳討厭妳爸媽嗎？」
「不是啦。」

她若無其事的表情變得比較柔和，望向一旁的我。

「一個人專屬的房間，不用在意別人很輕鬆耶。欸，你不覺得嗎？」

「的確是這樣沒錯啦。」

「而且，你看，如果上大學，就要離開夜見山一個人生活，我還可以趁現在練習一下……對吧？」

大學啊……

我還沒辦法想到那麼遠的未來。總之，克服今年的這個難關是我當前最大的課題，畢竟這或許就是我存在的理由——

回到五樓之後，她先衝回E1號房拿了一些必需品給我。「謝謝妳。」我道謝之後收下。

「明天有入學典禮，你會去學校嗎？」

她突然一臉嚴肅地問我。

「我不打算去。」

我回答之後，她仍然嚴肅地點點頭說：

「也是，反正還沒開始上課，你不來學校是對的。」

「嗯。」

「明天的班會上應該會選出班級幹部，到時候我會把必要的資訊告訴你。如果有什麼覺得不妥的地方，我也會說。當然，要等我從學校回來。雖然很辛苦，不過既然你已經接下任務，就要好好扮演『不存在的透明人』……」

「這我知道，沒問題的。」

我斬釘截鐵地說，然後抿了抿嘴唇。

「我絕對不會掉以輕心，在學校跟妳搭話，就算我們是堂兄妹也一樣。」

「加油！應該是說大家都要加油才對。」

「嗯。那這些就先借我用，洗髮精我等一下還妳。」

「明天再還就好了。晚安囉——」

「晚安。」

我回到自己的房門前，回頭望向電梯門廳。可以看到她在門廳的對面正準備要關門的身影。走廊天花板上的照明燈，突然開始閃爍。雖然馬上就停了，但是接著又響起「砰咚——」的低沉聲響，就像「暗夜的閃光燈」一樣世界瞬間轉暗。不過，那只是短短的一瞬間，短到讓人馬上就忘記——

看著E1號房的門關上，我在心中用語言確認她的資訊，彷彿在複習學習到的知識一樣。

她是夜見山北中學三年三班的同學，也是今年度的決策小組成員。**這位和我同年的堂妹——**也就是住在這棟公寓頂樓的赤澤家次男夏彥夫婦的女兒。

她叫做泉美——赤澤、泉美。

Chapter 3 April III

1

「哎呀，阿想。你怎麼在這裡？」

我一離開公寓的腳踏車停車場，就被叫住了。是繭子伯母。她俐落的眼角和泉美很像。她從玄關的屋簷下往我這裡看，一臉納悶的樣子說：

「現在才要去上學嗎？而且還騎腳踏車？」

早上十點半。雖說今天是入學典禮，會比較晚開始，但這個時間才去學校實在太晚了。而且我住的這一區在徒步上下課的範圍內，所以學校不同意住得近的學生騎腳踏車上學。繭子伯母會覺得納悶也很正常。

「泉美應該早就出門了耶，你是怎麼了？」

「沒事，那個我……」

我一腳跨上腳踏車，說話吞吞吐吐。

我到赤澤本家去吃過早餐之後，暫時回到房間裡殺時間，而且把制服換成便服。一看就知道我接下來沒有要「去上學」。

「今天覺得……有點不太舒服。我已經請泉美跟學校那邊交代過了。」

「啊，你不舒服啊？」

「嗯，有一點……啊，不過已經好多了，所以想說去書局看看。」

「這樣啊。」

蘭子伯母雖然輕蹙眉頭，但沒有繼續追問下去。
「那你路上小心。」
她說完露出淺淺的微笑。
「那個……這件事能幫我瞞著小百合伯母嗎？」
「嗯？為什麼？」
「我不想讓她擔心，他們家現在也很辛苦。」
和他們同住的爺爺赤澤浩宗從去年底開始，健康狀況就不太好。因此，今年四月之後決定翻新不便於照顧病人的老家。我之所以暫時搬到「弗洛伊登飛井」公寓，大致上來說也是因為這個緣故。
「你也不用這麼客氣……」
蘭子伯母欲言又止，從公寓的玄關門稍微回頭看我。
「我說啊，阿想。」
她走到我身邊，壓低聲音對我說：
「你這次和泉美分到同一班對吧？」
「喔，對。」
「聽說，那個班有什麼特別的問題對嗎？」
「呃……」
握著腳踏車握把的手，不知不覺中出了一點汗。
「伯母為什麼……會問這個問題？」
「只是……覺得不太對勁……」
即便是家人，也不能隨便把班上的事情說出去。她──赤澤泉美應該會乖乖遵守這個「規定」才對。還是伯母從女兒的言行和態度等細節，發現什麼不對勁的地方嗎？

我也沒有對家人說過這件事，小百合伯母和春彥伯父完全不知道「現象」和「災厄」的事情，更不用說我為了配合應變「對策」，成為班上「不存在的透明人」……根本不可能讓他們知道。姑且不論這件事會不會真的引來不必要的災禍，也不能再讓他們兩人為我這個姪子擔心。所以……

「班上沒什麼特別的事啊。」

我努力假裝平靜，這樣回答。

「畢竟昨天才剛結束開學典禮。」

「真的嗎？」

藺子伯母看起來還是有點擔心。

「不過，阿想你可能不知道，聽說夜見北的三年三班從以前就有不好的傳聞。」

啊，原來如此。他們已經聽說這種「傳聞」了啊。

「是什麼樣的傳聞？」

我不著痕跡地繼續追問。

「好像是經常發生危險意外或事件的班級，三年前好像也發生了很多事……」

此時，藺子伯母舉起單手手掌貼在額頭上，大拇指按著太陽穴。她以這個姿勢沉默了一陣子，才慢慢搖了搖頭把手放下。

「……唉，我有點奇怪。對不起，你不要放在心上。」

她這樣說的時候，表情看起來好像有點淒涼，或者是說悲傷——

「今天的事情，我會幫你瞞著小百合大嫂。不過，我覺得你也不要那麼客氣，畢竟你自己也很難受吧。」

藺子伯母比小百合伯母小幾歲，明明才四十五歲左右，及肩的長髮已經有明顯的白色髮絲。她用手順了順頭髮，又露出淡淡的笑容。

「你偶爾也來我們家吃個飯吧，夏彥……和泉美一定會很高興的。知道嗎？」

2

我沒去學校，也沒有去書店，而是騎著腳踏車來到圖書館。紅月町旁的呂芽呂町有個「黎明森林」市民公園，市立圖書館就建在公園內。

以前因為緋波町的「湖畔宅邸」有書庫，所以找書完全沒有問題。那裡有小孩子也能看的漫畫和小說，而且種類很豐富。晃也先生會告訴我有哪些書，我也會自己找，所以我當時讀了很多對小學生來說可能有點艱澀的書籍。在這樣的環境下養成的興趣，基本上到了夜見山也沒有什麼改變。

我經常造訪市立圖書館。剛上國中的時候，大部分都是去學校的圖書室，不過漸漸覺得不太夠用了。

這天我也是還了幾本書之後，又借了幾本書。

今天結束入學典禮，明天學校就會開始正常上課。去學校之後，我就要扮演「不存在的透明人」，不能和任何人說話，所以會有很多獨處的時間。應該要準備好沒讀過的書才行。

辦完該辦的事之後，我把腳踏車停在圖書館前，然後獨自在公園閒晃。

今天的天氣比昨天好，有春天的感覺，也沒什麼風。陽光很溫暖，讓人身心舒暢。

這是平日午後的一段時光。整體來說人煙稀少的公園裡，可以看見駝背的老人稀稀落落地坐在長椅上，也有一些推著繽紛嬰兒車散步的媽媽……

我的視線不知不覺從推著嬰兒車的媽媽們身上移開。

因為看著她們，就會想起和我分居的媽媽．月穗的臉……不過，我不會因此自怨自艾或者變得感傷。三年前的夏天，她選擇守護「比良塚」之妻這個身分的現在與未來，所以遠離可能會造成威脅的兒子——這個道理並不難懂。

我不覺得她是個殘酷的母親，現在想想，只覺得她是個軟弱的女人，但這也是沒辦法的事。所以——

我並沒有因此而受傷。

在「黎明森林」這座公園裡，穿越櫻花左右盛開的步道之後，就能遠遠看見夕見丘了。在城鎮東側的山邊高台上，有座熟悉的建築物——夕見丘市立醫院。

廣闊的藍天和幾朵白雲，搭配醫院建築物的垂直線條。這個組合頗為有趣。

我用雙手的大拇指和食指框出一個虛擬的取景器，然後幻想自己按下快門。櫻花花瓣有時會落下，飄過取景器前。

我瞇起眼睛，拉長身子仰望廣闊的藍天。只要能如此打發時間，那這就是一個毫無陰翳、安穩溫和的春日午後。

我心想，乾脆就一直這樣——

明天、後天、大後天都不要去學校，或許這麼做才是讓「對策」成功的最確實方法。

自己一個人獨處對我來說並不難受，因為我這方面的經驗，大概比所有同學都豐富。所以，我乾脆就一直這樣……

此時，外衣口袋裡的手機開始震動。

是誰啊？——該不會又是矢木澤？今天應該已經放學了吧。

我心裡一邊猜測一邊看顯示螢幕，不禁停止呼吸。

上面顯示的來電名稱是「月穗」——那個人在這個時間點打來嗎？

雖然我覺得有點疑惑，但最後還是沒接母親打來的這通電話。

——阿想已經是國三生了呢。美禮也要升小三了。

之後聽留言的時候，她留下這些話。

——我聽小百合姊說你過得很好。呃……啊，你有乖乖去看診嗎？呃……零用錢夠用嗎？如果不夠的話，再跟我說。到時候看狀況，我也會過去看你……

每過一、兩個月，她就會突然想到似地，像這樣打一通電話過來。然後每次都唯唯諾諾地用虛弱的聲音說話，而且，最後都會說相同的話。

——對不起，阿想。

唉，其實也不用這樣……我並不想要她跟我道歉。

我雖然只是個十四歲的國中生，一般世俗認知中，這個年紀還是個孩子，但我自認很了解那些和她相關的「大人的問題」。被趕出家門的時候，心裡當然很受傷，但是都已經過了兩年半的時間，現在我完全沒有要責怪任何人的想法。然而——

「真是……受不了耶。」

我一邊把手機塞回口袋裡，一邊再度望向夕見丘上的醫院。

月穗說的「看診」，就是去那間醫院的專科看診。正式名稱叫做「夜見山市立醫院」的身心醫學科。自從到這裡之後，我就定期會到醫院做身心諮詢。

說到這個，星期六就是下一次看診的預約日。

我不討厭主治醫師碓冰，也還算信任他……不過，最近我的確覺得沒必要去看診了。甚至還想著下次要用什麼理由推託。

3

「赤澤家好像是下週正式開始翻新。其實工程應該都在白天，我白天也要上學不在家，所以特別為我另外準備一個房間實在有點過意不去。但是他們說明年我就要考高中，正值關鍵時刻。不過，我還是覺得很抱歉。」

「嗯……我覺得你不用這麼在意吧。」

「──是嗎？」

「家裡施工的話，環境雜亂的確會很難靜下來啊。而且，還有爺爺在。」

「嗯，的確是這樣。」

「我媽也說……爺爺本來就已經是一個很頑固的人了，最近變得更難相處。他身體狀況變成那樣，和他同住的話應該會有很多問題。」

「那倒是……沒錯。」

「所以啊，阿想你這個時候在外避難，對小百合伯母來說也會比較輕鬆，應該是說，她會比較安心才對。」

「是這樣嗎？」

「反正這個房間本來就空著，我媽也歡迎你來啊。」

以上是這天晚上，我和赤澤泉美之間的對話──

吃完晚餐回到公寓，剛過八點的時候，她來到我的房間，向我報告今天三年三班的狀況。

泉美穿著和昨天一樣隨興的服裝，毫不客氣地進來，隔著客廳的桌子和我面對面。「這給你。」她拿了一瓶罐裝烏龍茶給我，然後接著說：

「先從這個開始。」

她把手提紙袋放在桌上，然後才坐在椅子上。

「這是新的教科書，上學期的課表也在裡面。」

「啊……」此時我發出失策的哀號。

這是新學期的開始，當然會發新的課本給學生。明天開始上課，當然也會有課表──這些常識上的細節，我完全沒想到。我原本以為自己已經冷靜採取毫無縫隙的行動，但還是被班上的特殊狀況影響了。

「謝謝妳，特地拿過來給我。」

我老實地道謝之後，泉美簡短地應了一聲，馬上就開始「報告」。

「入學典禮之後，就像往年一樣有個正式班會，選出班上的幹部。男班長是矢木澤同學，女班長是繼永同學。」

「矢木澤是班長？」

這還真是意外。

一頭亂髮加上戴著淡淡顏色的圓眼鏡，這種以國中學生來說算是滿古怪的外表，應該不會是被選上當班長的類型吧？實際上，國一、國二的時候，也完全沒有人舉薦他當班長……這次是為什麼？

總覺得這是個令人暈眩的謎團，不過……

「矢木澤同學自己舉手的。沒有人參選也沒有人反對，所以就這樣了。」

泉美說明之後，謎底就揭開了——不過，那傢伙為什麼要自己舉手？下次得好好確認他這麼做的真正原因。

「呃，女班長繼永同學是……」

「繼永智子，你是第一次跟她同班嗎？」

「對。」

「我也是第一次，不過她感覺是認真又幹練，會注意到很多細節的人……應該是個不錯的人才，我甚至希望她加入決策小組。」

泉美打開自己的烏龍茶易開罐，咕嘟喝了一口。

「矢木澤同學跟你很熟對吧？」

「是啊，畢竟我們從一年級就一直同班。」

而且……我本來還想繼續說下去，但後來作罷。總覺得很難說清楚，應該是說我會覺得很鬱悶。

「教室的氣氛還是很緊張。」

泉美稍微降低音調這樣說。

「明天我去上學的話，大家應該會更緊張。」

「這對大家來說都是第一次，感覺還有學生至今仍不相信，覺得難以置信。」

「不過這也是沒辦法的事。」

「可是為了要讓『對策』成功，需要全班同學合作。」

泉美眼神一凜說：

「不管大家相不相信，都要確實遵守『規定』才行。」

「葉住同學呢？」

我突然想到這件事，所以開口問。

「今天她有去學校嗎？」

「沒有來教室。」

泉美這樣回答之後，馬上又接著說：

「不過……回家的時候，我在校門外遇到她。」

「遇到葉住同學？」

「沒錯。她沒參加入學典禮和班會，好像是在等學校放學。她的朋友離開校門之後，才把教科書交給她。」

「這樣啊。」

「之後她也在原地和朋友聊了很多的樣子……因為是在校門外，所以不算違反規定。」

「嗯，的確是這樣沒錯。」

不過，考量有可能伴隨的風險，這可不是什麼好舉動——這讓我心裡覺得很焦慮。從泉美的語氣看來，她也沒有危機感。

「她也有來跟我搭話。」

泉美這樣說。

「葉住同學嗎？為什麼？」

「她想問你的事情。」

「我的事情？」

「她問你是不是沒來學校，想確認一下。」

「這樣啊。」

「我是第一次和她說話。不過，她應該是覺得我跟你比較親近，所以刻意來問我你的消息，對吧？」

「——或許吧。」

回想昨天葉住的言行，我點了點頭。

「她昨天看到班級名單上，我家的地址寫『赤澤家』，好像很在意的樣子。」

「我已經跟她說明清楚了。她好像很擔心你沒有課本，所以我跟她說我們住附近，我會轉交課本給你。」

我和泉美面對面說話，感覺不像堂兄妹，反而很像姊弟。我們明明同年，但泉美更有姊姊的感覺……這應該是因為環境不同，再加上她本身的個性和資質的關係吧。

雖然不到巾幗英雄的程度，但是該怎麼說呢？她頭腦反應快，說話和身體行動也完全跟得上思考速度，我即便再怎麼努力都沒辦法像她那樣。

和她之間的對話，漸漸偏離學校方面的問題，轉向「赤澤家的各種狀況」。因此，聊到我從這個月開始到這棟公寓「避難」的事情。

「我了解你的顧慮，不過我覺得你可以再多依賴小百合伯母和春彥伯父一點喔。」

即便她這麼說，我也沒辦法輕輕鬆鬆地答好，因為我最了解自己被寄養在赤澤家的來龍去脈和背景有多複雜。

「我媽曾經說過，伯母和伯父都很高興你來赤澤家。」

即便如此……

「為什麼會很高興？」

「你看，伯父伯母雖然有兩個女兒，但是她們都很早就嫁人離家了。而且她們都嫁得很遠。」

這些事情我當然知道。長女和某知名商社的員工結婚，現在好像住在紐約。二女兒嫁給在大學時認識的海洋生物學家，現在住在沖繩。

「所以啊。」

泉美的眼神突然變得柔和。

「阿想你來赤澤家的時候，對伯父伯母來說就像有了兒子一樣。姑且不論背後的緣由，他們還是很高興。」

「原來……是這樣啊……」

即便泉美這樣解釋，我還是沒有辦法全盤接受。不知道泉美是否了解我心中的糾結，她又喝了一口烏龍茶，然後輕聲嘆了一口氣。

「赤澤家的孩子很少會留在這個城鎮或者到外地去再回來。我自己如果要上大學的話，應該也會選擇去東京。」

聽她這樣似乎有點感嘆的語調，我突然想起，這麼說來……泉美還有一個大很多歲的哥哥，他好像也……

「妳哥哥是去德國對嗎？已經去很久了吧？」

「嗯，對啊。」

不知道是不是我想太多，點著頭的泉美看起來不太高興。
「大學讀到一半跑去德國留學，結果就在那裡定居了，幾乎都沒有回家，真的是薄情的兒子。對爸媽來說，哥哥是很特別的孩子耶，你看，從這棟公寓的名字就知道了吧。」
「公寓的……『弗洛伊登飛井』嗎？」
「『弗洛伊登』是德文，『喜悅』的意思。」
「你哥哥取的名字嗎？」
「沒錯。」
「啊，對了。」
我突然想到一件事，起身離開桌邊，到浴室把昨天借的洗髮精拿過來。
「這個，謝了。今天我已經把自己的盥洗用品拿過來了。」
不過，泉美好像還在想別的事情……
「啊，好。」
她含糊地回答，然後舉起右手指著牆邊的書櫃。
「那是……」她看著放在書櫃中間的東西，那是收在樸素白木相框裡的一張照片。
「那張照片是……」
距今十四年前——一九八七年夏天拍攝的舊彩色照片。
「那張照片裡的人，該不會是那位……賢木晃也先生？」
「是啊。」
回答之後，我深呼吸一口氣。
「三年前的春天過世了，他是我的舅舅……」
泉美究竟知道多少呢？
我直到現在才在自問這個問題。

話說回來，我三年前為什麼會被趕出比良塚家，寄養在赤澤家呢？背後成因就是在「湖畔宅邸」發生的一連串事件，而她到底了解多少呢？……

「賢木先生的事情，我聽媽媽講過。她是阿想媽媽的弟弟，是你非常仰慕的人……三年前過世，你因此大受打擊。」

「嗯……」

我慢慢走向書櫃，拿起那張照片。

畫面的角落標示拍攝日期為「1987／8／3」。

相框上寫著「國中最後的暑假」。

拍攝地點是水無月湖的岸邊。照片裡有五名男女，站在最右邊露出笑容的人，就是當時十五歲的晃也先生……

在三年前那件事之後，我從「湖畔宅邸」晃也先生的書房裡拿走這張照片，並不是想要留在身邊珍藏……而是寄給她——見崎鳴。然而，在那之後沒多久，鳴就把這張照片還給我了。她說：「這張照片應該由你保管。」

「這個人就是晃也先生。」

我讓泉美看那張照片，然後指著右邊的那個人。

「其他四位是晃也先生的朋友，大家那一年都是夜見北三年三班的同學。」

「那年是……一九八七年嗎？」

光聽她回話的聲音，就知道她有多驚訝。

「八七年是『有事的一年』，當時還沒找到有效的『對策』。所以他們趁暑假的時候逃出夜見山，來到緋波町的那個家……」

除了見崎鳴之外，我好像是第一次把這件事告訴別人。仔細想想，我也沒有對矢木澤說得這麼詳細。

想到這一點，我偷偷觀察泉美看著照片的側臉。

她抿緊嘴唇、微微皺眉，用嚴肅的眼神盯著照片看。綁起馬尾的柔軟髮絲，微微飄出酸甜的香氣。那個味道和昨天借我的洗髮精一樣。

「我有聽說過『八七年的慘案』。」

泉美在視線離開照片後這樣說。

「我聽說校外教學的時候，三年三班的巴士遇到事故，有好幾個人都犧牲了。這件事發生在賢木先生那一屆嗎？」

我沉默地點點頭，把相框放回原位。說實話，我不想再聊下去了。

不知道是不是察覺到我的心思，泉美沒有繼續追問下去，逕自離開我身邊。她雙手按在桌上，環視整個屋內。

「這個房間是不是太冷清了一點？」

她突然這樣說。

「呃，會嗎？」

「我覺得至少要有個冰箱和電視吧。」

「不，我覺得都不需要。」

她完全無視我的回應。

「我哥的房間有台小冰箱，你可以去樓上拿。電視的話，我哥房間裡也有一台多的。」

「不用了，這些我都不……」

「你不用客氣，阿想。」

「嗯……」

「還有啊——」

泉美下一個注視的地方，就是堆在桌上電腦旁的書籍。那是今天在圖書館借的幾本書。

「喔喔，阿想你常去『黎明森林』的圖書館啊？」

她一本正經地抱著手臂把臉湊近書本，開始讀起書名。

「這種小說的話，我哥房間裡有很多耶。」

這麼說完，泉美一臉愉快地露出微笑。

「下次來看看吧。如果有想讀的書，到我們家比去圖書館快。」

「啊，嗯。可是……」

「真的沒關係啦，反正我哥很少回來，你隨便拿幾本書走也無所謂。」

4

四月十一日，星期三——開始正常上課那天的早上。

準時到校走進教室的我，坐在靠走廊的最後一個座位。另一個扮演「不存在的透明人」的葉住結香則是選擇靠窗面對操場的最後一個座位——我們兩個「不存在的透明人」的座位已經事前安排好，而且我們的課桌椅一眼就能看出和其他人的不同。我們用的課桌椅非常老舊，外型也和其他人的明顯不同。

那是從「0號館」那棟舊校舍二樓，原三年三班的教室搬過來的。「不存在的透明人」的位置，一定要用舊教室的課桌椅——這個「規定」據說打從有「對策」以來就一直執行。因此，今年決策小組搬來比往年還多的兩組課桌椅。

從桌面滿滿的傷痕，看得出來幾十年來有很多學生用過。有刪除塗鴉的痕跡，還有仍留在桌上的塗鴉……桌面凹凸不平，考試的時候如果沒有墊東西在下面，應該很難書寫吧。

在就坐之前，我當然完全沒有和同學說話，連視線都沒有對上。包含連名字都還沒記熟的學生、從一年級就交好的矢木澤、今天早上在公寓入口門廳遇到的泉美……都沒有任何交流。

——要完全成為「不存在的透明人」，就要隨時告訴自己「周圍的人都看不見我」。

我在心裡反芻前天告訴葉住的話。

——換句話說，就是把自己當成幽靈。我能做到嗎？

我覺得我可以。

我一定能辦到，一定能扮演好這個角色。然而——

我心裡掠過一絲不安。

她呢？葉住會怎麼想？

老師來了，在開始第一節國語課之前，我往葉住窗邊的座位偷瞄。她原本單手撐著頭望向講台，不知道是不是發現我的視線，突然轉過頭來。我靜靜地移開視線，打開手邊的教科書。

5

早上的課平安結束。

我們班不用喊「起立」、「敬禮」、「坐下」這些口號。開始上課前也不用點名。（也就是說，不會喊到「不存在的透明人」的名字。）上課時也不會指名「不存在的透明人」。每位老師都很了解這些規定——

課堂和課堂之間的休息時間，我都在讀自己帶過來的書。

這天我選的是約翰．狄克森．卡爾的《三口棺材》。這是滿久以前的推理小說，之前透過鳴認識榊原恒一時，有段時間受他影響讀了驚悚類的小說，不過我還是比較喜歡這種。

驚悚類的小說基本上以超自然的恐懼或威脅——惡魔、怪物、幽靈之類的東西為主軸。但是我好像對這種題材有抗拒感，所以……

電影也一樣，上國中之後，在榊原恒一的影響下看過一些知名的驚悚片。與其說和自己不合，不如說我知道自己沒辦法像恒一那樣這麼喜歡驚悚題材。即便知道是虛構的故事，但我似乎沒辦法純粹享受惡魔、怪物、幽靈之類的故事。

推理小說就沒這個問題。尤其是約翰．狄克森．卡爾、阿嘉莎．克莉絲蒂、艾勒里．昆恩等古典偵探小說。

作品中無論出現多麼難以理解的惡夢般事件，最後都會有具邏輯性的合理解釋。因為有「惡魔、怪物、幽靈之類的超自然現象、非科學的東西絕對不存在」的原則，故事中的「世界」才得以成立——我之所以覺得這一點「很好」，一定是因為我想反抗甚至逃避過去到現在自己面臨的扭曲「世界」吧。

這天第四節課是導師神林的自然科學課，這堂課教室裡的氣氛比其他課還要緊張很多。這應該不是我想太多。因為老師自己也是三年三班的「成員」，如果有萬一，也要背負「災厄」降臨的命運——

神林老師徹底把我和葉住當作「不存在的透明人」，從進教室到離開為止，從來不曾望向我們的座位。下課鐘聲響起的時候，我看見老師的臉上有種鬆了一口氣的樣子。

午休時間，我獨自離開教室到頂樓去。在沒有同學的地方吃午餐應該是上上策吧。我心裡這麼想也確實展開行動，但當我在無趣的頂樓一隅，準備打開小百合伯母幫我準備的便當時——

「啊，在這裡、在這裡。」

聽到出乎意料的聲音，我頓時停下手。說話的人是葉住。

「阿想，你在這裡吃便當嗎？我也可以一起在這裡吃嗎？」

早上在教室的時候，每次只要我往她那裡看，她就會露出一臉有話想說的樣子……所以我覺得不太妙。我早就應該想到她會趁午休的時候接近我才對。

啊啊啊……正好在這個時候從某處傳來烏鴉的叫聲。

我抬頭望向上空，之後把視線拉回來，但還是沒有望向葉住，只是靜靜地搖了搖頭。

「咦？咦？」

葉住的反應顯得很驚訝。我無視她的舉動，匆匆站起來離開屋頂。

「為什麼……阿想……」

我雖然聽到她疑惑的聲音，但完全沒有回頭。不過——

「第五節是體育課，還是蹺課去學校外面好了。」

我有留下這句話。雖然貌似自言自語，不過是她能聽到的音量。

6

「要是早一點跟妳說就好了。」

我是在直視對方的狀況下這樣說的。

「我認為即便都是『不存在的透明人』，在學校也不能正常對話。」

第五節的體育課已經開始。我們在校外——距離後門幾分鐘路程的夜見山川的岸邊。不必多說也知道，對方就是在我誘導之下來到校外的葉住。在放學時間之前離開學校算是違反校規，不過，我們兩個「不存在的透明人」有特權，就算被老師抓到也不會被責怪。

「為什麼？」

葉住一副不情願的樣子回問。

「既然都是『不存在的透明人』，應該沒關係吧？畢竟我們是夥伴啊！而且班上的同學也不會在意。」

「雖然也能這麼想，但是……」

我瞇起眼睛，慢慢慎選詞彙。

「這件事還有不同的思考方向。」

「什麼意思？」

「如果更嚴密地解釋『不存在的透明人』的存在意義，就會有問題。把『不存在的透明人』增加到兩名，這是全新的嘗試，三年前實際狀況如何我們也不知道……所以，我覺得還是有問題。」

「……」

「我們的確是扮演相同角色的『夥伴』，但是我們真的能因為這樣就在認知彼此『存在』的狀態下行動嗎？『不存在的透明人』對另一個『不存在的透明人』來說，仍然不存在不是嗎？」

「……」

葉住蹙眉歪著頭。

「雖然這麼說聽起來很複雜，不過，妳想想看就知道了。對『不存在的透明人A』來說『不存在的透明人B』是『不存在的透明人』，對『不存在的透明人B』來說『不存在的透明人A』也是『不存在的透明人』，在學校也應該要保持不存在的樣子才對。我是這麼想的，所以……」

不知道是不是理解我的話需要時間，還是對理解的意義作出回應需要時間，葉住沉默幾秒鐘之後，才吐出一句：

「怎麼這樣……」

「我好不容易才……」

她的聲音和表情都變得很僵硬。感覺一個不小心她就要哭出來的樣子……這樣我有點困擾。我並不是討厭她才這麼說的。

我應該前天見面的時候就要說清楚才對——雖然在心裡這樣反省，但我還是繼續把話說完。

「所以，我覺得妳不要在校內跟我說話或者一起行動比較好，應該是說，這樣會比較安全。」

「……」

「葉住同學必須一個人扮演『不存在的透明人』。我知道會很辛苦……不過我這樣說，妳懂了嗎？」

葉住沒有回答，只是緩緩地搖頭。這個動作太含糊，我分不出來這是「懂」還是「不懂」的意思。

我把視線轉向夜見山川的河水，對岸整齊排列的櫻花樹，因為光線的關係看起來有點蒼白。

「欸，阿想。」

葉住開口說話。

「那個，我啊……」

我打斷她的話：

「我先回學校了。」

說完便準備轉身離開。

「接下來還有很長一段路要走。既然已經開始了，就不能後悔。」

「啊，對了。」正準備要離開的時候，我停下動作，提議兩人交換手機號碼。葉住僵硬的表情，在這個時候變得比較和緩。

「如果有什麼困擾，我們可以彼此聯絡。」

「不過，不能在校內打電話喔。」

雖然我這麼說，

但還是沒有忘記提醒她這件事。

7

「我昨天和森下聊過了。」

幸田俊介摘下眼鏡，一邊擦拭厚重鏡片上的髒汙一邊這麼說。

「他說暫時不會參加社團活動。好像不是不想參加，只是家裡有點事，詳情我沒有多問。」

我和森下都是生物社社員，從一年級的時候就認識了。不過，仔細想來，他從來沒聊過家人或父母的職業之類的話題。不聊家人——不想聊家人這一點，我也一樣。

「所以你不用怕會碰到三班同學了，放輕鬆來社團沒關係。既然在班上不能和任何人說話，那我陪你聊吧。」

「你不用陪我聊天也無所謂。」

「哎呀，別這麼說嘛。」

俊介戴回眼鏡。

「你要是不常來，標本就會越來越多喔。」

他環視室內，笑了出來。他雖然是開玩笑的口吻，但我刻意擺出撲克臉不回應。

放學後。生物社社辦。

第六節下課時，俊介用手機聯絡我：「來社辦。」既然他這樣說，就表示森下今天應該不在——理解背後的含義之後，我決定應邀前往社辦。

夜見北的生物社本來是個每星期會借用「特別教室棟」（通稱「T棟」）的自然科學教室一次，算是宛如風中殘燭的弱小社團。幾年前，顧問換成現在的倉持老師，在老師的努力下，成功取得這間社辦。現在各學年的社員只有兩、三人，所以依然是個「弱小」的社團。

社辦在0號館的一樓。

二樓都是以前的教室，長年沒有人使用，基本上是禁止進入的舊校舍，但一樓目前還有部分教室開放。之前提過的千曳先生，他擔任館員的第二圖書室就在這裡。除此之外還有美術室，剩下的幾間教室有部分分給文化類的社團當社辦。

這間生物社社辦，現在的「主人」就是——幸田俊介本人。

他是在今年四月才成為社長，不過剛升上二年級的時候，就已經是實質上的核心人物了。畢竟也沒有其他能夠抱怨的前輩，連社團的顧問倉持老師也甘拜下風。

細銀框搭配厚鏡片的眼鏡。纖瘦但意外精實的身材。

相對之下，他在三班的雙胞胎弟弟幸田敬介沒有戴眼鏡，而是用隱形眼鏡矯正近視。社團參加網球社。可能會有人覺得雙胞胎兄弟怎麼興趣差那麼多？不過，他們長相真的很相似，所以我倒是慶幸能靠有沒有眼鏡區分。

「你該不會是今天第一次在學校和人說話吧？」

他這樣問，我點了點頭。除了第五節課在校外和葉住說話之外。

「每天都要這樣啊？嗯……感覺對身體不好。」

「不會啊，身體沒什麼事。」

「就算對身體沒有影響，對精神狀態也有不好的影響吧。」

「是嗎？」

「我午休時間也幾乎都在這裡，如果你覺得寂寞就來這裡玩吧。」

「啊……嗯。」

「是說，我大概聽敬介說過了，三班的事情到底有幾成是真的？」

「百分之百是真的。」

「敬介好像半信半疑。」

「那也是沒辦法的事。不過，這是真的。這不是《七大不可思議》那種奇談，而是從二十八年前開始，就真的有很多『相關人士』因此死亡。今年也是，如果『對策』失敗，每個月都會有人死亡。」

「還真是件麻煩事啊。」

俊介皺緊眉頭說：

「所以你扮演了『對策』的關鍵角色嗎？」

「嗯——」

「這樣啊。不過，話說回來，如果你有個萬一，我會把你的骨頭撿回來做標本的。」

他突然說出這種開玩笑般的話，然後環視室內。

大約半個教室的空間裡，陳列著許多大小魚缸和籠子。這是倉持老師的方針，不過夜見北生物社的活動基本上就是「飼養和觀察」。因此，這裡的魚缸和籠子飼養著各種生物。從水蚤、渦蟲到魚類、兩棲類、爬蟲類，也有昆蟲類的生物。哺乳類的話，目前有兩隻倉鼠。這些生物目前可以說是幾乎由俊介一個人打理。雖然有分配餵飼料的值日生，但俊介一定會在現場幫忙或下指示。就這個層面的意義來看，他已經是社辦的「主人」了。

「話說回來，有一件悲傷的事情要告訴你。我也是因為這件事叫你過來的。」

俊介這樣說。我歪著頭，心想到底是什麼事。

「其實，小烏死掉了。」

「咦？真的嗎？」

「應該是今天下午的事。午休的時候牠還會動。」

「小烏」不是小豬也不是老舊特攝片的怪獸，而是養在這裡的墨西哥鈍口螈（雌性，推測年齡為四歲）。在日本被稱為「烏葩魯葩」，有一陣子大受歡迎，是蠑螈的一種。不過，「小烏」這個隨便的名字不是我們取的。那是前年畢業的生物社前輩，把養在家裡的小烏帶過來，說是「這裡禮物」就留在社辦了。從這個時候開始，牠就叫做小烏。

小烏今天死了。春假時，我曾到社辦看牠，當時牠明明和平常沒什麼不同。

「墨西哥鈍口螈的壽命平均有五年到八年，小烏算是有點短命啊。」

說完，俊介望向曾經飼養小烏的窗邊魚缸。裡面已經空無一物。

「死因是什麼？」
「不清楚，我想應該不是飼養上的問題。」
「這樣啊……」
「所以啊——」
俊介說：
「我想把小烏的遺體做成透明骨骼標本，你覺得怎麼樣？」
特地叫我過來，就是要問這個嗎？
「我反對。」
我馬上這樣回答。
「你果然會這樣說。不過，墨西哥鈍口螈的透明標本很罕見喔。」
「就算是這樣，我也反對。」
「那不然，在原產地也有人拿來吃，炸一炸大家一起嚐嚐看好了。」
「我堅決反對。」
「哎呀哎呀。」
俊介苦笑，舉起雙手。
「沒辦法了，下一個選項就是標本了。」
「如果是魚的話，我就同意。」
我走向空蕩蕩的魚缸，俊介從冰箱中取出小烏的遺體，放入玻璃容器中，蓋上包鮮膜——對了，動物的屍體如果不這麼處理的話，馬上就會腐爛。
小烏長十二公分，是擁有漂亮金色的生物。即便已經死亡，牠圓圓的黑色眼睛呈現的呆萌感還是沒變。俊介默默地把容器交給我，我也默默地收下。
我和俊介並非感情不好，但我們兩個身為生物社社員，有個很大的對立點。那就是該怎麼處理死亡的動物。

即便死亡的是倉鼠，或是現在沒有養的兔子或小鳥，俊介都會想要做成標本。而我無論如何都不想這麼做（昆蟲和魚除外），只想把死去的生物埋進土裡。

以「生物研究」的觀點來看，其實不能一概否定俊介的做法。因為知道這一點，所以我並不會每次都反對。

不過，這天就算死的是去年在社辦裡抓到的少棘蜈蚣，我也沒辦法同意俊介拿去做標本。與其說是原則，大多時候是心情的問題。我現在身處一個接近「死亡」的班級，在這種特殊狀況下很難同意他做標本。

俊介也陪我一起到中庭，繞進生物社社辦窗外的土地，那裡是獲得倉持老師許可的動物埋葬場。這裡立著木片組成的小小十字架，過往埋了多少屍體，這裡就有多少個十字架。

我把小鳥的屍體埋進土裡，用幾顆小石子做記號。明天幫他做一個墓碑吧。

我雙手輕輕合掌，祈禱小鳥的冥福。

靜靜地沉睡吧。然後——

千萬不要被捲入奇怪的「現象」，再回到這個世界喔。

8

結果，這天演變成和幸田俊介一起放學的局面。

我本來想要繞去第二圖書室找千曳先生聊聊，但入口上了鎖，還掛著「CLOSED」的牌子——我後來才知道，千曳先生從四月底開始，就因為「私人因素」而停職，第二圖書室預計五月才會開放。

前往校門的途中，偶然遇到顧問倉持老師，我和俊介都有向他打招呼，不過後來遇到神林老師，只有俊介開口打招呼。對級任導師來說，我是「不存在的透明人」，所以在校內連招呼都不能打。

走出校門外沒多久，我們就遇到意料之外的人物。

「阿想，辛苦了。」

聽聲音我就知道是赤澤泉美。她一看到我們，馬上就跑著追上來。

「結束社團活動要回家了？」

我這樣問，她便一邊調整呼吸說：

「對啊，今天話劇社要開會。」

「妳是話劇社的社員？」

「不過，升上三年級之後，我都盡量讓學弟妹表現了。」

話說回來，之前好像聽說葉住到去年為止也是話劇社的成員。

「呃，這位是？」

泉美看著俊介這樣問。

「他是幸田俊介，一班的學生，也是生物社社長，人有點怪。」

簡單介紹之後，我也向俊介介紹泉美。

「她是我的堂妹，赤澤泉美，也是三年三班的同學。」

「三班的？」

俊介的手指抵著眼鏡框。

「她是三班的，還能正常說話……啊，現在已經在校外，所以ＯＫ啊？」

我覺得上下課的時候也不要接觸同班同學比較好，不過——如果是泉美的話，應該沒關係。

「幸田同學……三班也有一個叫幸田的男同學，對吧？」

泉美和俊介是初次見面，所以她不知道雙胞胎的事情。

我說明緣由之後，泉美睜大眼睛。

「喔——的確是雙胞胎，拿下眼鏡的話應該很像。」

「所以，三班的事情我已經聽弟弟說過了。『災厄』和『對策』的事情，我大致都知道。」

面對初次見面的女生，俊介好像有點僵硬，用字遣詞也比較禮貌——我一邊覺得俊介的樣子有點好笑，一邊對泉美說：

「我雖然說他有點怪，但是人不壞啦。如果在路上遇到他，不用躲開。」

泉美呵呵笑著，俊介則是紅著臉瞪我。嗯——偶爾開這種玩笑也不錯嘛。

因為這樣，我們三個人一起踏上回家的路。時間已經過傍晚五點半，西邊的天空染上一層薄薄的橘紅色。然而——

就在臨大馬路前的一個十字路口上，

我們因為紅燈停下腳步，又因為綠燈打算邁出步伐穿越斑馬線，就在這個時候——

司機大概是把黃燈解釋成「快衝」的意思，所以真的往前衝了吧。從左邊衝進十字路口的一台小型卡車緊急左轉，輪胎甚至發出摩擦聲，後來直接失去平衡。同一時間，又有一個別於引擎和輪胎的巨大聲響。

貨車上堆疊著大量木材。那是固定木材的繩索斷開的聲音。

因為驚嚇而停住腳步的我，身邊傳來泉美的一聲尖叫。「哇！」俊介也放聲大叫。

發現異常的卡車司機緊急煞車，但為時已晚。車體雖然沒有倒下，但貨車上的幾十根木材滾落在道路上……

甚至一路滾到我們打算穿越的斑馬線。不知道是不是因為木材在燈號轉變的時候就已經飛出來，所以我們才平安無事。如果十字路口尚有其他車輛，或許會演變成重大事故。

「可惡——真是的。」

下了車的司機，手足無措地環視十字路口的慘況。然後對著我們說：

「你們沒事吧？」

我們會在現場，當然是巧合。雖然有一瞬間冷汗直流，但沒有人因此受牽連而受傷。然而——

如果這是……有這種想像的人應該不只我一個。泉美還有知道內情的俊介應該都有一樣的想法。

如果這是因為「對策」失效而發生的事情——

那這個偶然，或許就不是單純的卡車貨物崩落，而是連結到「災厄」了。些許變動、偏差有可能會導致災禍，譬如被貨車落下的貨物擊中或者被操作錯誤的汽車撞上，使得某人被捲入「死亡」之中。

那個「某人」可能是三年三班成員之一的我，也可能是泉美。沒錯，也很有可能是俊介。他是三班敬介的「二等親以內的血親」，所以也是可能被「災厄」波及的「相關人士」之一。

「得小心一點才行。」

泉美看著我深呼吸的樣子這樣說：

「不能讓『災厄』開始，絕對不行。」

「嗯。」我緊繃著臉，接收她嚴肅的眼神，用低沉的聲音回應。

「我的『工作』真的是責任重大。」

Chapter 4 April IV

1

明明還是下午，「夜見的黃昏是空洞的藍色眼睛」藝廊內卻總是像黃昏一樣陰暗——

「歡迎光臨。」

像平常一樣歡迎客人的天根婆婆認出我的臉，低聲說：「喔，是阿想啊。」

「鳴在地下室喔。」

她用含糊的聲音這麼說。

「因為你們是朋友，我就不收錢了。」

館內陳列許多人偶，主要都是在二樓有工坊的霧果小姐的作品。牆上到處掛滿的畫，也大多是霧果小姐畫的。

自三年前的秋天初次造訪以來，這裡除了展示品有替換之外，基本上都沒什麼變。展品中最引人注目的是美少女球體關節人偶，不過也有一些中性的少年人偶和人形以外的動物或半人半獸的人偶……這裡的氣氛整體而言昏暗而妖異。我想一定有人不喜歡這種調調，不過我當初就是被這種宛如現實世界的「幻影」空間吸引。即便這裡不是見崎鳴的家也一樣。

館內的音樂也沒有改變。以古典弦樂演奏為主，有時候會有香頌或日文歌，不過基本上歌曲都顯得靜謐陰暗……感覺非常適合當作人偶們的秘密聚會場地。

除了我以外，沒有其他人進來。

請到這裡參觀。

深處的角落牆面上，貼著一張小小的紙條，一不小心就會漏看。文字搭配著一個指著斜下方的箭頭，那裡有往地下室的階梯。

地下室裡有比一樓更狹窄、更像洞穴的空間。

這裡**也有**很多人偶，不過比一樓更雜亂，與其說是展示，更像是倉庫。隨處可見成品和半成品，或者只有頭部或身體、手足的人偶零件。在這樣的環境中，占據前方一隅的黑色圓桌旁——見崎鳴就在那裡。

「好久不見了，阿想。」

鳴從座椅上起身，然後說：

「上次真是抱歉。」

「妳身體已經好了嗎？」

「沒事了。」

她的聲音還是有點沙啞。不過，對我露出的淺淺笑容，看起來不像是在逞強。

她身穿簡單的象牙白襯衫和黑色裙子，脖子上戴的是單墜的紅色項鍊——

館內流淌的音樂，在這個時候換成新的曲目。是佛瑞的《西西里舞曲》。前面有短短的鋼琴前奏，主旋律是大提琴。

我緩緩地踏進室內，鳴也朝我這裡走來。相隔一公尺左右的距離，我們就這樣面對面。

三年前的夏天，我比較矮，但現在已經完全逆轉。鳴和三年前一樣纖細瘦小，應該也沒有長高。

輕盈的短鮑伯黑髮，白蠟般幾乎沒有血色的肌膚。和四年前的夏天，偶然在能看得見來海崎燈塔的海岸遇見鳴的時候相比，她完全沒有變。總覺得只有她一個人存在於一個獨立的時間裡面……而且……

今天，鳴用白色眼罩遮住左眼。和烙印在我記憶中的樣子一模一樣。

這一點我倒是很意外。因為我這兩年幾乎沒見過鳴像以前一樣，用眼罩遮住眼睛了。

「為什麼把眼睛遮住了？」

我試著問她。

「——沒有為什麼……」

鳴收起笑容，這樣回答。

2

四月十五日，星期日的下午兩點半。

今天鳴傳了郵件給我，提議這個時間見面。

——因為我有很多事想知道。

信件裡是這樣寫的。

——這種時候，直接見面聽你說是最好的方法。

如果妳身體已經康復的話當然歡迎——我馬上就回信了。有很多事情想知道，這一點我也一樣……

「阿想你不討厭這裡——位於地下室的這個房間吧？」鳴輕輕摸著眼罩這樣說。

「嗯。」我回答之後，她再度露出淺淺的笑容。

「你坐那裡吧。」

她指著圓桌旁那張紅色布面、有扶手的椅子。

桌上有一本包著深藍色書套的文庫本，鳴剛剛在讀這本書吧。書本旁邊有白色的手機，此時這支手機在我眼中突然變成和這個環境非常不搭的異物。

鳴說這是「人偶的空虛」。

身體和心靈都很空虛、空洞，這是一種和「死亡」共通的空虛……而它們總想著要用什麼東西來填補自己的空洞。

所以——鳴這樣說：

在這個宛如地下室般的空間裡，聚集這麼多人偶，來到這裡的人，往往會覺得自己像是**被吸走**一樣。自己內心的各種東西，都會被吸走。

所以——鳴又繼續說：

「譬如榊原同學就不怎麼喜歡這裡。雖然他說已經習慣，不過還是……」

不過，我至今從來沒有這種感覺。反而覺得在這個地下室很安心——應該是說，如果被邀請到三樓的見崎家，我會緊張到無法冷靜。

應該吧——

因為……我大概和人偶屬於同類，所以就算被吸走也不會怎麼樣。我自己身上，也有和它們相似的「空虛」。因此，兩者之間一定能取得剛好的平衡……

「上學期開始已經過了一週了。」

鳴也隔著圓桌坐下，慢慢開口說話。

「班上的狀況怎麼樣？」

「呃……」

我沒辦法馬上回答，還在找適當的詞彙。

「總之，我覺得應該算順利。大家都有點緊張，還不太適應的感覺……不過，說平穩也還算平穩吧。」

「扮演『不存在的透明人』，你的心情怎麼樣？」

「心情嗎？」

「會不會覺得很寂寞或不想繼續下去？」

「啊，這倒是無所謂。」

這個回答沒有參雜任何謊言。

「不過，有些問題我很在意。所以，我也有問題想問妳。」

「你想問的問題……」

鳴緩緩瞇起右眼。

「是什麼？」

「三年前……一九九八年三年三班的事。其實，我更早之前就想問了。不過，一直找不到時機。我覺得這種事不要透過電子郵件，而是見面直接說會比較好。」

三年前——

見崎鳴是夜見北三年三班的一員，只有國三那一年來到夜見山的榊原恒一也是。他們是當年經歷「現象」的當事人，親眼見證降臨的「災厄」。據說鳴在暑假時造訪晃也先生所居住的緋波町「湖畔宅邸」，也是因為想從一九八七年度也在三年三班、經歷過相同「現象」的晃也先生那裡，獲得一些有用的資訊。

那年為了實施「對策」，其實就是由鳴扮演「不存在的透明人」……這件事我也聽說過——不過，我知道的就只有這樣。

鳴從來沒有跟我說過更詳細的細節。因為她看起來不怎麼想說，所以我也沒辦法開口問……

「……讓『不存在的透明人』增加到兩個啊……」

我說明今年度的「對策」之所以發展至此的來龍去脈之後，鳴望向桌面這麼說：

「三年前的確是演變成這種局面，班上的確有一位叫做江藤的女同學。」

「妳當過『不存在的透明人』對吧？如果碰到什麼意外，『災厄』開始降臨，就要緊急追加『對策』……」
「沒錯。那年的『對策』失敗了，所以除了我之外，多加了榊原同學。」
「榊原學長嗎？」
「原來你沒聽榊原同學說過啊。」
「是啊——」
因為他——榊原恒一也一樣，從不主動說明三年前有關「現象」的事情。
「這樣啊。」
鳴緩緩地眨了一下眼睛，
「不過，最後還是失敗了。『災厄』沒有停止，我們的導師暑假前在教室以非常慘烈的方式死去……」
然後輕嘆一口氣，緩緩搖了搖頭。我覺得有點心痛。對她來說，這當然是不想回憶的過去。
「所以啊，阿想。」
鳴盯著我看。
「我覺得把『不存在的透明人』增加到兩個的『對策』，沒什麼意義。」
她這樣說完之後，又微微歪著頭接著說：
「不過……之前從來沒有上學期一開始就安排兩個『不存在的透明人』，所以也無法判斷對吧？」
「那三年前為什麼『災厄』就停止了呢？聽說八月有集訓，當時發生很慘的事件……不過九月之後，就再也沒有人死亡了對吧？」
「啊，那是……」
鳴只說到這裡就緊閉嘴唇，比剛剛稍微用力地搖搖頭，這是不想說的意思嗎？——這個問題，之前我也問過幾次。不過，鳴的反應都差不多……

「千曳先生呢？今年的『對策』，你有問過他的意見了嗎？」
她這麼問，換我搖頭。
「千曳先生現在暫時休假，聽說第二圖書室五月才會開放。」
「這樣啊——千曳先生一定很累。」
說完，鳴再度嘆了一口氣時，樓梯那裡傳來含糊的說話聲。那是天根婆婆的聲音。
「我泡好茶了。你們兩個都上樓吧。」

3

不知道是不是CD已經播完全部的曲目，館內的音樂又回到《西西里舞曲》——我們移動到一樓沙發，喝著天根婆婆泡的熱綠茶。綠茶非常好喝，不知不覺中讓受寒的身體慢慢暖和起來。
「『有點在意的事』是指什麼？你剛剛不是有提到這個？」
鳴緩緩地開口。
「你是指葉住同學成為另一個『不存在的透明人』這件事嗎？」
沒錯，就是這件事。鳴的觀察力還是和三年前的夏天一樣。
「該怎麼說呢？總覺得她很危險。」
「危險？怎麼個危險法？」
「這個……」
我一時沒辦法給出明確的答案，所以暫且先跳過這個話題。
「妳扮演『不存在的透明人』時，感覺怎麼樣？」
「什麼怎麼樣？」
「就像妳剛才問我的，就是……會不會覺得很寂寞或不想繼續下去？」

「從來沒有。」鳴馬上斬釘截鐵地這樣回答。

「我和阿想一樣，完全沒事。就是因為覺得應該沒什麼，所以才接受這個安排。」

「啊……可是……」

「我本來就喜歡自己一個人，這樣反而比較輕鬆。」

「原則上只有在校內才必須扮演『不存在的透明人』，妳那個時候也一樣有這個規則對吧？」

「規則好像是這樣。」

鳴雙手捧著茶杯，一邊喝茶一邊說：

「——話雖如此，我即便在校外也幾乎都繼續扮演『不存在的透明人』。畢竟這樣比較好懂，也可以省去不少麻煩啊，反正我在班上也沒有什麼好朋友。」

她這樣說之後，微微笑了一下。那絕對不是自虐般的笑容。

「那榊原學長呢？」

我不禁這樣問。

「妳和他不是很熟嗎？」

「榊原同學啊……是很熟，因為有特殊的內情。」

鳴再度微微笑一笑。聽到「特殊的」這個詞時，有一瞬間感受到難以言喻的胸悶，但我還是默默地點了點頭。

「阿想呢？」

鳴這樣問。

「你能明確切換校內和校外的身分嗎？」

「切換……是啊。我是很想把這件事做好，但是的確很麻煩……而且感覺稍微有個意外就會混亂，採取錯誤的行動，所以現在也盡量在校外也不接觸同班同學。」

「你在班上有好朋友嗎？」

「我和妳不一樣。」
我刻意這樣回答。算是半開玩笑。
「嗯，這樣啊。」
鳴輕輕抱著手臂，仔細端詳我的表情。
「阿想，你真的長大了呢。到夜見山之後的兩年半長大不少。」
「啊……沒有啦。」
長大？──我有長大嗎？
和以前不同的是，去學校或者和其他人相處，都沒有那麼痛苦了。我是有一些朋友，和赤澤家的人也還處得來──不過，這算是「長大」嗎？
我自己覺得核心的部分沒什麼改變就是了。尤其是像這樣和鳴見面說話的時候，感覺更強烈。
這三年來，雖然身高已經逆轉，但內心還是像以前一樣……鳴還是比我堅強，眼神比我冷靜，眼光看得比我更遠。這樣的關係沒有改變。所以，我一定還是……
「我覺得你不用太擔心『第二個不存在的透明人』──葉住同學。」
不知道是不是察覺的心思，鳴最後這樣說。
「就算那個同學以後不想再繼續當『不存在的透明人』，放棄扮演這個角色也一樣。」
「──演變成這種狀況也一樣嗎？」
「我覺得沒問題。」
「沒問題嗎？」
「只要你好好扮演『不存在的透明人』就好了。」
鳴抿緊嘴脣，用左手中指從斜角輕撫眼罩。
「利用創造一名『不存在的透明人』，把混入一名『死者』的班級人數導正，重新找回平衡，這就是『對策』的意義。所以啊，只要阿想一個人好好扮演角色，還是會有防止『災厄』降臨的效果。」

「──我知道了。」

我乖乖地點頭。

既然鳴都說「沒問題」了。

那一定是真的沒問題。三年前的某個夏日，鳴把我從看不見出口的渾沌之中拯救出來。她說的話永遠都是對的。以前是對的。所以，現在也一定沒錯……

「不過……」

鳴繼續說下去。

「如果真的變成那樣，放棄扮演角色的葉住同學就會變回『存在的人』。既然如此，你對她就必須扮演『不存在的透明人』，這一點要特別注意。」

「──好。」

我自己的準則是「即便都是『不存在的透明人』，在校內也不要接觸彼此比較好」，如果考量到這層變故，說不定剛好派上用場。

此時突然響起和館內音樂不同的旋律。「啊……」鳴發出這樣的聲音，她罕見地急忙把手伸向桌邊放在文庫本上的手機。

原來是電話響了。

「不好意思，我講個電話……」

鳴瞄了一眼手機的畫面就留下這句話，從沙發起身把手機貼在耳朵旁說：「是我。」然後直接離開桌邊，快步走出建築物外。

我目送她離去的背影。

「要不要再添一杯茶？」

天根婆婆這樣問。

「啊，沒關係。謝謝招待。」

是誰打來的電話呢？

高中的朋友嗎？還是霧果小姐？

仔細想想，鳴國中畢業之後，升上縣立高中的普通科，我幾乎對她的校園生活一無所知。只知道她升上高中之後也參加美術社，不知道她有什麼朋友，也不知道她有沒有「特別的」男朋友……

兩、三分鐘之後，鳴從外面回來，說了聲「抱歉」就坐回原本的沙發上。我悄悄窺探她的表情，但看不出來跟剛才有什麼不同。

「阿想你現在自己一個人住對吧？」

鳴把手機放回文庫本上後這樣問。

「嗯，對啊。」

我心跳有點加速。

「不過，還是離赤澤家很近，吃飯、洗衣服跟之前一樣，都是伯母代勞。」

「你住的房子也是赤澤家的？」

「那是夏彥……二伯父的公寓，剛好有一間空房。」

「喔——」

「赤澤家啊……」鳴低聲喃喃自語，用手指敲了敲額頭又歪著頭，不過馬上就盯著我說：

「下次可以去你家玩嗎？」

「呃——」

我的心跳變得更快了。

「呃，那個……」

「賢木先生的人偶，在你那裡吧？」
「啊，是。」
「我也想看看人偶。好嗎？」
就在我沒辦法確切回答「好」或「不好」的時候——
「那今天差不多到這裡。」
說完，鳴就站了起來。
「如果有什麼事，就傳郵件給我。緊急的時候，打電話也沒關係。」
「好。那個——見崎姊。」
我突然想要確認清楚。
「怎麼了？」
「妳還是很討厭手機嗎？」
「——嗯。」
看著桌上的手機，鳴這樣回答。
「基本上還是討厭，覺得手機是討人厭的機械。」
正當我準備要告辭回家時——
在打開門往外走之前……我回頭往後看了一下。黃昏般陰暗的藝廊內，鳴從沙發上起身，目送我離開。然而，就在這個時候……
她不慌不忙地拆下遮住左眼的眼罩。繃帶下的眼睛，此時是什麼顏色呢？因為光線的關係，我沒能看清楚。

4

「嗨，阿想。」

從我熟識的男子口中，說出熟悉的話。

「你都不找我，我只好自己上門了。」

是矢木澤暢之。

他比我高一個頭，身材瘦長。穿著褪色很嚴重的牛仔褲搭配紅色帽T，頭髮還是亂糟糟，稍微有點顏色的圓眼鏡怎麼看怎麼奇怪。以普通人的角度來看，他就是個非常古怪的國中生。

他本人似乎有些堅持，但就算他說明我也聽不懂。應該是說，他如果留一般的髮型，不要戴圓框眼鏡，再把下巴那些稀稀落落的鬍子剃乾淨的話，其實算是一個很吃得開的美男子。

我離開御先町的藝廊之後，繞去書店一下才回到「弗洛伊登飛井」。就在我把腳踏車放回停車場，進入公寓入口大廳的時候——

「你特地來找我？」

「對啊。」

矢木澤家到這裡，搭巴士也要十幾分鐘。星期天的這個時間，沒有事前聯絡特地跑來，要是我不在家怎麼辦？

「好了，請進來吧。」

具自動鎖功能的大門前設有對講機，喇叭傳來說話聲。嗯？這個聲音是……

「我拜託赤澤幫我。」

矢木澤這樣說。

「我打給她，問你在不在。然後她就去你的房間看了一下……她說你好像出門了，不過你應該不會太晚回來，如果我到了你還沒回來，應該等一下就好。還說她會提供等待的空間。」

「提供等待的空間……」該不會是泉美的房間吧？

她和矢木澤有這麼熟嗎？——不過，這和我無關。

「剛好阿想回來了。」

矢木澤朝對講機這樣說。泉美回答說：

「啊，那再見……」

「再見。」

我搶先回應。

「總之，你難得來，要不要上樓看看？」

「好啊。」

矢木澤這樣回應，摸著稀疏的鬍鬚露出天真笑容。

5

「在這種房子裡獨居，真好耶。」

在我的邀請下，矢木澤坐在椅子上，一邊環視空蕩蕩的室內一邊這樣說。

「聽說這種公寓的所有人是赤澤的爸爸？」

「嗯。原本是住在赤澤本家，不過那裡四月開始重新翻修，所以這段時間我會住在這裡。」

「真好耶。」

矢木澤發自肺腑重複說這句話。

「我們家兄弟姊妹多，家裡又很破爛。只要稍微播CD或彈吉他大聲一點，馬上就會被媽媽或姊姊罵，想要安靜讀書的時候，弟弟們又開始吵，就算借影片回家看，電視也輪不到我用……完全沒有能夠舒適待著的空間啊。」

「我覺得熱熱鬧鬧的很好啊。」

這個回答有一半是真心的。在一個屋簷下，擁有平凡的雙親和姊弟，我反而有點羨慕這種家庭環境。

打開昨天從赤澤哥哥的房間搬來的小冰箱，拿出兩罐果汁，一罐遞給矢木澤，我也順勢坐下。

「所以呢？」

我盯著他的臉看。

「你怎麼突然跑來？」

「開學之後我們就沒有好好說過話了吧。我知道你的想法，但是我覺得你太見外了。」

「——是嗎？」

「真的太見外了。我們明明是**夥伴**，對吧？」

我當然知道矢木澤說的「夥伴」是什麼意思，我們不只是單純的「三年三班的同學」。

不過——

「嗯，是沒錯，但是現在的狀況不得不這麼做。」

我盡量沉穩地回應。

「我覺得即便是在校外，也不能像以前一樣輕鬆接觸。畢竟這是為期一年的長期抗戰。如果不繃緊神經，一個不小心在校內也搭話……我是為了徹底消除風險才決定這麼做的。」

「我之前已經聽說你的原則了。」

「那你就不要說我見外啊。」

我一臉認真地說。

「既然知道今年是『有事的一年』，我們就必須盡最大限度的努力——對吧？」

「喔……你說得也是啦。」

「話說回來。」
這次換我開新的話題。
「你這次為什麼主動說要競選班長？」
「我競選班長，很奇怪嗎？」
「我聽說這件事的時候，覺得你不可能做這種事。」
「嗯——或許是吧。」
矢木澤抓了抓長髮。
「我自己是樂觀地覺得今年應該是『無事的一年』，結果竟然是『有事的一年』。我的心態隨著狀況自然而然轉變，心想既然如此我就必須做點什麼。」
「怎麼說？」
「因為我是從小學就沒有當過班長的人，所以想說這次就來當個班長好了。最慘的情況下，今年可能是我此生最後的校園生活啊。」
「你竟然突然拋出這種悲觀論。」
我抱著複雜的心情回應。
「又不是『對策』失敗，『災厄』已經降臨了。就算災厄降臨，你也不一定會死。」
「喔，你這樣說也沒錯啦。」
就在這個時候，E9傳來敲門聲。「來了——」我一回答，沒鎖的大門就被推開——
「可以打擾你們嗎？」
進門的是赤澤泉美。
「還是說，這是你們男生的秘密聚會？」
「沒有沒有，請進請進。」
明明不是他的房間，矢木澤卻起身邀請泉美進屋。

「樓上有這個，所以我就拿來了。」

泉美這樣說完，把一個白色紙袋放在桌上。

「一點小意思。」

紙袋裡是剛好一人一顆的大泡芙。

「喔，那我就不客氣了。」

矢木澤馬上就伸手去拿，但吃到一半的時候他突然停下來這樣說：

「班長是……」

「她是十四年前，三年三班的班長對吧？」

完全搞不清楚狀況的泉美，歪著頭咦了一聲。

「十四年前，原來如此。」

而我馬上就知道他在說什麼。

「八七年的三年三班，女班長就是**你的姑姑對吧？**」

「嗯。」

矢木澤無力地點點頭。

「所以，這次我也要當班長。不過，這沒什麼根據就是了。」

「什麼意思？」

泉美一邊看著我們兩個一邊問。

「矢木澤的姑姑，十四年前也是夜見北三年三班的學生嗎？那該不會和阿想的……賢木晃也先生是同學？」

「嗯。」

我這樣回答。

「晃也先生和矢木澤的姑姑是八七年的三班同學。」

一年級的時候，我在班上認識矢木澤沒多久，就發現他和自己有這個**共通點**。我的舅舅和他的姑姑，以前都是這所學校三年三班的學生，也是一起面對「現象」與「災厄」的「夥伴」。我的舅舅晃也先生雖然在「八七年的慘案」身負重傷，但還保得性命，在暑假前搬到夜見山市外，也轉到別的學校，順利**逃離**「災厄」。另一方面，晃也先生的同學，也就是矢木澤的姑姑，在下學期途中突發急病身亡。

確認過這件事屬實之後，矢木澤和我之間就產生某種**夥伴意識**。

我和他從一年級的時候，就經常半開玩笑地聊「以後我們如果被編到三年三班……」這種話題，沒想到一語成讖。當時就連我自己都還沒辦法想像真實的狀況。

「理佐姑姑是很漂亮的女生喔。」

矢木澤這樣說，她的全名好像是「矢木澤理佐」。

「因為是十四年前的事情，我才剛出生，當然完全不記得她的樣子。看以前留下來的照片，每一張都很美……」

泉美瞄了牆邊的書架一眼，她好像很在意放在那裡的那張照片——

順著她的視線，矢木澤也往書架的方向回頭看。就這樣，他也自然而然地把目光停留在那張照片上。就算被看到、被發現也無所謂——我已經作好心理準備。

「這是……」

矢木澤起身靠近照片，然後說：

「喂，阿想，這張照片是？」

一九八七年暑假，當時三年三班的學生，暫時到緋波町「湖畔宅邸」避難。我從以前就知道，除了晃也先生以外的四個人之中，站在最右側的女同學按著被風吹動的長髮，她的姓氏就是「矢木澤」。

「這件事我以前都沒機會說……」

接著，我對矢木澤說出自己知道的事。

十四年前的暑假。

晃也先生邀請朋友來到「災厄」的「影響範圍外」——也就是位於夜見山市外的「湖畔宅邸」。他們在那裡度過不必害怕「災厄」降臨的和平時光。當時所有人一起拍攝的照片就在這裡……

「為什麼啊？」

矢木澤有點鬧彆扭似地皺緊眉頭這樣說。

「為什麼之前都沒告訴我這件事啊？」

「那是因為……」

我刻意閃避矢木澤的視線。

「在那之後，晃也先生因為逃離夜見山平安活下來。其他人在暑假結束後回到夜見山，結果你的姑姑就死了。晃也先生大概直到三年前過世前，都對當初**只有自己逃走活下來**感到內疚，一直責怪自己，所以……」

「你很難開口，是吧？」

「——嗯。」

我輕輕點頭。

「——對不起。」

「阿想沒必要道歉。」

這時候插嘴的是泉美，她斬釘截鐵地這樣判斷。

「你也有你的痛苦，畢竟經歷過最喜歡的晃也先生去世的悲傷……其實你也不太想回憶三年前發生的事吧？如果要解釋這張照片，就一定會想起那些事。」

我無法回應。不久後矢木澤開朗地笑著說：

「嗯，說得也是啦。」

「雖然只有短暫的暑假，他們能悠哉度過真是太好了。這張照片裡的理佐姑姑，看起來玩得很開心。對吧？阿想。」

「嗯，是啊。」

「以後我也想去那棟『湖畔宅邸』看看。」

「喔……」

雖然有出聲回應，但是對矢木澤這句話，我實在沒辦法說「好」。

6

「矢木澤同學，那之後就再請你多多指教。」

像是為了一掃當場微妙的沉默似地，泉美這樣說。

「我是決策小組的成員，你是班長，都要互相幫忙。為了讓今年的『對策』順利，大家都能平安畢業，一起加油吧！」

「喔，好。」

矢木澤相比之下好像少了點氣勢。

「妳說得對。不過，我不知道該怎麼加油就是了。」

「我們能做的就是小心謹慎，讓阿想和葉住同學持續扮演『不存在的透明人』。」

「這我知道，我會非常小心。」

「我覺得阿想應該沒問題。有問題的大概是葉住同學。」

「沒錯，就是她。」

矢木澤點點頭，用指尖推了推眼鏡的鼻橋。

「我也有點擔心她——對吧？阿想。」

他看向我，然後說：

「我說你啊，是不是對葉住太冷淡了一點啊？」

「會嗎？」

「你自己都沒感覺嗎？」

「我沒有刻意要對她冷淡就是了。」

「不對不對，就我來看，你對她一點也不友善。你們好歹都是『不存在的透明人』，即便在校內，休息時間待在一起也沒關係吧？」

這個——其實我採取盡量避免彼此接觸的方針。當我說明自己的想法之後，矢木澤抱著手臂喃喃地說：「嗯……」

「我是可以理解你的想法啦。但是葉住沒問題嗎？雖然是我自己的看法，不過那傢伙大概對你……」

「沒問題。」

為了打斷矢木澤要說的話，我更加斬釘截鐵地這樣回答。同時也回想起今天在藝廊內，和見崎鳴的對話。

「沒問題的。不管她怎麼樣，一定會順利進行——我一定會讓對策成功。」

Chapter 5 April V

1

四月的第三週——新學期開始的第二週——這段時間都沒有發生什麼大問題。至少我是這麼覺得。

在同學、老師們的幫助之下，我謹慎地扮演著「不存在的透明人」。葉住結香也遵從我的意見，即便我們都是「不存在的透明人」，在校內她也徹底無視我。這一點至少可以讓我暫時安心。

即便在校外，「不存在的透明人」也盡量不要和同學接觸會比較安全，我想葉住應該也很了解我的這個想法——不過，我偶爾在上學、放學時間，看到她和三班的女同學在一起，像沒事一樣聊天。連校外都要扮演「不存在的透明人」，實際上還是很難執行嗎？

葉住有打過幾次電話給我。每次我都會鼓勵她「一起加油，讓『對策』成功吧」，但是也不會多聊其他的。因為我覺得以長遠的眼光來看，一直叮嚀這個不能做、那個不能做，持續給她壓力的話，會產生反效果。

星期五——四月二十日那天，上學前的早晨，我又和葉住相遇，時間點和開學典禮那天不太一樣。從沿著夜見山川的馬路往下切到河岸邊，我們兩人在步道上走了一會兒。

葉住這個時候開始聊起她自己的事。

她因為父母工作的關係，平常放學回家之後，家裡大多時候都沒有人在。雖然沒有感情不好，但雙親對女兒基本上採放任主義。

「說難聽一點就是丟著不管，不過，這樣也滿輕鬆的。」

這樣說完之後，葉住露出爽朗的笑容，但我在想那到底是不是她的真心話。如果這句話出自見崎鳴，我應該就不會有任何疑惑。

她說她有個大五歲的哥哥。

去年高中畢業之後，升上東京的某大學法學院，已經離開夜見山了。以後立志要考司法考試，成為法律專家，是個很可靠的人。按照她的說法，我似乎和她哥哥有點像……

「阿想有兄弟姊妹嗎？」

她這麼一問，我刻意淡然地回答。

「有一個在讀小學的妹妹，住在緋波町的老家。」

我沒有特別解釋——那是同母異父的妹妹，也是母親和再婚對象生的孩子。

「她叫什麼名字？」

「——嗯？」

「你妹妹的名字。」

「喔……美禮。」

「可愛嗎？」

「——還好。」

仔細想想……不對，不用想也知道，從大前年的夏天之後，我就再也沒有見過美禮。據我所知，母親月穗在這兩年半之間，來過夜見山三次，不過她都沒有帶美禮來。

「阿想現在和赤澤同學住在同一棟公寓對吧？」

她突然這麼問，也是在週五的這個時候。

「因為有點事情，暫時會住在那裡。」

我很乾脆地回答。

「預計夏天前就會回到之前照顧我的伯父家。」
「可是，你們現在還是住在同一棟公寓對吧。我聽說是在同一層樓，真的嗎？」
「嗯，對啊。」
是誰告訴她的？她在校外持續保持往來的好友之一嗎？或者是……算了，那些都無所謂，反正也不是什麼必須隱瞞的資訊。
「既然如此，那你每天都會和赤澤同學說話嗎？」
「喔……會啊，不過也不是每天啦。」
「你不是說在校外也盡量不要和同學接觸比較好嗎？」
葉住連番問問題的口吻，有一瞬間聽起來帶著點刺。
「因為赤澤是我的堂妹。」
回答完之後，我看著並肩而行的葉住的側臉。她仍然直直盯著前方。刻意用冷淡的聲音說「是喔」，接著——
「你對她有什麼特別的感覺嗎？」
葉住這樣問。
「什麼？」
我嚇了一跳，再度看著葉住的側臉。
「這是什麼意思？」
「就是……那個……」
她用沒有拿書包的手，順了順長及胸口的髮絲。
「就是喜歡或者討厭之類的。」
「呃……如果妳這樣問的話，那答案應該是『喜歡』。」
這種時候我難免會想推測一下，拋出這種直球問題的人，心裡到底在想什麼。其實，因為我沒什麼經驗，所以不擅長應對這種事。而且，老實說，現在的我只覺得「不是談情說愛的時候」，所以很快就停止推測對方心思的舉動。

「不過，就算是『喜歡』，赤澤也是我的堂妹。所以，這個喜歡沒有什麼奇怪的含義。」

我這樣補充，打算結束話題。然而，葉住並沒有因此作罷——

「堂兄妹也可以結婚啊。」

她這樣說，眼神仍然望著前方，但不知道是不是我想太多，語調感覺還是帶著刺。

真是的……我不動聲色地在心裡哀號。

我最怕這種事了。我最怕，不對，是超級怕和女生這樣說話。

這種時候，一般的國三男生應該怎麼處理呢？如果是矢木澤的話……如果是（雖然感覺不太能參考）幸田俊介的話……對了，如果是三年前的榊原恒一的話……

就在我東想西想的時候，度過了幾秒鐘不自然的沉默時光。

結果，葉住有點慌張地發出「啊，糟了……」的聲音，停下腳步看著我。

她臉頰泛紅，眼神看來有點不知所措。明明擁有一張成熟又漂亮的臉蛋，現在整張臉垮下來的表情，完全就像是手足無措的小孩——很好。就這樣讓話題帶過吧……我這麼想也只是一瞬間的事情。

「那個，阿想。」

葉住用睫毛長長的大眼睛盯著我。

表情一轉，露出惡作劇般的微笑。雖然是惡作劇般的表情，但總覺得很適合她成熟的長相。

「我啊，在阿想自願要當『不存在的透明人』的時候就……」

「啊，是翠鳥！」

此時我這樣一喊，葉住便沒有再說下去。我指著河川的方向，朝著河岸踏出一、兩步。

「妳看，在那裡。飛在半空中。」

河川中央稍微靠我們這一邊的水面上約三公尺的空中，有鳥兒忙著拍動翅膀。鮮豔的翠綠色翅膀和橘色的腹部。小小的身體搭配長長的鳥喙——嗯，這一定是翠鳥。翠鳥會像那樣瞄準水中的獵物。

名字採用「翡翠」的翠，這種美麗的小鳥是長期棲息於全日本各地的留鳥，不過我是第一次在夜見山這條河川上，第一次看見翠鳥飛在空中的光景。我不禁組合雙手的大拇指和食指，框出一個虛擬的取景器，緩緩往前走，一邊數度按下虛擬的快門。

「啊——真是的……」背後傳來葉住的聲音。

不久後，鑽入水中的翠鳥，成功捕獲獵物小魚飛出水面。我一邊按下虛擬的快門，一邊偷偷對牠（——既然鳥喙是黑色，那應該是公的）致上謝意。

2

隔天是二十一日，星期六的早上。

我向學校請假，來到市立醫院的「診所」。上週的預約最後還是取消，到今天為止已經延後一個星期了。

這是占據夕見丘一大片土地的綜合醫院。從去年開始就大幅改建的醫療大樓位於院區正面，旁邊緊接住院大樓，這兩棟大樓就是整個院區的「本館」。建於距離本館後方一小段路的「別館」，是個老舊的小型建築物。我看診的專科就在那裡。

現在的科名叫做「身心醫學科」，不過直到十年前左右為止是叫做「精神科」。以前大概是不想把這個專科放在太顯眼的地方吧。因為世俗社會對精神病一般都有偏見。即便是現在，仍然根深柢固，所以月穗才會稱呼這裡為「診所」吧。畢竟「身心科診所」比「醫院裡的精神科」好聽一點。

月穗的第一任丈夫——也就是我的生父是因為自殺而離世。據說是「精神方面的疾病導致自殺身亡」。再加上，三年前晃也先生的事情。讓她變得更敏感……這些心情我都能想像。和這兩位擁有血緣關係的我，並沒有太過在意就是了。不過——

站在別館前的我，心情比之前來的時候沉重。

那是毫無設計感的四層樓鋼筋混凝土建築。二樓以上的房間，每個小窗戶都有安裝鐵窗。有點髒汙的牆面上，隨處攀爬著藤蔓，看起來有種陰鬱、令人毛骨悚然的感覺。

聽說別館的病房現在已經沒有讓身心醫學科的患者使用了。第一個原因是設施太老舊。需要限制活動的重症患者，都已經移送到設於其他地方的專用大樓了。不久後，這棟建築物也預計會拆除。

「午安，阿想。你已經升上三年級了對吧？」

進入診療室之後，主治醫師碓冰馬上就像平常一樣，客氣地對我說話。

「上次見面是二月上旬了啊。」

他看著桌上的病歷一邊問：

「怎麼樣？這兩個多月有沒有什麼變化？」

來到夜見山之後，我就一直給這位精神科醫師看診。

年齡大概是四十歲前段；體型像柔道選手一樣，有著大大的方臉；嘴脣周圍和臉頰、下巴都有黑黑的鬍鬚。乍看之下雖然很可怕，但他凝望我的那雙小眼睛，總是釋放出沉穩溫柔的光芒。

「沒有什麼改變，我想應該沒問題。」

我這樣回答。

「晚上都有睡好嗎？」

「有。」

「不需要安眠藥？」

「對，基本上沒吃也睡得著。」

「會做惡夢嗎？」

「這倒是……有時候會。」

「不過已經比以前少了對吧？」

「對。」

我被送到夜見山後沒多久，月穗的丈夫——也就是我的繼父比良塚修司便介紹這位醫師幫我看診。三年前**那件事**讓我大受打擊，當時的我精神狀況非常不穩定。

即便我自己覺得沒事，但實際上因為各種不適而傷透腦筋——失眠、做惡夢；清醒時也會突然出現不安、恐懼、混亂、無力感；還有伴隨而來的心悸、發汗、喘不過氣等症狀。

這是創傷後壓力症候群（Posttraumatic Stress Disorder），簡稱ＰＴＳＤ。

我不太想用這個名稱一語帶過這些症狀，但即便我抗拒，碓冰醫師還是這樣診斷了。不過，這些症狀都沒有太嚴重，不需要太擔心。

「不過，阿想自己有試著想要重新振作起來，這再好不過了。」

我至今仍記得他曾經這麼說。

「我只是稍微在旁邊幫忙而已。」

當初因為是比良塚的繼父介紹，我對碓冰醫師還是有點戒心。不過，後來漸漸建立起「這個人可以信任」的醫病關係……結果一年後症狀就大幅改善了。當初曾經開過的幾種處方藥，現在幾乎不用吃了。

「媽媽最近有跟你聯絡嗎？」

醫師這樣問。他每次都會問這個問題，不過，我知道自己的回應都不是很好。

「偶爾——這個月初有聯絡過一次。」

「打電話嗎？」
「對。」
「你有好好跟媽媽講話了嗎？」
「──沒有，我只聽了留言。」
「你有主動打過電話嗎？」
「──沒有。」
「你不想和媽媽說話嗎？」
「對……啊……我不太想……」
「也不會想見面聊一聊嗎？」
「………」
「還是你其實很想和媽媽見面？」
「………」
「你可以說實話沒關係。」
「──我不知道。」
「這樣啊──嗯──」
醫師眨了眨小小的眼睛，然後重複說了幾次「嗯、嗯」。
「比良塚家的特殊狀況我大概都知道。站在你現在的角度來想，對媽媽懷抱撕裂般的情感也是沒辦法的事。你不需要因此自責，懂嗎？」
醫師這麼說，我坦率地點了點頭說好。

3

我好像是碓冰醫師今天最後一位患者。離開診療室之後，候診室已經沒有其他患者。

「來，這給你。」

見過好幾次的護士菊地小姐把要交給出納櫃台的文件遞給我。就在這個時候，有個小小的人影從我旁邊擦身而過，朝診療室的門口衝過去。

我嚇了一跳，仔細一看是個還很年幼的小孩，應該是國小低年級的小朋友。妹妹頭再加上服裝、書包的顏色，判斷應該是女孩子——就在我這麼想的時候——

女孩突然回頭轉向我小聲地說「你好」，然後沒敲門就打開診療室的大門。接著就往裡面衝了。

「那是碓冰醫師的女兒喔。」

菊地小姐對疑惑的我這樣說，還呵呵地笑了。

「星期六放學的時候她經常來。一起吃午餐，然後醫師就會被那孩子拖回家——阿想是第一次見到她嗎？」

「啊，對。」

我一邊想像碓冰醫師那張大鬍子臉，在女兒衝進來的那一瞬間變得柔和的樣子，一邊回答菊地小姐的問題。

「他們父女感情很好對吧？」

「因為她媽媽很早就過世了。」

菊地小姐稍微壓低聲音這樣說。

「夫人過世之後，醫師就獨自扶養女兒。醫師很疼愛孩子。而且她女兒真的很聰明，又非常可愛……」

之後我才知道，那女孩的名字叫做希羽，就讀附近公立小學的二年級。

4

這天從早上開始就是陰天，我離開別館的時候，下了一陣大雨。平常前往有出納櫃台的醫療大樓一樓大廳，會從外面繞到正面的玄關，但此時為了避雨，我從內部的走廊（應該是說有屋頂和牆面的聯絡通道）進入本館。本館和別館的三樓也一樣有聯絡通道。

不知道是不是因為之前改建過很多次的關係，聯絡通道像迷宮一樣複雜，我緩緩走在通道上的時候，突然想起——

三年前的現在這個時候，榊原恒一到這裡住院。

我聽說他從東京搬到這裡沒多久就住院了。在他即將以轉學生的身分到夜見北上學的前一天晚上——因氣胸突然發作而住院。上學前就吃了這樣的苦頭。

我和他相識的時候，他已經完全恢復健康，看不出來竟然是肺部曾經破了洞的人，我不禁想像他當時的辛苦和疼痛。

他曾經住在這個醫院的哪個病房呢……我一邊沿著陰暗的走廊前進一邊環視周遭——突然之間——

砰咚——伴隨低沉的聲響，世界瞬間轉暗。那真的是一瞬間的事情。

說到「住院」——我聯想到記憶中的事實。

從這個月初開始，有一位學生因為生病一直請假沒來，而且是三班的學生。詳細情形不清楚，但據說目前需要住院一陣子，所以沒辦法到校上課——我忘記是什麼時候，泉美好像提過這件事。那位同學——她好像是叫做牧野還是牧瀨……

終於抵達醫療大樓的大廳，外衣口袋裡的手機響了。

可能是因為我很在意昨天見面時的互動，腦中突然浮現葉住的模樣，接著浮現的人是矢木澤。雖然應該不太可能，不過我也想起見崎鳴……

看著手機螢幕，我不禁嘆了一口氣。打電話來的人是月穗。

我回想起剛才和碓冰醫師的對話，雖然有點猶豫，但還是按下通話鍵。

「啊……阿想？」

久違地聽到媽媽即時回應的聲音，在她繼續說下去之前——

「我過得很好。」

我搶先說話。

「也有去看診。」

「——對不起，阿想。」

「不要跟我道歉，都已經過去了。」

「其實啊，我是想把你……」

「我和赤澤伯父、伯母處得很好喔。我在這裡就好了。」

「啊……可是……」

「妳不用擔心我。」

「…………」

「那就這樣了，我掛了喔。」

我真的打算掛斷電話，但這時候月穗像是要阻止我似地說：

「下個月我會去看你。」

「我很久沒見到你，而且也該去和小百合姊姊他們打招呼……所以，下個月一定會去。」

不用來也沒關係。

我深吸一口氣，忍下突然說出這句話的衝動。剛才碓冰醫師說過一句話。

——對媽媽懷抱撕裂般的感情也是沒辦法的事。

我在這個時候又回想起這句話。

「嗯。」

我再度深呼吸，然後簡短地回應。

「我知道了——再見。」

之後我到出納櫃台付完錢，帶著陰暗、煩躁的心情離開醫院。然而，當我走過玄關自動門，抬頭看著落下的雨滴停下腳步時——

突然看到一位中年女性，一邊收起透明的塑膠傘，一邊緩緩走向院內。我想起對方是誰，想再度確認長相，但回頭的時候只能看到背影了。然而——

對方似乎沒有注意到我，不過剛才那個人……

……是霧果小姐嗎？

「霧果」是她身為人偶師的雅號，聽說本名是由貴代。見崎由貴代——她是鳴的母親。

她是哪裡不舒服來醫院看診呢？雖然只有看到一下子，不過臉色感覺不太好……

儘管心裡很在意，但我們也沒有親近到能追上前問清楚的地步。

星期天造訪藝廊，睽違兩個月見到見崎鳴。不知道為什麼，腦海裡浮現她以前用眼罩遮住左眼的樣子。不知道為什麼，不明的騷動逐漸在心裡擴散……

在下個不停的雨中，我獨自邁出步伐。

5

我在「弗洛伊登飛井」E9號房起居已經快要兩週——

上學前繞去赤澤本家吃早餐已經是既定的路線，小百合伯母和當初一樣，一直關心我：

「一個人會不會怕？」每天都會幫我準備中午的便當。放學之後，我通常都會先回公寓，到晚餐時間再去赤澤家。這個時候會順便帶要洗的衣物過去。這種生活實在不能大聲宣揚是「自己一個人住」。

赤澤本家已經開始翻修的工程。聽說好像比原定的進度慢，不過老舊木造房屋的一部分已經被拆除，鋪上藍色的防水布。搬到公寓前我住的房間，現在暫放家具等可能會阻礙工程的物品。

工程基本上都是在平日的白天進行，只有那個時間會比較吵，所以我其實不需要刻意到公寓「避難」——雖然我在聽說這件事的時候心裡這麼想，但是當工程真的開始之後，我才恍然大悟，的確是整個家都會充滿躁動的氣氛。畢竟明年就是考高中的重要時期，伯母這樣為我著想，真的要好好感激她才行。

四月將近第四週尾聲時，我曾在赤澤本家見過泉美一次。她好像是和媽媽一起來探望爺爺赤澤浩宗，當時，我剛好也在家。

從去年底開始，爺爺的身體狀況就不太好。

以七十八歲的高齡來說，他算是老當益壯，但某天不小心在樓梯跌倒，雖然沒有生命危險，但右腿和腰部都骨折了。住院一個月之後，爺爺拒絕轉到復健醫院，選擇在家中療養。總之他好像非常討厭醫院那種地方，也沒有精力持續復健。

結果，骨折的腿和腰，尤其是腰的復原狀況不佳……沒辦法自行起身走路，幾乎都臥床不起。直到現在也一樣。醫師也已經宣告，再這樣下去，往後的生活就會一直需要輪椅。因此——家裡的人提議趁這次機會，把這座有很多高低差、某些地方太狹窄的老宅改建。

「爺爺感覺心情不太好耶。」

泉美低聲這樣說。

小百合伯母和繭子伯母還在爺爺住的和式房間裡，泉美自己先走出來，找到在正廳的我……

「看到好久不見的孫子，竟然說『妳這傢伙為什麼會在這裡？』你不覺得很過分嗎？」

「是……沒錯啦。」

「我從以前就跟爺爺不親。」

不知道是不是我想太多，泉美一臉不滿的樣子，緊緊抿著嘴唇。

「他明明都會關心哥哥，對我卻很冷淡，應該是說完全不聞不問。」

「說不定是不擅長應付女孩子啊。」

我戰戰兢兢地回話，但泉美還是緊抿嘴唇沒有回應。唉——她嘆了口氣，大口大口喝起桌上的瓶裝茶飲。

的確，爺爺算是很難親近的人。骨折之後，他就更難親近了。有時候也會讓人懷疑他是不是已經開始有點失智。小百合伯母毫無怨言地照顧爺爺，而繭子伯母雖然住得近，卻很少來這個家露臉。她和泉美一樣，基本上不太知道該怎麼和爺爺相處。

我的話，對爺爺並沒有太差的印象。大概是在兩年半前來到這個家，第一次和他見面的時候——

「想……是冬彥的孩子啊。」

他盯著我看的眼神，非常哀傷但也很溫柔。

在那之後，爺爺雖然沒有多談，不過他心裡一定為那個年紀輕輕就比自己還早離世的三男感到惋惜與哀悽。我擅自想像，他一看到我的臉，心中就會不自覺地湧現這樣的情感——無論如何，那個「眼神」是我懂事以來從未見過的。

黑貓黑助走進客廳，跳上泉美的膝頭。牠明明很少會對我這麼做——泉美一副有貓也不錯的樣子，輕撫著黑助的背。

「那個……阿想。」

她降低音量這樣說。

「等一下我有話跟你說。」
「什麼……班上的事嗎？」
「嗯。」
「有什麼……問題嗎？」
「有一點──你最近有和葉住同學說話嗎？」
「啊……嗯……」
我模稜兩可地回答。
「以你的角度看起來，她的狀況怎麼樣？」
「呃……這個嘛……」
就在我說不出話的時候，伯母她們回到客廳，中斷我們的對話。泉美從茶几探出身子，靠近我耳邊低語：
「那就先這樣，等一下再說。」
四月二十七日，星期五──隔天二十八日是第四個星期六，學校放假，加上二十九日、三十日就是三天連假。在進入連假前的晚上發生一件事。

6

偶爾也來我家玩吧！
十點左右也沒關係。
晚餐後回到「弗洛伊登飛井」時，房門上貼著這樣的便條紙。那是泉美的字。
泉美在五樓E1號房擁有自己房間，不過之前都是她來找我，我從來沒去過她那裡。雖然是堂兄妹，但她畢竟是女孩子……這樣真的好嗎？雖然心裡有點猶豫，但我還是——

等到她指定的時間，到Ｅ１按門鈴。

「來了——」來應門的泉美，不知道是不是剛沖完澡，髮絲還帶著溼氣，散發出剛搬來第二天晚上借我的洗髮精的香味，身上也穿著休閒服和運動褲。

「請進，阿想。進來吧！」

房內的格局是比Ｅ９更大的兩房兩廳。

廚房和餐廳之間有一個中島，咖啡機正發出咕嘟咕嘟的聲音，洗髮精的香味被咖啡香蓋過。

她把我帶到客廳，再讓我坐在沙發上，最後還端出咖啡。

「謝謝，我不客氣了。」

我禮貌地回應，加入砂糖和奶精之後才開始喝。泉美直接喝黑咖啡，然後一臉滿足地點點頭。

「這個咖啡豆很不錯吧。」

「妳很懂咖啡嗎？」

「在我哥的影響之下，還算懂一點。」

泉美這樣說，然後望向廚房。

「我有喜歡的綜合咖啡豆，不過已經放太久了。這是昨天剛買的夏威夷科納，算是很高級的咖啡豆喔。」

不只咖啡，我對吃的喝的，一向不是很講究，所以一邊隨便回答一邊環視室內環境。

感覺比我想像中的「國三女生的房間」更樸素、更冷清。完全看不到女孩風格的日常用品或裝飾。

地上鋪的地毯是素淨的白色，沒有用一般的布窗簾，而是選擇奶油色的百葉窗。窗戶旁邊有玻璃門展示櫃，我看到其中一部分的展示品，有很多恐龍公仔之類的東西。沒想到——她有這種嗜好。
「那邊是鋼琴房。」
泉美這樣說。
「因為是隔音房，所以半夜彈琴也沒關係。」
「好厲害，妳很認真耶。」
「因為從小就學，嗯，所以還算認真吧。這也是一個藉口，讓我可以在這裡有一間琴房和自己的房間。」
嗯，真是奢侈。
泉美雖然抱怨父母「對哥哥比較好」，不過她自己其實也是備受寵愛啊。她說過「爸爸媽媽都會答應我任性的要求」，但這反倒變成不滿和壓力的來源，真是複雜的心思啊——我心裡東想西想，不過當然沒有說出口。
「妳以後想成為鋼琴家嗎？」
我這樣一問，泉美苦笑著說：「沒有沒有。」
「最近很少彈琴了，之前久違地彈了一下，發現音準都不對了。」
「這樣啊……」
「結果這個房間比較常拿來當成話劇社個人練習的空間。」
「喔，是喔。」
我結結巴巴地回應，然後把咖啡喝個精光。泉美問我：「要不要再來一杯？」我客套地婉拒，但她還是拿起咖啡壺幫我倒了第二杯。然後才終於開始進入正題——
「剛才還沒說完。」
「以你的角度看起來，她最近的狀況怎麼樣？」

7

「這個嘛……」
這個時候我不由自主地語塞。
上週在夜見山川河岸有過那樣的對話之後，我們幾乎沒有說話的機會……不對，應該是說我刻意不讓這種機會出現才對。雖然有用電話聊過兩次，但都是一些不痛不癢的話題，而且時間又很短。
「我覺得沒什麼特別的不同。嗯，應該沒問題吧？」
我跳過詳細說明，直接這樣回答。
至少在教室見到葉住的時候，她還是繼續扮演「不存在的透明人」的角色。而且在校內她也沒有刻意接近我或者打電話給我……所以……
「我覺得應該沒問題。」
泉美用不怎麼開心的語氣說了句「這樣啊」，便繼續喝第二杯咖啡。接著，她露出銳利的眼神說：
「我身為決策小組的成員，每天都在觀察班上的狀況……我覺得四月基本上都還算順利。還剩下三天，學校就開始放假了。阿想和葉住同學的角色扮演、班上同學和老師的對應都可以暫時休息。」
沒錯。「對策」應該進行得還算順利，直到這個月快要結束的現在，都沒有發生「災厄」就是最好的證據。
「可是——」
泉美繼續說下去。
「今天我聽到令人有點擔心的傳聞，我想讓你知道可能會比較好。」

到底是什麼事啊？

看她的反應，應該是和葉住有關係的「事情」。

「升上三年級之前，我和葉住同學並不認識，所以我不太清楚她的個性，也無法判斷要注意她到什麼程度。」

「她發生什麼事了嗎？」

難道是在我沒看到的地方，出現什麼問題了嗎？

「她有幾個比較好的朋友對吧。雖然在校內有確實扮演『不存在的透明人』，但是在校外……上學、放學的時候，她都正常和那幾個朋友聊天。」

「啊，這件事……嗯。我有說過要小心，但是沒有跟她說絕對不行。」

「我想也是。」

泉美點點頭，接著說：

「不過……這件事本身沒什麼問題。畢竟要在班上一直扮演『不存在的透明人』，真的很辛苦，會想在校外和朋友像以前一樣相處也很正常，我們沒道理責怪她。只是，今天我聽繼永同學說才知道……」

繼永……我們班的班長。她到底說什麼？

「這週的星期一，島村同學好像受傷了。」

島村是班上和葉住比較好的其中一個同學。

「她和葉住同學、日下部同學一起走在放學回家的路上。三人沿著步道走，腳踏車從後面衝過來，撞到島村同學。」

「所以她就受傷了？是很嚴重的傷嗎？」

「膝蓋和手臂擦傷而已，不過跌倒的時候撞到鼻子，流了很多鼻血。好一陣子都沒辦法止血，引起一陣騷動。」

「騎腳踏車的人是？」
「好像是一名中年男子，對方沒有道歉，就這樣離開了。」
「真的是很惡劣的肇事逃逸。」
「至少島村同學的事，這樣就結束了。」
深呼吸一口氣之後，泉美繼續說：
「隔天，換日下部同學出事。」
「她也受傷了嗎？」
我不禁搶先這麼問，不過泉美搖了搖頭。
「這次不是受傷……」
星期二——二十四日的晚上，日下部好像接到葉住的電話。兩個人像往常一樣，聊了很久無關緊要的事。然而——
就在講電話的時候，日下部家裡發生意外。同住的曾祖母因身體不適倒下，緊急送到醫院急救。
「這是……」
聽完她的說明，我皺緊眉頭。
「日下部同學的曾祖母，該不會過世了吧？」
我戰戰兢兢地問。
「聽說她沒事。」
泉美這樣回答。
「她順利康復，也不需要住院。不過……」
泉美靠在沙發上，無精打采地把劉海往上翻，把手掌貼在額頭上，就好像在確認自己有沒有發燒一樣。

「根據繼永同學的描述，因為連續發生這些事，讓島村同學和日下部同學都很害怕的樣子。」

「很害怕？」

「因為這些事情都和葉住同學有關。島村同學出事的時候葉住就在旁邊，日下部同學是和葉住講電話的時候……」

……所以，那又怎麼樣？

我隱隱約約能夠想像。也就是說……唉，怎麼會……

「也就是說，**她們『害怕』的對象是葉住同學。**」

泉美說出我意料之中的答案。

「她們開始反省，是不是在校外也不應該接觸身為『不存在的透明人』的葉住同學。島村同學受傷、日下部同學的曾祖母送醫急診，說不定都是因為這樣才……**也擔心這是不是『災厄』的前兆。**」

8

「怎麼會，這根本就毫無根據。」

我帶著氣憤和覺得受不了的心情這樣低語。

「從來沒聽說過什麼『災厄』的前兆。」

島村只是單純運氣不好，被腳踏車撞到。日下部的曾祖母，和她是三等親的關係，「災厄」只會降臨在「二等親以內的血親」身上，所以曾祖母不在範圍之內。就算在送去醫院途中過世，應該也和「災厄」沒關係，只是偶然發生的不幸而已。

身為決策小組的泉美，當然已經正確掌握這些「災厄」的規則，我根本不需要再次說明。

「我也這樣說過了，我說這些事情和『災厄』沒關係。」

泉美再度把手掌貼在額頭上繼續說：

「繼永同學說，葉住自己對這件事比別人更神經質，所以花了很大的力氣才說服她。不過，目前她還算是聽得進去，比較令人擔心的是島村同學和日下部同學。」

「怎麼說？」

「繼永同學說，她們兩個人在那之後就一直躲著葉住同學。在校外不會接近她，也不會打電話，覺得和她親近就會有危險……雖然不知道葉住同學有沒有發現，但她如果知道一定會大受打擊。」

「嗯……」

「如果她因此被孤立的話就糟了，畢竟她不像阿想這麼堅強。」

泉美這麼說，我忍不住——

「堅強？我嗎？」

脫口而出這樣的疑惑，因為這是第一次有人說我「堅強」。

「我覺得是這樣沒錯啊。」

若無其事地這樣帶過之後，泉美伸了個懶腰盯著我繼續說：

「所以啊，我想我必須先止住『和葉住同學親近的話會很危險』這種傳聞。告訴大家『災厄』有其法則，我們只要確實遵守即可，然後請決策小組的江藤同學和多治見同學、矢木澤同學幫忙。」

「嗯……」

「如果她真的被孤立，說不想再扮演『不存在的透明人』，我們好不容易擬定的『對策』就化為泡影了。你說是吧？」

泉美的表情和口吻始終都很認真。

即便情況真的演變成那樣，只要我好好扮演「不存在的透明人」應該就沒問題——我回想起見崎鳴的意見，但也覺得最好能按照當初的計畫，持續原本擬定的「對策」。

「所以，阿想你也要有心理準備。」

泉美看著我說：

「如果葉住同學找你商量這件事，千萬不要讓她覺得痛苦或自暴自棄……」

「妳是要我好好哄她？」

「嗯，就是這個意思。」

「——我知道了。」

我乖乖答應，但是總有點心虛。

昨天晚上，手機顯示葉住的未接來電。然而，我卻沒有回撥，因為她沒有留言說是什麼事。

「對了，我可以問妳一件事嗎？」

我不知道到底該怎麼辦，所以下定決心直接問泉美。

「葉住同學她……是不是對我……」

「什麼？」泉美疑惑了一下，不過馬上就懂了。

「啊，你說那個啊。」

她一臉正經地點點頭。

「嗯，沒錯。我一開始就覺得奇怪。」

「奇怪？」

「之前矢木澤不是也說過了嗎？哎呀，一般人都看得出來，她喜歡你啊。」

泉美說得如此斬釘截鐵——

但我只覺得很困擾。我並不討厭葉住，也不覺得她很煩，沒有什麼特別的感覺——不過，更重要的是我覺得「現在不是談情說愛的時候」。

「她該不會跟你告白了吧？」

這個時候泉美完全切換成開玩笑的表情問我。

「啊，沒有，她沒有告白。」

我一邊回答，一邊避開泉美盯著我的視線。泉美抱著手臂繼續追問：

「是喔——那你覺得怎麼樣？」

「呃……」

「葉住同學很漂亮……對吧？我覺得是個不錯的對象啊。」

「——我覺得還好。」

這個回答出自我的真心。

「那你是不喜歡她嗎？」

「——也沒有。」

「所以你是覺得都沒差？」

「嗯，大概是吧。」

我目前對身邊喜歡或討厭我的女生，她們那種俗稱戀愛的情感沒什麼興趣。想要戀愛的心情可能也比一般人來得淡薄，畢竟我是對戀愛方面的事情很生疏的國三男生……

雖然是我自己開口，卻語無倫次，泉美瞇著眼睛看我，點了點頭說「嗯」，然後盤腿坐在沙發上，用雙手把長髮撥到肩膀後面。

「既然如此，那就不用太在意啊。」

她乾脆地這樣說。

「雖然現在有點狀況，不過這個時候勉強順著她的心意，大概也不會有什麼好結果。」

9

我平安地度過四月最後的三天，至少在我知道的範圍內是這樣沒錯。

這段期間，我只有去過一次「黎明森林」的圖書館，其他時間我除了往返「弗洛伊登飛井」和赤澤本家之外，幾乎都沒有外出。當然，除了住在同一棟公寓的泉美，我也沒有和班上的同學見面。

我就這樣在半繭居的狀態下自己一個人讀書，甚至覺得學校要是像這樣一直放假就好了。雖然來到夜見山之後已經改善不少，不過基本上我還是不擅長和其他人相處……因此我想我心裡大概還是潛藏著一種想要放下一切逃走的心情。

要不要趁黃金週的假期，從這裡逃走呢？

我腦中甚至掠過這種想法。明明逃離這裡之後，我根本就無處可去也無處可躲。

雖然沒見面，但我曾經打過一次電話給矢木澤。

「喔，阿想，過得好嗎？你應該過得很好吧？」

矢木澤像平常一樣，若無其事地說話。

「四月已經結束了，下個月就照老樣子努力吧。」

「嗯，是啊。」

我這樣回應之後，矢木澤立刻接著問：

「如果你覺得扮演『不存在的透明人』太孤獨，受不了的時候儘管來我的懷裡。在校外的話應該就沒問題吧。如果這樣還不夠，可以一起組樂團。」

「什麼啊？」

「阿想會什麼樂器？如果都不會的話，對了，練個打擊樂器怎麼樣？先從鈴鼓和響板開始。」

「——我不用了。」

「是嗎？我覺得比起關在家裡一直看書，玩樂器對保持精神健康比較有益耶。」

我每天都淡然地在教室扮演「不存在的透明人」，乍看之下毫無壓力，但矢木澤還是以他的方式為我操心。雖然我很感激，但另一方面又覺得他多管閒事……這種時候，我會覺得有點煩。

葉住倒是完全沒有打電話給我。聽泉美說過那些事之後，我的確是有點在意，但最後還是沒有主動聯絡她——

接著，來到三十日。四月最後一天的晚上。

過晚上十點之後，我在客廳的桌上打開筆電，馬上就收到三封電子郵件。

一封是幸田俊介寄來的。和往常一樣，聯絡幾件生物社的事情。

上週有三個一年級的新生想要加入社團，兩個男生和一個女生。他在信中說，因為他們是擔負生物社未來的重要人才，要我如果有機會去社辦，一定要溫柔親切對待新生……這需要特地寫信指導我嗎？

繼之前死掉的小烏，生物社又養了一隻新的公墨西哥鈍口螈。聽說是新加入的社員帶過來的，而且牠原本的名字，剛好又是「小烏」。

在黃金週期間，俊介預計還是會每天都去社辦。「你要是願意的話，也一起來玩吧！」最後留下這句話，信件就結束了。

第二封信是見崎鳴寄來的。

她上次寄信來，是開學典禮前一天的事了吧。我發現寄件人顯示為「Mei M」，便心跳加速地打開信件——

四月就要平安結束了呢。

但願下個月也能順利。

雖然文字依然像往常一樣簡短，不過我仍然有一種微微的安心感。

呼——我嘆了一口氣閉上眼睛，眼底浮現鳴像以前一樣戴著眼罩的樣子。說到這個，兩週前在「夜見的黃昏是空洞的藍色眼睛」藝廊遇到她的時候，

——下次可以去你家玩嗎？

她這樣說過。那是認真的嗎？她說不定只是剛好想到，隨口說說而已。

第三封是《夜見山小鎮通訊》的電子報。電子報每個月發行兩次，上週才剛收到四月份的第二期，今天這一份加上〈黃金週增刊號〉的副標題——

話雖如此，內容和平常一樣。

對鄉土史研究有興趣的記者，報告最近的「小發現」；還有以五月五日端午節為題的雜學專欄；再加上黃金週期間，夜見山市內各處舉行的活動通知；「黎明森林」公園的慈善義賣和市政府前廣場的舊書市集、在某處舉辦「市民團結音樂會」等……

大概瀏覽一下，沒有什麼吸引人的新聞。

不過——

最後「編輯部的話」裡有一段短文，短文的最後有一句附註。我不經意地看到，閱讀那句話的時候，不禁咦了一聲。不過，這時候我並沒有太過在意。

在本期增刊號發布之前，編輯部突然收到訃聞。

我們由衷為仲川貴之同學祈求冥福。

Interlude I

總覺得她——葉住同學不太妙耶。
是嗎？
大家都在傳喔，要是靠近她就慘了，很危險。
很危險是怎麼個危險法？
據說是**會發生不好的事，所以最好不要接近她。**
不過，妳看，葉住同學是「不存在的透明人」之一耶。本來就不會有人在教室跟她搭話，班上本來就這樣規定不是嗎……
不是啦。不是指教室裡，而是在學校外面。
不能靠近她嗎？在校外也不行？
不是有幾個人經常和葉住同學一起回家嗎？
啊，島村同學和日下部同學啊。
島村同學前一陣子回家的時候受傷了。
我聽說她是被腳踏車撞到。不過，她的傷沒有太嚴重不是嗎？
那妳有聽說日下部同學的曾祖母還是誰病倒，被救護車送去醫院嗎？
這我就不知道了。
據說正好是在和葉住同學講電話的時候發生的事，妳覺得有這麼巧嗎？
如果是曾祖母的話，應該年紀很大了吧。既然如此……
不過島村同學和日下部同學覺得很可怕，都說不想再和葉住同學一起回家了。

是喔——

妳覺得怎麼樣？這果然不太妙對吧？

我不知道耶。我沒什麼感覺啊……

欸欸。葉住同學果然很危險耶。

又怎麼了嗎？

妳沒聽說三十日那天發生的事故嗎？

事故？我不知道耶……

夜見一的學生因為摩托車的事故去世了。

夜見一高中嗎？

夜見山第一高中，簡稱夜見一。聽說死掉的是高二的男學生……

……據說去世的是一個叫做仲川的高二學生。

是無照駕駛嗎？

不是。別人騎摩托車他坐後座，在十字路口有一輛右轉車衝過來。騎車的人只是受傷，仲川在摔車的時候被甩出去，後面的車跟著輾過去。

噢，感覺很痛。真不應該加入暴走族。

不是不是啦，現在哪有什麼暴走族。

——不過，他運氣還真差。
就是說啊。
所以呢？**那個叫做仲川的高中生是葉住的朋友？**
沒錯沒錯。所以，大家才說那傢伙可能真的很危險啊……

……而且，葉住同學還去幫那個因為摩托車事故去世的高中生守靈。
那真的是朋友耶。
好像很久以前就認識了，據說是她哥哥好朋友的弟弟。
葉住同學的哥哥啊……
好像是大學生。
好朋友的弟弟啊，那還真是……
對吧，這果然不是單純的巧合。
是這樣嗎？
有人受傷、家人病倒、因為事故而去世——這些事情接連發生耶。
這和**葉住同學扮演「不存在的透明人」**有關係嗎？
可能有喔。
不過，「不存在的透明人」是只有我們班才需要遵守的「規則」。去世的人也不是班上同學的家人。
所以，有另一種可能。
另一種可能……是指什麼？

葉住同學說不定就是「死者」。

「死者」是指從四月開始就混進班上的「多出來的人」嗎？

嗯，沒錯。

怎麼會……

大家都在傳，她搞不好就是死者。所以她身邊才會一直發生不祥的事。

真的嗎？

我不知道是真是假，赤澤同學她們都說傳聞「不是真的」。

……

不過，據說「多出來的人」是怎麼查都查不到的，所以也沒辦法斷言葉住同學不是死者對吧？

……

總之還是不要靠近她比較好。即便是在校外，也要把她當成「不存在的透明人」繼續無視她……

Chapter 6 May I

1

我在《夜見山小鎮通訊》的〈編輯部的話〉看到的「仲川貴之」其實是夜見山第一高中二年級的學生，而且是葉住結香的朋友……我直到五月二日晚上才知道這件事。泉美到我這裡告訴我班上正在傳這些流言蜚語。

「過世的人據說是葉住同學哥哥的好友的弟弟，不過這怎麼想都是和『災厄』沒有關聯的事故吧？」

泉美一臉氣憤地抱著手臂這樣說。

「不過，這還是很令人擔心。那些不好的傳聞，可能會因此越演越烈——你有沒有聽葉住同學談起這件事？還是找你商量？」

「目前都沒有。」

「這樣啊……」

之後我才聽說，仲川這位高中生是《夜見山小鎮通訊》發行人的親戚，所以偶爾會幫忙採訪一些短篇新聞。

「高中生因摩托車事故去世」——光是這樣的報導，往往會被誤以為是素行不良的學生莽撞駕駛導致的事故，但實際上完全相反，仲川貴之是非常認真、有人望的學生。事故時騎車的人是《小鎮通訊》的工作人員（三十五歲，男性），仲川在後座，衝撞過來的右轉車輛需要負責大半的肇事責任。

至少在昨天大型連假告一段落的時間點，葉住看起來和往常一樣。不過，今天就一直都是不開心的表情。因為她一臉有話想對我說的樣子，所以我想說，回家的路上應該和她聊聊——可是，下課鐘聲響起之後，葉住很快就一個人離開教室了。後來我才知道，她那天趕著要去參加仲川的守靈。

「明天開始又是連假啊。」

泉美抱著手臂，一邊嘆氣一邊說。

「希望傳聞不要在連假期間變得更加誇張或者越傳越遠……」

在那之後，到了深夜——

我猶豫了半天，還是決定寄信給見崎鳴。

因為去世的仲川貴之和鳴都是夜見山第一高中（通稱「夜見一」）的學生。因為差一個學年，所以鳴不太可能認識他，不過我覺得還是應該向她報告這件事才對。我是這樣想的。

為了防止「災厄」的「對策」目前雖然成功，但是葉住結香身邊發生出乎意料的事故，班上的氣氛變得越來越不安。我傳達了對這件事的擔憂，也想聽聽鳴的意見，所以……

隔天下午我收到回信。

我不認識這個叫仲川的高二學生……

你很擔心葉住同學嗎？

但是，我之前也說過，無論她發生什麼事，

只要阿想你確實扮演好「不存在的透明人」的角色，就一定沒問題。

2

「那個，阿想，我……」

葉住說到這裡就停住，一臉猶豫的樣子。我沒有催她，用一樣的速度走在河邊的路上。

「那個，阿想……」

葉住再度開口並且停下腳步，我也跟著停下。在灰色雲朵低垂的天空下，她按住略微強勁的風勢吹亂的長髮說：

「大家好像都躲著我……」

我已經預料到她應該是要說這件事。因為三十分鐘之前，她打電話來說：「我在你家附近，能見一面嗎？」

「躲著妳？」

我努力用冷靜的聲音回答。

「『大家』是指誰？怎麼躲妳？」

「──班上的同學。」

葉住垂下眼簾這樣回答。

「島村同學和日下部同學都不接我電話。在學校外面也一副沒有看到我、不認識我的樣子。問她們怎麼了，她們也不理我。」

唉，竟然這麼露骨啊？

「不只她們兩個人，其他的女同學和男同學都是，大家都一樣……」

「即便在校外也把妳當成『不存在的透明人』嗎？妳這樣覺得嗎？」

「──嗯。」

葉住小聲地回答。

「阿想，為什麼會變成這樣？」

緩緩地抬起眼睛對我說：

「為什麼大家會這樣……」

五月六日，星期天。黃金週最後一天的下午。明明還不到五點，就因為陰天的關係看起來像日落前昏暗。

五月三、四、五日我都像黃金週前半段一樣，基本上都自己一個人關在房間裡看書。矢木澤和幸田俊介都有找我出去玩，但是我都沒興致，所以一律回絕。

不過這段時間我還是很在意葉住的狀況。

見崎鳴回的信裡面說，只要我好好扮演「不存在的透明人」就一定沒問題。鳴之前就說過一樣的話，而且我對她的信任從未改變——只不過，我沒辦法因為這樣就完全不在意葉住的事。因為我心裡還是希望，可以的話最好能夠按照原本的計畫，順利進行今年度的「對策」。

「上週有一位叫做仲川的高中生，因為摩托車事故而過世對吧？」

我下定決心提起那件事。

「聽說那個人是妳的朋友？」

「啊，那是……」

葉住再度垂下眼簾。

「嗯，事出突然，我也很震驚。」

「聽說那是妳哥哥好朋友的弟弟？」

「對啊。仲川哥哥從以前就對我很好，貴之哥哥也經常和我聊天，沒想到他竟然會遇到那樣的意外……」

淺粉色的針織上衣，搭配蓬鬆的米色裙裝，至少這是我升上三年級之後，第一次看到葉住穿制服以外的服裝。

她悲傷地咬著嘴脣，然後嘆了一口氣。雖然我覺得很能體會她的心情，不過——

「聽到那個意外事件，大家應該沒辦法保持冷靜。」

我沒辦法用模稜兩可的話安慰或敷衍她。所以，我說出自己的想法。

「我有聽說島村同學受傷和日下部同學家人的事情，雖然這兩件事都和『災厄』無關，但是沒過多久，妳的朋友又過世。這起事故一般來說也和『災厄』沒有關係，不過班上的同學沒辦法冷靜接受，總是會把這些事情和『災厄』連結在一起……所以……」

「……………」

「大家都很害怕。」

「害怕……怕我嗎？」

「嗯，大概是因為這樣才躲著妳。認為就算在校外，接觸身為『不存在的透明人』的葉住同學也會有危險。」

「怎、怎麼會……」

「我認為這與其說是毫無根據的推測，不如說是無視『現象』和『災厄』法則的妄想。決策小組的赤澤也很擔心會演變成現在的局面。」

「怎麼會……我完全沒有做任何壞事啊……」

葉住的聲音變得尖銳，表情僵硬，嘴脣也微微顫抖。

「我明明就按照指示，在學校確實扮演『不存在的透明人』，為什麼大家還……」

我沒有馬上回應，只是朝河邊走了一、兩步。我迎著飽含水氣的風深深呼吸，然後回頭看著葉住說：

「沒問題的。」

「無論大家怎麼想，到目前為止今年的『對策』都算成功，『災厄』沒有降臨。這些錯誤的傳聞，赤澤他們一定會想辦法處理。所以妳不要太氣餒，就像之前一樣好好扮演角色……懂嗎？」

葉住的表情仍然僵硬。不過，沉默幾秒鐘之後，她用手指擦了擦積了一點眼淚的眼尾，直直地盯著我……然後輕輕地點了點頭。

「因為還有你在嘛。」

她努力擠出微笑並且這麼說。

「因為有阿想一起，所以我……辦得到吧？」

「喔……對啊，嗯。」

雖然好不容易擠出回應，不過葉住這種問話的方式，我真的覺得很令人困惑。我沒有多作其他反應，繼續沿著河岸邊的路走。葉住趕忙追上來。

就這樣走了一段路之後，我們來到伊薩納行人專用陸橋的橋墩。我舉起單手打算道別，朝橋的方向繼續走，但今天葉住還是跟著我。是還想繼續聊嗎？——這個……該怎麼辦才好？木造的橋墩和木造的欄杆，扶手是鐵製的，但表層的漆已經剝落，到處都有鏽蝕，就在過橋過到一半的時候——

「那個……阿想。」

葉住叫住走在前面的我。

「那個……」

「什麼事？」

「三月底召集同學，決定今年由誰扮演『不存在的透明人』的事情……我之前有提過吧。你主動說要擔任『不存在的透明人』，但是之後有人質疑『對策』只有這樣是不是還不夠。」

「嗯，妳說過。」

今年採用選任兩位「不存在的透明人」的提議……最後用撲克牌抽籤選出「第二位」不存在的人。

——為什麼要扮演「不存在的透明人」啊？我覺得這絕對不是什麼愉快的角色。

我還記得開學典禮那天，回家的路上我這樣問葉住。

——因為我就抽到鬼牌了啊。

當時她這樣回答。

——如果妳無論如何都不願意，應該可以當下堅持拒絕吧？

我想我應該是這樣回應的。因為是突然的臨時動議，就算她拒絕，應該也不會有人強烈抨擊。

「那個時候啊，用撲克牌決定『第二個人』的時候，我——」

葉住單手放在扶手上，身體朝向河川的下游方向，然後說：

「我啊，**是故意抽到鬼牌的**。」

「咦？」

她從旁邊看著不禁發出驚嘆的我。

「你還記得嗎？那個時候的撲克牌。」

她這樣問。我答不上來。

「準備和班上人數一致的撲克牌，然後其中加入一張鬼牌……雖然經手好幾個人切牌，不過我偶然注意到鬼牌的角落有點翹起來。輪到我抽的時候，發現鬼牌還在，所以我刻意抽了那張牌。」

「為什麼……」

話已經到嘴邊，但我沒有說出口。我和葉住一樣，單手放在扶手上，看著墨綠色的河川。

「因為……」

葉住接著說：

「我覺得在班上只有我們兩個是『不存在的透明人』，那一定會是很特別的狀態。」

「……」
「一年級同班的時候，我就一直很在意你，只不過你應該沒發現。」
「啊……是、是啊。」
「你那個時候比現在更……怎麼說呢？有一種築起高牆，不讓任何人靠近的感覺。我從來沒看過你和矢木澤同學以外的人親近。一個人的時候，總是一臉『心不在焉』的樣子。」
「——是這樣嗎？我自己不清楚就是了。」
「不過，我很在意這樣的你……總覺得，你跟我哥哥很像。」
我不知道該怎麼回應，覺得手足無措。
——她該不會要跟我告白吧？
我想起大型連假前的某個晚上，泉美半開玩笑對我說的話，另一方面也突然想起……
——談戀愛究竟是什麼意思？
這是距今好幾年前——小學時期的我的聲音。
——是喜歡別人的意思嗎？
我在當時經常去的那棟「湖畔宅邸」，天真地把這個問題拋向最喜歡的晃也先生。當時的晃也先生是怎麼回答我的呢？
「所以啊，阿想。」
葉住低頭看著同一條河川的水流，悄悄靠近我。
「我希望你能跟我親近一點。我知道即便都是『不存在的透明人』，也不能在校內交談……但是，我希望在除了學校之外的地方我們能更親近一點。難得只有我們兩個是『不存在的透明人』啊——」
「啊，這個……」
「如果我們能更親近一點，大家怎麼無視我都無所謂，我會繼續努力。」

「那個，妳說要更親近一點……可是現在我們已經很親近了，妳看，我們兩個人還能這樣說話，也不用刻意……」

葉住稍微提高聲調。她用成熟又幼稚的眼神直直盯著我。

「我不是那個意思。」

「不是那個意思，我是說……」

我沒有接收她的眼神，而是不知所措地別開視線。然而，今天河川上沒有翠鳥的蹤影——

3

與其說是不習慣，應該說是我經驗太少，所以對這種狀況感到困惑，就在這個時候……

——好像也有傳聞說葉住同學就是「死者」。

我腦中突然閃過這句話。

——所謂的「死者」，就是指從四月開始就混進班上的「多出來的人」對吧。因為葉住同學自己就是「死者」，所以她身邊才會一直發生不祥的事。

這是昨晚泉美到我房裡通知的消息，這幾天傳聞已經漸漸散播開來了。

我聽到的時候，覺得怎麼可能——

在「有事的一年」混進班級的「多出來的人」的確就是「死者」，但是「災厄」並非「死者」直接造成的。和「死者」密切接觸的人會遭遇不幸，根本就是一派胡言。然而……

葉住有可能是今年的「死者」嗎？現在眼前的她，怎麼會是過去死於「災厄」的人呢？

我和葉住一年級的時候同班。當時她就有點成熟感，也是同年級男同學口中的「美女」——

我有這些記憶。確確實實。

葉住也有出席三月底的「應變會議」。決定「第二個不存在的透明人」時，她的確抽到鬼牌，也接受這個結果——我還記得當時的狀況，擁有確確實實的記憶。

出現「現象」，班上混入「多出來的人」都是從四月開始。三月的時候，應該還沒出現才對，所以在「應變會議」上被選為「第二個人」的葉住應該不可能是「死者」——雖然可以這麼想，不過——

事情沒有這麼簡單。

紀錄的篡改。

記憶的扭曲。

伴隨「現象」發生的不可思議的現象，會讓各種「確信」的事情變得無效。

我和葉住一年級的時候同班。三月召開「應變會議」的時候，她也在場——我現在的這些記憶，如果是已經被扭曲的「虛假的記憶」呢？

若真的如傳聞所說，混進今年度三年三班的「多出來的人」＝「死者」就是葉住結香，那麼她自己和身邊的人也都不會察覺……如果是這樣的話，該怎麼辦？

我知道即便和「死者」接觸，「災厄」也不會因此降臨。所以，即便她真的是「死者」也不會有什麼改變。我們也改變不了，應該束手無策才對……

風勢突然變強，河邊的樹木和河岸上的草都開始搖晃，眼下的河面也出現波浪。

因為強風而吹動，葉住用雙手按住裙襬，搖搖晃晃地站不穩。我迅速伸出雙手，撐住她的肩膀，隔著針織上衣，傳來她的體溫。我感受到和「死者」的印象完全不同，比我這個「活人」更溫熱的體溫。

「啊。」

葉住嚇了一跳喊出聲，我馬上放開手。

「謝、謝謝你，阿想。」

「不客氣……這沒什麼。」

我背對她，繼續在橋上前進。風繼續吹，周邊的景色終於轉暗，開始有黃昏的樣子了。

「啊……等等我，阿想。」

葉住說完從後面追上來。

「我還想和你……」

我心想，絕對不能被她追上，所以加快腳步。因為我總覺得再繼續和她這樣聊下去不太好，對我、對她都一樣。然而——

就在過完橋之前幾公尺，我看到河川對岸的路上有個人影。

因為完全出乎意料之外，所以有一瞬間我懷疑自己的雙眼。不過……那、那是——那裡出現的人影是……

……見崎，鳴。

沒錯。

雖然距離很遠，而且又是周圍一片昏暗的狀態下……但我就是知道。沒有穿著高中制服，上下半身都是不合季節的黑色服裝，而且那也不是只有她會穿的衣服。即便如此——

在風中飄動的短鮑伯髮型，小小的臉蛋和瘦弱的身體，我一眼就看出來那是鳴。

她從右手邊——河川下游的方向緩緩走過來，在伊薩納橋前停下腳步，然後歪著頭看過來。

「見崎……姊。」

我不禁出聲喊她。

「見崎姊。」

我完全忘記身邊的葉住，全力衝完剩下的幾公尺。

「——阿想。」

見崎鳴淺淺地笑著迎接我。風勢仍然很強，吹得草木都沙沙作響。

「真巧耶，竟然在這裡碰到你。」

這個時候的鳴，不同於上個月在「夜見的黃昏是空洞的藍色眼睛」遇到的時候，左眼沒有戴著眼罩。她小時候生病失去眼球，左眼眼窩裡面裝著義眼。不過，現在的義眼不是以前那個藍色的「人偶之眼」——

而是略帶咖啡色的黑色眼睛。從兩年前開始，鳴平常生活的時候，就會戴著這個新的義眼。在那之後，她幾本上都不會像以前那樣，用眼罩遮住左眼了。

「見崎姊……」

和鳴面對面的時候，我的心跳劇烈到自己都聽得見。一方面是因為全力衝刺，不過距離也沒有多長。我自己也知道，這並不是唯一的原因。

「這樣沒關係嗎？」

鳴開口說。

「咦？」

我感到疑惑，鳴的視線轉向橋的方向。

「你不是正在和她說話嗎？」

「啊……我們已經說完了。」

「是這樣嗎？」

「嗯——」

「是喔。」

鳴瞇起右眼。

「真的沒關係嗎？——她一直瞪著我們喔——」

「呃……不，那跟我沒關係……」

我以煩悶的心情這樣回答，同時也緩緩轉過頭看。這個時候，葉住已經背對我們，開始朝對岸往回走了。所以我不知道她是不是真的「瞪著我們」。

「呃……那個，上次謝謝妳寄信給我。」

我這樣一說，鳴又露出淺淺的笑容。

「感覺好像發生很多事，你有辦法繼續下去嗎？」

「嗯……我還可以。」

「剛才那個女生，該不會就是『第二個不存在的透明人』吧？」

「啊，對，就是她。」

「她叫做葉住對嗎？」

「——對。」

「真是個美女，阿想該不會正在和她交往吧？」

「怎麼可能！」她突然這樣問，我急忙否定。

「沒有、沒有，我們沒有在交往。因為都是『不存在的透明人』，所以會彼此商量一些事情。不過，僅止於此而已。」

「是喔。」

鳴再度瞇起右眼看著我。

「我原本覺得只要你做得好就沒問題……不過，那孩子的確感覺有點危險，沒辦法放著她不管呢。」

「沒辦法放著不管嗎？」

「怎麼說呢……她好像搖搖晃晃地走在懸崖上的小路，但是本人沒有發現這一點，也不打算發現。」

聽鳴這麼說，我感覺上腹部好像有一塊又沉重又冰冷的東西逐漸膨脹開來。我不知道該怎麼回應，但是視線又移不開鳴好像要繼續說下去的嘴角——

混合著吹個不停的風聲，傳來微弱的電子音。原來是鳴的手機鈴聲啊——這個鈴聲和上個月在「夜見的黃昏是空洞的藍色眼睛」遇到她的時候一樣。

鳴從外衣的口袋撈出手機，像是避開我的視線似地轉過身去。

「喂……啊，好。」

她回答的聲音雖然斷斷續續，但我都聽得到。

「我……可是……好，那就這樣……」

是誰打來的呢——我冒出和上個月一樣的想法。

「……咦？嗯，沒問題……我沒跟她說，妳放心吧。」

鳴這樣說完就掛斷電話了。

對方到底是誰呢？——其實我非常在意，但最後還是沒有問出口。

4

隔天，五月七日。黃金週結束後的星期一早上。

我比平常稍微早到校，先前往0號館的生物社社辦。不出所料，幸田俊介已經在社辦確認動物們的狀況。俊介一發現我來就說：

「喔，好久不見。」

然後推著銀框眼鏡的鼻橋，嚴肅地說：

「能平安迎接五月真是太好了呢。」

「嗯，總算撐過去了。」

「連假期間死了一隻琵琶湖鰍和一隻大和沼蝦。我沒有特別報告，但現在正在製作透明標本。」

這不能說是嚴肅，應該說是撲克臉，所以我也用撲克臉回應。

「魚類我可以放你一馬。」
「甲殼類也可以？」
「比照魚類辦理。」
「話說回來——」
此時俊介又一臉嚴肅地說：
「上次的郵件裡面有通知你今年新社員的事情吧。」
「啊，嗯。兩個男生和一個女生對吧？」
「沒錯沒錯。不過，兩個男生之中，有一個人叫做『TAKANASHI』。」
我一聽到馬上就覺得狐疑。因為那是我有聽過也有見過的姓氏。
「TAKANASHI漢字是『小鳥遊』嗎？」
俊介嚴肅地點點頭。
「你想得沒錯。新社員小鳥遊同學有一個大兩歲的姊姊，叫做純。她是三班的學生。」
三年三班的確有一個叫做小鳥遊純的女學生——偏偏生物社的新生就是「相關人士」。
「我有點擔心，所以探了一下口風，不過他好像完全不知道三年三般的特殊情況。小鳥遊的姊姊有確實遵守不能隨便向外傳的『規則』。」
「是啊。」
感覺心情變得有點沉重，我嘆了一口氣。然後視線前方，就是養著白色墨西哥鈍口螈的魚缸。第二代的小鳥就是牠啊。
「我有聽敬介稍微提到……」
俊介這樣說。
「聽說你們班上好像連續發生令人不安的事情？」
他已經聽說葉住結香那些負面傳聞了嗎？

「那是……」

我已複雜的心情回想昨天葉住的樣子。

「我不知道你聽說了什麼，不過那就是無謂的傳聞而已。夜見一的學生死於交通事故，不過他並不是『相關人士』。不是因為『災厄』引發的事故，所以不用擔心。『災厄』並沒有降臨。」

「是這樣嗎？」

「嗯。」

「喔……不過，既然你都這樣斷言，我就不用擔心了。」

離鐘聲響起還有幾分鐘時，我留下俊介離開社辦。因為在去教室前，想先確認一件事。

我前往一樣位於0號館一樓的第二圖書室。

館員千曳先生目前停職中，四月份整個月都掛著「CLOSED」的告示牌。聽說千曳先生會休到四月底，進入五月之後，一日和二日圖書室都還是關閉的狀態。連假結束的今天會怎麼樣呢？

在紅磚建造的老舊校舍裡，即使是大白天走廊上也沒什麼光線——

「比良塚同學。」在抵達要去的圖書室前，背後有人叫住我。聲音有點沙啞又低沉……這是……

回頭一看，有個身穿黑襯衫、黑夾克、黑長褲的一身黑男子——是千曳先生。

「啊，早安。」

我有禮地打了聲招呼。

「今天開始上班嗎？」

「嗯，對啊。」

千曳先生戴著無趣黑框眼鏡的臉，比去年年底最後一次看到他的時候消瘦很多，原本就參雜白髮的頭髮，整體比以前更白了。「私人因素」的停職理由，或許是健康上出現問題。

「我聽神林老師說了。」
黑衣圖書館館員朝停下腳步的我走來。
「今年是『有事的一年』對吧？聽說你為了執行『對策』，正在扮演『不存在的透明人』？」
「是。」
我老實地點頭。
「那個，今年還有另一位……」
「這件事我也聽說了。是三月的會議上新增的『對策』吧？把『不存在的透明人』增加至兩名。」
「沒錯，就是這樣。」
此時，0號館的老舊音響傳出有點破音的預備鐘聲。距離正式鐘聲響起，還有五分鐘。
「你會去上第一節課嗎？既然是『不存在的透明人』，有時蹺課也無所謂吧？」
千曳先生這樣問。
「不，我還是會去上課。」
我這樣回答。星期一的第一節課是數學，如果隨便蹺課，之後會完全聽不懂。
「如果是體育或音樂，蹺課就無所謂。」
「喔，那再見了——」
千曳先生撫摸著尖尖的下巴說：
「午休的時候會來嗎？今天開始第二圖書室就開門了。」
「啊，好。」
我馬上回答。
「我會來的。」
「你有事要找我商量嗎？」

「嗯……對。」

「剛好我也有事情想問你，也有話要跟你說。」

千曳先生這樣說，然後隨意撩起白髮很醒目的髮絲。

「我等你。」

5

第一節的數學課——仔細想想，從這個時候開始，我就已經發現葉住怪怪的。已經到了正式班會時間，她還沒來教室。「不存在的透明人」不需要勉強出席每天早上的簡短班會和每週一次的正式班會，這個不成文的規定並沒有改變。在那之後的第一節課，葉住還是晚了五分鐘才到教室，不過老師當然也知道規矩，完全沒有出言責怪。她也保持沉默，在靠窗面對操場的最後一個座位就坐……

上課時，我從走廊那一側的最後面偷偷看了她好幾次。她雖然有拿出課本，但沒有打開筆記本也沒有拿鉛筆，一直單手撐著臉頰。是想睡還是無心上課？是單純想放空嗎？還是她身體不舒服？

第二節是國語課，這個時候，葉住還是像剛才一樣。第一節和第二節中間的下課時間，她依然在座位上，雙手手肘靠在桌上，用手掌包住臉頰一動也不動，連瞄我一眼都沒有。

雖然我覺得很奇怪，但是現在還在學校內，而且還是在三班的教室。當然不能直接開口問：「妳怎麼了？」

第二節下課後，開始第三節課之前，葉住離開座位獨自走出教室。此時我看到她的臉色非常蒼白。即便如此，我也不能和她搭話，但是我站起身，信步走向葉住在窗邊的座位。

「這是……」

我聽到這樣的聲音。那是比我更早來到葉住座位的赤澤泉美的說話聲，泉美身邊是班長繼永。

兩人盯著葉住的桌面看之後面面相覷，後來泉美朝我這裡看了一眼。她眉頭緊皺一臉嚴肅，輕輕搖了搖頭。

唉，到底是怎麼回事。

等她們兩人離去之後，我走到桌邊看。結果——

為了「不存在的透明人」特意從0號館二樓、原三年三班的教室搬過來的老舊課桌椅，滿是傷痕又發黑的桌面上，有這樣的塗鴉——

不存在的透明人消失吧！

還有這種文字：

結香是不祥之人！
她已經被詛咒了！
妳是「死者」嗎？

有好幾種筆跡，都（應該是）用油性的黑色墨水寫的，每個留言看起來都是最近剛寫上去的。

「太過分了。」

我不禁這樣喃喃自語。

「到底是誰做這種事？」

是那些把傳聞當真的低級人渣幹的嗎？

我環視整個教室，當然，沒有人把視線放在我這個「不存在的透明人」身上。其中——

我聽到泉美說：「得想想辦法才行。」

還有繼永回應「是啊」的聲音。

「如果再這樣下……」

「會演變成最差的情況。」

「這件事……總之，一定要告訴神林老師。放學之後，我會先告誡大家……」

那是出自於決策小組的責任感吧。再加上單純的正義感——我能從泉美的口吻中感覺到，她對不遵守規則、行為失序的傢伙感到厭惡與憤怒。

6

仔細想想，這天一大早就天氣就怪怪的。

明明是五月上旬，卻異常地冷。風大又冷，不過天空有一半晴朗。剩下的一半，則是充滿一直在變換形狀的雲。

第二節下課的時候再看外面，天空的模樣又不同了。至少從這個教室的窗戶，已經看不見藍天，只能看見烏雲。從地表到天空的另一頭，充滿白與灰混雜的巨大雲塊，讓人感覺到異樣的躁動。

十幾分鐘前還很明亮的風景，現在已經變得陰暗，教室內已經暗得沒有開燈就無法上課。

第三節是自然科學課。

鈴聲一響，神林老師穿著和開班會時不同的白衣出現在教室，但葉住還是沒回來——

神林老師在講桌上打開名冊，確認座位上的學生和人數。她應該已經發現葉住不在，但表情沒有一絲改變，就這樣繼續上課，眼神也刻意不往我這裡看。所有老師裡面，就屬她最遵守無視「不存在的透明人」的態度。
葉住到底怎麼了？
因為剛才看到桌上的塗鴉，我實在無心上課。
她是因為那些塗鴉受到打擊，所以第一節課和第二節課都那樣低著頭嗎？不回教室是因為不想繼續待在這裡——再也忍受不住了嗎？
外面的天色變得越來越暗。突然，從遠處傳來夾雜風聲的轟隆隆雷鳴——
老師沒有等葉住回來就開始上課。
教科書用的是第二類的下冊，這一段講的是「生物的細胞與成長」——神林老師還是像往常一樣認真謹慎，但死板又無趣。我從一年級開始就是生物社社員，不用學也已經知道這些內容，說實話，這堂課對我來說很無聊。
開始上課之後過了十幾分鐘，當我再度忍住想打哈欠的衝動時——
教室的後門打開，葉住走了進來。
有幾個同學突然回頭往後看，但馬上又別開視線往前看。講台上的神林老師也稍微停下來，但又馬上繼續上課，就像什麼都沒發生一樣，完全沒有人把視線放在走進來的葉住身上。
我則是覺得……不對，應該是說莫名有著不好的預感，偷偷斜眼窺探葉住的狀況。
她就坐之後，沒有拿出教科書或筆記本，只是緩緩地仰望天花板，然後看著我。接著，她像是有話要說似地張開嘴——但我沒有看到嘴型就別開視線了。她的眼神或許看起來有點驚慌，不過，以我的立場，也只能這樣做。
雷聲轟隆隆地響徹天際。風從原本就開著的幾扇窗吹進來，吹動拉到一半的薄窗簾——就在此時——
「我不行了。」
我聽到這麼一句話。

「我已經，不行了。」

這次比剛才稍微大聲一點。接著，聲音變得更大。

「我已經不行了……我不想再這樣下去了。」

那是從葉住嘴裡說出的話──啊，糟了。這是……

這個時候發現她狀況不對的同學，應該不到半數。無視她繼續上課的神林老師應該也還沒發現，所以在黑板上寫了幾個關鍵字之後，開始說明：

「也就是說，多細胞生物會像這樣細胞分裂，分裂後的細胞成長之後又會分裂，就這樣循環下去……」

此時雷聲又再度響起，整齊吊在天花板的照明燈，不穩定地閃爍。

椅子發出喀的一聲，葉住站了起來──然後──

「我受不了了！」

這次她用能傳遍教室每個角落的大音量喊。

「我不行了，我已經……」

講台上的神林老師嚇了一跳，一臉目瞪口呆的樣子。同學大多數都呈現一樣的反應，我自己也不算例外。然而──

「接下來，請大家看教科書的第三十六頁。」

老師還是沒有望向葉住，無視剛才應該聽到的話，打算繼續上課。有的同學配合老師繼續翻頁，也有的學生回頭望向站起身的葉住，或者不時瞄一眼……儘管沒有人說話，但教室裡充滿不自然的躁動。

「大家不要再無視我了。」

葉住繼續說。她無法克制激動的情緒，滔滔不絕地說：

「我不要再扮演『不存在的透明人』了！」

躁動瞬間靜止，葉住聲淚俱下地繼續說：

「我就在這裡，我才不是『死者』。我確確實實地活著，就在這裡！」

就在她的話好像要說完又好像還沒結束的時候……某種沒聽過的聲音，突然劇烈地震動著空氣。

喀噠喀噠、啪嚓、啪嚓啪嚓啪嚓……從窗戶那裡傳來，這種奇怪的聲音。

啪嚓啪嚓啪嚓、啪嚓啪嚓、啪嚓啪嚓啪嚓……

面對操場的所有窗戶，不對，實際上是包含窗戶在內的整棟校舍，甚至連校舍外面都一樣。

一瞬間我還不知道發生了什麼事。

應該有人以為是開始下雨了吧。然而，事情絕非如此。那不是雨。那不是雨聲，而是更劇烈、更粗暴的聲響……

就像冰雹一樣。

幾年前在緋波町的「湖畔宅邸」，我也聽過這個聲音。當時也像這樣有雷聲，突然發出奇怪的聲音包圍整個家……我正張大眼睛左顧右盼的時候，和我待在一起的晃也先生說：

——是冰雹呢。

他這樣告訴我。

——積雨雲中的冰粒，一起掉下來了。直徑五厘米以上的叫做冰雹，不到五釐米的叫做冰霰。聽這個聲音，應該是下冰雹了。

「呀——」此時傳來女生的尖叫。是靠窗前排座位上的女同學。

不知道是不是被吹進來的冰雹嚇到，整個人彈離座位，周圍的幾個人也驚慌失措地站起來。

從我的座位也能清楚看到落在那附近的白色冰粒——應該是說冰塊才對。體積很大，大概有彈珠或鵪鶉蛋那麼大顆。

教室裡更加躁動了。緊接著，雷聲轟隆隆地作響，比剛才更近更劇烈。天花板的照明燈又開始閃爍，教室內的躁動，混合著混亂和恐懼膨脹得越來越大。

「我——」

即便在狀況急遽改變的當下，葉住仍然繼續吶喊。

「我啊，才不是『死者』！我真的**在這裡**！我……」

啊……夠了吧。

我在心裡這樣回應她。

夠了，我知道了。妳可以不用再演下去了，不用扮演「不存在的透明人」也無所謂。

……先冷靜下來吧……

另一方面，我再告訴自己：

冷靜，冷靜，沒問題的。即便她在這裡退出，只要我好好扮演「不存在的透明人」就好了。

——只要你好好扮演「不存在的透明人」就好了……

我回想並反芻昨天見崎鳴說過的話。

即便今年度的「對策」沒辦法百分百完成，至少還有我這個「不存在的透明人」。所以「對策」仍然有效，應該是能防止「災厄」降臨才對。因此，現在就……

「關上窗戶。」

神林老師這樣指示，自己也衝向窗戶。

「把打開的窗戶全都關上。」

有幾個學生站起來，試圖遵從老師的指示。

不過突然颳起一陣暴風，使得面向操場那一側所有的窗戶都在震動。在彷彿子彈的大顆冰雹重擊下，有一扇窗還是被打破了。就是教室後方——葉住座位旁的那扇窗戶。

葉住發出一聲尖叫，蹲伏在桌旁。吹進來的強風，吹亂她帶著咖啡色的長髮。玻璃碎片從上方落下。

這時候沒有任何一個學生想要過去幫忙葉住。

「我就在這裡！」她的控訴來得太過突然，現在還沒有人接受，她仍然是「不存在的透明人」……所以沒有任何人採取行動。因為大家都動不了。

就另一個層面的意義來說，我也動不了。

即便葉住放棄扮演「不存在的透明人」，我也必須繼續演下去。我身為「不存在的透明人」，不能在這個時候做出「存在的人」才能採取的行動。

——我只有短短一、兩秒的時間能思考這些事情。

下個不停的冰雹和吹個不停的風，雷鳴又在近處響起，照明燈幾乎同時全都熄滅，這不知道是打雷還是停電造成的。

沒過多久，原本躁動的教室發生更加引起騷動的事情。

從葉住座位旁的玻璃破掉的那扇窗戶，突然有**東西**飛進來……

因為和下冰雹的時間點幾乎相同，所以我有一瞬間無法掌握**那**到底是什麼。只知道是某種又大又黑的東西，從外面飛了進來。

不過，在那之後我馬上就知道那是什麼。

某種又大又黑的……鳥。

從牠漆黑的羽翼、身體、頭部，加上嚇人的大聲鳥鳴，我便知道那是烏鴉。原本盤旋在操場上的烏鴉，因為下冰雹受驚而逃進教室來嗎？不對，看起來不太對勁。牠的動作太激烈而且毫無道理。

烏鴉揮動黑色的翅膀，朝這裡前進，我不禁用雙手護住臉。

烏鴉掠過我的頭上，衝向走廊那一側的牆壁。然後馬上改變方向，飛往教室前的黑板。

我護住臉的手背上，有種溫熱的觸感，仔細一看，是紅色的汙漬。

血？我的手沒有受傷，所以這應該是烏鴉的血。難道這隻烏鴉受傷了嗎？難道是被大顆的冰雹擊中？因為這樣才引發恐慌，出現這種行為……

黑影一邊發出奇特的叫聲，一邊在昏暗的教室裡亂飛。那是張開翅膀有一公尺長的大嘴烏鴉，像這樣在室內暴動，會讓人覺得牠比實際體型更大一圈或兩圈。

不論男女，到處都發出尖叫聲。有人被四處亂飛的烏鴉攻擊；有人想躲烏鴉而翻倒桌椅；有人在亂竄的時候自己跌倒……在這之中，有一個男同學從打掃用具櫃裡拖出掃把，像拿竹刀一樣擺好陣式。那是決策小組之一的多治見。

「各位同學，快離開教室！」

一陣混亂之中，神林老師這樣喊。

「冷靜下來，先到走廊去。」

出入口附近的學生都聽從指示，但不可能所有人都可以馬上避難。有幾個人倒在地上或蹲在地上，有人坐在椅子上動彈不得。

也有些人想幫助這些同學。多治見丟下掃把，加入幫助其他人的行列，矢木澤也是。身為「不存在的透明人」，我這個時候也只能扮演「不存在的透明人」，看著大家的狀況而已……

雖然已經不像剛才那麼強烈，但外面仍然下著冰雹。

烏鴉也還在教室裡亂飛。烏鴉撞擊牆壁、窗戶、天花板發出擠壓的聲音，到處都是沾了血的黑色羽毛……最後，牠衝向其中一盞照明燈。兩隻長日光燈管，伴隨巨大的聲響破裂。

剛好在那盞燈的正下方，有個倒在地上動彈不得的女同學。即便日光燈的碎片撒落，她也完全不動。散亂的髮絲中露出的後頸，看起來好像有紅黑色的液體……

……難道是……

我感覺到心臟緊縮。

那個同學，該不會……

已經死了吧？死掉了嗎？不知道是不是因為她在這場突如其來的騷動中，倒下的時機點太差了。

我忘記自己身為「不存在的透明人」，試圖衝到她身邊。「妳沒事吧？」然而，有其他人比我更快衝過去，把她抱起來。

「日下部同學？振作一點。」

抱起日下部的人是赤澤泉美，泉美自己額頭上也有擦傷。

我停下動作，泉美只短暫看了我一眼，微微點頭。

「妳沒事吧？能站起來嗎？」

在泉美的幫助下，原本倒地不起的她——日下部緩緩起身。「謝謝妳。」我聽到她這樣說。

「我嚇了一跳。覺得很恐怖，整個人動彈不得。」

「有受傷嗎？」

「我沒事，只是扭了一下。」

我放下心中的大石，離開現場。此時，烏鴉暴動的聲音已經消失。

我退到教室後方的角落，環視仍然因停電而昏暗的教室。

沒有看到葉住的身影。

在打掃用具櫃前，發現已經變得殘破不堪的烏鴉。沾滿血的黑色羽翼，到處都是骨折和破損……而且，有一隻眼睛瞎了。牠半張著嘴，已經筋疲力盡。

「——真可憐。」

我沒有出聲，只在心中默念。

真可憐。牠也不是想要引起騷動才飛進來的。

我心想，等一下聯絡幸田俊介好了。

如果牠就這樣被當成垃圾處理，那還不如把牠埋葬在生物社窗外的埋葬場。如果俊介想要的話，這次也允許他製成標本好了。

7

這天，上午十一點過後降下的冰雹，雖然都在夜見山市，也因為地點不同出現很大的差異。具體而言，包含夜見山北中學在內半徑約兩公里的範圍內，冰雹下得非常劇烈，但其他地方就幾乎沒有下。因此，冰雹引起的房屋、農田災害，也幾乎都只有在這個區域內發生。

夜見北的校舍中除了C號棟三年三班之外，還有其他教室也出現窗戶玻璃破損的狀況。不過，只有三班遇到烏鴉從破掉的窗戶闖進來到處亂飛的災難，也只有三班的學生被飛散的玻璃碎片割傷、被烏鴉襲擊、到處竄逃時跌倒受傷。所幸每個負傷者都是輕傷，當然也沒有人死亡。然而——

第三節課上到一半的時候——

為了執行「對策」扮演「第二個不存在的透明人」的葉住，在今天的那個時間點再也無法忍受而放棄任務，在所有同學都在場的教室裡大聲訴說：「我就在這裡！」偏偏之後又發生一連串的怪事，所以——

這是否應該視為和災厄有一定關聯呢？

雖然我有這種想法，但另一方面也有強烈想否定的心情。

如果葉住那樣的行為導致「對策」無效，使得「災厄」開始降臨，不是應該有人死於在那之後發生的慌亂之中嗎？再說了……

——只要你好好扮演「不存在的透明人」就好了……

還有見崎鳴說過的這句話。

即便葉住在這裡退出，只要我好好扮演「不存在的透明人」就好了。因此，「對策」照理說仍然有效。「災厄」應該還沒降臨才對吧？

然而——

這天晚上，我才知道這件事。

在三年三班教室陷入冰雹與烏鴉的慌亂時，夜見山市內某處有「相關人士」過世。那是癌症末期，之前就住在郊外安寧病房的六十歲男性．姓名是神林丈吉——他是大神林老師很多歲的哥哥。

Part 2

L.A.

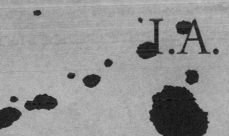

Chapter 7 May II

1

「這次的『對策』是把『不存在的透明人』增加到兩個……這樣啊……」

0號館的一樓。這間學校的舊圖書室在新校舍A號館的「第一圖書室」還沒建好之前，並沒有加上「第二」的稱號。

「我無法判斷這麼做到底有沒有意義。」

千曳先生這麼說，然後用手指捲起參雜白髮的髮絲。

有別於「第一圖書室」的藏書，這裡收藏的是鄉土史的相關資料和畢業生捐贈的稀有書籍，是個很陰沉的空間。櫃台在深處的角落，素有這個圖書室「主人」之稱的他，像往常一樣穿著一身黑坐在櫃台後。

「如果事前和我商量過，我大概不會贊成這個對策。」

「這樣啊，可是……」

我一邊揮去心中的煩躁，一邊問：

「為什麼不贊成呢？」

「因為我很清楚三年前為什麼會採用那樣的對策。」

千曳先生瞇起黑框眼鏡後的眼睛這樣回答。

「神林老師和那年的三年三班沒有接觸，所以應該不知道詳細情形吧。」

「不過……可是……」

「三年前——一九九八年度的三班也曾把『不存在的透明人』增加到兩個，這是事實。不過，我不認為那個方法有效。」

三月的「應變會議」上，也有說過：「不知道這個『追加對策』實際上有沒有用。」不過，當下沒有人能直接說：「我不認為有效。」

「那年是見崎同學……這你知道吧？那年由她扮演『不存在的透明人』。」

「我知道。但是因為意外，導致『災厄』降臨。所以才會緊急採用『追加對策』。」

「沒錯。五月份的時候，有一名學生從東京轉學過來……啊，你也認識他。」

「榊原學長對吧。在見崎姊的介紹之下，還算認識。」

「當時沒有把班上的特殊情形告知榊原同學。他在不知情的情況下，在校內和見崎接觸……這就是所謂的『意外』。因為這樣『對策』失效，『災厄』開始降臨。」

千曳先生像是累了似地用手撐住額頭。之前只是大概聽說……原來當初是這樣啊。

「所以班上商量要怎麼阻止已經降臨的『災厄』，最後決定讓榊原同學成為第二個『不存在的透明人』。然而，之後『災厄』還是沒有停歇……」

沒錯，鳴也說過一樣的話。她還說過：「把『不存在的透明人』增加到兩個的『對策』，沒什麼意義。」

「不過，三年前『災厄』還是中途停止了吧。」

「停止……嗯，不過，那年是在判斷『不存在的透明人』這項『對策』無效之後，『災厄』才中斷的。」

「為什麼？」

我忍不住詢問。

「為什麼『災厄』會停止？」

「很難說——到底是為什麼呢？」

千曳先生一副非常煩惱的樣子，數度搖頭。他是想說「不知道」，還是知道但不想回答？

「那——」

我換個問法。

「千曳先生個人認為今年的『對策』沒有意義嗎？」

「我剛才不是說無法判斷了嗎？」

千曳先生再度用手指捲起頭髮。

「三年前雖然發生過那樣的事情，但這次狀況不同。從上學期一開始就選出兩個『不存在的透明人』，這樣的嘗試史無前例，所以我沒辦法斷言上次和這次的做法完全沒有意義——」

2

五月八日，星期二。

我蹺掉第四節的音樂課，一個人來到第二圖書室。我原本是打算昨天午休時過來，不過昨天第三節課發生那麼大的騷動，根本沒那個工夫。

這天早上的簡短班會，不是由神林老師主持，而是體育老師宮本暫代。聽說神林老師會休假到哥哥的守靈和葬儀結束。

老師的哥哥——神林丈吉先生過世的消息，昨晚已經都告知大部分的學生。（我是透過泉美知道的。）還有幾個人不知道，聽到宮本老師說之後都嚇了一跳。之後，就陷入令人坐立難安的沉默……

……靜默的教室。

不安的視線互相交錯的學生。這些視線偶爾會傳到我這裡來，但是身為「不存在的透明人」只能無視。

昨天因為下冰雹而破裂的窗戶，只能暫時用厚紙板封起來；被烏鴉撞破的日光燈已經換新；還有——

靠窗面對操場的最後一個座位上，沒有葉住結香的身影。

昨天那場騷動之後，她就再也沒回到教室。我很擔心她的狀況，昨天直到入夜之前打了好幾通電話給她，但她都沒有接……所以早就料到她今天大概不會來學校。很有可能會有一段時間都不來上學——回想她昨天的言行舉止，這也是必然的結果吧。

3

自從我就讀夜見北以來，我和千曳先生在這兩年期間漸漸熟稔。鳴本來就說過他是「『現象』的『觀察者』」，建議我「可以聽聽他的意見」。所以——

我從一年級的時候就經常到第二圖書室。

雖然那裡很少有能借出或閱讀的書，但每次造訪圖書室都會和千曳先生聊上幾句。距今二十九年前，那位名為夜見山岬的學生去世時，他是三年三班的導師，當時在學校負責教社會科，這些事都是後來他本人告訴我的。關於「現象」與「災厄」的大小問題，他幾乎都有回答我。不過，他絕對不是個多話的人。

所以，我其實早就想和千曳先生見面。在我知道自己被編入三班的三月下旬，還有「應變會議」上決定這次「對策」的時候都一樣。我早就想和他見面，聽他身為「觀察者」的意見。

然而——

年底那次見面就是最後一次，今年從年初開始，千曳先生就再也沒有來學校。雖然從教職員的名冊就能輕鬆查到聯絡方式，但我又很猶豫是否該突然打電話過去……

他到底是有什麼「私人因素」要休這麼長的假呢？——我今天仍然很猶豫要不要問這個問題。他的臉看起來比之前更清瘦，有氣無力的聲音和舉止都令人在意，不過，我更想問的是……

「……昨天發生一連串的事情，千曳先生有什麼看法？」

我切入正題。這個時間點，圖書室裡除了我們之外當然沒有其他人。

「教室裡發生那樣的騷動……神林老師的哥哥又去世。您覺得『災厄』已經降臨了嗎？」

「這個嘛……」坐在櫃台內的千曳先生撫摸長了稀疏鬍鬚臉頰，低聲喃喃自語。

「這很難判斷。」

他用慎重的口吻回答。

「另一個『不存在的透明人』……是叫做葉住嗎？她是在昨天第三節課的時候，在大家面前說話對吧。說她自己就在這裡。也就是說，她放棄扮演『不存在的透明人』。」

「沒錯。」

——我不要再扮演「不存在的透明人」了！

我回想起昨天她滔滔不絕的聲音。

——我就**在這裡**、我才不是「死者」、我……

她鬱悶的情緒爆發開來，我能夠想像她走到這一步的心情。這樣想像之後，多少會覺得自己有責任，也覺得很心痛。

然而，更重要的是掌握現狀和預測今後的狀況……心裡這麼想的我，很冷血嗎？或許在矢木澤的眼中看來，我的確很冷血也說不定。

「葉住同學放棄扮演『不存在的透明人』；在那之後便開始下冰雹；窗戶的玻璃破裂、烏鴉飛進來，教室裡亂成一團，有很多人受傷。」

「——沒錯。」

「但是，沒有人因此喪命。」

「對。」

「而神林老師的哥哥——神林丈吉先生，昨天在其他地方過世了。這兩件事的時間順序究竟如何呢？」

「聽說是同一時間。」

「確切的時間呢？丈吉先生是在葉住說話前還是說話後過世的？」

「不知道，沒有這麼詳細的資訊。」

「**如果是在那之前的話**，丈吉先生的死就和『現象』無關。」

「**如果是之後**，就有關係嗎？」

千曳先生皺著眉頭，稍微搖了搖頭說：

「不，這也不見得。」

「——怎麼說？」

「也就是說……」

準備要回答的千曳先生，抿著嘴脣緩緩站起來。離開櫃台走到閱讀用的大書桌邊，拉出椅子坐下。

「你也坐吧。」

千曳先生這麼說，我便隔著書桌在他對面坐下。

「『有事的一年』會有一名『死者』混進教室；整個班級都會因此接近『死亡』；與班上同學有關係的『相關人士』很容易被捲入『死亡』之中——這就是從二十八年前在夜見北三年三班持續到現在的不祥『現象』。沒辦法用科學解釋為什麼會發生這樣的事，雖然已經掌握某種程度的法則，但那也僅止於『某種程度』而已。目前已知在班上創造一個『不存在的透明人』的『對策』，能有效防止『災厄』降臨，但是這個『不存在的透明人』的定義其實很模糊。簡而言之——

「現在我們對『現象』和『災厄』還處於摸索狀態。我們能做的就是觀察狀況和推測、想像……但究竟有沒有擊中核心，其實沒有人知道。或許，我們看到的一切都還離『真實』很遙遠。」

千曳先生用前所未見的奇妙表情這樣說，然後深深地嘆了一口氣。

「話雖如此，我們也不能就這樣放棄摸索，還是必須觀察、推測，驅動想像力去面對『現象』。若非如此，我們只能拋下一切逃離這裡。」

「逃離」這句話，在我心中激起黑暗的漣漪。

十四年前的夏天，晃也先生選擇了這個方法。逃離這個學校、這個城鎮和這裡的家人。然後……

「無論如何──」

千曳先生繼續說下去：

「我們需要的是隨機應變，冷靜檢討事實，以過去的案例為基礎判斷狀況，盡可能處理。即便是像我這樣長期觀察『現象』的人，也只能說出這種理所當然的話。真的很沒用。」

「………」

「好了，老話就說到這裡──」

千曳先生雙手放在桌上，正襟危坐地看著我。

「重點是如何看待昨天發生的事，對吧？」

「啊，是。」

「即便葉住這位女同學放棄扮演『不存在的透明人』──今年還有你繼續扮演『不存在的透明人』。這次就是為了『保險起見』才採用這個方法不是嗎？即便葉住這個第二個不存在的透明人放棄，還有你在啊。『災厄』如果因此就馬上降臨，不是很奇怪嗎？冷靜想想，就能分析出這個道理。」

即便葉住在這裡退出，只要我繼續演下去，「對策」就仍然有效。沒錯，鳴一開始就這麼說，我也覺得很有道理。但是……

「那我們試著假設，昨天第三節課時『災厄』就已經降臨好了——」

千曳先生繼續分析。

「剛才確認過，當時下了很大的冰雹，烏鴉衝進來亂飛，教室裡有人受傷。但是，都沒有人死亡——我覺得這很奇怪。」

「…………」

「『災厄』一旦開始，每個月就會有超過一個以上的『相關人士』死亡。死法有很多種，有些是被捲入一般而言不可能會發生的事故，有些人是病情突然惡化，或者是自殺、他殺……無論如何，都可以下一個結論，那就是『災厄』一旦開始，『相關人士』就很容易死亡。很有可能因為一點小事，就意外死亡，『災厄』有這樣的特徵。可是……」

「昨天教室裡出現那樣的騷動，卻沒有人當場死亡。」

「沒錯，如果『災厄』真的開始，在那場騷動之中，有人死掉也不奇怪。都沒有人死反而不自然，所以——」

「你的意思是昨天的騷動只是偶然發生的事件，『災厄』還沒有降臨嗎？」

「我覺得也可以這樣解釋。」

嗯，我昨天也想過這種可能性。不過，我會這樣想，是為了讓自己動搖的心冷靜下來就是了。

「問題是神林丈吉的死。」

千曳先生用沉穩的口氣繼續說：

「先不論剛才提到丈吉先生死亡的時間，究竟是在葉住宣布退出之前還是之後——他住院的地點是郊外的安寧病房對吧？」

「我是這樣聽說的。」

「如你所知，安寧病房提供給病情不會康復的重症患者。讓等待死亡的病患，減輕肉體和精神上的痛苦——也就是說，目的在於臨終照護。丈吉先生已經是癌症末期，簡而言之，他的病況可能已經到了什麼時候去世都不奇怪的地步。然後，剛好就在昨天過世了。如果是這樣的話呢？」

「啊……」

我不禁喊出聲。

「和『災厄』毫無關聯，**他只是在應該離世的時候離開而已。**」

千曳先生一把抹過臉頰一邊說：

「我想——應該可以這樣解釋這件事。」

儘管他這麼說，還點了點頭，但是表情看起來仍有懸念。看起來就像是在問自己：「這樣解釋會不會太樂觀了？」

4

「話說回來，那個……」

我剛說出口的時候，第四節的下課鐘聲就響了。

「什麼？」

千曳先生頂著撲克臉，推了推黑框眼睛。等鐘聲響完，我才接著說：

「昨天早上，我們在走廊碰到的時候，您說有事情要問我，也有話要對我說對吧？」

「啊，嗯。我好像有說過。」

「您要說什麼？」

我並沒有千曳先生說那些話有什麼重要意義。不過，既然想起來，還是會很在意——

「到底是什麼事呢？」

「不是什麼大事。」

這樣答覆之後，千曳先生又推了一次眼鏡。

「我想說的，就是一開始我們談到的。我覺得這次『對策』把『不存在的透明人』增加到兩個，可能沒什麼意義。就像我剛才說的，只是多一道『保險』而已。」

「啊，是。」

「我想問你的是——」

說到這裡，千曳先生從椅子上站起來。他稍微動動肩膀，像是要鬆開緊繃的肌肉似的。

「我口渴了，你要不要喝什麼？」

「啊，不用，我沒關係。」

「是嗎？不要跟我客氣喔。」

千曳先生暫時離開桌邊，走進櫃台裡，不久後就拿著兩個寶特瓶回來。原來那裡面有冰箱啊？是礦泉水。他把其中一瓶遞給我，自己馬上打開瓶蓋，一口氣就喝了一半。「那我不客氣了。」說完我也拿起寶特瓶。

「聽說你是自願擔任今年的『不存在的透明人』。」

千曳先生把寶特瓶放在桌上這樣說。我點了點頭。

「我之前就想過，如果被編進三班，就要扮演這個角色。」

「嗯……所以，我想知道你從四月開始到現在，實際扮演一個月『不存在的透明人』有什麼感覺？我是指你的精神狀況。」

「這個嘛……」

千曳先生打斷我的話，接著說：

「不過，我看你今天的樣子，應該是不用擔心了。」

「是這樣嗎？」

「即便心裡明白，但等到實際上在班上被當成『不存在的透明人』，一般來說心裡都會不平衡。因為感受到極度的孤獨感而變得憂鬱或者充滿被害妄想之類的，我以前看過太多這樣的例子了。」

孤獨……我從小就已經習慣了。

被害妄想？在我心裡幾乎不存在那種東西。

「我沒事。」

我果斷地這樣說之後，千曳先生點了點頭，表情變得比較和緩。

「你的確看起來沒事——不過，今後如果無法控制情緒的話，就來這裡找我。我不知道能給你什麼有效的建議，但是總比你自己悶著好。知道嗎？」

「謝謝您。」

我坦率地道謝。

「不過，我想這方面我應該沒問題。」

「喔——真是可靠的少年啊。」

千曳先生的表情變得更柔和，接著說：

「話說回來，你和見崎同學最近有見面或聊天嗎？」

這個問題倒是讓我有點意外。我的視線一邊在桌上游移一邊回答：

「嗯——偶爾。」

「她也已經高三了啊。」

「是啊。」

「你也會找她商量這次的事情嗎？」

「啊，會的。因為她也很擔心的樣子。」

「喔，這樣啊。」

千曳先生歪著頭望向陰暗的圖書室天花板，突然瞇起眼睛。他的動作看起來好像在緬懷過去。

「見崎鳴——該怎麼說才好呢？她是個擁有不可思議存在感的學生。兩年前，她畢業後換你入學，知道你和她有某種緣分的時候，我也覺得很不可思議。」

三年前的夏天，在緋波町「湖畔宅邸」經歷的事件和當時鳴為我做的一切，我都沒有具體告知千曳先生。今後大概也不會提吧。

「見崎同學她……」

千曳先生打算繼續說下去的時候——

嘎——出入口處的大門被打開了，進來的兩名學生都是我熟識的人。

「您好！」

「打擾了——」

是三年三班的同學。赤澤泉美和矢木澤暢之。

「哎呀。」

千曳先生這樣回應。

「真是稀奇，今天這麼多人來。」

他們兩個應該早就發現我已經先到這裡了吧。一瞬間，我心中充滿某種緊張感。因為這裡是夜見北校內，對他們來說，我必須是「不存在的透明人」。

不過，這一點我也知道。

他們應該是有什麼事要和千曳先生商量才跑來——於是我默默地從椅子上起身。離開桌邊，轉移陣地到深處的窗邊。我會在這裡都不說話安靜待著，他們只要把我當成「不存在的透明人」繼續無視我就好。

——我的意圖似乎很順利地傳達給他們了，千曳先生也懂。

「那個，我是矢木澤，三年三班的班長……」

矢木澤對著千曳先生這樣說。千曳先生點了點頭，目光轉移到矢木澤身邊的泉美。

「妳是？」

他這樣動了動嘴脣。

「妳是……」

「我是決策小組的赤澤。」

泉美這樣說。視線只朝向千曳先生，完全沒有看我一眼。

「妳叫做赤澤啊。」

不知道是不是我想太多，千曳先生盯著泉美，看起來好像有點困惑。他微微歪著頭，皺著眉說：

「嗯，妳……」

這個時候又傳來砰咚一聲低沉的聲響——

我隱隱感覺到在聽覺範圍外的某處，有這樣的聲音。

這是……這種感覺是……這是……沒錯，就像位於這個世界外側的某個人，偷偷按下相機快門的感覺。只有一瞬間，我感覺到「暗夜的閃光燈」……

那一瞬間之後，我就完全忘記那種感覺，千曳先生的臉上也完全看不出困惑的樣子。

「妳是赤澤泉美對吧。原來如此，妳是決策小組的成員啊。」

「是，決策小組除了我之外還有兩個人——江藤同學和多治見同學。」

「原來如此——然後呢？」

千曳先生這麼問。

「你們有什麼事？應該不是來借書的吧？是想要問有關『現象』和『災厄』的事情嗎？」

5

千曳先生和泉美、矢木澤三人圍坐在書桌，而我保持一段距離，在圖書室內的一個角落，一邊扮演「不存在的透明人」一邊聽他們對話。

雖然已經預料到，不過他們想「商量」的內容，和我剛才提到的事情幾乎一模一樣。也就是說，他們想問的是：「昨天發生的一連串事件，是否應該視為今年的『災厄』已經降臨？」而千曳先生給他們的意見，也和剛才告訴我的大致相同……

「……所以，『災厄』很有可能還沒降臨。因為這次葉住同學一個人退出，就判斷『對策』失效，未免也太操之過急了。」

矢木澤針對千曳先生提出的結論追問：

「神林老師的哥哥過世，和『災厄』沒有關係對吧？」

「呼——」感覺可以聽到他放下心中大石的吐氣聲。

「雖然不是百分之百確定，不過在我聽起來，可以朝這個方向解釋。」

「這個表達方式有點微妙呢。」

矢木澤這樣回應。

「不過，如果不這樣想的話，可能就沒辦法繼續下去了。」

「但是，我覺得這樣想也沒有錯。所以……」

泉美這樣說，同時也稍微往我這裡看了一下。身為「不存在的透明人」，我沒辦法接收她的視線然後點個頭，或者主動給她一個眼神示意……

……對策還是要繼續對吧。果然……

我沒有出聲，只在心裡對她喃喃自語。

今天接下來的時間、明天之後……我都要繼續扮演「不存在的透明人」來封印「災厄」。這已經不是我和葉住兩個人的工作了，而是我一個人，只有我一個人。當然——

如果這麼做有意義，那我毫無疑義。

我一點也不害怕孤獨。也不會因此產生被害妄想——我還能繼續演下去。

6

隔天，葉住還是沒來上學。再隔天也沒來，過了三天都沒來學校——

神林老師隔兩天之後，也就是五月十日星期四的時候有來學校。或許是有和千曳先生聊過，對現狀感到比較樂觀，那天早上的簡短班會上，老師宣布：

「今後也繼續執行『對策』，不要讓『災厄』降臨。」

她刻意隱藏情緒，用帶著面具般的表情環視教室。

「星期一的時候，我哥哥去世了。他長期患病，死亡是無可避免的。他的死並不是因為『災厄』降臨，所以……」

對於葉住缺席，老師只說：「這也是沒辦法的事。」老師以克制情緒的口吻說：

「考量葉住同學的心情，暫時不想來上學也很正常，我們就先不要打擾她吧。」

靠窗面對操場的最後一個座位，仍然放著「不存在的透明人」專用的老舊課桌椅。最近應該就會換成新的課桌椅了吧。

「我們已經有共識，雖然葉住同學退出，但今後阿想還是會繼續扮演『不存在的透明人』，繼續執行『對策』。」

星期二晚上泉美這樣告訴我。

放學後，加強版的決策小組在校外集合商討此事並且擬定方針，內容都已經告訴班上同學了。泉美也說接下來就只剩下通知神林老師了。

就這樣——

班上一時混亂的狀況，暫時稍微恢復冷靜。儘管大家都認同葉住的「中途退出」，但仍然不能說完全消除不安與恐懼，保持著一種微妙的平衡。

不過，沒問題，一定沒問題的——我一直這樣說服自己。

我只要像之前一樣，好好扮演「不存在的透明人」就好。「災厄」還沒降臨。既然如此，我就還有機會阻止。我必須阻止「災厄」。

我抱著這種祈禱般的想法，謹慎地繼續扮演「不存在的透明人」。

又過了兩、三天，甚至一整個星期……葉住依然缺席，班上也沒有發生任何不祥的事，微妙的平衡變得漸漸穩定。我殷切期盼，這樣的平衡能夠一直持續下去，「災厄」永遠不要降臨。

7

這段時間我和見崎鳴有說過一次話。

我放學回家的時候，曾經繞去「夜見的黃昏是空洞的藍色眼睛」好幾次，但是每次鳴都不在。星期一的事情和隔天與千曳先生的對話重點，我都馬上用電子郵件跟她聯絡過，但不知道她是不是還沒看，遲遲沒有回信給我——

到了星期六，她才終於打電話給我。

「我覺得應該沒問題。」

此時鳴仍然這樣說。

「我覺得千曳先生的推斷沒有錯。那個叫做葉住的同學是有點可憐，不過只要阿想你扮演好這個角色就沒問題了。」

「好。」
她的「沒問題」對我來說就是這個世界上最好的鼓勵，應該是說她的話完全可以信任——我至今仍有這樣的感覺。深呼吸之後，我再度坦率地答好。
「啊，對了。」
鳴繼續說：
「下週我要去校外教學。」
「校外教學……」
「高中的校外教學，最近都是二年級的時候去，但我們學校是高三的這個時候去。」
「呃……你們要去哪裡？」
「聽說是沖繩。」
「喔——」
「其實我不太想去。」
鳴和一大群學生一起去沖繩團體旅行——一想到這個「畫面」，我就覺得很奇怪。總覺得心裡很不安。但是，我也沒辦法跟她說：「不想去就不要去啊！」
「我爸還一臉平靜地問我，要不要蹺掉沖繩校外教學，跟他一起去歐洲工作。這種邀請也讓我心情鬱悶。」
鳴的父親——見崎鴻太郎，好像因為貿易的工作，整年都在海外飛來飛去。我有見過他，感覺他的確是會輕鬆說出這種話的人。
「預計五月二十日回來。」
說完，鳴嘆了一口氣。
「萬一這段期間有什麼緊急狀況，你就打電話給我。」
「啊……好。」

真的「沒問題」的話，應該就不會發生什麼「緊急狀況」才對——雖然我這麼想，但還是乖乖點頭。

「對了。」沉默一陣子之後，鳴這樣說。

「之前我也說過，想去你家看看。」

「咦？啊、喔……嗯，好。」

這時候我的反應可以說是語無倫次到極點。

「不過，我家什麼都沒有……」

「我很好奇你在什麼樣的地方獨自生活啊，也想看看賢木先生留下來的人偶。」

「啊……好。」

那尊人偶我已經從盒子裡取出來，放在寢室的櫃子上當作裝飾。

那是身穿黑色洋裝的美少女人偶，這是我所有收藏品中位列第一、第二的重要珍品……如鳴所說，這尊人偶是三年前去世的晃也先生的遺物之一，也是鳴的母親——人偶師霧果阿姨的作品。

「那就先這樣了，阿想。」

在掛斷電話前，鳴有點自言自語似地這樣說：

「一定沒問題的。」

8

「這隻叫做什麼？」

展示櫃上陳列著幾隻恐龍公仔，在主人的許可下，我拿起其中一隻沒見過的這樣問。

「迅猛龍。」

在中島泡咖啡的泉美看著我回答。

「迅猛……？」

「迅猛龍──你不知道嗎？阿想，你不是生物社的嗎？」

「我知道暴龍、三角龍之類的其他恐龍啊。」

「你沒看過《侏羅紀公園》嗎？」矢木澤這樣說。

他從我手上拿走公仔，一邊東看西看一邊說：

「之前電視上不是有播嗎？」

「──我沒看。」

「但你聽過這部片吧？」

「我聽過，但是沒看。因為沒有特別想看。」

不過，我至少還知道那是史蒂芬．史匹柏導演的熱門電影。我記得「湖畔宅邸」的書庫裡有麥可．克萊頓的原著小說，只是還沒讀過。

「男生一般都會喜歡恐龍和怪獸。雖然沒什麼好自誇，但我也很喜歡喔。」

「我不討厭怪獸電影啊。譬如說怪獸卡美拉之類的。」

「那應該就會喜歡《侏羅紀公園》吧？」

「呃──」

過去曾經存在這個世界的生物和完全虛構的生物。我覺得看兩者登場的娛樂電影，對我來說差異很大……但我不打算在這裡討論這個話題，所以保持沉默。

「赤澤也喜歡恐龍跟怪獸之類的東西呢。」

矢木澤把公仔放在客廳的桌上這樣說。

「怪獸我還好。」

泉美回答。

「我喜歡恐龍，其中最喜歡的是迅猛龍。」
「是喔，為什麼又是迅猛龍？」
「《侏羅紀公園》是我第一次在電影院看的電影啊。」
「我喜歡暴龍，體型大而且很強。」
「那部電影的主角是迅猛龍吧。冷靜又聰明……所以我最喜歡牠，而且很可愛。」
「妳用可愛形容喔？」
矢木澤抓了抓亂蓬蓬的頭髮。
「不過，妳說在電影院看……那已經是很久以前上映的電影吧？」
「我哥說想看，就連我也一起帶去看了。」
「那個在德國的哥哥嗎？」
「嗯，沒錯。」
「和讀小學的妹妹一起看恐龍電影啊。嗯──我沒辦法。」
「那個……那是妳幾年級的時候啊？」
「我們看的是續集《失落的世界》，應該是三、四年前吧。」
泉美用托盤把三人份的咖啡端過來。接著把手伸向桌上的公仔。
「這是看完電影之後，我哥買給我的。」
她一副很懷念的樣子，瞇起眼睛說。
「預計今年夏天會上映第三集，要不要大家一起去看？」
「喔，好啊。」
矢木澤這樣回應。
「阿想你也一起去吧！」泉美看著我。
「啊，嗯。」開不了口說不想看，我只好點點頭。

五月十七日，星期四晚上。「弗洛伊登飛井」E1——赤澤泉美的房間裡。

一過晚上八點，矢木澤先到我房間說：「你很寂寞吧？」然後泉美又跑來說：「我請你喝咖啡。」就變成這樣了……

「請享用。」

泉美請我們喝剛泡好的咖啡。

「河邊不是有一間叫做『伊之屋』的咖啡店嗎？這是那裡的綜合咖啡豆。具有獨特的醇厚感，非常好喝喔。」

「那我不客氣了。」

矢木澤拿起其中一杯。「啊，等一下。」泉美說著，從廚房拿了個紙袋過來。

「這裡有很多種甜甜圈。媽媽拿來的。」

「喔！謝謝媽媽。」

算是個出乎意料的夜晚小茶會。我們用泉美泡的伊之屋綜合咖啡稍微乾杯慶祝了一下。

「雖然發生不少事，但總算是成功防止『災厄』一個半月，值得慶祝……吧？」

矢木澤這樣說。

「上週星期一我還擔心不知道會發生什麼事，不過那之後什麼都沒發生。總之，這表示『災厄』還沒降臨，真是鬆了一口氣。」

「真的。」

泉美也露出笑容。

「一切都是因為阿想很努力啊。」

「我是不覺得自己有努力啦。」

我這樣回答。盡量裝作毫不在意的樣子，只是稍微參雜了一點嘆氣聲。

「接下來的日子還很長……對吧？」

9

「話說回來，葉住同學的事情……」

提起這件事的是泉美，矢木澤停下啃甜甜圈的動作。

「葉住這禮拜也都沒來上課，她有跟阿想你聯絡嗎？」

被問到這個問題，我果斷地回答：「沒有啊。」

「在那之後一次都沒有？」

「嗯。」

「你不擔心她嗎？」

「嗯，是有一點擔心。」

「你這傢伙還真是冷漠。」

「所以我說有點擔心了啊。不過，我也不能怎麼樣。」

「欸，我說你啊……」

「沒能阻止留言，我也有責任。」

泉美這樣說，她不甘心地用力咬著下脣。

「桌上被寫那種話，任何人都會受到打擊。她會覺得再也忍受不了，也很正常。」

「我覺得赤澤也不用把責任都攬在自己身上，是那些在桌上塗鴉的人不對。」

矢木澤突然繃著臉，把吃到一半的甜甜圈塞進嘴裡。然後再度看著我說：

「你也要有點責任感。」

「啊……嗯，知道了。」

「如果你對葉住溫柔一點……不過，事到如今已經來不及了。」

矢木澤會這樣說，或許也算情有可原。就連我回想起自四月開學典禮那天早上以來和葉住的往來，都會覺得很心痛——但是——

我要怎麼回應她的刻意接近才算做得更好？即便我這樣問自己，也找不到其他答案。我本來就無法巧妙地控制自己的情感，就算能控制最後也許只會讓她更受傷而已……

「島村同學和日下部同學因為擔心她，之前星期天的時候還去拜訪葉住家。」

泉美這樣說。矢木澤馬上回應：

「是喔？還有這件事。然後呢？葉住怎麼樣了？」

「聽說不管怎麼敲門，都沒有人回應。可能是不在家，也可能是假裝不在。手機和家裡的電話都沒有人接。」

「嗯——那她的父母或者家人呢？」

「她父母都是工作很忙的人，據說從以前就經常不在家。」

基本上採放任主義，說難聽一點就是丟著不管——我想起葉住自己曾經這樣說過。說不定她父母完全不知道三年三班的特殊情況，也不知道女兒從上週就沒去學校——我自己覺得，她的父母就算知道，或許也不會把這個當成大問題。

「到頭來還是不知道，她到底是把自己關在家裡還是到處閒晃。」

這樣回應的矢木澤一本正經摸著稀稀落落的鬍鬚。

「不過，在那之後……」

赤澤繼續說。

「前天還是前幾天，有人在外面看到葉住同學。」

「喔——是誰？」

「繼永同學。」

「是喔，原來是班長。她說葉住看起來怎麼樣？」

「這個——」
泉美把喝到一半的咖啡往嘴邊送，輕輕嘆了一口氣。
「好像是偶然看到葉住同學坐在副駕駛座。」
「汽車嗎？」
「開車的是個貌似大學生的年輕男子。繼永同學說，葉住同學看起來好像很開心。」
「這樣啊？」
「有可能是她哥哥。」
我從中插嘴，不過馬上就想到葉住的哥哥好像在東京的大學讀書。
「或者是哥哥的朋友。」
「哎呀，這樣不是很好嗎？」
矢木澤一臉笑意。
「被阿想甩掉的傷心少女，和年長的大學生……」
「矢木澤同學。」
泉美用嚴厲的口吻說話，還瞪了他一眼。矢木澤閉上嘴，抓了抓頭。
之後才知道，繼永看到的「貌似大學生的年輕男子」就是四月底死於摩托車事故的高中生．仲川貴之的哥哥。他是葉住哥哥的好友，葉住都叫他「仲川哥哥」。因為完全沒見過，所以也不知道對方是什麼樣的人，不過葉住曾說：「仲川哥哥從以前就對我很好……」
如果是這樣的話——
如果葉住能因此就消除從四月累積到現在的壓力，或者因此稍微療癒受傷的心，我覺得其實也好——如此一來，我就不需要太擔心她不來上學這件事了。

10

「下週就是期中考了啊。」

連我剩下的甜甜圈都吃掉的矢木澤這樣說，然後大大打了一個哈欠。

「真希望學校因為三班有特殊情況而讓我們免於考試。」

「考試結束之後，還有升學指導對吧？」

「你是說父母都要來學校的三方面談是吧？——赤澤妳呢？要按常規考公立高中嗎？」

「不好說。」

泉美一臉不開心的樣子微微垂下頭。我朝深處的鋼琴房的房門瞄了一眼。

「我已經沒有讀音樂類學校這個選項了，爸爸他們想要讓我去某個知名的私立女校，但是我沒什麼興趣。」

「夜見山有什麼知名女校嗎？」

「是縣外的住宿制學校。」

「哇——」

矢木澤誇張地把身體向後倒。

「赤澤同學是千金大小姐耶。」

「拜託，不要這樣叫我。」

「知道了知道了——阿想呢？要讀哪裡的高中？」

「啊，我喔……」被他這麼一問，我就開始含糊其辭。

再怎麼說，我都是被趕出老家的人，在赤澤家寄人籬下。雖然春彥伯父和小百合伯母都說：你儘管去讀高中、大學——但我還是覺得很猶豫，不知道該不該如此麻煩他們。

「要扮演『不存在的透明人』還要準備考高中，仔細想想還真不容易。」

「讀書本來就是自己一個人的事，要同時進行應該不會太辛苦才對。」

這是我的真心話。

「不過，我還是沒什麼真實感耶。明年才開始入學考試，今年還有七個月。不過，比起那個，『災厄』和『對策』的問題更頭大……」

「真的，學校怎麼會長年冷處理這種詭異的事態啊？」

「因為沒辦法用科學解釋吧。」

泉美回答。

「承擔教育責任的公家單位，再怎麼說也不能承認這種原因不明的『詛咒』般的『現象』。對吧？阿想。」

「我想這應該是原因之一。再加上，該怎麼說呢？或許『現象』已經對夜見山整個城鎮、居民的整體意識和認知產生某種影響。」

「什麼意思？」

泉美這麼問，我用大拇指按著右邊的太陽穴說：

「我不太會解釋……不過，『現象』會伴隨著紀錄和記憶的篡改、扭曲對吧？即便畢業典禮之後發現混入班上的『死者』是誰，經過一段時間之後，大家的記憶都會變得模糊。也就是說，很可能整個城鎮都會產生一樣的現象。」

「嗯──」

矢木澤皺著眉頭撫摸下巴的鬍鬚。

「整個城鎮……我有點似懂非懂。」

「我也不清楚。」

「嗯──」

「說到這個。」

泉美此時開口說：
「你知道三年前的『有事的一年』，班上在上學期期中考最後一天有人死掉嗎？」
啊，那是——記憶讓人心痛。
三年前的五月，夜見山北中學發生一起不幸的事故。我記得我在緋波町的老家看過那則報導……
「去世的好像是當時的女班長。」
泉美繼續說下去。
「所以啊，繼永同學好像有點擔心。」
「擔心？因為她自己是女班長嗎？」
矢木澤這樣說，泉美就認真地點點頭回答「是啊」。
「不過那一點也不科學就是了。不過，她擔心這次也和三年前一樣，女班長在期中考最後一天……」
「『災厄』沒有降臨，所以應該不用擔心。」
「說得也是，雖然……話是這樣說沒錯。」
泉美懶洋洋地用手撐著臉頰，然後嘆了一口氣。
「我自己也是，一有點風吹草動，就會往壞處想。」
「——怎麼說？」
「譬如說，千曳先生對上週發生的事情給的意見。雖然還算合理，但是如果從悲觀的角度解釋，他的意思就只是『災厄降臨的可能性很低』而已。如果那個很低的可能性就是現實的話……」
「欸欸，不要說那麼不吉利的話。」
「很不吉利對吧？但也不是完全沒有可能。」

上週星期一，在葉住放棄扮演「不存在的透明人」的時候，「對策」就已經失效，「災厄」開始降臨。那天神林丈吉的死，雖然是因為病症末期不可避免，但同時也是「災厄」帶來的死亡——事情也可以這樣解釋。

的確是可以朝這個方向懷疑。

千曳先生當時也非常慎重地選擇用詞，表情看起來總有一種心裡沒底的樣子。他也沒辦法百分之百否定「災厄」已經降臨的可能性。

「我當然希望這是杞人憂天。畢竟阿想這麼努力，而且就理論上來說有一個『不存在的透明人』就夠了。可是——」

「可是什麼？」泉美說到一半就停下來，矢木澤繼續追問。泉美猶豫了一下，把視線投向窗戶的方向。

「如果有個萬一……」

她稍微壓低音量。

「身為決策小組的成員，我有一個想法。」

11

「下個月我會去你那裡，日期已經訂好了。」

五月二十四日星期四的時候，媽媽月穗打電話來。偏偏挑在上學期期中考開始的這天晚上打來，不過她應該不知道學校的事情。

看到手機有來電顯示，得知打來的人是月穗的時候，我果然還是在心裡猶豫要接還是當作沒看到。如「診所」的碓冰醫師所說，我至今仍對她懷抱撕裂般的情感。

她是三年前拋棄我的人，也是生下我的人，這些都是不可改變的事實。我雖然知道這也是沒辦法的事情，但情感上還是會有所動搖……

「……學校今天開始期中考。」

我這樣說了一句。

「我要讀書，所以……」

所以我想趕快掛電話——雖然想這麼說，但是連我自己都想回嘴：既然如此一開始就不要接電話啊——

「啊……」

月穗不知所措地回應。

「對不起，打擾你讀書了。」

「沒關係。」

「明年就畢業了對吧？」

「——嗯。」

「畢業之後要讀高中嗎？」

「小百合伯母他們說我可以去讀高中。」

「啊……那要好好跟他們談一談才行呢。」

她若有所思地這樣說完之後，又用軟弱的聲音說：「對不起，阿想。」這個時候道歉，我也不知道該怎麼回應。

「所以妳下個月要來？」

換我把話題拉回來。

「妳決定什麼時候要來了？」

「啊……對，決定好了。」

月穗畏畏縮縮地回答。

「下個月十日的星期天。」
「——這樣啊。」
「美禮也會一起去。」
「是喔——比良塚先生也會來嗎？」
月穗的再婚對象、美禮的父親——比良塚修司，我已經好幾年沒有叫他「爸爸」了。
「他很忙……只有我和美禮會去。所以啊，我想說我們可以久違地一起吃個飯，美禮也說想見你。」
我和妹妹美禮自從離開緋波町之後，就再也沒有見過面。上國中之後沒多久，月穗曾陪我去「診所」看診，那應該是我們最後一次見面。
「我……」
沒有特別想見她。在話說出口前，我換了說法。
「好啊。那等時間近一點，妳再聯絡我吧。」

12

五月二十五日，星期五。
期中考第二天，一早就開始下雨。
雖然雨勢不大，但還是要撐傘的那種雨。但是風很大，即便撐著傘衣服多少還是會溼掉。
雖然是這種天氣，但我早上比平常更早起，因為已經好幾天沒有到夜見山川邊的步道散步了。雖然水量沒有增加，但河川很混濁，河面和上空都沒有平常會看到的野鳥。明明即便是雨天，也會有野鳥啊……
我走了一小段，就自動想起葉住結香。

第一次在這裡被她叫住，是四月初的事情。明明才過了一個半月，但總覺得已經是好久以前的往事。

葉住在那之後也沒有來學校，昨天的考試也缺席。

她真的沒事嗎？我果然還是會擔心。然而，我知道再怎麼擔心也沒有用。

這年頭，全日本不上學的國中生並不罕見，而且這應該要看老師和學校怎麼處理。再說了，回想我自己國小的時候，實在沒那個資格說「妳應該要好好上學」這種話。

我像往常一樣，先到赤澤本家去吃早餐，然後一個人走去學校。

13

第一節考英文，第二節考自然科學。

我並不覺得自己是「會讀書的學生」，但是來到夜見山之後，從來沒有覺得學校的功課和考試很難應付。上課的時候我就會記住大部分的內容，考試前也只要讀一個晚上就可以過關了。升上三年級，扮演「不存在的透明人」之後也一樣，就連我都覺得自己真是處變不驚。

因此，這兩天期中考，我也只擔心除了考試以外的事。應該是說——

夜見山北中學發生事故
女學生死亡

三年前的現在這個時候，我偶然在緋波町的老家看到這個新聞標題。連日期都還記得，報導日期是五月二十七日。發生事故的日期是五月二十六日，那天是夜見北期中考的第二天……

我順利在記憶中找到當時看到的報導內容。

過世的是三年級的女學生櫻木由佳里。得知母親遇到交通事故之後，不幸因跌倒的意外而身亡。幾乎和她母親同一天在醫院停止呼吸──據說她是三年前，也就是一九九八年度「災厄」的第一個犧牲者。

根據上週泉美所述，櫻木由佳里是當時三年三班的女班長。所以同樣身為女班長的繼永「好像有點擔心」……

「那天啊，從前一晚就一直下雨。這也可以說是那場事故的其中一個成因。」

這是這星期一開始的時候，去第二圖書室拜訪千曳先生得到的情報。

當時千曳先生一邊在櫃台上打開黑色封面的文件夾一邊說往事──通稱「千曳檔案」。收集從二十九年前「開始的那年」到今年度為止，總共三十年份三年三班名冊影本的文件，記錄在「有事的一年」死於災厄的「相關人士」的姓名和死因、混入班級的「死者」姓名還有後來發現的事情。

「櫻木同學應該是那一年的女班長──我還記得她的長相。她是個很適合戴眼鏡，看起來很認真的孩子。」

事情好像是發生在期中考第二天，最後一科考試的時候。校方緊急聯絡她，說是媽媽遇到意外被送往醫院，於是她慌慌張張地衝出教室。就在衝下樓梯的時候，腳底一滑摔倒。她摔倒時拋出的傘，傘尖不幸刺中喉嚨……

「我也有看到，現場真的很慘烈。雖然送去急救，但因為失血過多和休克症狀，沒能撐到醫院。」

「唉……」

我想像他口中那些活生生血淋淋的「死亡」狀況，憂鬱地嘆了一口氣。我覺得如果繼永也聽過一樣的內容，即便那只是非科學的想像，也很難要她不去在意。

期中考的第二天，第一節的英文考試平安結束，開始第二節的自然科學考試……

距離結束時間還有十分鐘左右的時候，我交出答案卷後離開教室。因為是我擅長的科目，所以我很快就全部寫完了。

監考的神林老師沒有責怪我，當然，因為我是「不存在的透明人」。

離開時，我大略環視教室一圈。沒有任何人往我這裡看……不，泉美和繼永有稍微回頭，但馬上就拉回視線——看起來是這樣。

教室裡的課桌椅，今天仍然有兩個空位。一個是葉住的座位。另一個是從四月就一直因病療養的女同學的座位。她的名字是……對，好像是牧瀨，不對，是牧野吧？

在走廊上，我獨自開了一點窗往外看。雨一直下，風勢也很強。

視線移到走廊的地板上，發現到處都溼答答而且沾滿泥土。夜見北的校舍內不用脫鞋，所以鞋子和傘上面的雨水和泥土都直接被帶進校舍內……三年前也是這樣的狀態吧。走廊、樓梯都一樣。所以，櫻木在下樓的途中滑倒……

「……沒問題的。」

我搖搖頭，認真地告訴自己。

「今年一定沒問題。」

不久，告知作答時間到的鐘聲響起，在那之後——樓梯傳來慌張的腳步聲。

沒多久便出現一名我沒見過也不知道名字的男老師。他經過站在窗邊的我眼前，直衝往三班的教室。剛結束考試的教室內，傳來微微的躁動。

正當我在想到底發生什麼事的時候——

教室前的入口衝出一名女學生。那是……小鳥遊嗎？小鳥遊純。她的弟弟讀一年級，還加入生物社。

只見她右手抱著書包，左手從傘架抽出自己的傘。蒼白的臉色、慌張的舉動……就在這個時候——

「不能在走廊上奔跑！」

傳來一個尖銳的說話聲。

「也不要跑著下樓。小鳥遊同學，冷靜一點，注意安全！」

說話的人是繼永。繼永追在小鳥遊身後離開教室，對著看上去打算跑著穿越走廊的小鳥遊這樣喊。

「小鳥遊同學，小心一點，懂了嗎？」

「謝謝妳。」小鳥遊用蒼白的臉色回答，露出僵硬的微笑。她重新拿好書包和雨傘，用力深呼吸之後才朝樓梯走去。

我什麼都沒辦法說，只能看著她。

繼永目送小鳥遊離開，深深地嘆了一口氣，她的臉色和小鳥遊一樣蒼白。

14

趕到教室的老師，來告知小鳥遊純的母親在某個事故中身受重傷。就像以稍微不同的形態，重現三年前櫻木由佳里那件事一樣——然而，小鳥遊之後和接到通知的弟弟會合，平安前往母親急救的醫院。

在考試後的班會上，聽完神林老師說明之後——

我沒有馬上回家，而是繞到生物社的社辦。幸田俊介理所當然地在社辦，我把剛才的事告訴他。

「不知道小鳥遊的母親，目前狀況怎麼樣。」

俊介一邊擦眼鏡一邊這樣說。

「如果小鳥遊他們沒事，但母親有個萬一，這樣算是『災厄』降臨嗎？」

我沒有回答，只是垂下眼簾。雖然不知道是什麼意外，但我們也只能祈禱不會危及性命。

「你很久沒來社辦了吧？」

「啊……是嗎？」

「如你所見，連假之後，這裡的小傢伙們都還活得很好。」

俊介說完之後環視充滿魚缸和籠子的室內。

「小鳥第二代也很活力充沛。」

「那是因為大家都不想變成標本啊。」

「對了，我把大和沼蝦的透明標本做得很漂亮，你要看嗎？」

「呃——下次吧。」

「自然科學的考試很輕鬆吧。」

「對啊。」

「琵琶湖鰍的透明標本呢？」

「一樣下次再看。」

……我們就這樣聊完一些無關緊要的話題後，準備一起回家。

「那個叫葉住的女生退出之後，阿想你還是繼續扮演『不存在的透明人』對吧？」

「啊，嗯。」

「所以班上還是維持和平狀態囉？」

「嗯，目前是這樣。如果小鳥遊的母親沒事的話。」

「希望她沒事。」

「是啊。」

抱著鬱悶、沉重的心情，我們走在0號館的走廊上。途中經過第二圖書室，但入口掛著「CLOSED」的告示牌。考試期間關閉嗎？還是千曳先生又跟學校請假了呢？

外頭還是下著雨，風勢一樣強勁，老舊的校舍到處都發出被輾壓的奇怪聲響。從0號館穿過連結校舍的走廊，來到有正面玄關的A號館，我們走到玄關外，各自撐傘走向正門的時候——

看到有幾個學生走在前面。距離不到十公尺。

「那是三班的女生？」

俊介指著她們說：

「你看，赤澤同學在那裡。」

三個都是女生。其中之一的確像是泉美，我對她手上撐的磚紅色雨傘有印象。其他兩個人之中，有一個人撐著透明的塑膠傘，比泉美稍微高一點的短髮女生……那是江藤嗎？還有另一個人——

身材嬌小的女學生和其他人不一樣，沒有撐傘。而是穿著雨衣——應該是說，她穿著寬鬆的奶油色斗篷，頭上戴著頭巾……沒有撐傘的那個女生，是繼永嗎？

該不會——我在心裡想像了一下。

因為太在意三年前櫻木由佳里那件事，所以即便今天下雨，繼永也**刻意不帶傘**嗎？那大概是因為她知道三年前那個事故的詳情吧。她知道害櫻木去世的兇器就是自己帶的雨傘，所以……自然科學考試結束之後，小鳥遊衝出教室時，繼永也因此刻意叮囑對方要小心。如果這個時候小鳥遊和三年前的櫻木一樣，急著衝下階梯的話，或許就會發生和櫻木一樣的意外。因為害怕重蹈覆轍，所以才……

突然傳來一陣巨響，我們都嚇一跳。

轟轟轟轟轟……轟隆！那是風聲嗎？而且還是超越目前為止的強風。是剛好吹過上空嗎？還是在操場那裡？

正當我的視線四處搜尋時，附近的樹木全都一起發出「沙沙沙沙——」的聲響。強風吹到我和俊介所在的地方，雨傘差點被吹走。

「風好大。怎麼這麼突然，好像颱風一樣。」

俊介這樣說。緊接在後的雨勢感覺強度倍增。

我們打起精神，前進了兩、三步，但這個時候又傳來「轟隆——」的巨大聲響。究竟是上空還是操場那裡傳來的呢？

看得出來走在前面的三個女生之中，有兩個人拚命抓住雨傘，以免被吹走。穿著斗篷的繼永也壓緊被風吹亂的布料，和這個天氣苦戰……

突然，繼永的膝蓋跪在道路上，頭巾早已鬆開。

她怎麼了？

繼永想站起來，但是無法順利移動。因為強風的關係……不對，也有可能是沿著走道種植的植栽或柵欄之類的東西，勾到斗篷的尾端。看起來很像是這樣。

吹個不停的風和下個不停的雨。就在短短的瞬間，突然傳來其他的怪聲——那個瞬間過後，斜上方出現彷彿要斬斷白色雨絲般的東西。某種灰色的不明物體……

有人發出一聲尖叫。應該是繼永。就連離她們有一段距離的我和俊介，都能清楚聽到。

「不要！」

這是泉美和江藤的聲音。

「不要啊！」

「什麼？這是什麼？」

「繼永同學？」

「糟、糟了！」

俊介在旁邊大喊。他丟下傘，猛然在雨中奔跑。

急忙追上俊介的我，也看到繼永身上明顯的變化。

她的膝蓋仍然跪在走道上，維持仰望天空的姿勢不動。從這個角度看過去，右側的脖子從斜上方插進灰色的**不明物體**。還有——

鮮豔的紅色在奶油色斗篷上暈染開來。

即便雨水不斷沖刷，還是有鮮亮的紅色液體留下來……啊，那是鮮血。大量的紅色鮮血，從她的脖子流出來……

衝過去之後，我才搞清楚狀況。

深深插進繼永脖子的東西，是被塗成灰色的金屬板。那是造鐵皮屋的鐵皮還是什麼？又細又長，很大一片。

突然從某處飛過來，她的脖子就像被什麼銳利的刀刃刺穿一樣。

「繼永……同學……」

和我們兩個一樣都丟下雨傘的泉美，嘴唇不斷抖動。江藤在距離數公尺的地方，愣愣地跌坐在地上。

「為什麼，會這樣……」

維持仰望天空的姿勢不得動彈的繼永，嘴裡冒出鮮血氣泡與痛苦的呻吟。她還有氣。

「救護車！」

俊介大喊，拿出自己的手機。

「啊！」泉美喊了一聲。仔細一看，繼永的雙手正緩緩舉起，試圖抓住插進脖子的金屬板。

啊，不行。

瞬間冒出這個念頭，讓我很焦急。

不行。現在拔出來的話……

然而，這份焦急最後只落得一個空虛的結果。

自己到底發生什麼事？她一定完全都不知道就——

因為忍受不住突然襲來的劇痛，用盡最後一絲力氣的繼永，奮力把侵入身體的異物拔除了。大量的鮮血突然從裂開的傷口噴濺出來……

鮮血染紅雨水，繼永整個人癱軟倒地，一動也不動了。

15

等到救護車到場，繼永智子就因為失血過多而身亡了——五月二十五日，早上十一點半。

距離案發現場數十公尺的體育館，屋頂的一部分因為當天突發的強風剝落，所以才會被吹走。這種建築物已經有幾十年的歷史，本來就隨時間裂化，再加上這個月七日下了冰雹，導致嚴重受損。儘管如此——

屋頂的碎片像那樣被吹飛，剛剛好就從那樣的角度掉下來，砸中當時在路上不得動彈的繼永，這個巧合未免也太不幸了。

小鳥遊純的母親．志津女士也在五月二十五日的深夜死於醫院。

她在這天早上被小型汽車撞擊，雖然受到腰部骨折的重創，但被送到醫院的時候並沒有生命危險。孩子們聽聞消息趕過去的時候，她的意識也都還很清楚。

然而，到了晚上病情卻急轉直下。據說送到醫院之後，不知道為什麼沒有檢查到頭部的創傷，而這個頭部創傷引起的腦部內出血就是她的死因。

就這樣——

兩名三年三班的「相關人士」在一天之內毫無道理地死亡。

我最害怕的「災厄」終究還是降臨了……不對，這麼說來，神林丈吉過世的時候，說不定災厄就已經降臨了——即便再不情願，我們也必須面對這樣的現實。

Interlude II

昨天發生事故的地方是在這附近對吧？

事故……什麼事故？

你不知道喔？昨天鬧得很大耶……啊，你昨天請假。

昨天、前天我都感冒在家裡躺著。下週我要一個人考期中考。

節哀順變。身體恢復了嗎？

嗯，差不多了。

真希望第二和第四個星期六的社團活動也能休息。練習很辛苦吧？

其實我想再多睡一天的——你剛說什麼事故？

有個三年級的女學生死掉了，好像是三班的班長。

死了？在這裡嗎？

昨天中午的時候，風超大的。然後體育館的屋頂浪板被吹翻，飛到這裡來……

所以被屋頂的浪板撞死了？

聽說是這樣……啊，你看那裡。那邊路上的髒汙，不是血跡嗎？

哇啊！真是活生生血淋淋。

聽說浪板插進脖子裡。也有人說因為力道很大，所以一瞬間頭就飛出去了。

呃，感覺好痛。

如果是一瞬間的話，可能不會痛吧。

是說，那個人運氣也太差了吧？偏偏遇到這種事……

是啊。不過，**畢竟是三年三班啊。**

三班有什麼特殊意義嗎？

咦？你不知道嗎？

我應該要知道什麼嗎？

意外地有很多人不知道呢。聽說這所學校的三年三班，從以前就被詛咒……

已經降臨了呢。

——是啊。

「災厄」已經降臨了。

——嗯。

所以「對策」還是失敗了？

現在看起來是這樣沒錯。很令人遺憾，也很不甘心。

這果然還是因為「第二個不存在的透明人」葉住同學退出的關係……

可能吧。

所以也有可能不是囉？

我不知道。不過，現在責怪她也沒有用……

…………

…………

……所以呢？

什麼？

接下來該怎麼辦？我再繼續扮演「不存在的透明人」也沒有意義了。

這個……我希望你可以再等一下。

等一下？

我之前有說過吧。**如果有什麼萬一，我有一個想法。**

啊……嗯。

我不知道這個想法是對是錯，也不知道是否有效。不過，總比什麼都不做好。

所以，我們先不要放棄……總之，阿想你還是像之前一樣繼續扮演「不存在的透明人」。我會事先告訴老師還有班上的同學。

為什麼……妳有什麼想法？

這個嘛……

「災厄」還是降臨了。

這樣啊——考試那天女班長死亡，跟三年前一模一樣啊。這當然也有可能是單純的偶然。

包含神林老師的哥哥在內，已經有三名死者了。

或許災厄從五月七日那天就開始降臨了。

從葉住同學放棄扮演角色那天開始……

雖然我覺得不可能就是了。

只要我有好好扮演，應該就沒問題對吧？

是啊，應該是這樣沒錯。

不過，事實並非如此。

明明不可能會演變成這樣的……到底是為什麼……

……

我總覺得不對勁……啊，阿想，我得先跟你道歉。

不，那個……

你很相信我說的話對吧？事情卻還是變成這樣，對不起。

啊，見崎姊別說這種話……

……

……**災厄一旦降臨，接下來就會死更多人對吧？**

……

每個月都會有一名以上的「相關人士」死亡。

——沒錯。

事到如今已經束手無策了對吧？一旦「災厄」開始，就沒救了。

沒錯，基本上是這樣……

不過，**我們打算試著再擬定一個「對策」。**

咦？再擬一個嗎？

所以目前會先執行那個對策。要先試試看，才能知道有沒有效果。

這樣啊。現在這個時候還能擬定什麼「對策」？

這個嘛……

Chapter 8 *June I*

1

在混亂與失意、悲傷與恐懼之中度過五月剩下的日子之後……六月來臨了。

我按照泉美的請求，在繼永和小鳥遊的母親去世後，仍在學校扮演「不存在的透明人」。

這段期間泉美與加強版決策小組討論後決定向大家提出這個方案，獲得班上同學的贊成……神林老師也沒有強烈反對。泉美被選為新任的女班長，兼任決策小組的職務。

葉住依然持續缺席。「災厄」終究還是降臨，如果她得知這個消息，應該更不想來學校了吧——她的心情不難想像。

2

「聽說上週學校發生非常不幸的事故，和你同班的學生過世了對吧？」

碓冰醫師這樣說，我的視線不禁往斜下方躲，同時也輕輕咬著下唇。

「你該不會和那位過世的學生很親近吧？」

「——沒有。」

我緩緩地搖頭。

「只是有講過幾句話而已。」

「不過你還是會受到打擊吧？」

「你沒事吧？你有因為身邊發生這樣血淋淋的『死亡』，想起三年前那件事嗎？」

「嗯，是啊。」

「——沒事。」

我保持視線低垂，然後這樣回答。

「——我想應該沒事。」

這一整個星期，我還是有不容易入睡、做惡夢等症狀。不過，那並不是因為想起三年前那件事。

夢中出現的都不是「三年前」的場景，而是最近——尤其是這一個月內發生的事。**她**高喊「我就在**這裡！**」、「**在這裡啊！**」的聲音；到處亂飛的烏鴉的黑色身影；颯颯的風聲和被風吹亂的奶油色斗篷；還有……噴濺出來的鮮血；全身沾滿大量鮮血的**她**……

我並不是第一次親眼見證人的「死亡」。三年前，我在「湖畔宅邸」目擊晃也先生的「死」——然而——

即便一樣都是「死亡」，但我覺得三年前和上週的狀況完全不同。其中一個原因，應該是我心裡有自責的念頭吧。

沒能阻止「災厄」的不甘心和無力感。再加上如果沒能阻止災厄，真的是因為葉住退出，那我更會覺得是自己沒有及時阻止她……也就是說，沒錯，我陷入不可自拔的自責之中。

碓冰醫師以沉穩而溫和的步調提問，但我在各方面都隱藏著自己的真心回答，不知道醫師有沒有發現。

六月二日，星期六的早上。我像往常一樣跟學校請假，造訪位於市立醫院別館的「診所」——

「我聽到一個很奇怪的傳聞。」

這次諮詢已經暌違一個月，結束表面上與平時沒什麼不同的對話之後，碓冰醫師緩緩地開口說了這麼一句話。

「我聽說阿想你就讀的國中，好像有什麼和『死亡』相關的奇怪傳說……」

奇怪的傳說嗎？

會出現這種傳說也是沒辦法的事。

我不討厭碓冰醫師，也很信任他，但是三年三班的特殊情況我從來沒對他說過。「現象」、「災厄」、班上混入「死者」、紀錄和記憶的篡改、扭曲……即便我再怎麼認真說明，精神科的醫師也不可能相信，畢竟他不是當事人。我抱著這樣的想法——

「我不知道是什麼樣的傳說……」

此時我也沒有正面回答醫師的問題。

「不過那一定是隨便亂傳的。我沒有興趣。」

3

雖然今天沒有下雨，但不知道為什麼，診療結束之後我還是沿著上次雨天的動線走回去。沿著一樓的聯絡通道從別館走向本館。像上次一樣信步走在像迷宮一樣複雜的走廊時——

我不由自主地開始回溯記憶。上週，那個回想起來就覺得無比慘烈的意外後兩天後——在星期天晚上泉美來到我房間，並有過一連串的對話。

如果有什麼萬一，我有一個想法——泉美之前就曾經這麼說。我問她是什麼想法的時候，她說：

「就是啊……」

泉美停下來，直直盯著我看，停頓了一會，才說：

「你還記得三月底的『對策會議』發生什麼事吧？就是討論今年如果是『有事的一年』，要由誰扮演『不存在的透明人』的時候。」

「嗯，這我當然記得。」

在討論要由誰擔任「不存在的透明人」時，我自己舉手了。不過在那之後，江藤提出「**這樣**就能解決了嗎？」的意見，所以才會在之後選出「第二個透明人」。後來用撲克牌抽籤……

「當時用撲克牌抽籤對吧？然後，葉住同學抽到鬼牌，所以決定由她擔任『第二個透明人』……快回想一下，**在那之前**發生什麼事。」

泉美像是要望向遠處似地瞇起細長的眼尾，我也跟著瞇起眼睛。

「在那之前？」

她這麼一問，我開始回溯自己的記憶。泉美回答：

「在開始抽籤之前，有一個人說：『既然如此，就由我來吧。』雖然聲音很小，感覺好像快消失一樣，但是大家都嚇一跳，還問她怎麼突然這樣說……」

「……啊。」

兩個月前那天的場面，就像從黑暗之中現身一樣，在腦海裡擴散開來——沒錯，的確是有這一幕。除了我之外，還有另一個人自己舉手說要擔任「不存在的透明人」，當時我也有點嚇到……

「……不過，最後沒有採用她的意見，我們還是用抽籤的方式選人。」

「牌都已經切好的時候……沒錯，葉住同學還慌張地說：『怎麼現在就要抽籤，這樣不行。』結果馬上就開始抽了。」

「啊……嗯，的確是這樣。」

如此看來，葉住在這個時候就已經打定主意要當「第二個不存在的透明人」，她一定已經發現鬼牌上的記號。所以……

「那個時候說『既然如此，就由我來吧』的人是牧瀨同學對吧？」

「牧瀨……」

……沒錯，是她。她的名字叫做牧瀨。雖然想不起來她的長相，但我記得她的身形和小到快要消失的聲音一樣非常纖細，是個沒什麼存在感的女孩。

「那是因為身體不好的牧瀨同學，從四月開始必須住院一段時間。」

泉美說完，緩緩地眨了一下眼睛。我覺得自己的視線也隨著她的眼皮一眨，瞬間轉暗。

「所以啊，當時雖然她沒告訴大家，不過我想她應該是覺得，反正自己大概也不太能去學校，既然如此乾脆由自己來擔任那個『不存在的透明人』。」

如此說來，我也覺得牧瀨會主動這麼說，就某個層面來看很合理。即便她請假住院，仍然是三年三班的成員，把她當成「不存在的透明人」對班上的同學來說也比較容易。無論是物理上或心理上都一樣，比起讓其他人來擔任「不存在的透明人」，選擇她會更好……然而……

然而，就結論來說，她主動自我推薦並沒有獲得認可。而葉住抽到鬼牌，變成「第二個不存在的透明人」。

「這樣你懂了吧？」

泉美這樣說。

「我的想法就是，現在去拜託牧瀨同學，代替葉住扮演『第二個不存在的透明人』。」

「喔……」

原來如此。不過，這樣做真的有用嗎？究竟能否抑制已經開始降臨的「災厄」呢？

「這個問題，我覺得重點應該在於『力量』的平衡。」

「力量的平衡？」

「不存在的『多餘之人』＝『死者』混入班級，招來『災厄』。唯一的『對策』就是在班上設定一個『不存在的透明人』，來阻止『災厄』降臨。我覺得就像用『不存在的透明人』之力抵消引發死亡的『死者』之力一樣。」

「嗯……」

「為了以防萬一，我們把今年的『對策』改設為兩個『不存在的透明人』。因為這樣，四月時『災厄』沒有降臨，也就表示兩者之間的平衡保持得很好。然而，五月葉住同學放棄扮演這個角色，『災厄』便降臨了。也就是說，**今年的力量需要兩個人來平衡**。」

「妳的意思是……只有一個『不存在的透明人』還不夠？」

「不夠，這樣無法取得平衡……沒錯，就是這種感覺。必須增加『不存在的透明人』的力量，否則就無法抵消今年的『死者』之力。所以啊……」

再度用兩個「不存在的透明人」，把葉住退出後的平衡拉回來。如此一來，應該就能夠阻止「災厄」。

這個想法是否正確、是否有效？不試試看也沒有人知道答案。不過，總比什麼都不做好——泉美不斷這麼說，我也表示認同。的確可能是這樣。總比什麼都不做、什麼都做不了，這樣還比較好……

決策小組的泉美和江藤三天後代表三班，去探望住在這間醫院內科大樓的牧瀨。那是本週的星期三——五月三十日的事情。

「如果我能幫上忙的話……」牧瀨了解來龍去脈之後，接受了這個要求。住院的時間似乎又要延長，所以目前對她來說不成問題。她也表示即便出院後能去上學，只要這個方法能有效阻止「災厄」的話，可以一直扮演「不存在的透明人」直到畢業為止。

這個稱得上是無奈之計的新對策拍板定案之後，今天已經是第四天了。

4

我走在本館的走廊上，突然有一股現在就想去探望牧瀨的衝動。

雖然平常沒什麼機會在學校見面，但這個月開始她和我就都是「不存在的透明人」了……

想到這裡，我便打消這個念頭。一方面是，班上的男同學突然跑去探病好像不太恰當；另一方面是，這個時候和她接觸也沒有什麼好處……

……不過……

我們只在「應變會議」的時候見過一次，我連她的長相都想不太起來——她在長期住院的生活中，都在想什麼？怎麼打發時間呢？一想到她的不安與孤獨，就覺得那是有別於「災厄」的問題，讓我坐立難安。希望哪天能和泉美一起去探望她。

付完醫藥費之後，離開醫院已經是十二點半左右了。這天我沒有騎腳踏車，所以我在醫院前的公車站等公車，周圍的幾個人看上去年紀都比我大。

在一片讓人感覺有梅雨季前兆的單調灰雲之下，公車終於來了。我準備好零錢，往車體正中間的上車門前進時——

下車的乘客也開始從前側車門離開。我不經意往那個方向看，發現有一張熟悉的臉。那是……

……霧果阿姨？

因為只看到那麼一瞬間，所以有可能是我看錯了。不過，上次來這間醫院的時候，我記得好像在玄關也看到像她的人。所以，剛才那真的是霧果阿姨……

她生了什麼病，必須定期來看診嗎？

我一邊在心中浮現和上次一樣的念頭，一邊走上公車。

5

我在呂芽呂町的「黎明森林」前下車，繞去圖書館一下，之後再到附近的速食店吃飯……心裡邊想著下午三點半這個時間，同時徒步朝御先町走去。目的地就是那間人偶藝廊——「夜見的黃昏是空洞的藍色眼睛」。

我和見崎鳴約好了三點半要在那裡見面。

在繼永和小鳥遊的母親死亡、確定了「災厄」降臨之後，我和鳴只有通過電話。在這種時候，我覺得應該要和她見面聊一聊。因為我很需要見她一面。

上次造訪「夜見的黃昏是空洞的藍色眼睛」和鳴見面已經是四月中的事了。

從那之後過了一個半月，狀況已經大幅改變，但館內還是像往常一樣，靜得彷彿和外面的世界隔離一樣。幽暗的弦樂一如既往地在館內流淌，天根婆婆也一如既往地對我說「歡迎光臨」。

「因為你們是朋友，我就不收錢了——鳴在地下室喔。」

「謝謝您。」

和四月造訪時一樣，鳴獨自坐在圓桌旁的椅子上，用手撐著臉頰。這個空間充滿陰暗，她穿著彷彿要融入其中的、幾近黑色的深藍色上衣，看起來好像很沒精神。

「午安，阿想。」

鳴移開撐著臉頰的手迎接我。

「很久沒在這裡見面了呢。」

「是啊。那個……午安。」

「坐吧。」

「好。」

鳴今天也沒有戴眼罩。左眼不是裝以前那個「人偶之眼」，而是略帶咖啡色的黑瞳孔義眼。

「——如何？」

鳴默默看著坐在對面的我幾秒鐘之後這樣說。

「還好嗎？」

「還好……是指班上嗎？」

我這樣回問之後，鳴輕輕搖了搖頭。
「我是問你。」
「我……？」
「我擔心阿想你的情緒，應該說是你的心情。事情變成這樣，不知道你有沒有事。」
「啊……那個……」
「明明已經很努力，但『災厄』還是降臨了，你有沒有因此陷入自責或者覺得挫折？」
「如果說完全沒有那是騙人的。」
在這樣的狀況下，鳴還是擔心我。雖然我心裡開心到自己都覺得不好意思，但還是努力平靜地回答。
「不過，我真的沒事。」
「上週那個叫做繼永的女生發生事故的時候，阿想你就在現場吧？」
「那是……對，我當然覺得震驚，不過……嗯，我沒事。」
「真的嗎？」
「至少我沒有逃走的念頭。」
「——這樣啊。」
館內流淌的音樂，回到我有印象的旋律。佛瑞的《西西里舞曲》。四月來訪的時候，好像有聽過這首……這個偶然令我有點在意，不過——
「話說回來——」
我改變語氣。結果此時鳴也說了一樣的話，我急忙閉上嘴，讓鳴先說完。
「上次在電話中聽到的新『對策』……已經開始了嗎？」
「啊，對。」
我挺直腰桿點了點頭。

「除了我之外，再多加一個替代葉住的『第二個不存在的透明人』。靠這個『對策』來平衡死者的力量……」

我再度對鳴提起之前在電話裡大致說明過的新「對策」。

「……然後新的『第二個透明人』的候補對象已經接受提議，今天已經是第四天了。」

「——這樣啊。」

這樣回應之後，鳴原本看著我的右眼，視線往旁邊移，輕聲地嘆了一口氣。然後又像剛才我下樓時一樣，用手撐著臉頰。她的樣子看起來無精打采。

叮鈴——樓上隱約傳來門鈴的聲音。

是來參觀的客人嗎？還是說，霧果阿姨回來了？……

「可是啊，阿想。」

鳴這樣說了一句。

「關於這個新『對策』是否有效，我覺得不要想得太樂觀比較好——不過我這樣說，可能已經沒有說服力了。」

「為什麼妳會這麼想？」

「因為……」

鳴有點支支吾吾。

「因為三年前就是這樣。」

我一時語塞。鳴接著說：

「之前我也跟你說過吧？三年前的三年三班，由我扮演『不存在的透明人』的時候，『對策』也失敗，『災厄』開始降臨，所以才會演變成榊原同學扮演『第二個透明人』來增加人數。但就結果而言，這個『追加對策』沒有奏效。」

「不過，三年前的狀況和這次不同吧？今年是一開始就設定兩個人扮演『不存在的透明人』，因為其中一個人放棄，『災厄』才開始降臨，所以只要再度回到兩個人的狀態，就能取得平衡……」

「我了解你們的想法，你們和三年前的差異，就在於『初始設定』不同。」

鳴雖然這樣回答，但還是不確定地歪著頭。

「可是啊，不管一開始採取什麼『對策』，一旦失敗『災厄』就會降臨，不論再怎麼亡羊補牢都不會停止，也阻止不了——我是這麼想的。」

我再度說不出話來。接著，鳴緩緩地搖頭說：

「唉……不過，這樣的判斷本身，或許根本就沒有意義。」

「——什麼意思？」

「因為這是自然現象。」

聽到鳴的回答，我自動想起千曳先生最喜歡說的那句「超自然的自然現象」。

「因為千曳先生一直都在旁邊觀察，所以我們才知道這個『現象』的某些法則，也知道有些『對策』是有效的……不過，那應該只是整體的一小部分而已。」

「…………」

「即便是科學如此發達的現在，也沒辦法準確預測各種自然現象的發生與變動對吧？譬如說颱風、地震之類的。即便知道今天會下雨，如果是伴隨強風的暴雨，就算傘面再怎麼大，衣服還是會溼；要是雨變成冰雹，雨傘說不定還會破掉。所以說，總是會發生這種預想之外的事。

「更不用說這個『現象』是科學難以說明的『超自然的自然現象』……所以啊，我僅憑薄弱的經驗和推測說的話，或許根本沒有什麼意義可言。至少我是這麼覺得，所以……」

所以，這次的新「對策」不見得是徒勞無功——聽起來她的意思就是這樣。

「妳的意思是，妳也不能斷言這麼做沒有效果？」

我這樣追問，鳴眨了眨右眼並點頭。

「如果有效當然最好。」

「那個，見崎姊。」

我還是很想問清楚。

「三年前『災厄』降臨，是因為一開始的『對策』和後來的『追加對策』都無效，導致好幾名『相關人士』喪命……但是在那之後，災厄就**停止了**對吧？這是為什麼？為什麼災厄會停止呢？」

這是以前我問過好幾次的問題。然而，鳴每次都沒有給我明確的答案，一定有什麼原因讓她不想說下去。我發現了這一點，卻從來都沒有繼續追問，但是……

「……那是因為……」

經過短暫的沉默之後，鳴的嘴唇輕啟。我在圓桌上雙手十指交握，不自覺地加強力道。

「那是因為……」

鳴本來想回答，但是又苦惱地輕輕搖了搖頭。

「**這件事情**我還是……」

……就在這個時候……

背後傳來聲響。那是有人順著樓梯下樓的腳步聲……接著，傳來說話聲。

「啊，在這裡。」

那是每天都會見面談話、我已經很熟悉的女孩說話聲。

「阿想？你常常來這裡嗎？」

嚇了一跳的我趕緊回過頭，站在那裡的人是穿著制服的赤澤泉美。

6

仔細想想——不，不用想也知道——我幾乎沒有和自己的朋友提過見崎鳴的事情。只記得對從一年級就是「同志」的矢木澤稍微提過鳴的存在，但從未介紹他們認識。

因此，泉美不認識鳴，當然兩個人應該也是第一次見面。

「赤澤……」

我從椅子上起身，面對走下樓梯的泉美。

「妳怎麼會來這裡？」

「剛好經過，真的是剛好。」

泉美認真這樣回答之後，馬上露出惡作劇的笑容。

「這當然是騙你的。」

「呃……」

「放學回家的時候，突然想到就去了『黎明森林』的圖書館一趟，結果就在附近的商店看到你。」

「呃，有這回事？」

「我明明就保持在你會發現的距離，結果你都沒有發現我……所以，我就這樣跟過來了。」

「妳跟蹤我？」

「我突然很想知道你要去哪裡啊……」

泉美笑開來，然後吐了一下舌頭。

「不過，阿想你還真是意外地遲鈍耶。我明明就跟蹤得很明顯，但你完全沒發現我。」

「呃——」

在我們一來一往對話的時候，我當然還是很在意鳴。突然變成這樣，談話被中斷，她會不會覺得很掃興？

「這位是阿想的朋友嗎？」

鳴這樣問，我再度搖搖頭——

「要說她是朋友嗎？那個，她是我堂妹，我們同年，現在又同班。」

「我是赤澤泉美，初次見面。」

泉美的視線穿過我的肩膀上方這樣說。「喔——」鳴驚呼了一聲。

「赤澤同學……妳是在這裡照顧阿想的伯父、伯母家的小孩？」

「啊，沒錯。」

我這樣回答。

「她是今年的決策小組成員，也是班上的女班長……」

「等等，阿想。」我正打算繼續介紹下去的時候，泉美制止我。然後看著我的臉。這個人是誰？——她的眼神拋出這樣的疑惑。

「啊，這位是……」

我朝鳴的方向瞄了一眼。

「她是見崎姊，見崎鳴學姊。」

我對著泉美這樣回答。

「MISAKI……嗯……」

「MISAKI」的發音和二十九年前意外死亡的那位學生——夜見山岬一樣，這一點果然讓泉美有所反應。她的眉尾抬起，像是在戒備什麼東西似地。我繼續說：

「本來比良塚家的父母就和見崎姊一家交好，我們因此認識，我到這裡來之後也很親近。見崎姊是夜見北一九九八年度的畢業生，三年級的時候也被編到三班。那年是『有事的一年』，所以她也曾經經歷過『現象』與『災厄』……」

說明到這裡泉美就理解了，她把原本掛在肩上的書包轉到正面，雙手扶著書包喃喃地說：

「原來如此啊……」

「所以阿想是來問前輩的意見？」

「嗯，對啊，算是吧。」

我覺得現在應該還不需要提到，三年前鳴也扮演過「不存在的透明人」……以及，剛才鳴對三天前開始的新「對策」的意見。

「妳好，赤澤同學。」

這次換鳴向泉美打招呼。

「我是見崎鳴。」

這個時候，我站在鳴和泉美中間，會擋到兩個人交會的視線。

鳴從椅子上起身，泉美踏出一步……而我從圓桌旁退到地下室的中間。就這樣，兩人隔著幾公尺的距離面對面。她們應該是在這個時候才能確實看清彼此的長相——就在音樂轉換期間的數秒靜默之中——下一首曲子，碰巧又是《西西里舞曲》……

「MISAKI MEI學姊。」

我覺得泉美看著鳴的眼神，帶著些許驚訝或者說是困惑。

「妳……」

泉美欲言又止，輕輕地左右搖了搖頭。空出其中一隻放在書包上的手扶著額頭，嘆了一口氣。

正當我在想到底怎麼了的時候，她又再往前踏了一步縮短距離。

「阿想承蒙您照顧了。」

她說話的口吻莫名變得正經。

「我以堂妹的身分，向您道謝……」

「等一下、等一下。」

我不禁插嘴。

「不需要赤澤妳來道謝吧。」

結果泉美瞥了我一眼。

「雖然我們是堂兄妹，不過阿想就像我弟弟一樣。」

「等等，怎麼會是……」

我本來打算反駁，但還是放棄了。的確，我一開始就覺得泉美**像姊姊**。不過，再怎麼樣也不用在這裡——在初次見面的鳴面前，大力宣揚這件事吧。

我偷偷觀察鳴的反應，她露出一副「不關我的事」的樣子。她的表情沒有什麼變化，只是靜靜地看著泉美。

「赤澤……泉美。」

我聽到她低聲這麼說。

「赤澤……」

怎麼回事？她的聲音，聽起來不像是單純在複誦初次見面的人的名字。是我想太多嗎？她就好像是想起什麼很重要的事情一樣……

砰咚——

我隱隱感覺到在聽覺範圍外的某處，有某個低沉的聲音。不知道是在那之前還是幾乎同一時間，我感覺到世界突然有一瞬間變暗而停止呼吸。

這是……

就好像位於這個世界外側的某個人，按下相機快門的感覺。或者是說，按下了什麼能夠當作「暗夜閃光燈」的東西——腦中突然出現這樣混亂的印象，但又迅速消失了。

唉，到底是怎麼回事？

但疑惑在那一瞬間之後就消失無蹤。

「赤澤同學。」

鳴開口說。不是像剛才那樣的喃喃自語，而是面對赤澤口齒清晰地說：

「我聽阿想說了今年三班的狀況，我知道你們當初採用什麼『對策』，也知道『災厄』已經降臨，還有你們正在嘗試新『對策』的事情。」

「啊，是。」

泉美並沒有感到膽怯，坦然地承受鳴的視線和語言。鳴以不變的態度繼續說：

「雖然我三年前經歷過，但現在我不是當事人，所以沒有什麼立場給意見。不過如果你們有問題，我可以提供某種程度的建議。」

「我們會加油的。」

泉美這樣說。

「我們會努力，不讓狀況更惡化。」

「阿想扮演『不存在的透明人』、赤澤同學是決策小組成員，你們應該都很辛苦，我也知道你們很努力。不過啊——」

此時鳴看著我說：

「如果真的覺得不行了，也無法繼續下去了，阿想，逃走也沒關係。」

「逃走也沒關係……」

我很意外，於是躲開鳴的視線。

「妳說的逃走，是像晃也先生那樣嗎？」

說出口之後，我因為自己的話而感到痛苦。我回想起以前在緋波町的「湖畔宅邸」和晃也先生聊過的事情，感覺那些回憶就要衝破我薄弱的胸口流淌出來。

「我絕對不會做那種事……」

「這裡很棒呢。」

此時泉美若無其事地這樣說。

我不知道她是不是想要假裝沒看到我痛苦的樣子。她離開圓桌附近走向地下室的深處，慢慢環視周圍。

「這裡到處都是妖異的人偶，見崎姊喜歡這種人偶嗎？」

「談不上喜不喜歡，因為這裡是我家。」

鳴這樣回答。泉美一臉驚訝。

「哇，原來是這樣啊。」

「二樓是工坊。」

我接著說明。

「見崎姊的母親霧果阿姨在那裡創作人偶。」

「這麼說來，阿想房間裡也有這種風格的人偶。」

「啊，嗯。那也是霧果阿姨做的人偶……」

「赤澤同學喜歡這種人偶嗎？」鳴沒什麼血色的臉露出微笑。

「嗯——」泉美稍微思考了一下才說：

「這個嘛——該怎麼說呢？」

「妳不喜歡？」

「與其說不喜歡——」

泉美嘟著嘴，然後露出和鳴一樣的微笑說：

「我覺得作品很厲害，但是頻率和我不太合。太漂亮總覺得有點恐怖，沒辦法一直看著它……嗯，我想我還是比較喜歡恐龍公仔之類的東西。」

7

星期天的下午開始下雨；隔天，星期一也下雨；星期二又下雨——就這樣，星期三開始正式進入梅雨季，這一整個星期都持續陰雨不斷的天氣。

三年三班的教室，每天都充滿帶著溼冷的緊張感。

重新設定「第二個不存在的透明人」之後，繼續執行「對策」。沒有人知道這樣有沒有效，有效當然最好，但如果這只是無謂的抵抗——

「災厄」就不會停止，這個月還是會有某個「相關人士」會捲入死亡之中。

三月份舉辦「通知會」和「應變會議」的時候，應該還是會有學生懷疑「現象」和「災厄」的真實性。開學典禮那天得知今年是「有事的一年」，班上開始執行「對策」之後，仍然有人抱持懷疑的態度。不過，上個月班上的繼永同學以那樣的形式去世之後，這些人也只能完全拋棄當初的懷疑了。

不安、膽怯、恐懼……教室裡的緊張感，就是來自這些情緒。

如果新的「對策」失敗，接下來「災厄」會降臨在誰身上呢？——誰會死呢？

才十幾歲的人，通常覺得「死亡」離自己很遠，但現在不得不去面對。任何人都必須接受這種怎麼想都很扭曲的異常狀況——

所幸，這一週沒有發生什麼事。

我很想相信——這是因為我和住院中的牧瀨扮演「不存在的透明人」，暫時讓崩壞的「力量」恢復平衡。不只是我，泉美等決策小組的成員、矢木澤、神林老師、其他的學生……大家一定都抱著相同的想法。

8

六月九日，星期六。

第二個星期六學校休假，但我比平常更早醒來。外頭仍然下著濛濛細雨，很有梅雨季節的樣子。我一想到今天又是雨天，就覺得有點憂鬱。我不想馬上起床，起床之後也不想去赤澤本家吃早餐……小百合伯母在電話裡問我：「你怎麼了？」我只回答：「早餐和中餐我會隨便吃點東西。」一直到下午，我都自己一個人在房間裡無所事事。

雖然有洗臉換衣服，但馬上又躺在床上，不斷發出有氣無力的嘆息。這種時候不知道為什麼，覺得自己現在的狀態很沒出息，也感到憤怒。應該是說——

月穗有打電話來，就在早上和小百合伯母通完電話之後。

「對不起，阿想。」

她用一如既往的口吻這樣說。

「之前約好要去看你，但是美禮她啊，從昨天晚上就突然開始發燒。我沒辦法帶她一起去，又不能丟她在家裡自己出門。」

六月十日我們兩個會去夜見山，久違地一起吃個飯吧——我還清楚記得上次電話裡說的內容。或許我心裡有那麼一點期待吧……所以才會……

「喔，是喔。」

雖然我淡淡地回應，但是心裡有某個地方感到微微的刺痛。那種刺痛感，最後集中在胸口的深處，變成沉重的鉛塊。

「對不起，阿想。」

月穗再度這麼說。

「所以我暫時沒辦法去別的地方。去見你的事情只能延期……我們這個月的下旬再約。真的對不起。」

「妳不用道歉。」

我特別冷淡地回應。

「這也是沒辦法的事。」

「對不起，我再跟你聯絡。」

「再見。」

我簡短地回應，便掛斷電話。一掛斷電話，我就把握在手上的手機丟到床上，同時發出嘆息。

原本說好明天要來的月穗，不能來了──只是這麼一點小事，我的心情就被攪亂了。在思考之前身體就先自動產生反應，這一點讓我覺得很困惑，甚至讓我覺得自己很沒出息、很憤怒。

明明她們要不要來都無所謂。

我明明沒有想見她們，也不希望她們來。

然而……

……啊，好煩，拜託饒了我吧。不要一時興起就跟我聯絡，讓我自生自滅就好。

這麼悶悶不樂真的很蠢──我直到下午兩點才終於轉換心情，離開床鋪。我並沒有睡著，但是眼睛睜不開，頭腦也很昏沉。總覺得全身都很疲倦。我決定先去洗把臉，所以朝盥洗室走去。

剛好在這個時候，見崎鳴找上門來。

「你在家嗎？」

突然有人打電話來，電話裡傳來她的聲音──

「我已經到公寓前面了，阿想你是住幾號房？」

9

「我剛好到這附近，所以想說繞過來看看。」

她穿著咖啡色的格子裙，白色上衣搭配深紅色的細領帶——我一打開門，就看見穿著夜見一制服的鳴。她今天也沒有戴眼罩，所以左眼不是那個藍色瞳孔的「人偶之眼」。

「我突然上門，給你添麻煩了？」

她這樣問。

「不，不會。」

「你剛剛在睡午覺？」

「沒有……」

「我可以進去嗎？」

「啊……請進。」

穿著制服的話，是剛放學回家嗎？高中照理說和國中一樣，至少公立學校的第二個星期六應該放假才對——雖然有點在意，不過我想她會這樣穿應該有她的道理，這也不是需要特別問的問題。

比起這個——我看了一下家裡。

完全沒想到鳴今天會來，家裡雖然沒什麼東西，但還是滿亂的。如果早點知道，我就能收拾乾淨，也會事先打掃了。

「嗯——」

不過，鳴絲毫不在意似地走到客廳，雖然我沒開口，但她仍自己從桌邊拉了一張椅子坐下。

鳴開口說：

「比我想像中更有生活感呢。」

「是、是這樣嗎？呃，那個……」

「你想想，『湖畔宅邸』那裡完全不是這種感覺啊。」

「那、那是因為……」

「不過那個時候會那樣也是理所當然的事啦。」

鳴看著我，瞇起右眼。

「看到阿想你一個人在這裡好好生活，我就放心了。」

「放心嗎？」

「嗯。」鳴輕輕點頭。

「知道你三年前的狀況的話，一般來說多多少少都會擔心吧。」

鳴這樣一說，我完全無法反駁。我拿出冰箱裡僅剩的兩罐蘋果汁放在桌上。

「那個，不嫌棄的話請用。」

「謝謝。」

鳴打開其中一瓶易開罐，咕嘟咕嘟地喝起果汁。我也打算像她一樣大口暢飲，但這時候的我仍然非常緊張，即便喝了一點也嚐不出味道，真的非常狼狽。

「這附近有一間叫做『伊之屋』的咖啡店對吧？」

鳴隔著桌子對我這麼說。

「啊，對。」

「我剛才在那裡喝茶。」

「喔——妳經常去嗎？」

「那是朋友開的店……不過，我有一陣子沒去了。」

「——這樣啊。」

「結果碰巧遇到她——赤澤同學，上週你介紹給我認識的堂妹，她好像來買咖啡豆。」

哇，竟然有這麼巧的事。就發生在我把自己關在家裡，因為一點小事鬱鬱寡歡的時候。

「她告訴我這棟公寓的位置，所以……」

總覺得很難為情，如果可以的話，我想要重新度過一次早上到現在的時光。唉……我嘆了一口氣之後，又喝了點果汁。

「總之，這個星期算是風平浪靜對吧。」

「她這樣說嗎？」

「嗯，不過，還不能掉以輕心。」

「她有說這種話？」

「雖然沒說出口，但我可以感覺到她的緊繃。我想應該沒錯。」

「路的確還很遠。」

至少這個月包含今天在內，還剩下二十二天。如果這段期間「災厄」沒有降臨，就證明現在進行的「對策」有效。

我單手撐在桌上，用手背揉了揉還沒完全睡醒的眼睛。鳴突然來訪，我連再洗把臉的時間都沒有。鳴看我這個樣子，接著說：

「你剛剛果然在睡午覺。」

「沒有，不是這樣的。」

「你頭髮都睡歪了。」

「呃……啊！」

我慌慌張張地摸著頭髮，鳴露出微笑，然後一臉認真地問：

「話說回來，今天你看起來沒什麼精神呢。發生什麼事了嗎？」

我本來想回答「沒什麼事」，但沒辦法馬上說出口……在我說話之前，鳴搶先說：

「你該不會是想念緋波町的家了吧？」

「才沒有。」

我幾乎是反射性地說出這句話。

「我完全沒有想念那個家。」

「喔——」

鳴用雙手手掌撐著臉頰，微微往上盯著我的臉。沉默兩秒、三秒……之後，她喃喃地說了句「這樣啊」。

就在這個時候，我覺得自己的內心完全被看透了。

「雖然發生不少事，但你的親生母親畢竟在那裡。」

「我並沒有很在意……」

我抿緊嘴脣搖了搖頭，不過鳴沒有繼續這個話題，從容不迫地從椅子上起身。環視室內一圈之後……

「賢木先生的遺物——那尊人偶在哪裡？」

她稍微降低音量這樣問。

「在那裡……在寢室裡面。」

回答之後我也從椅子上起身。

「我去拿過來。」

10

晃也先生在祖阿比町的人偶展示會上看到這尊霧果阿姨製作的少女人偶，他非常喜歡，於是就買下來了。我被趕出比良塚家的時候，把它從「湖畔宅邸」的書房帶走。

我把原本放在寢室櫃子上的人偶移到客廳的桌上，放在電腦旁邊，讓人偶面對鳴的方向坐下。鳴用一種懷念的眼神看著人偶喃喃地說：
「我不討厭這孩子呢。」
她的表情隨之變得有點陰翳。
「妳有討厭的人偶嗎？」
我這樣問。
「即便是霧果阿姨創作的人偶也是嗎？」
「與其說是討厭……」
鳴眨了眨眼睛，有點支支吾吾。
「人偶啊，很『空洞』，所以會吸取創作者和欣賞者的想法，即使吸取一切還是很空洞，所以……」
所以……？
「霧果的人偶啊，對我來說有點微妙……不對，應該是說，有點特別。如果要說喜歡還是討厭，有很多人偶我都不太喜歡。」
我還是第一次聽到鳴對霧果阿姨的人偶有這種見解。我抱著煩躁的心情，猶豫該問什麼的時候——
「在阿想看來又是怎麼樣呢？」
鳴這樣問我。
「我和那個人——我媽媽的關係。」
「呃，這個嘛……」
她們看起來不像感情很好的一般母女。話雖如此，也不能說感情不好，不過鳴總是對霧果阿姨說敬語，感覺很見外，而且對父親見崎叔叔也一樣……
在我答不上來的時候，鳴點點頭嗯了一聲。

「我之前都沒對你說過這些事呢。」
她的右手伸向人偶，用中指指尖輕輕撫摸人偶的臉頰。接著，突然抬起眼簾，盯著我看。
「來講講我的故事吧。你願意聽嗎？」

11

「我有一個同年同月同日生的妹妹——雙胞胎妹妹。我們雖然是異卵雙胞胎，但是長得非常像……」
見崎鳴緩緩地開始說起自己的身世。
我之前從來沒有聽說過她的出生和成長、家人和親戚之類的事情。我當然不是沒有興趣，因為鳴一點也不想提的樣子，我也不好刻意問……所以，這個時候她突然說出「雙胞胎妹妹」這句話，我真的很意外。而且——
「可是啊，那孩子在大前年的四月先走一步了。因為生病。」
「——我之前都不知道。」
「知道這件事的除了家人之外，只有榊原同學。」
「榊原學長……呃，那個，等一下。」
我發現「大前年的四月」這個時期代表什麼意義，急忙詢問：
「那該不會是……因為九八年度的『災厄』吧？」
鳴有一瞬間看起來有點猶豫，但馬上就點頭說是。
「我想應該是吧。」
「但是，九八年好像是……」
「你是要說『災厄』是從五月開始對吧。千曳先生的檔案裡面，應該沒有記載她四月死亡的事情。」

「——為什麼？」

「我有猶豫過，但最後還是沒有說。千曳先生、榊原同學都不知道。我決定不對任何人說這件事。」

「為什麼要這麼做？」

「嗯……因為這件事有點複雜，還有些微妙的緣由。」

我覺得她說得很含糊。看我歪著頭，她自己也一樣歪頭，用疑惑的表情說：「啊，抱歉。」

「這個部分我沒辦法好好說明，一想要說明，就覺得事情好亂。」

「——這樣啊。」

「而且——」我緩緩地點頭，鳴接著說下去之前，不知道為什麼遲疑了一下。

「——就是啊——」

雖然好不容易說出一個詞，卻又馬上停住，過一陣子才開口。

「FUJIOKA・MITSUYO。」

我第一次聽到這個名字。我再度歪著頭，鳴解釋「MITSUYO」漢字寫成「美都代」之後，繼續說：

「藤岡美都代——這個人才是我們的親生母親。」

我再度感到意外。

「妳母親不是霧果阿姨嗎？」

我不禁再度確認。

霧果阿姨的本名不是美都代，而是由貴代。姓氏當然不是藤岡，而是見崎。

「霧果——由貴代和美都代也是異卵雙胞胎姊妹。美都代先和一位叫做藤岡的年輕上班族結婚，由貴代稍微晚一點，和爸爸——見崎鴻太郎結婚。」

「那……」

「我——我們本來是嫁到藤岡家的美都代生的雙胞胎女兒。也就是說……」

「妳被送來當養女？」

鳴被送到見崎家當養女——是這樣嗎？

「沒錯，雙胞胎之中，是我被送到見崎家。那時我還很小，是懂事前發生的事情。我們一直被蒙在鼓裡，所以我一直以為美都代是**藤岡阿姨**，親生妹妹是**同年的表妹**……直到小學五年級才知道真相。」

基本上鳴是以淡然的口吻緩緩訴說自己的「身世」。

「天根婆婆不小心說漏嘴，我知道的時候嚇了一跳，也心想為什麼以前都不告訴我。見崎家的父母把我當作自己的女兒疼愛，即便如此，我的心情還是很複雜……」

鳴接下來說出更私人的內情。

霧果阿姨＝由貴代比美都代晚一年懷孕，但不幸胎死腹中。因為這件事導致由貴代的身體再也無法生育，當時的由貴代陷入劇烈的悲痛與哀嘆之中。接著——

為了拯救她的精神狀態，美都代主動提議把其中一個雙胞胎女兒送到見崎家當養女。結果也按照計畫進行了……

「……因為有這樣的來龍去脈，我在懂事之前就已經從藤岡鳴變成見崎鳴了。我至今仍清楚記得，霧果得知我已經發現自己的身世時非常慌張的樣子。」

鳴嘆了一口氣，看著我的反應。我沒辦法作出任何回應，只是含糊地轉了轉脖子。

「那個人雖然說自己是打算找個機會坦白，卻嚴格禁止我和美都代見面或用電話聯絡。妹妹也一樣。剛好那個時候藤岡家搬到市郊，在那之前我和妹妹就讀隔壁的小學，搬家之後距離就變遠了……我們有偷偷聯絡，但是都要瞞著霧果。」

「霧果阿姨為什麼要這麼做？」

我一提出這個單純的問題，鳴便嘆了一口氣這樣回答：
「那個人覺得很不安。」
「不安……」
「應該是吧。她怕我再也無法當她的人偶，所以感到不安。」
她雲淡風輕地說出這種話，我覺得有點震驚，甚至「呃」了一聲。
「當她的人偶是什麼意思？」
這到底是什麼意思？如果事情的原委是這樣的話，對霧果阿姨來說，鳴雖然是養女，但就和親生女兒沒兩樣吧。然而，鳴卻說自己是她的「人偶」……
「回想起自己當時的心情……」
鳴無視我的反應，繼續說下去。
「我對親生母親美都代也有很多想法，雖然知道背後的緣由……但是，我會覺得為什麼雙胞胎之中，偏偏是我被送去見崎家？媽媽——美都代現在是如何看待我的？」
「啊……是啊。」
我了解這種心情，我覺得我懂——當我點點頭這麼想的時候，腦中浮現月穗的臉。
「不過，我抱著這種心情接觸美都代，一定讓霧果覺得很不安。除了不安之外，或許還有恐懼。」
「恐懼？」
「怕我會想回藤岡家之類的恐懼，怕美都代會想搶回『自己的孩子』的恐懼。」
「………」
「不過，那只是霧果杞人憂天而已，我並沒有這種鑽牛角尖的想法，美都代和藤岡爸爸一定也是……」
鳴淡然地娓娓道來，冷漠的表情就像是在刻意壓抑情緒一樣。不知道是不是我多心，總覺得她的表情有點悲傷，連我都跟著覺得哀傷了起來。

「即便如此，霧果還是非常不安……所以她才會嚴格禁止我和他們聯絡。不只禁止我去藤岡家，也禁止我和美都代聯絡或者單獨見面。」

12

「妳剛才說的『人偶』是什麼意思？」

我還是覺得很在意，所以試著問她。

「我能夠理解養母霧果阿姨害怕女兒的心會遠離自己，因此感到戒備。不過，妳說『人偶』是什麼意思？霧果阿姨和見崎家的爸爸，都把見崎姊當成親生女兒，而且加倍疼愛對吧？但是妳卻說自己是『人偶』……對霧果阿姨來說，見崎姊是人偶嗎？」

鳴微微抿著嘴角，垂下眼簾。再度把手伸向坐在桌上的黑色洋裝人偶，像剛才一樣用指尖撫摸人偶的臉頰，

「我不討厭這孩子呢。」

一邊說出和剛才一樣的話。

「——因為長得不像。」

「不像？」

「長得不像我對吧？所以我才喜歡。」

說到這裡，我就懂了。

我從以前到現在，在「夜見的黃昏是空洞的藍色眼睛」看過很多霧果阿姨創作的人偶。來夜見山之前，也在緋波町的見崎家別墅看過。雖然程度不盡相同，但其中的確是有一些人偶和鳴很像。

「妳討厭和自己長得像的人偶嗎？」
「與其說是討厭……應該說我不怎麼喜歡。」
「為什麼？」
「因為……我覺得那全都不是我。」
「不是妳？」
我不懂這句話的意思，所以繼續追問。
「這是什麼意思？」
「那不是我，而是沒能誕生的那個人——霧果的孩子。霧果一邊創作長得和我相像的人偶，一邊在人偶的『空洞』之中，尋找那個孩子的蹤影。所以，我對她而言不是『本尊』……只是『替代用的』人偶而已。」
「可是……」
我雖然開了頭，但沒辦法繼續說下去。我不確定自己對鳴說的話理解到什麼程度，不過——至少我在鳴和霧果阿姨身上，或者是說鳴和見崎家之間偶爾感受到的某種緊張感，有其中一個原因就來自**這裡**。
「我現在告訴你的，大概和我國三時告訴榊原同學的內容一樣。」
鳴繼續說。
「我在暑假校外教學的時候告訴他的。在那之前，我沒有告訴朋友或任何人。我從來沒想過要說出來，不過那個時候……」
鳴國中三年級的時候——也就是九八年的暑假校外教學嗎？我在「湖畔宅邸」遇見鳴的那個夏天之後……
「不過啊，阿想。」
鳴說完之後看著我。

「在那之後已經過了三年。當時和現在的狀況已經不同了。我的心情和霧果之間的關係，應該有些改變。」

「是……這樣嗎？」

「自己是『替代品』的感覺，已經比那個時候淡很多了。」

「這、這樣啊。」

「我不想用『成長』之類的詞來總結這件事，因為我覺得意義不同。」

「三年……嗎？」

阿想你也一樣吧？我發現她在暗示這一點。

三年──沒錯。不只鳴過了三年，我也過了三年。三年之間……我心中一定也有些什麼自然而然地改變了。或許和鳴一樣，和母親月穗之間的關係也……啊，不對。

不一樣，我覺得不一樣。

「還有啊，我這個眼睛。」

說完，鳴用右手指著自己的左眼。

「之前應該跟你說過，我是四歲的時候失去左眼的。一般的義眼不可愛，所以霧果才做了那個『人偶之眼』給我。」

藍色瞳孔的美麗義眼，擁有不可思議力量的……

「我最近幾乎沒有用那顆義眼對吧。」

「啊……是。」

「你不問我為什麼嗎？」

「啊，不是的。」

我急忙搖搖頭。

「我總覺得不能問這個問題。」

「這樣啊。一般人的確是會有所顧慮啦。」

這樣回答之後，鳴淡淡地笑了。

「我的左眼眼窩是空洞的，本來什麼都看不見。但是，裝上那顆『人偶之眼』就會看見一般人看不見、也不需要看見的『顏色』……阿想你還記得吧？」

三年前的那個夏天聽聞這件事……我當然還記得，不可能會忘記——我用力點點頭，鳴收起臉上的笑容說：

「所以我外出的時候都會戴眼罩，因為我不想看見。我一點也不想看見那種東西。」

「………」

「不過，只要用眼罩遮住之前，選擇不是『人偶之眼』的其他義眼就好了。雖然我心裡這麼想，但我無法如此選擇。我想那一定是霧果的詛咒。」

「詛咒？」

「這麼說好像有點太誇張。不過，我會覺得難得那個人為我製作了『眼睛』……如果換成別的義眼，那個人可能會生氣或感到難過。我可能在潛意識中有這種感覺吧……不過……」

「妳還是換成現在的『眼睛』了。」

我說完，往鳴的左眼看。那不是「人偶之眼」，而是擁有略帶咖啡色的黑瞳孔義眼。

「上高中之後我自己存錢買的。這樣我就不會再看見那些『看不見也無所謂的東西』，所以也不需要戴眼罩了。」

「霧果阿姨怎麼說？」

我迅速接著問。

「她有生氣或難過嗎？」

「她什麼都沒說。」

回答之後，鳴微微嘟起嘴脣。

「她說這個也滿適合妳的。」
「喔……」
我不知不覺地放下心中大石，嘆了一口氣。
這也不能說鳴一開始的想法是杞人憂天。霧果阿姨的心情，一定也隨著時間有所改變，所以……
「突然都在聊我的事情……真是抱歉，你嚇一跳吧？」
她這麼一說，我馬上大聲強調：「不會！」
「我覺得很高興。」
「是嗎？」
不知道是不是刻意為之，鳴有點隨便地聳聳肩。
「至於我在這裡說這些到底要表達什麼……就隨你解釋吧。」
「——好。」
在鳴來訪之前的鬱悶感，不可思議地煙消雲散。聽完她說的話，並沒有讓我想通自己和月穗該怎麼相處。鳴是鳴，我是我。見崎家和比良塚家的狀況完全不同……
但我想我是真的很開心。在三年前的夏天之後，鳴對我來說一直都是「特別的存在」，她願意對我說這些不輕易告訴外人的話，我就很開心了。
「順帶一提，藤岡媽媽——美都代在這三年也有很多改變。」
鳴繼續說下去。然而，這個時候她的音調比之前更弱了一點。
「不知道是不是受到三年前妹妹過世的影響，真正的原因我不清楚，一年後她和藤岡爸爸離婚了。見崎爸爸很擔心她，還幫她安排再婚的事情……」
「…………」
「……啊，抱歉，阿想，不小心說了一些無關緊要的事。」

「不會，我不在意……」

「唉——」

鳴罕見地伸了個懶腰。她坐在椅子上，一邊雙手十指交扣手臂往上延伸一邊說：

「要是沒有家人或者血緣關係之類的東西就好了。」

仔細想想，我也是第一次從鳴口中聽到這種話。

「不過，小孩沒辦法逃，就算想逃也逃不掉，然後無論願不願意，自己也會在這段期間變成大人。」

我一點也不想長大。小學的時候——至少在三年前的夏天之前，我都這麼想。但是現在呢？現在的我怎麼想呢？

「啊，對了。」

鳴開口說。她的語調又切換了。

正當我還在想她要說什麼的時候，她打開放在椅子旁的書包翻找，最後——

「這給你。」

她遞給我一個東西，那是約莫學生手冊大小的白色紙袋。

「我完全忘記要把這個給你了，這是伴手禮。」

「伴手禮？」

「我之前校外教學，去了沖繩啊。」

這或許是最讓我意外的事情也說不定。

「啊……謝謝妳。」

我誠惶誠恐地表達謝意，偷看了紙袋裡的東西。

「我可以拿出來看嗎？」

「請便。」

那是一個有銀色吉祥物的手機吊飾。吉祥物看起來是沖繩知名的傳說神獸，肚子那裡嵌著一顆小小的綠色石頭。

「這是風獅爺對吧？」

「因為很多款式都太可愛，所以我盡量選了一個不是那麼可愛的。」

「這個感覺很帥氣。」

「好像有避邪的功效，就算只是心理作用也好。」

仔細一看果然還是滿可愛的，而且長相看起來不太可靠，我把這尊風獅爺放在手掌上。我再度道謝，然後把風獅爺握在手裡。

「那個，見崎姊……」

我不知道為什麼突然很在意這件事，所以決定開口問。

「我可以問妳一個問題嗎？」

其實不用現在問也沒關係，不過看到鳴默默點了點頭，我還是問了。

「剛才妳提到的雙胞胎妹妹，她叫什麼名字？」

然而——

環繞我和鳴的空間與時間，在這個瞬間凍結。

鳴真實的右眼和假的左眼都一起瞪大，完全沒有眨眼，嘴唇微微動了一下便停止。感覺就像完全停止呼吸一樣，上半身一動也不動。

彷彿某種奇妙的定格動畫與沉默持續了三、四秒。不知道為什麼，和她面對面坐著的我也一樣……

五秒、六秒、七秒、八秒，持續了好一陣子，她終於開口。

「那孩子的……」

鳴的嘴唇動了一下。

「那孩子……」

她明明就在我眼前，但聲音聽起來就像在遠方的某處。白天的室內明明很明亮，但聲音好像從某個黑暗的深處傳來。這裡除了我們之外已經沒有別人，但是就好像有人威脅她「不准說」似地……她用這樣若有似無的聲音說：

「那孩子叫做……」

嗚斷斷續續地說出名字。

「……MI……SAKI……MISAKI。」

接著，就在嗚告訴我「MISAKI」的漢字寫成「未咲」的時候——

世界瞬間轉暗。

同時傳來砰咚一聲的低沉聲響——

Chapter 9 June II

1

六月第三週和第四週，都沒有「相關人士」碰到「災厄」——

「五月的死者」之一的繼永與一樣沒來上學的葉住，還有持續住院的牧瀨，三人的課桌椅固定維持在缺席狀態，教室每天都充滿冰冷的緊張感，但隨著日子一天天過去，有時緊張感會被沖淡，但有時反而會變得更重。相信從上個月底開始執行的新「對策」具有效果的心情，對上了還不知道會發生什麼事的恐懼。

我心裡也時常出現兩者彼此抗衡的心情。

因事故失去母親的小鳥遊雖然回來上課，但明顯失去活力，不過這也是理所當然的事。一想到她的心情，就知道如果可以，她根本就不想待在班上。我不知道她本來的個性如何，不過我偶爾會看到泉美和江藤等人試圖不著痕跡地安慰她。

第三週之後，商討畢業後規劃的三方面談就開始了。班導、學生本人、家長等三方會約在放學後進行面談。

第四週開始的時候也輪到我，不過以家長身分參加面談的人是小百合伯母。神林老師必須在學校把我當成「不存在的透明人」，所以由國語課的和田老師代替——伯母可能覺得不是由班導來面談很奇怪，但說明神林老師的身體狀況之後，她好像就接受了。

我還是想上高中。如果可以的話，我想去讀縣立夜見山第一高中（——和鳴一樣）——猶豫了很久，我還是把這個願望告訴赤澤伯父和伯母。他們一直說：「就照你想做的去做，我們會支持你。」還說：「月穗應該也不會反對吧。」因為老師掛保證說學力方面我不需要擔心，所以三方面談也順利朝這個方向結束。

不過——這個時候我還是得告訴自己。

前提是要克服今年的狀況——也就是沒有死於「災厄」才有可能讀高中。

2

赤澤本家的翻修工程，比當初預定的時間還要晚很多，但仍然持續進行中，預計在開始放暑假前會完成。在深處的和式房間裡臥床不起的爺爺還是一樣難相處，對於延長的工程也非常不滿，但是只要我去看他，他就會很開心。黑貓黑助也沒變，有時候很黏人，有時候怎麼叫牠都一副沒聽到的樣子。

翻修完成之後，我就必須搬離「弗洛伊登飛井」回到這個家。不過，藺子伯母她們說我可以再繼續住。

「當然還是要看你啦，看你想要住下來還是搬回去都可以。你在這裡的話，泉美一定很高興。那孩子雖然看起來很強勢，但其實很怕寂寞。」

為什麼小百合伯母和藺子伯母都對我這麼好呢？我明明就是直到三年前為止都幾乎沒機會見面，連長什麼樣子都不知道的姪子。

想到這裡，腦海就浮現只會偶爾打電話來，而且沒辦法好好對話的月穗。我非常討厭這種鬱悶的心情。

這段期間，有兩次受邀到頂樓的赤澤家吃晚餐。

其中一次小百合伯母和春彥伯父也有同行。當時不知道在聊什麼，稍微提到我過世的生父——冬彥，連我都很意外自己竟然這麼冷靜。

「要是沒有變成那樣就好了。」

薾子伯母喃喃地說。「變成那樣」指的是十四年前冬彥的死因——罹患精神病導致自殺，但我不知道該怎麼回應。

對於連長相都記不得的生父，現在的我應該要有什麼樣的情緒？——說實話，我真的不知道。不能說我完全沒有悲傷、思念的情緒。雖然不能說沒有，但是我真的沒有什麼實際的感受。那是因為——

那大概是因為我從小就一直覺得，我的舅舅晃也先生才是「父親」吧。而且，我已經在三年前的夏天和晃也先生「告別」了。所以……

我也趁在頂樓的時候，再度參觀長期待在德國的泉美哥哥的房間（他名叫奏太，二十五歲）。房間裡的每個角落都整理得太過乾淨，讓人一眼就看出「主人」長期不在。占據整面牆的書櫃，如泉美所說，有一區擺滿大量國內外的推理小說和相關書籍——

我按照泉美的建議，借幾本回去看。

譬如說安伯托．艾可的《玫瑰的名字》上下冊，內容感覺很難懂，但我一直想讀讀看，卻又每次都沒在圖書館借。還有第一次看到的書名，感覺不太像推理小說，由雅歌塔．克里斯多夫這位作家撰寫的一本書——《惡童日記》。

3

就這樣，六月也進入最後一週。

希望這星期能平安無事地結束——應該每個人都這麼想吧。當然，我也是。因為如此一來就能驗證執行中的「對策」究竟有沒有效。

六月二十五日，星期一。

這天梅雨暫停，從早上開始就是萬里無雲的好天氣。

我比平常更早起，在夜見山川的河岸旁度過去學校之前的時光，此時偶然遇到盤旋在河上的翠鳥。我反射性地用手指組成取景器，同時也自然而然地想起上次一樣在這裡看到這種鳥的事。當時我和葉住結香在一起，對話不知不覺朝著我不擅長應付的方向進行……那是四月中旬後的事了。已經過了兩個月……不對，才過了兩個月。

在那之後**已經**過了兩個月嗎？還是說**只**過了兩個月呢？兩種想法在我心中交錯，突然浮現「葉住現在不知道怎麼樣了」的念頭——

我抱著複雜的心情，對著盤旋在空中的翠鳥按下虛擬快門時——我感覺到書包裡的手機震動。

「喔，早啊！」

電話一接起來，就傳來幸田俊介的聲音。我不禁問他：

「你怎麼這麼早？」

現在才剛過早上七點幾分鐘，距離早上八點半的簡短班會還有很多時間。

「你從哪裡打來的？家裡嗎？」

「不是，我在社辦。」

「什麼？」

我記得校門是每天早上七點才開。也就是說一開門他就到學校，現在已經在生物社社辦了。

雖然俊介在上課之前先繞去社辦並不稀奇，但是這個時間未免也太早了。又不是運動社團要團練，到底是……

「我想說你現在應該已經離開家門，在河邊散步了。」

畢竟認識久了，俊介也掌握了我的「日常習性」。這也就罷了，為什麼刻意在這個時候打電話來？

——針對這個問題，他馬上就回答了。

「我想問問你能不能現在來社辦一下，差不多也該商量文化祭的生物社展示了……」
「文化祭是秋天才要辦吧。」
「盡早準備比較好啊。」
「那也不需要一大早商量這個吧？」
「哎呀，別這麼說嘛，俗話說打鐵要趁熱嘛。」
「——話說回來，俊介你今天怎麼這麼早？」
「啊，那是因為……」
俊介一邊回答一邊傳出移動身體窸窸窣窣的聲音。
「昨天我照往例巡視的時候，發現這幾天小烏狀況不太對，應該是說，牠沒什麼精神。餵牠飼料也不太吃，反應也很遲緩。」
第二代墨西哥鈍口螈小烏嗎？
「因為上一隻小烏在新學期一開始就死了。我有點擔心，所以一大早就來看看牠。」
「是生病了嗎？」
「不是。我剛才餵飼料牠吃了很多，目前應該是沒問題。」
「那就好。」
「不過啊，如果有什麼萬一，這次我想要用心做出一個漂亮的透明標本……」
受不了，又再提這件事。
就在我打算告訴他「我反對」的時候——
「哇！」
俊介嚇了一跳似地叫了一聲。
「搞、搞什麼啊！真是的！」
沙沙、沙沙沙……電話那一頭傳來電波受干擾的雜音。我嚇得急忙問：

「怎麼了？」

「啊，沒事。」俊介含糊地回答。

「沒什麼……」

他話說到這裡就中斷，然後再度叫了一聲。

「啊……呃嗚嗚！」

「怎麼了？發生什麼事了？」

他沒有回答，電話裡傳來像是手機被丟在桌上的聲音。我努力地聽，但還是不知道發生什麼事——最後——

「真是的，敗給牠了。」

電話裡傳來俊介的聲音。

「怎麼了？」

「沒事。塑膠盒的上蓋不知道為什麼沒有蓋好，小棘從縫隙逃走了。」

「什麼！」

「我剛想把牠抓回來，結果被咬了一口。好痛……」

去年秋天抓到並且開始飼養的少棘蜈蚣，名字叫做「小棘」。牠的特徵是頭部呈現豆沙色（實際上看起來更紅），是一隻身長十五公分的少棘蜈蚣，所以就叫做小棘——這是俊介取的名字。

我雖然是生物社社員，但是很怕蟑螂、椿象、蛆之類的噁心昆蟲。更何況是蜈蚣！——所以我曾經反對在社辦養小棘。而且正確來說，少棘蜈蚣根本就不是昆蟲。

「你沒事吧？」

我這麼問，俊介發出聽起來很痛的哀號，但還是說：

「沒事啦，雖然很痛。」

「你還是去一趟保健室比較好。」

「現在還沒開吧？我知道怎麼處理傷口，因為抓牠的時候就已經被咬過一次了。我這裡有類固醇軟膏。」

「真的沒事嗎？」

「嗯，沒事啦。」

「那我現在先去學校。從這裡出發的話大概要二十分鐘。可以嗎？」

「可以啊……嗚，好痛……」

我掛斷電話把手機收回書包裡。嗚送給我的風獅爺吊飾，在朝陽的照射下微微反光。

4

大概在十幾分鐘後，我就抵達操場南側的後門。剛開始移動的時候還沒有明顯的感覺，但是越靠近學校，我心中的不安就越來越強烈……因此，我再度打電話給俊介。然而——

電話沒有接通。

並不是因為對方沒有接，而是連響都沒響，只傳來「您撥的電話號碼現在收不到訊號」這種固定的語音訊息。

為什麼？

操場上有一些零星的運動社社員在晨練，我進入校園後穿過操場旁，往0號館前進。我越走越快，看得見舊校舍的時候，幾乎是用跑的。

如果只是要商量文化祭的事情，根本不需要這麼急。因為內心逐漸膨脹的不安和無法抑制的忐忑，讓我十分著急……

剛才在電話中，俊介被蜈蚣咬的時候發出「哇」的聲音一直縈繞在我耳邊。

所幸我沒有被咬過，但是據說那真的很痛。傷口和周遭都會因為毒素而腫脹。俊介雖然嘴上說「沒事」，但如果毒素傳遍全身……不，蜈蚣的毒性還不至於強到毒死人，而且俊介也說他知道如何正確處理傷口。因此，幾乎不可能會有什麼意外。話雖如此，要是有個萬一……我腦中不斷出現這種想法。

應該不會有事吧。我希望不會有事。

雖然希望不會有事……啊，拜託，千萬不要出事。

在抵達0號館的時候，我完全抱著祈禱的心情。

「比良塚同學。」

在校舍入口前，突然有人從旁叫我，所以我嚇得跳起來。說話的人是不分季節總是穿得全身黑的第二圖書室館員——千曳先生。

「你怎麼了？怎麼這個時間慌慌張張地跑來？」

因為現在還早，千曳先生看起來也是剛到校的樣子，他的右手提著一個老舊的長方形公事包。

「我要去生物社的社辦。」

我壓制焦急的情緒停下腳步這樣回答，有幾道汗水流到脖子上。

「俊介……幸田同學在社辦。我有點擔心他。」

「擔心？」

千曳先生快步朝我走來。

「有發生什麼需要你擔心的事嗎？」

「剛才我們通過電話，他……」

「幸田同學是擔任社長的那位吧？」

「對。俊介是一班的學生，他的雙胞胎弟弟敬介在三班。」

「什麼？」千臾先生突然緊皺眉頭。

「他是『相關人士』啊？」

「剛才電話裡，他說……好像被蜈蚣咬了，他本人說沒事，但是……」

因為太過焦急導致無法好好說明，千臾先生立刻催促我：

「走吧。」

我們兩人衝進校舍，抵達社辦入口前的時候——

我發現木製的拉門內，傳來「咯吱咯吱……」的尖銳聲音。這是什麼聲音？是社辦裡的倉鼠在叫嗎？雖然聲音很小，但還是讓人覺得不對勁。這些動物平常不太會這樣叫。現在卻……光是這樣就讓我不祥的預感倍增。

啊，該不會是……該不會真的在社辦裡發生了什麼事吧？

我屏住呼吸，用力打開門。映入眼前的室內光景——

讓我瞬間無法動彈。「啊、啊、啊……」喉嚨緊縮，只能發出這樣的聲音。

「不行！」

千臾先生大叫，丟下手中的公事包衝上前。

「喂，你沒事吧？」

我隨後跟上，踏入室內。走進一看就知道狀況非比尋常。

正面朝南那扇窗的米色窗簾是拉上的。固定在天花板的日光燈發出白光——

現場可以用「悽慘」兩個字形容。

進門右手邊有靠牆排列的等身高不鏽鋼層架。其中一個已經倒塌，撞到附近的大桌子邊緣，雖然保持在傾斜的狀態，但是和地板之間只剩下三十度左右的空間。架上的大小雜物——各種器具、容器、瓶瓶罐罐和紙箱、書籍、筆記本、文件夾等——幾乎掉了滿地。

層架撞到的大桌子上有大量飼養生物用的魚缸或水族箱，因為層架上的物品掉落，有些魚缸破裂或傾倒，裡面的東西都散落在桌上。有幾個破掉的魚缸裡面有水，所以破損後流出來的水蔓延到桌上和地上。裡面飼養的魚和青蛙、蠑螈等動物都被沖出來……魚類無法呼吸不停跳動，獲得自由的青蛙和蠑螈則是趁機逃跑。

桌上有些受到撞擊的塑膠盒上蓋脫落，裡面的昆蟲和蜘蛛也隨之竄逃。養草蜥和日本蜥的水族箱也破損，裡面的生物早就跑得不見蹤影。倉鼠籠放在比較遠的另一張桌子上，雖然倖免於難，但不知道是因為興奮還是恐懼，有兩隻從剛才就一直發出吵鬧的叫聲。

……幸田俊介就在這團慘狀的正中央。「你沒事吧？」千曳先生邊喊邊衝到他身邊。

搞不清楚到底發生什麼事，也不知道先後順序。總之，俊介現在以一頭栽進桌上破損水族箱的姿勢倒在地上。

「喂！幸田同學！」

衝上前的千曳先生，把手放在俊介的肩膀上。

「幸田……這下糟了。」

「——俊介。」

我好不容易才擠出像樣的聲音。

被水浸溼的地上都是跳個不停的魚和其他動物，我小心避開動物走到他身邊。

「啊……俊介……」

他一頭栽進去的正是飼養小烏的水族箱。雖然破掉了，但裡面還是有一點水。然而，仔細一看就發現水已經被染成看似有毒的鮮豔紅色。看似有毒的鮮豔的……鮮血的紅色。

是栽進水族箱的時候，被破掉的玻璃割到喉嚨嗎？

「俊介？」

我叫他也沒有反應。

我的視線不知所措地游移，發現地上有動物的屍體。悽慘的粉紅色肉塊……這是小烏吧？

或許是水族箱裡的水流出來的時候跟著掉到地上，然後被俊介踩扁了。

「幸田同學！」

千曳先生這樣喊，他也沒有反應。他沒有回應，身體也不動……不對，無力垂下的左手臂有微微抽動。

千曳先生雙手從俊介身後環抱，打算把他的上半身拉起來。

「幫幫我。」

千曳先生這樣下令，我們兩個人把俊介架起來，讓他躺在前面的地上。喉嚨的傷口看起來很深。從臉到脖子、襯衫領口到胸口都被流出來的血染紅了。眼鏡鏡片上也沾滿血漬，連眼睛是張開還是閉上都看不出來。

「去拿那邊的毛巾過來。」

「好、馬上來。」

千曳先生用我遞上的毛巾按住俊介的喉嚨。毛巾很快就被染紅。俊介無力癱軟在地上的腿瞬間微微抖了一下。

「喂，振作一點，喂！」

千曳先生一邊喊耳朵一邊靠近俊介的脣邊。

「俊介！」

我握住俊介的手。我沒有感受到他反握的力量。是因為被水沾溼的關係才會這麼冰冷，還是……

「俊介，你不要死。」

「他還有氣，先叫救護車。」

千曳先生這麼說。

「能拜託你打一一九嗎？」

「好。」

我握著俊介的手，開始尋找裝著手機的書包。我一進社辦就馬上把書包丟在一邊。

「俊介，你不要死。」

我喃喃地說著同一句話，然後放開他的手。突然之間，俊介的腿又再度微微抖動……

……俊介。

我跌跌撞撞地跑向書包，一邊找手機一邊想著……

不會吧……俊介會死嗎？就這樣死掉嗎？

沾滿俊介臉上的血，讓我想起一個月前的雨天，從繼永脖子噴濺出來的鮮血。當時，剛好和我一起目睹那起意外的俊介，用自己的手機叫了救護車。然而他現在……

……你會死嗎？俊介。這次換你了嗎？

明明三十分鐘之前，我們還像平常一樣聊天。

我用力搖搖頭，重新拿好手機。但是，手指抖到無法按下號碼——就在這個時候——

突然有個東西映入眼簾。

俊介躺在地上，有個小小的黑色的東西，從他的腳邊爬向肚子……那是蟲嗎？是養來當爬蟲類專用生餌的蟋蟀嗎？仔細一看，有好幾隻。籠子從桌上掉落，上蓋跟著掀開，逃出的許多蟋蟀中，有幾隻正爬向俊介的身體……

我覺得應該是被那個光景觸發的。我腦海中——在心裡某個角落的盒子在此時解除封印。封存在裡面的東西，紛紛衝出來。

……骯髒的沙發上躺著某個人的屍體。

腐爛的皮膚、腐爛的肉身、腐爛的內臟……還有成群蠕動的無數蛆蟲。

討厭的蟲子一個接一個從我腦內爬向眼前的「現實」。從我的口中、鼻子、眼睛、耳朵、我身上所有皮膚的毛細孔爬出來。然後，大舉朝俊介的身體進攻。為了把處於生死之界的他，拖

向「死亡」──

「啊，住手。」

我虛弱地喘息。

我明明就還沒達成目的，手卻使不上力，導致手機掉在地上。我全身顫抖不已，完全站不住，膝蓋和手掌都貼在地上。呼吸困難，伴隨劇烈的暈眩……

「比良塚同學？」

千曳先生發現我的狀況，出聲喊我。

「怎麼了？比良塚……」

我有記憶的部分，就到這裡為止。

對不起……俊介。

我抱著絕望的心情當場倒下，同時意識也飄離了「現在」。

5

被送到醫院急救的幸田俊介，在這天早上九點宣告死亡。急救人員趕到現場的時候還沒斷氣，但在送醫途中就心肺停止了。雖然盡力搶救，還是回天乏術……

過中午之後，我在A號館一樓保健室的床上得知這個事實。

來通知我的人是千曳先生。據說我在社辦昏倒被送到保健室，雖然有暫時醒來，但沒有起身，就這樣一直沉睡。我依稀記得我反覆做了討厭的夢，但內容完全想不起來。

「對不起。」

看到坐在床邊椅凳上的千曳先生，我無力地道歉。

「我竟然在那麼混亂的時候……」

「你不需要在意。」

千曳先生緩緩搖了搖頭。

「當時的確很混亂。你突然倒下我也很震驚，不過會受到打擊也很正常，沒有人會怪你。」

「………」

「剛好在那之後，有一位老師發現騷動趕來幫忙。我把你交給那位老師照顧，自己順勢搭上救護車一起到醫院，也和主治醫師談過……」

俊介的直接死因是失血過多，喉嚨的傷似乎非常深。不過——

「醫師診斷發現，幸田同學的身體在受傷之前，可能已經因為其他因素處於危險狀態。」

其他因素？處於危險狀態？

我保持躺在枕上的姿勢歪著頭。我頭腦還有點昏沉，但是想到一件事。

其他因素該不會是——

「該不會是……被蜈蚣咬之類的。」

「沒錯。」

千曳先生緊皺眉頭。

「我有把你說的蜈蚣事件告訴醫生，也的確在他的右手發現傷痕。根據醫生的說法，幸田同學可能是過敏性休克發作。」

「過敏性休克……」

「那是一種全身性的劇烈休克反應。因為進入體內的異物，導致免疫功能暴走，引發各種症狀。」

「啊，我知道這個。」

我也大概知道這個詞的意義。

聽到過敏性休克我最先想到的是被蜜蜂螫到兩次會很危險。第一次大概會是局部發炎，蜜蜂的毒素會因此產生敏化作用，第二次被螫的時候，就可能會引發足以致命的過敏反應。我在去年還是前年，讀過用這種手法殺人的短篇小說。

「但是，蜈蚣的毒素有這麼強嗎？」

「這種狀況很罕見，大概只有百分之一的機率。」

「俊介去年的確被蜈蚣咬過一次，他是因為這樣才變成過敏體質的？」

「有這種可能。」

千曳先生嘆了口氣。

「說到過敏性休克，蜂毒最為有名，但也未必第二次被螫就一定會發作。的確是有以前被螫過很多次，累積毒素而引發休克。不過，蜈蚣之毒因為案例少，還有很多不清楚的地方。」

「有什麼明確的跡象讓醫生懷疑是過敏性休克呢？」

「醫生說這要再詳細調查才能判斷，不過——」

千曳先生從椅凳上起身。

「在他出事前被蜈蚣咬是事實，再加上他全身都有疑似蕁麻疹的浮腫痕跡。我也告訴醫生當時社辦內的狀況和推測出事的過程，綜合考量之下……」

「出事的過程……」

「在你和幸田同學講完電話的三十分鐘，到底發生什麼事？他只是單純推倒櫃子、摔破水族箱，這應該不太可能吧？」

「啊……沒錯。」

千曳先生用手指推著眼鏡，望向虛弱回應的我。

「假設他在和你通完電話之後，因為蜈蚣毒素而引發過敏性休克好了。嚴重的話，血壓會在短時間內急遽降低，甚至引發呼吸障礙。如果放著不管，就會出現全身痙攣、失去意識的症狀。我們無法得知實際上的狀況如何，也不知道他自己怎麼理解這些症狀，不過……他有可能突然症狀惡化無法動彈，或者想要用手機呼救。然而，手指卻抖到無法操作手機……」

「俊介的手機在哪裡？」

「就在他一頭栽進去的那個水族箱裡面。應該是無法好好操作，結果掉進水族箱。手機泡在水裡，已經壞掉了。」

聽著千曳先生淡然而苦悶的聲音描述——

我的腦海中，活生生血淋淋地出現我一點也不願意想像的光景。

「可以啊……嗚，好痛……」俊介在說完這句話之後便掛斷電話。按著被蜈蚣咬的傷口，從書包裡拿出藥膏——然而，就在這個時候過敏性休克發作。

他還來不及發現蕁麻疹突然擴散的搔癢有異，手腳便開始麻痺，血壓突然降低，連站都站不穩，受不了了才用力抓住層架。因此，層架倒塌，掉下來的物品砸壞了桌上的水族箱。雖然沒有被夾在層架和桌子之間，但仍然無法如願逃離現場。俊介拿出手機打算求救，結果掉進水裡，反而更讓他慌張。接著——

神智不清的俊介踩扁從破裂水族箱掉到地上的小烏。對小烏和俊介來說，再也沒有比這個更不幸的狀況了。腳底一滑失去平衡的俊介，一頭栽進破裂的水族箱……

被玻璃割傷的喉嚨，冒出大量的鮮血。在這段期間，過敏性休克的症狀並沒有緩解，呼吸困難、血壓降得更低、意識模糊……

「……嗚嗚……」

我忍不住哀號，喘不過氣，胸口有一種肺部的空氣被幫浦抽走的感覺。

「為什麼偏偏遇到這種事？一般來說有可能嗎？怎麼會……」

「一般不太可能會發生這種不幸的連鎖效應……嗯，就是這樣。」

千曳先生如此回答。他把眼鏡推到額頭上，用右手大拇指和食指壓著眼頭揉了揉。

「不過啊……」

千曳先生作好心理準備的聲音說：

「即便是一般不太可能發生的事，還是會讓人捲入『死亡』之中。也就是說，這應該是『現象』引發『災厄』的典型案例。」

6

他說出關鍵的一句話。

「這應該是『現象』引發『災厄』的典型案例。」——沒錯。今天早上，「災厄」降臨在三年三班的「相關人士」俊介身上……

「千曳先生。」

我抬起頭，坐起上半身。窒息的感覺還在。

「俊介他——幸田同學他真的死了嗎？不會再回來了嗎？」

千曳先生默默點頭。

「敬介也在醫院嗎？」

「你是說他的雙胞胎弟弟吧——嗯，他接到聯絡，就急忙趕到醫院。之後他的父母也來了。」

「…………」

「他父母也很驚慌失措，但弟弟更激動……」

聽說敬介緊抓住遺體，邊哭邊說：「為什麼是你？」「被詛咒的三年三班」成員明明是自己，為什麼死的是不同班的俊介？——他一定覺得很不合理。

「你們幾個……」

千曳先生開口說話。當然，不是對我說。而是對著床邊有椅凳的另一個方向——我的左手邊——那道拉至腳邊的白色簾子。我往那裡看過去。

除了我們之外還有誰在這裡嗎？——這個時候我才想到。

「你們幾個……」這種叫法絕對不是在稱呼保健室的老師。應該是學生，而且不止一人……

「已經無所謂了，過來吧。」

回應千曳先生的話，簾子輕輕搖動了一下，可以看到白色布料的另一頭有某個人的身影。正當我這麼想的時候，簾子慢慢拉開——

出現的是我很熟悉的兩位同學。赤澤泉美和矢木澤暢之。

兩人一步、兩步地靠近床邊，但完全不看我，也沒有和我搭話。用一副困惑，或者是說驚慌失措的表情，看著站在床邊的千曳先生。

「已經無所謂了吧？」

千曳先生再度嘆著氣這麼說。

「你們聽到的消息沒有錯。今天早上幸田同學突然去世，的確是因為『災厄』降臨。也就是說——」

千曳先生停頓了一下，依序看著泉美、矢木澤和我。

「從上個月開始的『災厄』，這個月仍然沒有停止。我們無法阻擋。」

聽完這段話，泉美看著千曳先生說：

「您的意思是即便在繼續執行現在的『對策』也沒用了嗎？」

「很遺憾。」

千曳老師的表情很嚴肅。

「目前只能這樣判斷了。」

「啊……」

泉美不甘心地咬著嘴唇，站在一旁的矢木澤也一樣。

隔了一段時間，他們兩個人才望向我。我也終於開口說話。

「好像還是失敗了。」

我和泉美一樣覺得不甘心……心中充滿巨大的無力感。從四月開始最初的「對策」以來，我第一次在校內和他們說話。

「就算我繼續扮演『不存在的透明人』，事情也沒有改變。」

「是啊。」

矢木澤以消沉的聲音說。

「已經沒這個必要了。今年的『對策』到此結束，是嗎？這就是所謂的無計可施嗎？」

「——看來是這樣沒錯。」

我掀開身上的毛巾毯試圖下床，但身體還很昏沉。

「既然知道新的『對策』也沒有效……看樣子我們是束手無策了。」

這句話是對千曳先生說的。千曳先生沒有任何回應，他保持嚴肅的表情深深嘆一口氣，然後輕輕搖了搖頭。

此時傳來保健室大門被打開的聲音，不久之後新的人物就出現在病床旁。是班導神林老師。看到包含千曳先生在內四個人的樣子，老師似乎也了解「『對策』已經結束」。

「四月開始你就一直很辛苦對吧。」

神林老師帶著有點僵硬的微笑對我這麼說。

「我覺得比良塚同學已經很努力了。不過，從今天開始不必再扮演『不存在的透明人』，所以在教室裡也可以正常和大家……」

老師雖然這麼說，但此時的我聽起來只覺得她是在怪我。

到底為什麼會變成這樣呢？——我在腦中不斷重複這樣無奈的自問自答，陷入憂鬱之中。

7

兩天後——六月二十七日，星期三。

俊介的葬禮在古池町的殯儀館舉行，為了參加我向神林老師告假半天。他雖然不是我的同班同學，但我代表他擔任社長的生物社出席葬禮。而且，雖然我們只認識兩年多，但已經算是很親近的好友——

和兩天前的大晴天不同，這天從早上就一直下雨。

除了我之外，還有幾個人穿著夜見北的制服來上香。大家應該都是俊介在三年一班的同學吧。一班的班導和生物社顧問倉持老師都來了，千曳先生也在，我沒有和任何人交談，坐在會場最後面的角落——就像把自己當成「不存在的透明人」一樣。

僧侶開始誦經的時候，我更用力地閉上雙眼，而且一直沒有睜開。結果，理所當然地回想起前天早上，我在電話裡聽到俊介的聲音，還有社辦的慘狀……

……那一天。

我不太記得在保健室和千曳先生他們說過的話，包含在俊介出事後的一切。不，我並不是完全不記得，而是覺得自己和周遭的事物都被隔絕在真正的「現實」之外。我試著回想，但是只能像播放已經劣化的黑白紀錄片一樣……

……那一天，在那之後發生的事。

在發生死亡事故之後，警察按例來到現場調查狀況。我也以第一發現者的身分接受調查。對了，當時千曳先生也在場……我只是按照自己看到的回答。話雖如此，我和千曳先生都沒有提到「現象」和「災厄」之類的事。就算我說了，警察也幫不上忙，而且他們根本就不會當真。

結果，那天我根本沒去教室就早退了……聽聞死亡事故的小百合伯母一臉震驚。伯母知道上個月繼永和小鳥遊母親的死……所以當然會覺得震驚，也會覺得可疑、不安、恐懼。

晚上泉美來到我的房間，對著不肯開口說話的我聊了很多，但都是和「現象」、「災厄」無關的話題……她一定是想來安慰我吧。然而我卻毫無開口說話的念頭……呈現心不在焉的狀態。

隔天——也就是昨天，我無論如何都不想去學校，所以幾乎整天都把自己關在房裡。這段期間我一直問自己「為什麼」，明知這是無可奈何的事情，還是不斷重複這個問題。

到底為什麼會變成這樣呢？

到底為什麼、為什麼、為什麼……

如果從四月開始的一連串流程中，我能做得更好的話……為時已晚的無奈悔恨，在我心中伴隨著自責的念頭蔓延開來。

如果我做得更好……譬如說，可以想辦法**不要讓**擔任「第二個透明人」的**葉住變成那樣**。儘管違背自己的意願，儘管不擅長應付，當時的我只要勉強自己接受她的心意，幫助她不要陷入孤獨或者是鑽牛角尖……

我心裡明明知道，這些假想早就沒有任何意義，但還是——

我昨天一整天就這樣什麼都不做也不想做，一個人憂鬱地度過。泉美擔心我，來到房門口我也沒開門，矢木澤打電話來我也沒接……直到深夜我才打開電腦，發一封電子郵件把俊介的死訊告訴鳴。其實很想用電話或者直接見面談，但是我的心理狀態已經虛弱到實在辦不到只好放棄……

……已經誦完經了。

會場內的氣氛陰沉又令人窒息，到處都能聽到啜泣聲。我努力睜開眼睛，用力握緊膝蓋上的雙手。

是顧問倉持老師告訴我今天葬儀的時間和地點。昨天很晚才接到他的電話——

「我覺得還是要告訴你比較好。如果你想去的話，就去參加葬禮吧。我也會去。」

聽到老師這麼說，我多少重振了一點精神——感覺自己回到「當下的現實」。

幸田俊介死了，這是無法挽回的事實。沒錯，我們必須為死者祈禱冥福。我必須參加追悼儀式，好好和俊介告別，所以……

三年前在「湖畔宅邸」的經歷、記憶，在我心深處如此低語。

上香的時候，我對坐在家屬席的俊介父母與敬介深深一鞠躬。他父母看起來筋疲力盡，一旁的敬介沒有用隱形眼鏡，而是戴著和俊介一樣的銀框眼鏡。這個時候我才第一次感覺到他們兩個長得一模一樣。

對著遺照雙手合掌時，我強忍住湧上來的淚水。雖然朋友的死讓我很難過，但是我不會在這裡哭。就連三年前晃也先生離世的時候，我也……

——如果你有個萬一，我會把你的骨頭撿回來做標本的。

我突然想起俊介曾經開過的玩笑，感覺就像親耳聽到他的聲音一樣，讓我不禁望向遺照。黑色相框裡的照片上，俊介露出靦腆的笑容。

失去擔負重任的社長俊介，生物社或許有段時間會停止營運——儘管如此——社辦裡的動物有些在兩天前的事故中逃脫，有些死亡或下落不明，但除了這些以外的該怎麼辦才好？這可是個大問題。

怎麼辦？俊介。

我在心中問他，但他當然不可能回答。

永別了，俊介。

我輕輕閉上眼睛，向這個怪怪的生物社社長告別。

8

在殯儀館前目送黑色轎車列隊朝火葬場前進之後——

打開關機的手機，發現有兩通留言。

一通是月穗打來的。唉……怎麼偏偏挑在這個時候打來？

——啊，阿想。是我。上次臨時取消真的很對不起。

她大概不知道上個月繼永的死和兩天前俊介過世的事吧。不，她有可能聽小百合伯母說過，即便如此她應該也不會太在意。

——美禮已經完全康復了，我想說這次一定要一起吃個飯。下個星期天……雖然延到七月，不過我打算帶美禮一起去，詳情我到時候再聯絡你。

我不自覺地嘆了口氣。

那個人到底對我有什麼想法呢？她在想什麼？又想要做什麼呢？——我完全搞不懂。不，我或許不是「不懂」，而是「不想懂」。

第二通留言是見崎鳴打來的。留言的時間是早上十一點前。是趁學校下課的時間打來的嗎？

——阿想你和那個叫幸田的生物社社長感情很好對吧？

嗚的聲音和往常一樣，讓我覺得有點安心……

——我想你一定很震驚，也覺得很痛苦，但是請你打起精神來。

……啊……謝謝妳謝謝妳，見崎姊……嗚。

「謝謝妳。」

我不知不覺說出口後，自己在那裡抽泣。

——雖然「對策」都失敗了……但是不可以喔！你不能因此自責。懂嗎？無論你怎麼自責，都沒有用。

和三年前的那個夏天一樣，鳴彷彿完全看穿我的心思。

——傳電子郵件也可以，需要的話隨時打電話給我。你可以來找我，或者我去找你。阿想啊，**就算「對策」失敗，還是……**

突然出現嘈雜的雜音，語音就此中斷。

9

我打算下午去學校上課，所以結束之後便從殯儀館前往學校。然而，就在我走下從古池町搭過來的公車，稍微走幾步路，能看得到夜見北正門的時候——

手機響了。

確認螢幕之後，發現是剛才在殯儀館前打過照面，但只是默默行禮就分道揚鑣的千曳先生。

「你現在在哪裡？」

我一接起來，他就這樣問。

「在學校附近。已經快到了。」

「是嗎？」

他的聲音聽起來不太對勁，像是走音又像是在顫抖……

直覺告訴我有問題。

「怎麼了？」

我一問，千曳先生原本含糊其辭地說「沒什麼……」但馬上又改口了。

「其實……剛才一班的大畑老師傳來緊急通知。雖然不可置信，但好像是真的。剛才前往火葬場的其中一台車，在經過山路的時候發生意外……」

這個時候還不清楚出事的原因。單純是駕駛操作方向盤或煞車失誤嗎？還是和別的車擦撞導致意外？或者是說有什麼更大的不可抗力？……無論如何……

車輛衝過山路上的護欄，墜落十幾公尺的懸崖後起火燃燒。車上除了司機之外還有三個人。俊介的父母和敬介——這三個人偏偏在車上……

數小時後——

火勢終於撲滅，車內四個人早已斷氣。司機和坐在副駕駛座的幸田敬介在墜落時，就因為頭部和其他部位遭到強烈撞擊當場死亡。坐在後座的幸田德夫．聰子夫婦，被墜落後的火災燒死——這些細節都是事後透過調查才發現的。

Interlude III

三年三班**那件事**真不是在開玩笑的耶。

生物社的社長死掉了對吧，你不是生物社的嗎？

嗯。社長幸田學長……星期一早上在社辦被人發現倒於血泊之中。幸田學長是一班的學生，但雙胞胎兄弟在三班。

他是因為這樣才死的？

聽說即便不同班、不是學生，親近的人也會被捲入其中。

未免也太恐怖了吧。

聽說他的雙胞胎兄弟在葬禮後，也因為車禍而……連一起搭車的父母也走了。

一家人全滅？哇啊……

雖然我是覺得不可能有這種像是詛咒的東西……不過，你看，五月的時候也有一個三班的學生過世。

啊，嗯。

詛咒真的存在嗎？

到底是什麼樣的詛咒啊？

這我不知道。聽說如果知道太多，反而很危險。

噢，好狠毒的詛咒。

看樣子還是不要去生物社比較好。生物社有兩個三班的學長，一個幾乎都沒來，另一個和幸田學長感情很好，幸田學長倒下的時候，那位學長剛好也在……

是喔——你還是少接近為妙。

果然，還是得迴避啊。

……很遺憾，之前雖然嘗試過一些「對策」，但最後還是失敗了。非常遺憾……「災厄」已經開始，我們只能為過世的繼永同學、幸田同學與他的家人、小鳥遊同學的母親祈禱冥福。

在場的各位都從四月初開始就一直配合「對策」……尤其是決策小組的成員，還有率先自願扮演「不存在的透明人」的比良塚想同學，真的辛苦你們了。今後比良塚同學也可以回歸一般的校園生活……

……

……

……老師？

怎麼了？

您的意思是真的束手無策了嗎？

束手無策？

……難道沒有什麼其他的「對策」……

……沒有。至少就我所知沒有其他對策。

……

……

「災厄」已經正式開始。既然「不存在的透明人」這項「對策」也沒有效果，那我們就無計可施了……

……怎麼會……

怎麼這樣……

……

……對不起。

對不起啊，各位同學。我也不知道該怎麼辦。

之前也曾經像這樣「災厄」降臨，但中途又停止。那好像是三年前的事。

但是為什麼停止，沒有人知道。沒有人了解背後的機制，所以……

……

……但是……

各位同學——

我們不能放棄……各位不能因此放棄或鬆懈，明白嗎？總之各位必須更加注意安全。上學放學或外出的時候千萬要小心，以免發生意外。注意健康也很重要。平常就要萬事小心，盡量降低被捲入「災厄」的風險。

……我自己也是。

我身為班導，也必須特別小心。寧可過度謹慎也不能輕忽大意，請各位務必保持這樣的心態……

……**注意安全**。

Chapter 10 June III

1

「——喂？」
很久沒聽到她的聲音了。
「啊，那個……好久不見。」
我壓抑心裡的尷尬，再度握緊手機。對方過了一會兒才回答一句：
「阿想。」
「我打過好幾次電話給妳，妳終於接了。」
「啊……那個，我……」
稍微停頓了一下。
「對不起。」
她——葉住結香才這麼回答。
「沒事。畢竟發生那樣的事情，妳也很無奈。因此不想來上學，我覺得也很正常。」
「嗯……啊，不過，我沒事，而且過得很好。」
葉住的口吻意外地爽朗。
「我知道你打給我，不過那個時候我不想和班上的任何一個人說話，包含你在內。但是啊，現在已經沒事了。」
「是嗎？」

「雖然我還不想去學校，但是我和神林老師有見面聊過一次。她說不必勉強自己。」
「這樣啊，那……」
我並不擔心她的出席天數、畢業、升學之類的問題，比那些更嚴重的是……
「妳知道上個月繼永同學和小鳥遊同學母親的事嗎？」
雖然她應該不可能不知道，但我還是問了。
「這星期一開始俊介就……三班幸田敬介的雙胞胎兄弟過世，之後敬介自己和父母也都……」
我知道上個月發生的兩件事，不過沒有聽說俊介和敬介的事──她這樣回答。不過，她回答的方式，聽起來就像和自己一點關係也沒有的樣子。
「所以啊……」
雖然覺得對方的反應有點奇怪，我還是稍微加重說話的力道繼續說：
「也就是說，『災厄』還是降臨了。從四月開始的『對策』，最後還是失敗了。」
「你的意思是我害的？」
葉住這麼說。和我一樣，她說話的語氣也比之前更重。
「因為我沒有扮演好『不存在的透明人』嗎？全部都是我的錯嗎？」
「啊，不是，我不是要來責怪妳的。」
我說不出話。我絕對不是為了責備她的行為才打電話給她的。
「雖然那天我因為受不了而逃離教室……但是在那之後我再也沒有去學校。這樣不就完全變成『不存在的透明人』嗎？阿想在那之後也繼續扮演『不存在的透明人』吧？結果還是……」
葉住說這些話的時候，感覺既不甘心又痛苦，但又帶著某種冷漠。這個時候對她說明後來發生的事情，她大概也聽不進去。
「呃，那個……現在那不是重點。」
我停了一拍才接著說：

「我是想提醒妳——注意安全。就這樣。」

「……」

「就算妳不來學校，還是三年三班的同學。只要是『相關人士』，『災厄』就可能降臨在任何人身上。所以……」

我想我必須提醒她這件事才行——畢竟我的確對她放棄扮演「不存在的透明人」這件事，多少有點自責——然而——

「『注意安全』喔……這個嘛——」

她的反應和我想的不同。

「我啊，不太相信那種事。」

「呃，妳說什麼……」

「就是那種事啊。譬如說詛咒或作祟之類，一點也不科學的事。」

「什麼？可是實際上已經有人死了……」

「那都是偶然。」

她的語氣非常肯定，而且還接著說：

「人一定會死，大家都是伴隨著各種風險活著。所以，有很多人會因為不幸的偶然而死，這個世界本來就建立在這些偶然之上，那絕對不是什麼詛咒或作祟。仲川哥——仲川的哥哥是這樣說的——」

仲川？

四月底死於摩托車事故的夜見一高中生——仲川貴之。仲川貴之的哥哥嗎？聽說他是葉住哥哥的朋友。

「啊……你們很熟對吧。就是那個……仲川貴之的哥哥。」

我回想起之前好像聽某個人說過這件事。結果，葉住沒有害羞的神色，反而有點自豪地回答：

「嗯，對啊。」

「仲川哥很厲害，頭腦很聰明，大學主修物理學，連我哥都說：『那傢伙真的很聰明，又是個好人。』」

這位科學才子，全面否定夜見北的「現象」和「災厄」，認為那都是「非科學」的東西。所以葉住受到他的薰陶……

……他明明就什麼都不懂。

雖然沒有見過這位仲川哥哥，但我很想對著心中浮現的剪影咒罵。

他明明什麼都不懂，完全不懂現在發生的「現實」。

「那個，葉住同學。」

我壓抑著情緒說：

「那個……仲川的哥哥說得很有道理，應該是說，那是一般常識。但是，妳聽好了，夜見北三年三班的『現象』和『災厄』不在常識範圍內。用科學和常識來看待，完全沒有意義……」

「仲川哥說的才對。」

葉住再度加重語調。

「仔細想想，這一切都太奇怪，太異常了。說什麼『死者』混進班上，還因此有人死亡。」

「所以我就說那是因為……」

「『不存在的透明人』的『對策』也是，仲川哥很生氣地說那根本是**霸凌**。他說如果真的有那種詛咒，學校和教育委員會不可能坐視不理。」

「那是……」

我已經說不出話了。

再怎麼說她都聽不進去了嗎？——我已經有這種感覺，所以暫時把手機拿開一下。怕對方聽到，我只能輕嘆一口氣。

她逃離教室，衝向仲川哥哥的身邊……她現在已經完全陷入仲川哥哥的引力圈之中了。其中有多少成分是來自戀愛的情緒呢？這又對她的判斷產生多少影響呢？——我不太清楚這方面的實際情形。

「總之……妳還是小心一點。」

最後我只能這麼說。

「如果可以的話，乾脆離開夜見山！……」

她沒有回應，在我掛電話之前，她就先掛斷了——這是六月二十八日星期四晚上的事。

2

這天教室的氣氛非常沉重。

前天死於汽車事故的幸田敬介，座位上放著白色百合花束。之前過世的繼永，座位上已經沒有花了。除了這兩個之外，空著的座位總共有四個。另外兩個是一直缺席的葉住和住院中的牧瀨的位子——

因為「不存在的透明人」的「對策」已經結束，所以從0號館舊教室搬過來的老舊課桌椅已經不需要了。我從四月就一直用到現在的課桌椅，在這天早上被清走，換成新的了。

「對策」結束這件事已經通知各科老師，這天上國語課時，我才在升上三年級之後第一次被點到朗讀課文；課前喊「起立」、「敬禮」、「坐下」後，也有被點名——和一、二年級時一樣，這是沒有「不存在的透明人」的普通上課景象。

但是越普通，教室的氣氛就越沉重——我有這種感覺。

「災厄」降臨了。

如果神林丈吉病死也算在內，五月和六月就有七名「相關人士」失去性命。然而，我們卻束手無策，沒有任何因應之道，什麼也做不了——挫折感與無力感、不安與焦慮，還有揮之不去的膽怯與恐懼。

課堂和課堂之間的休息時間，那些從四月以來從未說過話的同學（多治見的青梅竹馬青沼、足球社的中邑，女同學的話還有繼永的好友福知……）刻意地來找我搭話。雖然都是聊一些不著邊際的事，但是要一一回應，這讓我覺得很憂鬱……甚至覺得以前當「不存在的透明人」還比較輕鬆。

班會的時候，神林老師說幸田家的葬禮預計明天舉行，不過只讓親戚參加。

「所以，請各位在心裡和幸田同學告別……」

老師眼眶含淚，說完便靠在講桌上放聲哭了出來，就連坐在最後一排的我，都能看到她的肩膀和膝蓋不停顫抖。

3

「你要不要來喝咖啡？」

和葉住通完電話沒多久，泉美就打來了。她突然邀我，我還在猶豫的時候，她接著說：

「我媽烤了蘋果派，想說找你一起來吃。那你十五分鐘後過來吧。」

我們聊了一下，結果十五分鐘後我就抵達泉美的E1號房。

「幸田同學過世之後，你就一直很沒精神，大家都不敢靠近你。畢竟你們從一年級的時候就在生物社熟識，會這樣也很正常，我也覺得應該要給你一點時間……不過，幸田同學的葬禮結束之後，還發生那種意外，對吧？」

屋內充滿之前喝過的伊之屋綜合咖啡豆的香味。泉美用咖啡壺把咖啡倒入杯中，

「總覺得這一切實在太悽慘了，竟然全家人都……」

她用既悲傷又帶點憤怒的語氣這樣說。

「即便『災厄』是『超自然的自然現象』，要說這其中完全沒有隱含惡意，我實在不相信。」

「妳感覺到什麼惡意？」

「我也不清楚，阿想你呢？」

被她這樣問，我默默搖頭。我並不是要表達有沒有感覺，而是不願意去想「有某種惡意」存在。

咖啡送到客廳的桌上之後，沒多久門鈴就響了。

「來了——」泉美應門之後往玄關走去，上門的是泉美的母親＝繭子伯母，她送來剛烤好的蘋果派。

「……電梯好像有問題。」

我在客廳聽到她們母女在玄關的對話。

「我剛才在樓上按電梯，電梯都不來，所以才走樓梯下來。一心顧著放派的托盤，差點踩空……嚇死我了。」

「真是的！媽，妳要小心一點！」泉美這樣說。

她的聲音既緊張又戒備，還有微微發抖的感覺。

「絕對不能慌張，電梯也要盡快找業者來修好。」

「好啦好啦。」

繭子伯母回答完之後，對著站在客廳的我說：

「歡迎啊，阿想。」

「打擾了。那個，我會好好享用蘋果派。」

「雖然是老王賣瓜，但真的烤得很好吃，你多吃一點。」

「謝謝伯母。」
「聽說學校發生不少事情，你不要太難過了。」
「啊……是。」
「那我先走了。」
繭子伯母再度轉向泉美。
「妳說還有一個朋友要來對吧，不要玩得太晚喔。」
「我知道啦——謝謝媽媽。」
「晚安。」
繭子伯母離開之後——
「還有一個人是誰？」
我馬上問泉美。
「咦？我沒說嗎？」
「我沒聽說啊……難道是矢木澤？」
「答對了。」
泉美乾脆地回答之後，露出開朗的笑容。
「因為你整天都一副想不開的樣子，矢木澤同學也很擔心你啊。他聯絡我說有話想告訴你，所以就——」
「既然如此，直接跟我聯絡不就好了。」
「我就說了啊……」
泉美瞪了我一眼。
「你昨天跟今天感覺都很不對勁，總覺得你比之前扮演『不存在的透明人』時，更像透明人。即便開口說話，渾身都散發出負能量，一副『其實我一點也不想講話』、『別管我』

的樣子。」

「……………」

「我了解你的心情。就結論來說，我這個決策小組成員也是完全失敗了……但是，就算我們再怎麼失落，也不會有任何好處啊——請喝點咖啡。蘋果派就等矢木澤同學到了再一起吃吧。」

我雙手捧著泉美幫我倒滿咖啡的杯子。咖啡雖然好喝，但舌尖上的微苦，感覺滲入我的內心深處——

「那個……剛才伯母說的話……」

我一邊觀察泉美的表情一邊說。

「在樓梯上差點踩空……那種狀況也可能會被捲入『災厄』對吧。」

所以泉美剛剛才會那麼嚴厲地告誡繭子伯母。

「因為以前也有發生過電梯墜落的意外。」

泉美老實地點點頭這樣回答。

「而且還是發生在三年前，阿想的朋友——見崎學姊就讀三年三班那一年。」

我也在千曳先生那裡聽說過，一九九八年度發生意外，「相關人士」死亡。好像是在夕見丘的市立醫院發生的意外……

「所以要小心才行。『災厄』不只會降臨在三班的學生身上，也有可能會降臨在我們的家人身上對吧。」

泉美用咬牙切齒的口氣再度確認，我看著她的表情，默默點頭。

從四月開始執行的「對策」全都以失敗告終，我們終究還是無能為力。只能過著隨時戒備、隨時恐懼無法預測什麼時候會降臨在誰身上的「災厄」……

「我們去那個房間看看吧。」

泉美放下咖啡杯，突然這麼說。「那個房間」指的是有隔音設備的那個鋼琴房。我從來沒有進去過。

「請進。」

泉美離開桌邊，打開那個房間的門邀我進去。

「突然想彈鋼琴，你可以陪我一下吧？」

4

在十張榻榻米大的西式房間中央，有一架氣派的三角鋼琴。不過，鋼琴的頂蓋沒有打開，上面隨意堆滿雜誌、筆記本、便條紙、筆盒等各種雜物。她平常大概沒有在彈吧。

「好久沒彈琴了，應該會彈得不好。」

泉美先打了預防針才坐在琴椅上，慢慢掀開鍵盤蓋。輕巧地張開雙手手指，放在琴鍵上。接著，開始出現幽暗唯美的旋律——

「你知道這首曲子嗎？」

泉美邊彈邊問我。

「我印象以前聽過，這是……」

「這首曲子超有名，是貝多芬的鋼琴奏鳴曲《月光》的第一樂章。」

「《月光》……」

「這個時候總不能彈《送葬進行曲》吧？」

她是打算追悼死去的大家嗎？

「我國中二年級的時候讀過一本小說，裡面有一幕就是彈這首曲子為死者送行。那個場景讓我印象深刻，所以……」

演奏持續進行。

我有一半的時間看著泉美彈琴的樣子，一半的時間閉上眼睛傾聽鋼琴的旋律，不知不覺把身體靠在窗簾上。結果突然聞到一點異味，鼻子覺得癢癢的……

那個味道是灰塵嗎？

一瞬間，我有種踏入很久沒人居住的建築物的感覺。我用力閉上眼睛，眼底彷彿出現荒廢的屋子……

……砰咚。

這個時候從聽覺範圍外的某處傳來低沉的聲響。這是——

這是什麼？然而，這個疑問瞬間就消失得一乾二淨……身邊傳來蓋上鍵盤蓋的聲音。途中停下演奏的泉美，不知道為什麼側臉看起來有點憂鬱。

「怎麼了？」

我這樣問。

「妳為什麼停下來了？」

「你沒發現嗎？」

泉美反問我。

「有一個琴鍵沒有聲音對吧？」

「是嗎？」

「音準也差很多。我已經很少彈這架鋼琴……不過這樣不行，鋼琴太可憐了。得拜託媽媽處理一下。」

泉美深深嘆了一口氣之後站起來走回到客廳，我也打算跟上，突然間注意到鋼琴上的一樣東西。

「那個，妳過來一下。」

我叫住泉美。

「這是——」

我拿起那樣東西給泉美看。

「這是什麼時候的照片？」

泉美回頭看了一眼我手裡拿的照片，若無其事地回答：

「啊，那個是入學典禮那天在教室拍的。」

入學典禮——這麼說來就是四月十日囉？開學典禮隔天，已經開始執行「對策」，我和葉住扮演「不存在的透明人」那天沒有去學校……

「那天開班會的時候，神林老師提議大家一起拍紀念照。神林老師說她當班導的時候，都會在學期一開始拍張全班的紀念照。」

泉美一邊說明一邊抱著手臂。

「一般都是開學典禮那天拍，不過今年是『有事的一年』，所以阿想你們兩個扮演『不存在的透明人』的同學不能一起拍。隔天——入學典禮那天你和葉住同學都沒有來，所以就挑那天。」

在教室拍攝三年三班的團體照——那天的確是這樣沒錯，當天沒去學校的我和葉住沒有在照片裡。當時已經住院的牧瀨當然也沒有在照片上。神林老師不在照片裡，應該是因為老師就是攝影的人吧。

「到時候應該會製作畢業紀念冊，大家還是要一起拍紀念照，阿想你也一起來吧。」

泉美說到這裡，表情突然變得僵硬也抿起嘴。長嘆一口氣之後，視線也往腳邊下垂，緊咬著嘴唇。雙手撩起劉海，單手手掌按著額頭。

我很能體會她心中那些連自己都無法好好掌握的複雜情緒。被眼前的狀況擊倒，因此亂了方寸的人不只有我而已。

5

我們從鋼琴房回到客廳時，矢木澤剛好到了。

他今天似乎是冒著從傍晚就下著的濛濛細雨，騎腳踏車過來。「喲！」在玄關前脫下鮮豔的橘色雨衣，用泉美遞給他的毛巾東擦西擦之後才進入客廳的矢木澤，一看到我就抬起一隻手打招呼。

「你的臉色看起來稍微好一點了。」

說完之後，他自己反倒繃著一張臉。

「俊介他們家那件事，連我都覺得很震驚。他們兄弟倆和我是同一間國小的。我能體會你有多難過，但是一直悶著，一點好處也沒有。對吧？」

「唉……嗯。」

即便碰到這種狀況，矢木澤還是試圖維持和以前一樣的態度和口吻。不過，就連他應該也沒辦法再繼續保持「樂觀」了。

「是說這種要下不下的雨還真討厭。如果下一場大雨，我還比較好放棄。」

「放棄什麼？」

「心不甘情不願地放棄咖啡和蘋果派啊。」

矢木澤開玩笑似地聳了聳肩。

「都這個時間了，如果不騎腳踏車的話，回去可能沒有公車可以搭。」

「回家的時候要小心，譬如說車禍之類的……」

「我知道。」我不禁再度叮嚀，矢木澤突然笑意全消地這樣回答。

「所以我盡量穿顏色鮮豔的雨衣，還多帶了一個腳踏車燈……」

泉美準備好矢木澤的咖啡，三個人一起吃蘭子伯母親手做的蘋果派。這段時間，矢木澤看到從鋼琴房拿出來放在桌上一隅的全班合照，喃喃地說：

「啊，是那張照片。」

「四月時拍的那張嗎？」

「要不要再加一點咖啡？」

「喔，好啊。」

「阿想呢？」

「那我也再喝一點。」

「阿想來拍照吧。」

他突然用正經的語氣這樣說，我咦了一聲再度望向矢木澤。

「我說的是紀念照。懂嗎？你不是很擅長拍照嗎？」

「——嗯，還算可以吧。」

底片和洗照片都要花錢，所以我沒什麼機會實際拍照。平常我幾乎都只有用手指框出假想的取景器而已……

「那以後一定要找時間拍，好嗎？」

「由我來拍這種團體照嗎？」

「呃……不是，我不是這個意思。」

雖然是自己說出口的話，但矢木澤的表情看起來有點混亂。輕輕地左右搖頭，然後又點點頭。

「不是全班同學也沒關係，譬如說我和阿想、赤澤三個人一起拍，就當作『災厄』那一年的回憶。」

說到這裡，他的表情又變回若無其事的笑容。

「當然，這是為了在我們都活下來，以後可以慢慢回憶當年的故事……」

「你還真是樂觀耶。」

「不這樣的話，怎麼撐得下去。」

「也是……」

「對了對了，這個……」

此時，泉美從廚房走回來，遞了一個東西給我們。「這是什麼？」歪著頭的矢木澤率先收下，然後發出恍然大悟的聲音。我跟著收下一樣的東西，隨之啊了一聲。

「我請客。」

說完之後，泉美綻放笑容。

「暑假的時候我們一起去看吧。」

八月初首映的《侏羅紀公園III》預售票——話說回來，之前我們三個人聚在這個房間的時候，有提到這件事。

外套口袋裡的手機在這個時候開始震動。拿出手機看了螢幕一眼，我微微嘆了一口氣，以免引起他們兩個人的注意。我沒有接，默默把手機放回口袋裡。

「不接沒關係嗎？」

矢木澤問。

「啊，嗯。」

「該不會是她——見崎學姊打來的？」

「不是。」泉美這樣問，我搖搖頭這樣回答。

是月穗打來的。不用接我也知道她有什麼事，應該是要說星期天帶美禮過來的事情吧

就算我現在接起電話，也不知道該怎麼回答，不知道自己想怎麼回答。我不知道該怎麼辦……所以，選擇不接。我沒辦法接——選擇**逃避**。

「欸，阿想。」
泉美說。剛才的笑容已經消失了，她嚴肅地看著我。
「那個啊，今天神林老師在學校說過……曾經有一年『災厄』降臨到一半就停止了。」
「——嗯。」
「那是三年前的事對吧？」
「嗯，三年前好像也發生過。」
「雖然知道中途停止，但不知道為什麼。我問過江藤同學了，她的堂姊曾經在三年前的三年三班，不過她說完全不知道『為什麼』中途停止。」
泉美持續盯著我看。
「見崎學姊會不會知道些什麼？」
說完之後，瞇起細長的眼睛。
「如果只是三年前在三班的話，就和江藤的堂姊一樣，不過，總覺得她應該會知道些其他人不知道的事情……」
「見崎——是阿想認識的夜見北畢業生？你之前好像有稍微提過。」
「嗯，沒錯。」
我對矢木澤點點頭，對泉美則是回答：「我也這麼想。」
「我覺得她的確知道些什麼……所以我問過她好幾次，不過見崎姊總是回答得很模糊。不知道是很難回答，還是不怎麼想回答。」
「是這樣嗎？」泉美歪著頭。
我回想起鳴的表情。
「我想一定是有什麼複雜的緣由，讓她無法輕鬆回答……」
「既然如此，就請她連這些複雜的緣由都告訴我們。」

泉美厲聲說道。

「有一點點線索也好……總比我們什麼都做不了，只能害怕『災厄』降臨來得強。」

這不用泉美說，我也知道，因為我也想過一樣的事。

不過，自從星期一目睹俊介那個樣子之後，該怎麼說呢？我已經完全退縮，失去前進的動力……所以至今還沒和鳴聯絡。

我想起俊介葬禮那天，鳴打給我的那通電話。雖然我沒有接，但是她有留言。留言的最後，她是這樣說的。

就算「對策」失敗，還是……

還是……有別的方法也說不定——她是想要說這個嗎？

「——我知道了。」

我看著泉美認真的眼神這樣回答。

「明天我打電話給見崎姊。」

6

「聽說學校又發生不幸的事情呢。」

在位於夕見丘市立醫院別館的「診所」診療室內——

「我聽說三年級的學生這星期已經有兩個人去世。」

我輕輕點頭回應碓冰醫師的問題，也告訴他其中一名學生是我們生物社的社長，另外一個是我的同班同學。

「這次過世的人是阿想也很親近的朋友對吧？」

「——對。」

我猶豫了一陣子，最後還是告訴他，生物社社長＝俊介發生慘案的現場，我是第一個趕到的人。當時的恐懼、混亂和悲傷……我都毫無隱瞞地說出來了。

「這樣啊。」

碓冰醫師大概沒有想到我會說這麼多，所以驚訝地睜大眼睛。不過他還是像平常一樣，用禮貌溫和的口吻說：

「你一定很辛苦，那些事……一定不是剛才的話就能說完的。當時的震驚，有讓你想起三年前的事情嗎？」

「啊，有。當時無論如何都還是……」

我告訴他，因為大受打擊而突然出現劇烈的暈眩症狀，當場就失去意識了。

「嗯嗯，這很正常。」

醫師保持平時的步調，點了點頭。

「只有失去意識一次嗎？」

「對。」

「在那之後，晚上睡得好嗎？」

「──不，睡得不好。」

「醒著的時候會覺得那些畫面歷歷在目嗎？」

「……………」

我無法回答，醫師在病歷上又寫了些什麼。

「總之，我會先開安眠藥。如果服藥還是繼續失眠、經常做惡夢……或者在生活中覺得非常不安的話，一定要馬上來看診。不用先預約也沒關係，直接打電話來專科就可以了。」

「好，謝謝醫生。」

闔上病歷之後，碓冰醫師摸著嘴巴周圍的鬍鬚說：「嗯──」接著，他壓低聲調。

「不過，最近還真是接二連三發生很多危險，不對，是悲傷的事情。雖然說意外到處都有，但這實在是……」

他緊皺眉頭喃喃地說：「唉──」

「您是指之前聽到的傳聞嗎？」

我搶先開口問。

「醫生是聽到什麼樣的傳聞呢？您之前說是和『死亡』有關的奇怪傳聞。」

「沒什麼，就是聽到一些不負責任的傳聞。有人說是不是被詛咒了，像這類不科學的話。」

不科學啊。

我想起前天和葉住通電話時那種不愉快的心情，便垂下眼簾。

「啊，不是傳聞的事。」

碓冰醫師更加壓低聲調。

「其實是我女兒在關心這件事。」

「您的女兒……」

四月看診之後，在這裡碰到的那個小女孩，好像是叫做希羽。

「希羽妹妹嗎？」

「喔？我有跟你介紹過嗎？」

「啊，那倒沒有。之前我們在這裡──診療室外面遇到。希羽妹妹有跟我說『你好』。」

「這樣啊，她意外地不太怕生呢。」

碓冰醫師笑著點點頭，停下摸鬍鬚的手。

「我不知道她在哪裡聽到什麼話，某次突然說那個國中還會有更多人死掉──」

「她還是小學低年級的學生吧？」

「現在小二。」

　碓冰醫師抿緊嘴唇，眨了眨小小的眼睛，然後一副若有所思的樣子繼續說：

「那孩子啊……從以前就有些與眾不同。她啊……啊，罷了，這些事情根本無所謂。我說太多廢話了。」

　醫生緩緩地搖了一下頭，視線再度回到我身上。

「總之，無論聽到什麼詛咒或者相關的都市傳說，都不要在意。阿想首先要盡量保持心情平靜，和身邊發生的『死亡』保持距離……」

　六月三十日，星期六的早上——這個時候我還是沒辦法把夜見北三年三班遇到的『現實』告訴碓冰醫生。

7

　這天，我在醫院也見到和霧果阿姨很像的女性。

　診療結束之後，我仍從聯絡通道從別館走到本館，前往有出納櫃台的醫療大樓一樓大廳。在這途中——

　因為對方好像沒有發現我，所以我沒有打招呼，不過那應該就是霧果阿姨沒錯。相較於最後一次和她見面的時候（二月初在「夜見的黃昏是空洞的藍色眼睛」……），她看起來瘦了很多。果然是身體有什麼不舒服，才會定期來醫院看診嗎？

　雖然很在意，但之後我還是像平常一樣付完醫藥費、到藥局拿藥，就走向玄關了。就在這個時候——

「阿想？」

　出乎意料的聲音從背後傳來，我嚇了一跳。那是鳴的聲音我一回頭，就看到她穿著夜見一的制服站在那裡——

「啊，呃……那個……」
因為太過突然，我整個語無倫次。
鳴為什麼現在會在這裡？
陪霧果阿姨來看醫生嗎？還是說，她自己身體不舒服，來醫院看診？
「呃，那、那個……」
我頭腦一片空白，沒辦法好好說話，鳴看起來有點無精打采的樣子。
「雖然和你約好傍晚在藝廊見面——」
和以前不一樣，她沒有戴著眼罩，左眼裡裝的也不是「人偶之眼」。鳴稍微瞄了我一下，便快速地朝我靠近。
「現在遇到了呢。怎麼辦？」
她這樣說。不知道是不是我想太多，她看起來還是有點沒精神。
「要在這裡聊嗎？」
「那個……呃……」
我已經沒辦法好好說話，長褲口袋裡的手機這時候又不識相地開始震動——
「啊、等一下……電話響了……」
我沒辦法忽視這通電話，只好取出手機。如我預料，螢幕上顯示的是月穗的名字和電話號碼。
我不禁嘆了口氣。這幾天到底打了幾通電話？我的視線邊緣捕捉到鳴一臉懷疑地歪著頭，考慮了一陣子之後——
結果我還是沒有接。我當下也沒確認有沒有留言，就把手機塞回口袋。
「沒關係嗎？」
鳴這樣問，她的口吻好像已經看穿是誰打來的。

「沒關係。」

我強忍住心中的激動，深呼吸一口氣。然後說：

「見崎姊現在這個時候聊，沒關係嗎？」

「什麼意思？」

「我是說，在醫院要辦的事已經……」

總覺得不好開口，所以我沒提剛才看見霧果阿姨的事。都還沒機會問鳴是不是身體哪裡不舒服，鳴就說：

「那走吧！」

「呃……現在嗎？」

「這裡人多，太吵了。如果不是在沒人的地方，我們也很難聊吧。如果是大樓的樓頂，應該……」

8

我按照前天晚上在泉美和矢木澤面前說的，昨晚就下定決心打電話給鳴了。

我告訴她，俊介等人過世，「災厄」仍然持續這件事已經確定，「不存在的透明人」這個「對策」已經終止了。確實告知一切狀況之後，我再度詢問三年前「災厄」中止的事情，但鳴的回應仍然模稜兩可。

「三年前——一九九八年度的『災厄』為什麼會中途停止？」

她像是在反芻似地重複我的問題。

「那是因為……」

說到一半，鳴就停住了。我默默地等著。過了幾秒鐘，不對，應該是十幾秒的沉默，才終於聽到聲音。

「我想與其用電話說，不如見面談。」

當時她這樣提議。

「明天的傍晚，這樣吧，四點左右你能來嗎？我在藝廊的地下室等你。我到時候會把我現在能說的部分告訴你，雖然我不知道能清楚說明到什麼程度就是了。」

所以，我今天是作好心理準備出門的。去醫院之後，再到「黎明森林」的圖書館待到傍晚，然後再去御先町的藝廊。然而，沒想到在那之前就在這裡不期而遇……

鳴應該也對這樣的偶然略微感到驚訝。

我們搭乘電梯，來到住院大樓的屋頂，從早上就一直下著的雨現在已經停了，但天空還是覆蓋著一層厚厚的灰雲，看起來又重又低。這種陰暗的天氣，讓人不禁懷疑梅雨季節是不是會永遠持續下去。

風很大。飽含溼氣的溫熱暖風，再怎麼吹拂，從皮膚滲透出來的汗也不會停。

鳴沿著設有電梯門廳小屋外牆走，我跟在後面。

被風吹亂的短鮑伯髮絲，凌亂的髮絲在某個地方突然停止不動。鳴在那裡停下腳步，回頭往我這裡看，然後身體微微靠在牆上，那個位置剛好可以讓小屋擋住風勢。

「你第一次來這裡嗎？」鳴這樣問。

我回答說：

「我不會來住院大樓，畢竟我又沒住過院。」

「榊原同學三年前在這裡住院兩次呢。」

因為她突然提起「榊原同學」這個名字，所以我有點緊張地繃緊身子——

「榊原學長好像是因為肺部破裂……是罹患氣胸住院嗎？」

「對。他第二次住院的時候我來探病，曾經一起到頂樓來。天氣好的話，可以看到夜見山的每個角落喔。」
「這樣……啊。」
自從我來這個城鎮，直到他和鳴從夜見北畢業為止的幾個月之間，我和榊原恒一見過好幾次，也聊了不少。大部分見面的時候鳴都會一起，但我們也曾單獨聊過天。
恒一一開始就從鳴那裡聽過我的身世和家庭的特殊背景，很能理解我的狀況，所以對我非常溫柔。不過那絕對不是奇怪的同情，而是非常自然的感覺──當時我其實內心非常受傷也很脆弱，他和鳴對我來說都是莫大的救贖。至今我仍然非常感激。
恒一從夜見北畢業之後，回到原本住的東京，在那裡讀高中。同一個時期我升上國中，剛開始還偶爾會打電話報告近況，後來就漸漸疏遠了……
而鳴雖然在畢業後也和恒一相隔很遠，但應該仍然保持不錯的交情吧。偶爾提到他的時候，我都這麼想，也自動接受這樣的狀態。因為對鳴來說，恒一是一起經歷過「災厄之年」的特別「夥伴」。但是──
我有時候聽到鳴提起恒一的名字，會感覺到胸口有一陣難以言明的疼痛。為什麼呢？這是為什麼呢？──啊，不能這樣，不能想得太多。
「為什麼三年前『災厄』會中途停止呢？」
背對著灰色的牆面，鳴緩緩地問自己。咻咻咻……屋頂上都是風吹過的聲音。
「是過了暑假之後對吧？」
我再度確認已經掌握的資訊。
「八月班上有宿營，當時也有很多人因『災厄』犧牲……不過，九月之後就突然停止了。該不會是當時的宿營，發生什麼特別的事？」
「啊，那是……」
話說到一半，鳴就停住了。和昨天講電話的時候一樣。

「……『災厄』中途停止是事實。」

中斷一會兒之後，鳴才吞吞吐吐地說。

「除了三年前之外，更久以前——一九八三年度也曾經中途停止過一次。那年的暑假，也在一樣的地方舉辦過宿營。」

「那果然還是在宿營的時候**發生了什麼**吧？」

「發生了……嗯，對。那個時候的確發生了某些事，某些……」

鳴的聲音越來越無力。她用右手抵著額頭抿緊嘴脣，一副很煩惱似地搖了搖頭。

「請告訴我發生什麼事。」

我往鳴走近一步這樣問。

「當時發生什麼事？『災厄』為什麼會中途停止？見崎姊，如果妳知道些什麼，就告訴我吧……」

「**我本來知道。**」

鳴放開手這樣回答。

「**我應該是知道的。**」

「——應該？」

我不明白其中的含義，只能看著鳴在陽光之下，仍像靜靜佇立在夜裡的人偶般蒼白的臉龐。

「這是什麼意思……」

咻咻咻……風再度吹過。

不知道是不是風向改變，原本靠著的那面牆此時已經沒有作用，牆縫從側面吹向面對面站著的我們。我的聲音完全被風吹散，鳴的頭髮和服裝也被吹亂了。

彷彿刻意抓好時間似地，這個時候——

長褲口袋裡的手機傳來震動。

一定又是月穗打來的——我的思緒被打斷，情緒也被撕裂。

今天是六月三十日。月穗說七月一日要帶美禮來看我，就是明天了。她想告訴我什麼時候、在哪裡見面、吃什麼——我都知道，我都知道，但是我……

「電話響了。」

我聽到鳴這麼說。

那麼強烈的風，突然停了下來。這也像是刻意抓好時間似地——因為這樣，她才會聽到手機一直在震動的聲音。

「是你母親打來的吧？」

說完，鳴淺淺地笑了。她用不是義眼的那隻右眼看著我的時候，有點悲傷。

「不接沒關係嗎？」

鳴繼續說。

「你應該要接吧？」

唉——我在心裡嘆了一口氣。

鳴永遠都是對的。

這通電話，我現在得接起來才行——沒錯，不能逃避。因為現在已經不能再逃避了。

我拿出手機確認螢幕，便按下通話鍵。

「喂——是我。」

9

「啊，阿想？是阿想對吧？你都不接電話，我很擔心……」

月穗會說什麼，我大概都猜到了。她的聲音和語氣都一如我的預料——她一直試圖傳遞自己的想法，但是總是說不清楚。我聽起來就是這樣。

「……你沒事吧？阿想，身體哪裡不舒服嗎？」

「我沒事。」

我先盡量壓抑情緒回應她。

「我很好啊。」

「啊，那就好。」

她像是鬆了一口氣似地，一直重複「那就好」之後才切入正題。

「按照之前說好的，我明天會帶美禮一起去喔。中餐我們一起去外面吃吧！好不好？阿想有沒有想吃什麼……」

明天月穗就要來了，帶著美禮來到這個城鎮——來到夜見山。

「……所以啊，我想說應該要和小百合小姐他們打聲招呼。」

聽到這裡，我作好心理準備開口，深深吸一口氣之後一點點慢慢吐氣，清清楚楚地說：

「不要來。」

說出口的瞬間，我用力閉上眼睛。「咦？」電話裡傳來月穗驚訝的聲音。

「阿想你怎麼了？你在說什麼？」

「妳們不要來夜見山。」

「咦？咦？為什麼？」

從呼吸的節奏就可以感受到她的驚慌失措。

「為什麼，這樣說……」

「因為我希望妳們不要來。」

我握緊手機，稍微加強說話的力道——視野的角落裡，鳴默默看著我。她的眼神很平靜，但也有點悲傷。

「我不想見妳。」
我更用力地說。
「我不想見媽媽和美禮，所以妳們都不要來。」
「阿想你怎麼了？」
月穗驚慌失措。
「怎麼了，為什麼突然說這種話？」
「不是突然。」
我出聲打斷月穗。我讓自己的情緒完全釋放，用更強烈的語調衝撞對方。
「我有說過想見妳們……希望妳們來夜見山嗎？妳有想過我到這裡之後，抱著什麼樣的心情，現在又是什麼感覺嗎？」
「那、那個……」
月穗的反應很虛弱。她應該因為我出乎意料的「拒絕」感到震驚、手足無措，而且覺得大受打擊吧。因為自三年前的那個夏天以來，我應該是第一次對她說這種話。
「別這樣說啊……阿想，我……我啊，其實從以前就一直在想……如果可以的話……有一天一定要把你……」
「已經無所謂了，總之妳們不要來找我！」
這個時候我幾乎是用吼的了。月穗身為母親的心情究竟如何？她心中或許一直都在糾結，如果說我完全不在意這些，那就是在說謊，但在目前這種狀況下，那都不重要了。因為我——心中已經有**答案**了。所以……
「絕對不要來！」
我再度用力閉上雙眼吶喊。
「不只明天，以後都不要來。」

「阿想……」

「我啊，我已經不想再看見媽媽了。我不會想見妳，也不想聽到妳的聲音。」

「阿想……你騙人。」

「我最討厭妳了！」

「想……」

「妳忘記三年前那件事了嗎？我還記得。我怎麼可能忘記？晃也先生出了那樣的事，媽媽你們竟然這麼過分……」

「……！……」

「覺得我礙事，就趕快把我趕出家門。比起自己的小孩，比良塚先生和那個家對妳來說更重要。妳和比良塚先生生的美禮也比我重要。我說啊，碰到這種事，妳覺得我還會喜歡媽媽嗎？妳覺得自己沒有被討厭嗎？」

月穗說不出話來。

我想她突然被說成這樣，一定很難保持冷靜，微微的啜泣聲取代了回答。

即便如此，我還是繼續說個不停。

「所以啊，妳不要來找我，以後也不要靠近我。絕對不要來這裡——不要來夜見山。」

一片靜默——啜泣般的哭聲不絕於耳。中間斷斷續續地聽到兩次「對不起」。

「那我掛電話了。」

強風又突然吹來。任頭髮隨風亂舞，我壓抑著情緒低聲說：

「不要再打電話來了。」

10

掛斷電話之後，我右手握著手機，仰望陰暗的天空——以免眼眶裡的淚水滑落。因為這樣我的情緒得到緩和，讓我沒有在這裡哭出來。

「你媽媽——月穗阿姨約好要來看你對吧，是約明天嗎？」

鳴往我這裡走近一步之後這樣說。

「你和月穗阿姨已經有一段時間沒見面了嗎？」

被她這麼問，我垂下眼簾。

「兩年左右沒見了。」

「這樣啊——嗯。」

鳴點了點頭，盯著我看。我不想被她看見我眼裡有淚，所以別開臉。咻咻咻……風呼嘯而過。從比剛才更遠的地方吹來。

剛剛已經對月穗說出應該說的話了。不過，我心裡仍然有一種刺痛感……

「……阿想，你還是很喜歡月穗阿姨吧。」

不久，鳴這樣說。

「但是，你卻那麼認真地說『我最討厭妳了』。」

唉，鳴果然完全看透我的內心。

我……大概像她說的，並不討厭月穗。

我心中的確有各種芥蒂……三年前那件事和之後她對我做的事，的確很過分。悲傷和痛苦的情緒並沒有消失，其中也隱含憤怒。不過，這些日子以來，我並沒有因此打從心底「討厭」或怨恨她。

「我不知道自己喜不喜歡。」

我這樣說，激動的情緒漸漸鎮定下來。
「不過，現在這個時候，我覺得那個人在這個時候帶美禮來夜見山不好，所以我說『不想要妳們來』是真心的。」
「因為『災厄』已經降臨了啊。」
鳴說了這句話，我用力點頭。
「沒錯。」
「因為月穗和美禮妹妹都是阿想二等親以內的『相關人士』。」
「——對。」
「月穗阿姨不知道『災厄』的事情嗎？」
「——應該不知道。」
以前說不定知道。至少在十四年前，和晃也先生全家一起離開夜見山的時候，有聽聞過一些才對。不過，在那之後的日子裡，月穗應該在不知不覺中逐漸失去當時的記憶——我認為應該是這樣。
「阿想真是善良。」
鳴說著又更靠近我一步。
「只要她們人在緋波町就算是『範圍外』，要是來到夜見山，她們兩個人都有可能被捲入『災厄』之中……」
我垂下頭，逃離鳴的視線。眼淚終於忍不住，流到臉頰上。我拚命忍住，以免哭出聲。
鳴默默地離開我身邊，背靠著小屋的牆，望著陰暗的天空，風再度停了下來。「唉……」在不可思議的寂靜之中，傳來她的嘆息聲。

11

「我按順序說給你聽。」

在那之後過了幾分鐘，鳴才開始娓娓道來。

「我繼續把剛才的話說完。」

「啊，好。」

我必須轉換情緒。目前不用擔心月穗來夜見山這件事，所以現在要認真聽鳴說的話。

「暑假的宿營應該有發生**什麼事**才對，而且我原本**應該是知道**來龍去脈的——我們剛剛是說到這裡沒錯吧？」

「——對。」

「我說『應該』，是因為我沒有自信。」

「沒有自信？」

「沒錯，對我的記憶沒有自信，也就是說——」

鳴用苦惱的表情微微歪著頭說。

「我沒辦法清楚回想起來，雖然在那之後只經過將近三年的時間，但**那個部分**的記憶，現在已經變得非常模糊。」

「意思是——」

我想到什麼就問。

「妳的意思是這和『現象』有關？」

「沒錯。」

鳴雖然點頭，但表情一反常態顯得不安。

「伴隨『現象』發生的『記憶問題』之一，我想在這之中也算是很特殊的例子。」

「特殊的例子？」

「當班上混入『多出來的人』＝『死者』時，原本不合理的地方會發生記憶或紀錄的扭曲、篡改。當『現象』結束『死者』消失，記憶和紀錄都會回歸原狀。之後，雖然會有一些個體差異，時間早晚不太相同，但大家都會漸漸忘記當年的『死者』是誰——這就是基本的架構，不過也有例外，譬如千曳先生的那份檔案。」

「啊，是。」

「那份檔案記錄了出現『現象』那年的『死者』姓名，而且沒有消失。所以只要看那份檔案，我們就能確認以前是什麼樣的人以『死者』的身分混進班級——阿想你也有看過吧？」

「對。」

我知道第二圖書室裡的「千曳檔案」有其**特殊性**。之前也聽說過，在「有事的一年」出現的「死者」，所有相關的記憶和紀錄都會在「現象」結束後，逐漸「稀薄」、「模糊」、「消失」，但是不知道為什麼，只有那份檔案裡的筆記**逃過一劫**。

「然而，『災厄』中途停止那年的『死者』姓名，就連千曳先生的那份檔案裡都沒有紀錄。」

鳴說到這裡就停住了。她扶著額頭，沉思了一會兒。接著——

「我按順序說給你聽。」

她像是在催促自己一樣，再度說了這句話。

「那是三年前的暑假，剛開始放假的時候，有一個奇妙的傳聞。**那個人**應該是叫做松永吧？他是一九八三年度的夜見北畢業生，三年級被編入三班的男同學。」

「八三年……是『災厄』中止的那年對吧？」

「沒錯。」鳴緩緩點頭，才開始說下去，口吻比平常更平靜。不過，她說話的樣子，看起來像是每個詞都精挑細選。

「三年前的我們也在想，有沒有什麼辦法能阻止已經降臨的『災厄』，就像現在的你們一樣，想要找到一點線索。結果找到的是松永學長那年的例子……」

三年前——一九九八年時，夜見北的畢業生松永，已經畢業十四年。他當時喝得爛醉，在不省人事的狀態下說出「是我救了八三年度的三年三班」。不過，等他清醒之後，完全不記得自己說過什麼。基本上他已經完全忘記國中時期的**那段經歷**，不過——

按照松永爛醉時的描述，他為了要把和「災厄」相關的重要資訊留給學弟妹，曾經在教室裡的某個地方留下某種東西。有一群學生把這個當成救命稻草，開始尋找他說的「某種東西」，最後也找到了……

「找到的是松永學長錄的錄音帶。」

鳴盯著和我之間的某一個點繼續說下去。

「錄音帶裡面記錄他如何阻止『災厄』……我也聽過那卷錄音帶，就在暑假宿營的時候。」

「所以，見崎姊也知道了？」

我激動地不禁插嘴問了問題。

「妳知道阻止『災厄』的方法對吧？」

「**應該**是這樣沒錯。」

鳴又再度不安地低著頭，但我仍然無法壓抑心中的激動之情。

「你們在宿營的時候實踐了**那個方法**，所以三年前『災厄』才會中止對吧？」

「我想應該是這樣。**應該是這樣沒錯**，但是……」

「妳想不起來？不記得了嗎？」

「………」

「為什麼『災厄』會中止？是誰、用什麼方法中止的？有一點線索也好……」

「唯一能確定的是，十五年前松永學長他們班也在暑假時，到三年前的那個場地辦過宿營。」

「宿營本身有什麼特殊意義嗎？」

「當時的宿營是為了要讓大家一起去夜見山神社參拜。」

「在神社除穢的感覺嗎？」

「不過，三年前我們最後並沒有去參拜……」

「松永學長他們有去神社參拜吧？」

「是啊。不過，參拜沒有任何效果……」

「……」

「『為了將來可能會在這個班上，遇到不合理災難的學弟妹們……』」

「這是？」

「松永學長貼在錄音帶上的留言。他很有可能是知道自己早晚會忘記這件事，才留下錄音帶，所以這應該是和那年『死者』有關的問題……在這麼短的時間內，我的記憶就變得模糊，或許就是證據之一。」

鳴抿著嘴唇，再度陷入沉思，用手抵著額頭，緩緩地搖了搖頭，然後——

「該怎麼說呢？總覺得可以看到模糊的輪廓，也有一點印象……唉，但還是不清楚。感覺像是沒辦法順利理解意義一樣，偶爾也會浮現片段的詞彙和畫面。不過，我也不知道能相信到什麼程度。」

「啊，見崎姊……那個，妳一直持續維持這樣的狀態嗎？就算試圖回想，也沒辦法想起來？」

鳴默默地點頭，繼續用「所以——」接下去。

「所以阿想你問我有關這件事的問題，我只能含糊帶過。畢竟我不能光靠模糊的印象想像，隨便回答你。」

「啊……原來是這樣啊。」

回答之後，我突然想到一件事。

「那個，松永學長的那一卷錄音帶呢？沒有留下來嗎？」

「好像——沒有留下來。」
鳴緩緩地搖頭。
「三年前的宿營發生大型火災，建築物全都燒毀。當時，那卷錄音帶或許也燒掉了。」
「除了見崎姊之外，還有其他人聽了錄音帶吧？哪些人呢？」
「我有聯絡過他們，但是沒有人記得錄音帶的內容。」
這樣回答之後，鳴補充說：
「順帶一提，當時我偶爾會寫像日記一樣的東西。集訓發生的事情，照理說也寫在日記裡才對。查了一下才發現，原本應該在日記裡的文章不是消失，就是被什麼東西弄髒，無法閱讀……」
聽到這裡，我覺得有點頭暈。
紀錄的篡改……不，這種狀況應該是消除？刪除？
只要和夜見北三年三班的「現象」有關，就會發生這種異常嗎？真的會發生嗎？彷彿被什麼滿懷惡意的東西操弄一樣……
「那——」我說了一個字之後，長長地嘆了一口氣。
「也就是說，我們已經沒有任何辦法了嗎？我們做什麼都……」
我失望地垂下肩膀。鳴看著我的眼神，仍然平靜但參雜著些許哀傷。
「——那個時候。」
鳴緩緩地開口。風在遠處呼嘯，風聲之中，混入幾隻烏鴉從某處傳來的叫聲。
「當時，榊原同學是關鍵人物。」
我不禁驚訝地喊出聲，再度望向鳴的臉龐。
「這是什麼意思？」
「雖然這麼說還是很模糊……」

預先告知這一點之後，鳴才說：

「三年前的宿營中，的確做了**某件事**阻止『災厄』。不過，那究竟是什麼，現在的我已經無法確定，沒辦法清楚地回想起來……但是我記得，**當時榊原同學就在那裡，他是行動的關鍵——核心**。」

榊原恒一。

我和他已經兩年沒有見面，我腦海中浮現的是他兩年前的樣子。伴隨著他的身影，我一一想起為期數月的往來之中和他聊過的事情。

「所以啊。」

鳴繼續說：

「如果是他——榊原同學的話，**說不定還沒忘記**。我有這種感覺，既然他是行動的核心，記憶的強度應該會比我高。而且，榊原同學畢業之後就離開夜見山，一直待在東京。」

「在夜見山之外——『影響範圍外』的話，對記憶的影響也會比較薄弱嗎？」

「有可能啊，所以……」

所以鳴曾經為了打聽這個問題，嘗試和恒一聯絡。尤其是在上個月繼永以那樣的方式死去，「災厄」確定降臨之後，聯絡過好多次。然而——

「從來沒有聯絡上。」

我對憂愁地皺緊眉頭的鳴問：

「為什麼？」

「榊原學長不是在東京嗎？」

「我以為是這樣，但他好像在今年春天離開日本了。」

「出國了嗎？現在也是嗎？如果是旅行的話，時間也太長了。」

「好像不是短期旅行。榊原同學的爸爸是研究人員，要飛到世界各地做田野調查，他也跟著去了。」

「飛到世界各地……嗎？」

「我打他的手機都不通，所以打去他家，在家的人告訴我的，他要到秋天才會回日本。」

鳴更用力皺緊眉頭，一副筋疲力盡的樣子嘆了一口氣。

「電子郵件呢？有發過電子郵件嗎？」

「我寄了，但是也不行，可能是電腦系統的問題。」

「嗯——」

「有很多可能。不過，我希望能盡快問他，非得問他不可……所以強烈要求他家裡的人幫忙轉達。無論是榊原同學還是榊原同學的爸爸都好，只要聯絡上就請他們打電話給我……」

……SAKAKIBARA・KOUICHI。

我在心中念著他的名字，抬頭往上看。和剛到頂樓的時候一樣，陰暗的天空中，雲層又低又暗。

希望能盡早聯絡上他——恒一。但願他還記得自己三年前採取的行動——我現在只能這樣祈禱了。這一點讓我非常焦急，也很不甘心。

Chapter 11 July I

1

「那我要拍了喔。」

擺好相機的泉美這樣說。

「嗯……阿想，不要一副『立正站好』的樣子，稍微放鬆一點。對對，就是這種感覺。好，西瓜甜不甜？」

站在我身邊的矢木澤，聽到拍照一定會問的問題，乖乖地配合回答「甜」。還把手抬到右前方擺出豎起大拇指的姿勢——我也自然地露出微笑。

「好——那再拍一張。準備好了嗎？」

第二次快門聲響起，我輕嘆一口氣。雖然我喜歡拍照，但我實在不擅長當那個被拍的人。

我們在學校B號館與C號館之間的中庭，就在那個據說偶爾會從覆滿水面的葉片之間，伸出沾滿血的人手——「七大不可思議」之一的蓮花池（其實不是蓮花，而是睡蓮池）前面。

進入七月的第四天，星期三放學之後。

我們用的是小學時晃也先生給我的傻瓜相機。雖然是傻瓜相機，但功能非常優秀，只要運用得當也能拍出很棒的照片。

「那拍下一張吧。阿想和赤澤站這裡，我來拍。」

泉美把相機交給矢木澤，攝影師換人。原本是想要用計時器三個人一起拍，但是找不到適合架相機的地方——應該要不辭辛勞地帶三腳架過來嗎？

前幾天，矢木澤提議三個人一起拍「紀念照」。昨晚矢木澤打給我，說是明天感覺天氣不錯……所以要求這個時候拍。選擇在蓮花池前拍的人也是矢木澤，原因是「喔，就覺得不錯」。

「搞不好洗出來的照片，就拍到池子裡的手。」

帶著圓框眼鏡的長髮班長說出這種玩笑話。

「拜託不要開這種玩笑。」

我繃著臉回應，雖然帶著一點苦笑，但其實我真的笑不出來——

今天是晴天，湛藍的天空和陽光的強度，已經完全是夏天的樣子。不過距離梅雨季結束還有一段時間，根據天氣預報顯示，今晚開始梅雨鋒面又開始活動了。

「好，我要拍了喔。」

矢木澤擺好相機。

「你們兩個再靠近一點。阿想，你表情太僵硬了。赤澤這樣很好……好，西瓜甜不甜？」

這次我也動著嘴脣回答「甜」——

腦中突然浮現幾個畫面又消失，這幾天發生的事情，就像電影畫面一樣冒出來……

2

……我受邀來到「弗洛伊登飛井」的頂樓。繭子伯母說：「阿想要不要也一起來喝茶？」

我趁機歸還從赤澤哥哥書架上借來的《惡童日記》。原本是為了轉換心情而讀這本書，結果一下子就看完，而且內容遠比我想像的有趣。書架上還有兩本續集，所以我在泉美同意之下借了那兩本書。之後又在客廳，享用紅茶和蛋糕。

「本來月穗小姐是說今天會過來對吧？」

繭子伯母這樣說。我一動也不動地回答：

「好像突然有什麼事吧。」

不知道事情原委的泉美嘴上說「是喔」，以擔心的眼神觀察我的表情，但是沒有多說什麼。

「月穗小姐一定很擔心你。」

蘭子伯母這樣說。

「為什麼？」

我出聲詢問。

「因為你們班上的學生意外死亡……五月開始又一直出事啊，所以……」

「我想她應該不知道。」

「是嗎？阿想，你沒有說嗎？」

我沒有回應，不知道是不是察覺什麼，蘭子伯母溫柔地瞇起眼睛點頭說：

「不過，去世的人還是可憐，應該是說運氣太差了。生物社的那個孩子和阿想是好朋友對吧？」

「嗯，是啊。」

三年三班的特殊情況，蘭子伯母似乎還是不清楚。我也沒有對小百合伯母他們提起，針對這一點，我嚴格堅守「規則」。然而——

「今年會有暑假宿營嗎？」

蘭子伯母突然提到這件事，泉美咦了一聲。

「媽媽為什麼知道這件事？」

我有告訴泉美，「災厄」中止的一九九八年度和一九八三年度都曾在暑假破例舉辦班級宿營，當時好像發生了什麼事。不過，蘭子伯母為什麼會知道呢？

「因為……」

蘭子伯母的表情顯得有點驚訝。

「說到三年級的暑假，呃，那個……」

話說到這裡就中斷，繭子伯母的表情顯得很混亂，一副不知道自己在說什麼的樣子——我在想這到底是怎麼回事，但念頭轉瞬即逝。

砰咚——

某處傳來低沉的聲響，世界一瞬間突然轉暗。

「……我們家哥哥國中的時候沒有辦宿營吧？對不起，我好像搞錯了。」

繭子伯母若無其事地微笑，問我「要不要再喝一杯紅茶」。

這是三天前——七月一日星期天晚上的一幕。

3

……生物社在T棟自然科學教室開會。

0號館的社辦自上週的意外之後，基本上一直呈現關閉的狀態。剩下的動物能放走的都放走，沒辦法野放的就分給社員帶回家繼續照顧。

參加會議的人有顧問倉持老師和所有社員。三班的同學森下也有來，因為我已經不是「不存在的透明人」，所以他也不需要在意我了。

三名新生減少至兩名。小鳥遊純的弟弟，在五月母親亡故之後就申請退社。二年級好像也有一個人說要退社——這也是理所當然的事吧。

「幸田同學的事，真的……真的是不幸的意外。」

倉持老師的表情沉痛。

「如各位所知，對生物社來說，他是無可取代的存在。他不在之後，生物社該何去何從？我們必須擬定出一個方針……」

「該何去何從」這個問題，具體上來說有「繼續經營還是廢社」這兩大選項——倉持老師這樣說道。

0號館的社辦，截至目前為止都還沒整理好。發生過那樣的意外之後，社辦要不要繼續用？有沒有辦法繼續用？也和大家的心情有關。

「你們覺得如何？」

老師問我們。

「大家想怎麼做？我希望大家毫無顧忌地說出自己的意見。」

老師等著我們回應，但沒有人回答。大家都戰戰兢兢地看著彼此的表情——

「嗯——」

老師抱著手臂，正打算說些什麼的時候。

「我希望可以繼續營運。」

無法繼續保持沉默的我，下定決心開口。

「如果這個時候放棄，我想俊介——幸田同學會很難過。雖然可能會和以前不一樣，但我還是希望生物社可以繼續營運下去。」

如果沒有人要接手的話，我來接任社長也無所謂——我話說出口之後，心裡也這麼想。

「你投繼續營運一票對吧。」

倉持老師沒有露出笑容，但聲音聽起來很開心。

「其他人呢？怎麼樣？」

我不知到現場的人究竟怎麼想。不過，沒有人提出反對的意見。

「這個月要面臨即將到來的期末考，所以等考完試之後再好好談吧——嗯，如果想要繼續營運的人有到達一定人數，也可以趁暑假正式重新擬定社團架構。」

對老師的提議，大家都沒有異議……

——這樣可以嗎？俊介。

我在心中問亡故的友人。

——這樣可以吧？俊介？

這是兩天前——七月二日，星期一放學後的一幕。

4

……在赤澤本家吃過晚餐之後，藺子伯母和泉美也來了。從春天開始的翻修工程，終於快要完工了。她們說要來看看狀況。

雖然比當初花了更多時間，但老宅經過大膽地改建與重新裝潢，擁有截然不同的「新穎」風格。屋內整體比以前更明亮，到處都有實用的設計，為爺爺打造的無障礙設施當然也非常充足。

「阿想的房間在哪裡？」

泉美這樣問我，我便帶她到自己的房間看。雖然曾經被當成置物空間，但已經完全整理好，壁紙和木地板都是亮晶晶的新品。

「全部完工之後你就會搬回來了對吧，暑假一開始就馬上搬回來嗎？」

泉美一邊環視空蕩蕩的室內一邊這麼說。

「應該吧。」

回答之後我輕輕嘆了一口氣。

「我總不能一直麻煩你們家啊。」

「不麻煩，我覺得啦——」

「唉——」泉美一邊說一邊十指交扣，**用力**往上延伸。

「不過還是很近啦，搬回家之後也要偶爾來找我玩喔。」

之後我們兩個人一起到祖父所在的和式房間。

祖父浩宗還是像往常一樣，幾乎整天臥床不起。發現孫子們來訪，先往我這裡看。

「喔，是阿想啊。」

他像平常一樣打招呼，衰老的臉上露出笨拙的笑容。視線轉向泉美之後，笑意就突然消失了——

「妳是泉美？」

爺爺用懷疑或者說是困惑的低沉口吻說：

「妳……」

祖父望向泉美的眼神，似乎沒有聚焦……不知道是不是我多想，瞳孔看起來很混濁。

「妳為什麼又……」

這麼說來，我記得以前泉美也曾經說過。不知道是不是身體狀況不好的關係，最近祖父比以前更難相處，親眼看到這樣的狀況之後，我也能了解泉美當時抱怨的心情了。

對來探望自己的孫女，這種態度很奇怪……應該是說，怎麼想都不太自然——我心裡這麼想。

「工程快要結束了呢。」

我突然插嘴，試圖挽救尷尬的氣氛。

「完工之後，爺爺在家裡行動就會比較方便了。」

「難說，哪知道這樣到底會不會比較方便。」

祖父憤慨地回答。

「不過，工程終於結束也算是件好事。畢竟在這個房間裡也會聽到嘈雜的聲音，吵死了。真是的……」

抱怨完之後，爺爺在棉被上慢吞吞地翻身，視線朝向窗戶的方向。

窗外有一個點著庭園燈的寬廣後院。在綿綿細雨之中，庭院正中間有枝葉繁茂的大朴樹，現在能看到大樹的黑色剪影。

「呀——」泉美突然發出小小的尖叫聲。我嚇了一跳回頭看，黑貓黑助不知道什麼時候跑進來坐在她的腿上，但黑助聽到尖叫聲嚇得從膝蓋上跳下來。

泉美用左手按著右手的手背。

「哎呀，真是的……」

她瞪了黑助一眼。看樣子黑助是在混亂之中，抓傷了她的手。

「怎麼了，怎麼突然這樣？」

黑助不可能回答泉美的問題，喵了一聲就離開房間。

泉美一邊嘆氣一邊俯瞰自己的右手，她剛才果然是被黑助抓傷了。白皙的手背正中間，滲出少量的紅色鮮血。

這是昨天——七月三日星期二晚上的一幕。

5

……留下小百合伯母和繭子伯母繼續在客廳聊天，我和泉美早一步回到「弗洛伊登飛井」。剛好也暫時雨停，不需要撐傘——

「妳的手沒事吧？」

走回去的路上，我這樣問泉美。

「嗯，我沒事……不過……」

回答之後，她一邊舉起貼著OK繃的右手說：

「不過，我是第一次被黑助抓傷，嚇了一大跳。我明明沒做什麼會讓牠不高興的事啊。」

「嗯——不過，貓咪的個性本來就比較反覆無常嘛。」
我輕鬆地這樣回應之後，瞄了泉美的右手一眼。
「之後要好好消毒才行喔，人家不是說有什麼貓抓病嗎？要小心一點。」
「如果因為這樣發高燒，症狀明顯惡化……那就是『災厄』降臨了對吧。」
「雖然我覺得不太可能啦。」
「開玩笑的——沒事，回去我會再消毒，如果身體不舒服，也會馬上去看醫生的。」
「——嗯。」
「見崎姊之後有和你聯絡嗎？」
「還沒有。」
上週六在醫院頂樓，聽鳴說了那件事。大略的概要，我當天都告訴泉美了……
「現在還沒找到那個叫榊原的人對吧。就算找到，他也不見得清楚記得三年前的事。」
「——沒錯。」
「如果有什麼消息，也要告訴我喔。」
「嗯，好。我也是這麼想的……」
這也是昨天——星期二晚上的一幕。

6

矢木澤和我的合照，泉美和我的合照，還順便各拍了一張獨照——就在我們一直拍照的時候，班導神林老師剛好經過。
「哎呀，你們是在辦什麼攝影會嗎？」
矢木澤一聽到就開玩笑地說「我們在拍三人紀念照」，但是神林老師一臉認真地點頭說：

「也是啊，四月初大家一起拍照的時候，比良塚同學還是『不存在的透明人』嘛。」
「真不愧是老師，馬上就發現了。」
矢木澤繼續開玩笑。
「所以我們想說趁上學期，拍張阿想也一起加入的紀念照——說到這個，老師能不能幫我們拍三個人站在一起的照片？」
他機靈地把相機塞到老師手上。
「來，阿想和赤澤都站在剛才的位置。赤澤站中間，阿想和我站兩邊……這樣可以吧——老師，拜託妳了。」
「好啊。」
我對意外乾脆答應這件事的神林老師說：
「請把剩下的底片全部用完吧！」
「我知道了。那……背景在這裡沒問題吧。比良塚同學，再往赤澤同學靠近一點。矢木澤同學靠太近了——好，我要拍了。」
神林老師看起來很常用相機。連續傳來好幾次按快門的聲音，底片用完之後開始自動回捲。
「下次全班再拍一次吧。」
老師用格外開朗的聲音這樣說。
「我們還要製作畢業紀念冊……到時候要是能請葉住同學和牧瀨同學也一起來拍就好了。」
畢業紀念冊……畢業啊……
總覺得這個詞有種很空虛的感覺，我嘆了一口氣。
距離畢業還有九個月。如果每個月都有「災厄」降臨，到畢業典禮的時候，還會剩下幾個學生呢？——會這樣想像的人一定不只我一個，但是誰也沒有說出口。
「下週就是期末考了呢。」

臨走的時候，神林老師這樣說。

「我想你們可能很難專心讀書，但是三班還是得參加期末考。總之，你們要加油。如果有什麼困難，隨時來找老師商量……」

「紀念照」的拍攝結束之後，我們暫時回到C號館三樓的教室。

「哎呀，烏雲突然擴散開來了呢。」

矢木澤看著窗外說。

「如果天氣預報可信，今晚又要下雨了，而且還是梅雨季尾聲的大雨喔。」

「真希望梅雨季快點過去。」泉美接著說。

她憂鬱地皺著眉頭。

「我從以前就不喜歡這個季節，你們不覺得今年的梅雨季特別長嗎？」

「不會啊，以前每年差不多都是這樣。」

回答之後，矢木澤抓了抓他的長髮。就在這個時候——我發現手機響了。

7

一瞬間，我以為是鳴打來的。但是，一看到螢幕我就知道不是她。因為顯示的是沒有在通訊錄內、我也沒有印象的號碼。

「你好。」

我接起來之後，對方說：

「這是比良塚想的手機對嗎？」

雖然有很多雜音，不太容易辨認，但聽起來是男性的聲音。我有聽過這個聲音……

「……榊原……學長？」

「是阿想吧？好久不見。」

我非常意外，榊原恒一竟然直接和我聯絡。

到底是怎麼回事？

他已經和鳴聊過了嗎？還是說……

握著手機的手，自然而然地加重力道。鳴送我的沖繩伴手禮——風獅爺吊飾在視線的一隅搖晃。

「那個……這通電話是從國外打來的嗎？」

「我從墨西哥打過去的，所以沒辦法慢慢說。」

墨西哥嗎？和日本之間應該有半天左右的時差吧。既然如此，現在那裡應該是深夜。

「我剛才和見崎聯絡上了。大概聽說你的事，我本來想說應該不會那麼巧，沒想到阿想你偏偏被編進三班，而且還碰到『有事的一年』。」

「『對策』失敗，『災厄』已經降臨了。」

握著電話的手，更加用力，說話的音量也不知不覺變大。矢木澤和泉美一定在想到底發生什麼事。

「我剛才聽見崎說了。」

恒一這樣說，沙沙沙……嘈雜的雜音變得更大聲了。

「然後……她說三年前的事情已經記不清楚，那年為了阻止『災厄』我們到底做了什麼？這個部分她也對自己的記憶沒有自信。」

「那榊原學長呢？」

我抱著祈禱般的心情問。

「怎麼樣？還記得嗎？」

過了一會兒，他回答說：

「**嗯，我還記得**。我還沒辦法忘記，那年暑假的宿營，自己做了什麼。」
「那……」
「那件事我已經告訴見崎。現在要阻止『災厄』該怎麼做？聽完我說的方法，她或許已經稍微想起當時的情況。不過……」
「不過什麼？」
「見崎是當年『現象』的『相關人士』之一，之後也一直待在夜見山……所以我剛才說的資訊不知道能不能維持原樣。畢竟在夜見山這個『地點』的影響下，記憶很有可能馬上變得模糊，也有可能變得異常不是嗎？」
「會發生這種事嗎？」
「——我不知道。」
恒一的回答中參雜著嘆息聲。
「雖然不清楚，不過她好像很擔心這一點。因為覺得由我直接跟你說會比較好，所以拜託我打這通電話。為防萬一，她希望我也打電話告訴你**這件事**。」
「啊……」
伴隨我的說話聲，又再度出現沙沙沙……的嚴重雜音。
「……到嗎？聽得到嗎？阿想。」
「啊，聽得到。」
雖然我這樣回答，但是雜音仍然斷斷續續地出現。手機裡傳來恒一的聲音，有些地方不太清晰——彷彿有人在妨礙對話。
「……那……總之重點就是……準備好了嗎？」
「嗯。」
我再度握緊手機，把耳朵貼緊。恒一接著說：

「讓『死者』回歸死亡。」

「呃……」

我不禁再問了一次。

「讓『死者』回歸『死亡』？……」

「留下那卷錄音帶的松永學長以前執行過這個方法。然後我三年前也做過一樣的事。」

「這到底是……什麼意思……」

喀喀喀、沙沙沙沙……又有雜音來妨礙對話了。

恒一那裡是不是也一樣呢？我說的話，他都有聽到嗎？——我連確認這一點的時間也沒有。

「……只有見崎……」

恒一這樣說。

「……懂了嗎？我能給你的建議……」

喀、喀喀喀喀、沙沙沙沙沙沙沙沙……

「……要相信。她的……她的那個『眼睛』……無論到時候出現多麼難以置信、不願相信的真相……」

……她的那個「眼睛」？

呃……那到底是……

喀喀喀喀喀、沙沙、沙沙沙沙沙……在越來越嘈雜的雜音之間。

「聽好了，阿想。」

好不容易聽到恒一說的話。

「要讓『死者』回歸死亡……不要猶豫，馬上採取行動。一定要相信她，然後……」

我根本沒有提問的時間。充滿惡意的雜音變得更加劇烈，根本沒辦法再把耳朵貼在手機上……最後……

電話就掛斷了。

這個時候就算我回撥，應該也沒辦法聯絡恒一了吧。

不知道為什麼，我心中強烈地這麼認為。

8

這天晚上，我用電話和見崎鳴聯絡。

如果不是和泉美、矢木澤在一起，我應該離開學校之後，就直接前往御先町的藝廊了。不過，按照當時的氣氛，泉美和矢木澤很有可能會說要一起去。因為聽到我和恒一的對話之後，泉美一定猜到我們在說什麼了——

不過，我想先和鳴單獨談談。

「剛才那通電話是那個叫做榊原的學長打來的吧？」

回家的路上，泉美這樣問。矢木澤也在旁邊。

「嗯，他說想直接跟我談。」

「然後呢？」

我不想回答。

在和泉美說這件事之前，我想先和鳴確認。當務之急，是要和鳴聊過之後，再比對我們從恒一那裡聽到的資訊。然後……

「讓『死者』回歸『死亡』……是什麼意思？」

聽到我講電話的內容，當然會對這句話印象深刻。

「那該不會是……」

「還不知道。」

我打斷泉美的話。

「雜音太重，我聽不清楚。」

「那……」

「榊原學長說，他也打過電話給見崎姊，所以現在也要先跟她確認內容才行。」

晚上八點左右，我才和鳴聯絡上。在那之前我打過好幾通電話，但都不通，直到晚上她才回撥給我。

人在墨西哥的恒一直接打電話給我，還有他想告訴我的事情——我都鉅細靡遺地告訴鳴了。

她默默地聽，在我都說完之後，還是保持沉默一段時間……

「榊原同學說讓『死者』回歸『死亡』對吧。」

不久，鳴這樣說。

「對。」

「我也聽到一樣的話。不知道是不是因為聽了這句話，模糊的記憶之中，好像浮現某種輪廓清晰的東西。」

「是嗎？」

我不禁加強語氣。

「那見崎姊，我們該怎麼辦？讓『死者』回歸『死亡』……也就是說……」

「阿想，冷靜一點。」

鳴開口說。和著急的我不同，她冷靜的聲音，彷彿正在慎重確認自己有沒有踩空。

「讓『死者』回歸死亡，你應該可以想像這句話的意思吧。」

她一樣用冷靜的口吻問。

「——嗯。」

我在無法壓抑的躁動之下這樣回答。

「也就是說要殺死『死者』嗎？」

「因為本來就是『死者』，所以用『殺死』好像有點怪，不過——總之就是要用某種方法，讓『死者』回歸『死亡』。當『災厄』降臨時，這是唯一能阻止的方法。」

「可是，見崎姊……」

我對著夕陽，提出心中的疑惑。

「同班同學之中有誰是『多出來的人』＝『死者』，不到畢業典禮結束就不知道……那……」

那這樣要怎麼辦？

就在正要問出口的時候，我終於想通了。那一瞬間，我不知不覺地啊了一聲。為什麼我沒有馬上發現、沒有馬上察覺呢——我真的很想咒罵自己的遲鈍。

「原來如此，所以榊原學長才說要相信見崎姊嗎？」

「……」

「他提到見崎姊的『那個眼睛』。該不會是見崎姊的『人偶之眼』……」

鳴的「人偶之眼」可以看見「看不見也無所謂的東西」。按照鳴的說法，人偶之眼能看見「死亡的顏色」。人偶之眼的「力量」，就算受到「現象」干擾，也能成功分辨「死者」——是這個意思嗎？

「等一下。」

鳴制止我繼續說下去。

「按照榊原同學的說法，我是在三年前暑假的宿營……指出『死者』是誰，而且榊原同學讓『死者』回歸『死亡』了。當時，我也在現場……」

鳴淡然地這樣說，但聲音聽起來非常煩惱。

「不過，我聽到這些，雖然有浮現片段的『畫面』，但還是沒有什麼真實感……沒辦法確定……」

「……………」

「如果這是錯的，該怎麼辦？而且還不知道那個『人偶之眼』，現在是否仍然具有那樣的『力量』。」

「他要我一定要相信妳。」

我再度加強語氣。

「他要我相信見崎姊，不要猶豫……」

「嗯……是啊，他也是這樣告訴我的。」

鳴煩惱地嘆了一口氣，隔了幾秒鐘之後才開口說：

「讓我想一想——這樣做真的好嗎？假設真的要執行，具體上該怎麼行動？」

9

一如矢木澤提到的天氣預報，天黑之後就開始下雨，而且，雨勢比想像中還要更大。風勢也和雨一樣，吹得更加狂暴。偶爾還會聽到遠處傳來雷鳴，彷彿暴風雨突然來襲似地……

在這樣的夜晚，我很難入睡。

即便吞了「診所」開的處方藥，睡眠仍然非常不安穩。我中途醒來好幾次，每次都無法抑制腦內各種危險的想像。「讓『死者』回歸死亡」榊原恒一的這句話，大概一直牢牢伴隨我的想像……

……晃也先生。

不知道為什麼在半夢半醒的狀態下，我在心中喊著三年前去世的他的名字。

……晃也先生。

喊了他的名字之後，我是想要問他什麼呢？小時候，我到他居住的「湖畔宅邸」玩，總是會問他很多問題。

——人死之後會怎麼樣？

——長大成人是怎麼一回事呢？

——談戀愛又是怎麼一回事呢？

……

……

……這個時候的我，到底想問晃也先生什麼問題呢？我想要他回答什麼呢？

10

翌日——七月五日，星期四的早上。

在上學前繞到赤澤本家時，學校傳來通知。因為凌晨開始夜見山市全區發布大雨洪水警報，所以今天臨時停課。

前一天晚上我還是沒什麼睡，在還沒完全清醒的狀態下聽到這個消息，心裡鬆了一口氣。

在「災厄」降臨的狀況下，冒著這種天氣上下學很危險，所以心裡難免有點恐慌。我想班上應該也有不少同學有同感吧。

如果這種想法越來越深刻，大家開始害怕這些風險，很有可能會演變成學生不願意上學，甚至不願意外出的情形。若這種無法抑制的恐懼繼續膨脹——出現想要馬上退學離開這個城鎮、覺得自己非得這麼做不可的人，應該也沒什麼好奇怪的。

但是——

目前還沒有人出現這樣的行為。

我覺得應該是因為我們「國中生」的身分，有點半吊子而且不夠自由。三年三班的特殊情況不能隨便告訴家人，這個禁忌大概也是原因之一吧……

無論如何，我回到「弗洛伊登飛井」之後就再也沒有踏出房門，一直自己待著。

至少關在家裡，不會產生多餘的風險。讓我覺得安全、放心……過去從未有過的強烈恐懼逐漸湧現蔓延，情緒和思緒都很紊亂。我有這種感覺，彷彿被外面持續不斷的劇烈風雨煽動或者是和風雨同步一樣。

下週就是期末考，但我沒有心情讀書。試著閱讀從赤澤哥哥的書櫃上借來的書，但只有書頁翻動，完全無法投入故事之中。就在這樣的狀況下……

我突然想到一個持續縈繞在心頭，揮之不去的問題……

……是誰？

混進班上的「死者」，到底是誰？

除了已經死亡的繼永智子和幸田敬介之外，三年三班的其中一個學生，就是本不應該存在的「多出來的人」＝「死者」。

那這個人到底是誰？

這是我想破頭也無法明白的問題。不過，即便知道怎麼想也沒有用，處於現在的狀況之下，也讓我不得不思考。當我開始思考的時候，首先腦海中浮現的是升上三年級之後，第一次同班（以前不認識）的同學姓名和長相。

譬如說之前和葉住結香很要好的島村和日下部，譬如說決策小組裡的江藤和多治見。還有小鳥遊純。除此之外，還有好幾個人。

如果是截至上個年度都還不認識的人，無論是誰成為「多出來的人」，我都會比較容易接受。因為我只會心想「啊，原來是他」就結束了……不，然而……

實際上**不見得**會這樣——

不只他們可能是死者。

從以前就有交情，知道姓名和長相的人——矢木澤和泉美、葉住和森下都一樣……既然已經出現「多出來的人」相關記憶或紀錄的扭曲與篡改，任何人都有可能。沒有誰是例外。**沒有誰是例外**……對，就連想著這個問題的我自己，都有可能……

……

……我。

是我嗎？

其實「多出來的人」＝「死者」不是別人，就是我自己嗎？

有這種可能嗎？

我很認真地問自己，但沒辦法有自信地回答「不是我」。

畢竟前提包含「記憶的改變」這個元素。一切都不能相信，就連覺得自己試「正確的」這種記憶也值得存疑。已經完全沒有什麼值得信任……**不對，可是**……

榊原恒一明明知道有這種特殊情況，但他昨天還是說：

「你要相信她。」

「相信她的那隻『眼睛』。」

……

……她＝見崎鳴的那隻「眼睛」。

霧果阿姨製作的那個擁有藍色瞳孔的「人偶之眼」——我已經很久沒有看到鳴的左眼窩裡戴著那隻眼睛的樣子。至於原因，鳴上個月告訴過我。不過……啊，對了。今年春天，我有一次曾經看到她像以前一樣戴著眼罩……那是……？

那是——

啊，對了，四月中旬的時候。在得知今年是「有事的一年」之後，第一次和鳴見面的時候。我造訪「夜見的黃昏是空洞的藍色眼睛」地下的空間，和左眼戴著眼罩的她……

當時我就想著，好久沒看到鳴戴眼罩了。既然她戴著眼罩——那就表示她是在遮掩「人偶之眼」……如果是這樣的話……

為什麼呢？

為什麼鳴那個時候會戴著「人偶之眼」呢？

我想到一個答案。

11

整天都下著滂沱大雨。

晚上六點過後，將近日落時雨勢才終於減緩。此時洪水警報已經解除，所以我想小百合伯母應該會叫我去吃晚餐。

就在這個時候——鳴打電話給我。

我看到手機的畫面上顯示她的名字，不自覺地從椅子上站起身來。她在傍晚的這個時間打來。鳴很少接連幾天打電話給我。

「喂，是見崎姊嗎？」

「——阿想。」

我聽到鳴的聲音時，瞬間疑惑了一下。

該怎麼說才好呢？我當下馬上有種強烈的異樣感。

那和我以前認識的鳴不同。她平時總是很淡然，不太會把情緒外放，這算是她的基本態度，不過剛才的她完全不是這樣。光聽到她說的第一句話，我就有這種直覺。

到底是怎麼回事，難道她發生什麼意外了嗎？

「那個……妳怎麼了嗎？」

我戰戰兢兢地問，過了一會兒嗚才回答。

「有關『死者』的事……」

「啊，嗯。」

「我想過了。」

她說完之後，又不自然地停頓了一下。

這個時候我已經有某種預感了，那是一個還沒有很「具體」，但是有確實擁有某種鬱悶感的……

「怎麼了？」

我再次詢問。短短的等待時間內，我越來越緊張，握著手機的手充滿汗水。

「阿想。」

嗚又叫了我的名字，嘆了一口氣之後，下定決心似地這樣說：

「必須盡快解決才行，我覺得……」

12

夜見的黃昏，
是空洞的藍色眼睛。

黑色的木板上，用奶白色油漆寫著文字的招牌。我抬頭看著那塊被雨淋溼的招牌，調整紊亂的呼吸。

我在雨中騎著腳踏車，從飛井町的公寓來到御先町。

途中一度被側邊吹來的強風吹得失去平衡，輪胎打滑整個人跌倒在地。剛好在這個時候，傳來救護車彷彿正在悲鳴的警笛聲，讓心情變得更糟。幸好沒有受什麼重傷，但腳踏車的鏈條脫離齒輪，把手也整個歪掉了……剩下的路我只好推著腳踏車前進，好不容易才抵達目的地。跌倒時撞到左膝，現在仍然陣陣刺痛。早知道會發生這種事，當初就不應該騎腳踏車。

我確認手錶顯示的時間。

已經過晚上七點了——距離剛才鳴打電話給我的時間，還不到一個小時。

停好腳踏車之後，連脫下溼答答雨衣都覺得焦躁，我急忙走向入口。

寫著「休館至七月八日」的紙張貼在大門上。我不知道休館的事情，心裡覺得不太對勁——但還是把手伸向大門。我像平常一樣推開大門，但是門推不開，門從裡面上了鎖。

「那我在藝廊的一樓等你，你直接進來。」

剛才電話中，鳴是這樣說的。我也回覆她：「我現在立刻出發。」所以，我以為即便藝廊沒開，入口處的大門應該也會開著才對。結果卻……

我再一次用力推向大門。不過，門還是打不開。

難道是因為我比較晚到，所以她回到樓上的房間了嗎？不，應該不會……我一邊抱著疑惑一邊在雨衣裡的外套口袋摸索。我不知道該不該按直通樓上的門鈴，所以想說先打給鳴好了。

然而——

「——嗯？」

我不禁喊出聲。

「奇怪？」

手機不在口袋裡。

我急忙翻找所有口袋和背在身上的背包——但是，遍尋不著手機。

是我忘記帶出門，還是路上掉了呢？該不會是在途中跌倒的時候弄丟了？

「真是的……」我一邊碎念一邊繼續在背包中翻找——

眼前的大門突然敞開，還伴隨著「叮鈴——」的門鈴聲。

「啊！」

我又不禁喊出聲了。

鳴就在門的另一頭。她背後就是館內的照明燈，所以整體看起來像個黑影。

「阿想。」

鳴開口說話。

「謝謝你過來。」

「啊，嗯。」

「進來吧。」

邀請我進門的鳴，左眼戴著眼罩。

13

我進門後才知道，寫著「休館至七月八日」的那張紙是什麼意思。

來過好幾次已經很熟悉的一樓變得很不一樣。簡單說明的話，就是變得很亂。陳列櫃被搬離原本的地方，原本在櫃子裡的人偶也都不見了。環視一圈之後，發現角落有一大塊白布蓋著東西。人偶都集中在那裡嗎？

另一個角落放著很高的梯子，天花板上有幾條金屬線。那是……要吊掛什麼東西嗎？

「霧果說想要改變一樓的裝潢。」

鳴這樣解釋。

「昨天認識的業者就進來施工，但感覺不怎麼可靠，霧果好像很著急。」

原來如此——入口處旁那張天根婆婆出沒的長桌，也被推到牆邊。桌上和桌前的地板散落著工程需要的工具和整束的金屬線……

距離八日只剩三天。能在那之前完成裝潢嗎？——這狀況讓我不禁雞婆地擔心。

「剛才入口處上鎖，不好意思。」

鳴開口說。

「我原本先開著門，但風太大，門被吹得搖搖晃晃。」

「啊，沒關係。」

我用力搖搖頭。

「我來的路上碰到一點麻煩。」

「——有受傷嗎？」

鳴這樣問。她應該是發現我很在意左膝的痛楚，外套也很髒。

「騎腳踏車的時候跌倒，受了點小傷……啊，不過我沒事。」

我勉強輕輕拍了膝蓋給她看，把脫下的雨衣折好放在腳邊。

「真的沒事嗎？」

「真的沒事。」

「我本來想說明天再談也沒關係……但是……」

「這是必須盡快解決的事嗎？」

鳴沒有回答，默默帶我到深處的沙發。

鳴今天穿著藍色襯衫加上短版的百褶裙；百褶裙是感覺能融入館內昏暗色調的黑色；左眼的眼罩顏色純白，沒有絲毫髒汙——

「為什麼今天晚上這麼急著找我過來？」

我以斜向面對她的角度坐在沙發上後，下定決心問出口。結果鳴撇過頭避開我的視線，

「——沒有為什麼……」

沉默一段時間之後，她這樣回答。

「沒有為什麼……妳開始覺得焦躁了是嗎？」

繼續追問後，她又沉默了一段時間。接著──

「我有不好的預感……」

…………

……她有事情瞞著我嗎？

我有這種感覺。

她到底在隱瞞什麼？

她的回答都很不像我認識的鳴。

但我沒有再繼續追問，我不想勉強她說出不想說的事。

我看著鳴遮住左眼的眼罩。今天那個眼罩下的眼睛，應該是「人偶之眼」吧。填補空洞眼窩的「空虛的藍色眼睛」。

三年前的夏天，我聽說那隻眼睛擁有不可思議的「力量」。看得見不用看見也無所謂的「死亡的顏色」。不過──

那是在什麼樣的狀況下，以什麼方式看見？鳴沒有多說具體的詳情，所以我也沒有機會好好問。我只知道好像是近距離看到真正的屍體，就能看見某種特別的顏色──

所以……

所以昨天恒一那樣說的時候，我還是無法理解，鳴的「力量」為什麼能夠分辨混入班上的「死者」。如果要為自己的遲鈍辯解，大概也只能用這個當藉口。

不過……

四月初來到這裡的時候，鳴的左眼戴著眼罩──現在我已經可以想像她戴眼罩的原因了。

當時，鳴一定是想確認清楚。在確定今年是「有事的一年」時，用「人偶之眼」確認前來報告這件事的我＝「三年三班的比良塚想」不是「多出來的人」＝「死者」。

我試著把自己的想法告訴鳴。接著問她：

「也就是說，四月的時候見崎姊對『人偶之眼』的『力量』有自信對吧？」

鳴一副心裡沒底的樣子歪著頭回答：

「我也不清楚，或許有自信吧。那個時候我可能對三年前讓『死者』回歸『死亡』的事情還有一定程度的記憶——當時記憶還沒變得稀薄、模糊。用電話和榊原同學聊過之後，我越來越有這種感覺。」

「現在呢？現在怎麼樣？」

「………」

鳴再度默默地歪著頭，深呼吸一口氣挺直背脊，然後從容不迫地拿下左眼的眼罩。

「昨晚，我久違地戴上『人偶之眼』……試了一下……」

「試什麼？」

「能不能像之前一樣看見『死亡的顏色』。」

「——怎麼試？」

「用網路。」

鳴憂愁地皺著眉頭回答。

「不是有那種專門收集真正屍體照片的網站嗎？我去找那些照片來看。」

「——然後呢？」

我催她繼續說下去。

「看得到。」

鳴一邊嘆氣一邊說。

「像之前一樣，看得到無論用多少顏料都無法混合出來、不存在於這個世界上的顏色——

『死亡的顏色』。」

「啊……」

「現在用這隻『眼睛』看，阿想身上也沒有『死亡的顏色』，所以你還活著。和三年前的那時候一樣，懂嗎？」

「——嗯。」

我還活著，我不是「死者」——原本在心中某個角落，一直揮之不去對自己的猜疑，馬上就煙消雲散了。對我來說，鳴說的話才是世界上最值得信任的。

心中湧現微微的安心感，我再度看著鳴——拿下眼罩之後的左眼。鳴緩緩地眨眼，坦率地接受我的視線。

「昨天和阿想通過電話之後——」

鳴又再度深呼吸。

「我在想我要怎麼做、該怎麼做才好。是不是應該戴上這隻『人偶之眼』去夜見北，親自到教室去看班上的同學……我覺得這樣應該是最確實的做法——但是……」

「必須盡快嗎？」

「——沒錯。」

鳴點了一下頭。

「所以……」

14

「……那個，阿想。」

我想起一個小時前，我和鳴在電話裡的對話。

「你有沒有什麼照片？」

「照片？」

「有拍到很多班上同學的照片。如果有團體照最好。」

「照片也能看得到『死亡的顏色』嗎？」

我反問她。

「照理說應該可以看得到……」

鳴像是在自言自語般地回答。

「如果太小的話，準確度可能會降低，但是應該有一定程度的判斷力。」

我馬上想到泉美房間裡的那張照片，入學典禮那天，神林老師拍的那張團體照。

「——我有。」

鳴說話的口吻，有種凝重、走投無路的感覺。受到她的影響，我說話時也不知不覺加重力道。

「班上的團體照……除了兩、三個人沒拍到之外，有一張幾乎全班到齊的照片。」

「能不能現在就讓我看看那張照片？」

「現在嗎？」

「可以的話……總之，越快越好。」

「我知道了。」

鳴說到這裡，我馬上判斷，現在不是猶豫或躊躇不前的時候。所以——

一掛斷電話，我馬上就衝到泉美的房間。我把原委告訴嚇了一跳的她，借來那張團體照。

「你現在要去？」

泉美問我。

「馬上就去。」

我這樣回答。

泉美說「我也一起去」，但我制止她。接著，我就冒著大雨，急忙騎著腳踏車來到這裡……

15

如鳴所說，入口的大門有時會被風吹得喀噠喀噠響。因為在我進門之後，沒有把門鎖上——現在風勢已經減弱，但還是會發出聲響，剛才一定更嘈雜。

「那個……東西在這裡。」

我打開背包，拿出淡綠色的文件夾。團體照是5×7的規格。為了避免照片被折到，我把照片夾在手邊的文件夾裡帶過來。

鳴安靜地點點頭，**抿起**嘴角。我也安靜地點點頭，把照片連同文件夾一起遞給她。在館內的昏暗空間裡，皮膚充滿戰戰兢兢的緊張感。

「那就開始吧——」

回應之後，鳴接下文件夾。輕輕拿出照片放在桌上。然後稍微彎著腰，仔細端詳照片。

接下來就是短暫的沉默。

兩秒、三秒……鳴默默地看著照片。我屏息看著她。入口處的大門仍然持續發出喀噠喀噠的聲響，在聲音停頓的間隙，我總覺得好像微微能聽到人偶在角落竊竊私語的聲音……

不久之後，鳴的視線離開照片。呼——短短地嘆了一口氣。

「——有看到嗎？」

我戰戰兢兢地問她。

「**有在**那張照片裡面嗎？」

鳴瞥了我一眼，但沒有回答就把視線移回照片上。這次用右手掌遮住右眼，只有左邊的

「人偶之眼」看照片。

「——有嗎？」

過了一陣子，鳴緩緩點頭，對重複提問的我說：

「有——看得到『死亡的顏色』。」

她維持原本的視線這樣說。

我從沙發探出身子。鳴又瞥了我一眼，輕輕搖頭嘆了一口氣，然後——

「這個人。」

她的右手離開右眼，伸出食指靠近照片。就在我想確認「這個人」到底是誰，更往前探出身子的時候——

「叮鈴——」門鈴聲響起。

仔細一看，入口處的大門被推開，有人從外面衝進來。

「阿想！」

她大聲地喊我的名字。

「阿想……啊，你在這裡。真是太好了。」

她折也不折就丟下溼答答的傘，朝我這裡衝過來。我搞不清楚狀況，從沙發上站起來。她看起來很喘，像是在雨中全力奔跑到這裡的樣子。

「為……」

為什麼？我想問，但又問不出口。她說：

「你的手機掉在我房間裡了。」

她從白色雨衣的口袋裡，拿出有風獅爺吊飾的手機給我看。

「啊……」

「你走之後電話響了。在我的手機響之前，你的手機也響了。」

「呃……」

「所以……我知道你要來這裡，沒有多想就追上來了。阿想，事情不好了。」

「不好了？」

「電話就是要通知這件事！」

她的表情僵硬，嘴唇也在顫抖，一副隨時都要哭出來的樣子。

「是真的！庭院裡的大朴樹倒下來，插進爺爺的房間了。」

「什麼！」

赤澤本家後院的那棵樹。從祖父．浩宗的日式房間能看到的那棵大朴樹。那棵樹……？

「聽說爺爺受重傷，性命垂危。是小百合伯母打來通知我們的。」

該不會是——

我在途中騎腳踏車跌倒時，聽到的救護車警笛聲吧？那或許是接到赤澤本家發生意外的消息而出動的救護隊。

「阿想。」

這時候我聽到鳴的聲音，我急忙回過頭。鳴的臉色蒼白，表情和衝進來的她一樣凝重——看起來是這樣。

「阿想，你聽說我。」

「啊……是、好。」

鳴原本指向桌上照片的右手食指，保持原來的姿勢——

指向前方，毫不猶豫地指向站在那裡的她……

「聽好了，阿想。」

鳴冷靜地說。

「『死者』就是站在那裡的那個人。」

即便聽到鳴這樣說，我一時也無法反應。感覺就像這個空間裡的氧氣濃度急速降低一樣，讓我覺得難以呼吸。

「我在她身上看到『死亡的顏色』。」

鳴指著**她**——赤澤泉美，用一樣的語調繼續說：

「這張照片裡的那個人，還有現在站在那裡的人都有『死亡的顏色』。」

16

是泉美嗎？

她是今年度的「多出來的人」，也就是「死者」嗎？

我只覺得震驚、困惑。就算鳴這樣說，我也沒辦法馬上相信，應該是說「不想相信」的想法更強烈。

但是鳴看著泉美的眼神毫不猶豫，指著泉美的右手食指一動也不動。

發現鳴的指尖指向自己，泉美咦了一聲。一副這是什麼意思、不了解其中原委的樣子。

「什麼……怎麼回事？」

她的表情變得更加僵硬了，嘴唇抽動。她貌似漸漸意會過來，但還是無法接受，完全出乎意料。

「什麼……該不會是……怎麼可能……」

她細長的眼睛正在顫抖。瞳孔不安地搖晃，一副不知道該怎麼回應，非常疑惑的樣子。

泉美知道鳴的「人偶之眼」擁有不可思議的「力量」。我去借照片的時候，已經先告訴她今晚的事情了。所以她……一定做夢也沒想到，追著我趕到**這裡**，卻被指出是「死者」。我的驚訝和困惑當然無法和她相比——

「赤澤同學。」

鳴開口說。

「我知道妳自己完全沒有真實感。但是，今年『多出來的人』就是妳。」

說完之後，她才把右手放下。

「雖然不知道是哪個時期，不過妳就是以前死於『災厄』的『相關人士』之一。因為『現象』而甦醒，從四月開始混入班級……現在才會出現在這裡，成為一個和『生者』沒有差別的『死者』。」

鳴用比平常更平淡的抑揚頓挫，刻意顯得毫無情緒的口吻這樣說。

「妳是在開玩笑吧。」

泉美試圖牽動嘴角，然而，表情完全無法放鬆。

「我才不是『死者』。妳看，我還活得好好的。有呼吸，也有心跳。」

「因為『現象』甦醒的『死者』和『生者』沒有任何區別。會呼吸也有體溫，受傷也會流血——這妳已經聽說過了吧？」

「我也有今年三月之前的記憶啊。」

「妳的記憶已經改變，讓一切變得合理。」

淡然描述這些的鳴，好像刻意擺脫情緒似地面無表情，甚至看起來有點冷漠。泉美抿緊嘴脣，用驚慌失措的眼神看著我。

「欸，阿想，你說說話啊……」

剛好在這個時候——

剛才泉美交給我的手機開始震動。我慌慌張張地看手機螢幕，上面顯示的名字是「小百合」。

「啊，阿想！」

「是我。」一回答完，耳邊就傳來小百合伯母的聲音。

「看來泉美找到你了。」
「──對。」
「不好了！」
小百合伯母馬上接著說。
「我聽說了。」
「爸爸……阿想的爺爺……」
我盡量讓自己冷靜下來回答。
「我聽說發生意外，爺爺受了重傷。」
「那個……他剛才已經……」
「過世了嗎？」
「送到醫院的時候就已經回天乏術了。」
「怎麼會……」我既驚訝又覺得毛骨悚然地握緊手機。
「為什麼那棵樹會突然倒下來？偏偏還朝向爸爸的房間。穿破窗戶，壓在正在睡覺的爸爸頭上……」
手機裡傳來沙沙的雜音，就像有什麼東西在嘲笑我們一樣。
喀喀喀、沙沙沙……雜音蓋過小百合伯母的聲音，訊號就這樣中斷了。
「是小百合伯母打來的。」
我握著手機告訴泉美這件事。
「她說爺爺走了。」
「………」
「這也是『災厄』對吧。」
祖父・赤澤浩宗和我這個孫子是二等親。浩宗和泉美也一樣是二等親。身為三年三班的

「相關人士」，他當然也在「災厄」的影響範圍內。所以……

另一方面，這個瞬間我腦海中自然而然出現這種想法——

祖父過世的話，會有很多親戚來參加守靈和葬儀。其中也不乏住在夜見山市外的人。泉美在德國的哥哥．奏太，也有可能回國。說不定……沒錯，浩宗的第三個兒子．冬彥的前妻月穗也會來。

如果放任不管的話，不久之後即將來到夜見山的這些人，也有可能會遇到「災厄」……

……不行！

我心裡出現自己的聲音。

不能再繼續下去了……

我把手機塞進外套口袋，交替看著泉美和鳴兩個人的表情。

驚訝、困惑以及強烈的混亂。我可以察覺泉美內心的想法。她睜大的雙眼透露著驚慌失措的眼神。抿緊嘴脣，一直搖頭，力道雖輕但是很堅定。

相對之下，鳴依然保持撲克臉。冷靜而冷漠地用包含「人偶之眼」在內的雙眼看著泉美，一步、兩步往前走，站在我的身邊。接著——

「我已經看到『死亡的顏色』了。」

這次鳴對泉美說了和剛才一樣的話。

「赤澤同學，妳是『死亡世界的存在』，所以妳……」

「不要再說了！」

泉美大喊。

「突然說這種話，妳覺得我會相信嗎？突然說這種話……見崎學姊……阿想？」

「難以置信，對吧？」我仍在混亂之中，所以這樣回答。然而——

鳴的回答不一樣。

「這不是妳要不要相信的問題。」
她仍然用完全切割情緒的口吻說話。
「因為妳是『死者』這件事是事實，無論相不相信，事實都不會改變。所以……」
……所以？
我窺探著鳴的側臉。
所以，為了阻止接下來的「災厄」，我們必須把「死者」＝泉美……
「阿想！」
泉美再度大喊。
「你快說點什麼啊！我是阿想的堂妹，從以前就感情很好對吧？在四月阿想搬到公寓之前就已經……」
「……嗯。」
我的確有這樣的記憶。不過，這有可能是「現象」改變過的虛偽記憶。
……砰咚
我不能否定。我們就存在於這樣的「世界」。
我再度看著泉美的表情。
她心中的混亂越來越劇烈，現在甚至透露出怒意。然而，這大概和「膽怯」是一體兩面的東西……正當我心中掠過這些想法的時候……
——妳是泉美？
那個懷疑或者說是困惑的低沉口吻——那是祖父．浩宗的聲音。
——妳……
沒錯，這是前天夜裡的記憶。泉美造訪赤澤本家，我們兩個人一起去爺爺房間的時候發生的事。

當時祖父望向泉美的眼神，似乎沒有聚焦……不知道是不是我多想，瞳孔看起來很混濁。

——妳為什麼又……

對來探望自己的孫女，這種態度很奇怪……應該是說，怎麼想都不太自然。我當時曾經這麼想，而且……

——看到好久不見的孫子，竟然說「妳這傢伙為什麼會在這裡？」你不覺得很過分嗎？

這的確是四月下旬，泉美到赤澤本家去看爺爺的時候發生的事。

妳這傢伙為什麼會在這裡？

爺爺對泉美說的這句話，這個意思是……

爺爺一直臥床不起，最近認知功能也開始衰退。有可能因為這樣，導致「現象」引起的記憶改變，沒有充分滲透他的意識。這種情況很有可能發生，如果是這樣的話——

妳這傢伙為什麼會在這裡？

這句話就是單純對**已經死亡的孫女．泉美出現在眼前**的疑惑……不對……

這種事情不能成為「泉美＝『死者』」的證據。只要我們還在記憶和紀錄都理所當然會被扭曲、篡改的「世界」之內，根本不可能找到證據判定這就是「真實」。

……砰咚

……咦？

怎麼回事？

那是什麼呢？剛才突然……

……砰咚

「欸！阿想！」

是泉美的聲音。其中包含著混亂、憤怒、膽怯的情緒。鳴**靜靜地**說：

「阿想。」

就像完全無視泉美的存在一樣。

「你還記得吧？榊原在電話裡告訴你的話，為了阻止『災厄』必須做的事情。」

啊……當然……我當然記得。我知道。可是——

即便如此，我對鳴說的話還是沒辦法馬上反應過來。

這個昏黃陰暗的空間，整體感覺冰冷而凍結。彷彿我自己的意識和肉體都被凍結一樣，不要說身體了，就連聲音都發不出來……不知道為什麼，耳邊傳來不知名的東西的尖叫，大量又尖銳的尖叫聲。實際上沒有聽到，也不可能聽到的尖叫聲。雖然心裡有這樣的想法，但又覺得那些聲音是從棲息在這座藝廊的人偶發出來的……

鳴用悲傷的眼神瞥了我一眼，微微地嘆息……下一個瞬間，自己採取了行動。

17

她的動作很快。

鳴默默地走向被推到入口旁牆邊的桌子。然後拿起散亂的其中一個工具。那應該是鐵鎚，不對，好像是拔釘鎚。

不會吧——

在這裡用那個工具是要……

「見崎姊……」

當我從乾啞的喉嚨擠出聲音的時候，鳴已經揮起拿著拔釘鎚的右手，跳往泉美身邊。「不要！」泉美的尖叫和人偶的尖叫重疊。

「妳、妳做什麼？怎麼可以……」

鳴的右手往下揮動。泉美沒有完全躲開，拔釘鎚削過肩膀……她在撞擊之下失去平衡，單膝跪在地上。

「住手……見崎學姊……」

「讓『死者』回歸死亡。」

鳴冷冷地回應。

「沒有其他方法能阻止『災厄』。」

「住手！」

泉美拚命地求饒。

「我……我什麼也沒做！」

「沒錯，妳什麼也沒做，妳只是個『死者』而已。但是，這次的『災厄』已經死了很多人。如果放任不管，會有更多人……」

「那不是我害的！」

「的確不是妳害的！」

鳴再度握緊拔釘鎚。

「這不是誰害的，只是『現象』以這種『形態』呈現而已。所以……赤澤同學……」

鳴再度舉起右手。泉美以單膝跪地的姿勢，雙手往斜上方高舉防衛鳴的攻擊。

「快住手！」

這次大喊的人是我。

相信鳴的「眼睛」——榊原恒一曾這樣對我說。「無論到時候出現多麼難以置信、不願相信的真相……」然而——

「請妳住手，不要……」

這個時候，我實在沒辦法視而不見。

在這個局面下，我自己到底相信什麼？應該相信什麼呢？現在到底該採取什麼行動才是正確的呢？即便心裡明白，我也沒辦法……

鳴停止動作，回頭看我。和剛才一樣，眼神充滿悲傷。

就在這個時候，泉美趁隙站起來。待鳴再度回頭的時候，泉美朝著入口處的大門急速奔跑。她打開大門逃了出去，鳴緊追在後。我也跟在她們後面，追到外頭。

18

雨勢變小了，來時的強風幾乎平息了，但路上完全沒有人影。這個時間點還沒有很晚，但整個城鎮靜得令人毛骨悚然。

逃跑的泉美和緊追在後的鳴，跟在兩人後頭的我，我忍著左膝的痛楚拚命奔跑。有時雨滴會像突然想到什麼似地變大，然後打在我臉上，也會突然吹起一陣強風，或者從遠處的低空傳來雷鳴。

腦內持續混亂。

鳴為了解決問題自己開始行動，而我卻出言制止了她——我到底相信什麼？應該相信什麼呢？現在到底該採取什麼行動才是正確的呢？我明明知道答案……

——聽好了，阿想。

手機裡恒一說的話，再度浮現。

——要讓『死者』回歸死亡……不要猶豫，馬上採取行動。

——一定要相信她，然後……

這表示我並沒有徹底相信她嗎？我並沒有徹底相信鳴——她的「人偶之眼」的力量。還是說，我……

……砰咚

另一方面，從剛開始就有某個地方感覺很奇怪。

……砰咚

到底是什麼呢？

在聽覺範圍外的某處，有某個低沉的細微聲響——我總覺得以前有過這樣的經驗。但是，那到底是什麼時候、在哪裡發生的事，我怎麼想也想不起來……

……就在我和跑在前面的鳴之間大幅縮短距離的時候，我們來到夜見山川堤防邊的那條路。這裡路燈零星，燈光昏暗。

鳴穿著藍色襯衫的背影，在我前方兩、三公尺。當我看到再更前面就是泉美穿著白色雨衣的背影時……

伴隨著簡短的尖叫聲，泉美的動作出現異常。不知道是不是因為腳滑，好像跌倒了。

鳴也從奔跑改為步行，右手依然握著剛才的拔釘鎚。她的意志沒有改變，還是打算用拔釘鎚，在這裡解決泉美……

「見崎姊！」

我反射性地再度大喊。

「快住手！」

然而，鳴完全沒有回頭，舉起右手揮下拔釘鎚。

叮——我聽到硬物撞擊的聲音。大概是泉美扭動身體躲開攻擊，所以拔釘鎚才會打到路面。

這個時候，我終於追上她們。由於撞擊到地面，鳴手上的拔釘鎚順勢掉落。在瞬間的判斷之下，我把掉在地上的拔釘鎚踢飛，讓鳴沒辦法再度拿起來。

「——阿想？」

鳴看著我。她的眼神還是很悲傷。

「那不是我害的！」

原本跌倒在地的泉美站起來，用顫抖的聲音這樣說。

「那不是我害的……」

正好在這個時候，一陣風從河川那裡吹來，夜空中同時出現閃電。和突然出現的閃電同步——

……砰咚

我有一種奇妙的感覺。

……砰咚

微弱的低沉聲響，伴隨著突然浮現在我腦海中的光景。和我現在面臨的狀況一點關係也沒有……

……有一道門。

我看見一道門。

那是「弗洛伊登飛井」的門，門旁的牌子顯示房號是「E1」。和我的房間一樣位於五樓，在電梯門廳對面的那一間。

這裡是？這間房是？——**當時**，是不是有一陣疑惑掠過心頭？

這是……對，那一定是我記憶的片段。「當時」指的是四月初開學典禮那天早上。

……砰咚

……課桌椅。

我看見排列整齊的課桌椅；什麼都沒寫的黑板；不斷閃爍的一支日光燈。這是——

C號館三樓，三年三班的教室。這是……四月初那天，開學典禮結束之後的樣子。

學生都在，但是沒有人坐下，也沒有人把書包放在桌上。

——總之，請大家先坐下。

某個女學生這樣說。聽到口齒清晰、鏗鏘有力的……聲音**時**……

那是誰？是誰在說話？——那個瞬間是不是有這樣的疑惑？

一瞬間就從心裡消失的那個疑惑。那種不對勁的感覺，究竟是……

……砰咚

啊……為什麼？

為什麼現在會看到這樣的景象？

為什麼會有這樣的記憶？

泉美望向我。她在逃到這裡的路上，頭髮完全被雨淋溼，雨衣也沾滿髒汙。

「那不是……我害的！」

不知道是不是我多心，她的聲音比剛才小了很多。看著她的表情，和剛才相比，好像出現了某種微妙的變化……

該不會是——我此時突然有種感覺。

這或許只是我的妄想，在突如其來的閃電之下，眼睛暫時看不見任何東西時，我有種奇異的感覺，或許她的心裡也出現類似的感覺……？

我朝泉美走近一步。正當我想開口說話的時候，她緩緩搖頭。

「不是我。」

用更微弱的聲音說了一句話，然後臉馬上轉向，再度沿著堤防邊的路跑了起來。鳴打算繼續追上泉美，我下定決心對她說：

「對不起，我剛才沒有確實行動。不過，見崎姊可以收手了……」

鳴狐疑地微微歪著頭。

「阿想？」

「我想確認清楚。她身上——赤澤泉美身上可以看見『死亡的顏色』，沒錯吧？她就是『死者』對吧？」

「對，沒錯。」

「那——」

我用力點點頭說：

「接下來就交給我來吧。我會盡全力追上，把她……我知道該怎麼做。所以，見崎姊不用再……」

19

當我追在泉美身後，沿著堤防邊的路奔跑時，空中幾度出現閃電。每次閃電我腦海裡的各種景象就會浮現然後消失。那些都是四月之後經歷過的記憶片段，而且共通點就是這些記憶都和泉美有關……

譬如說……

五月初，我在第二圖書館和千曳先生說話的**時候**。途中矢木澤和泉美也出現，他們兩個人向千曳先生打招呼時，千曳先生對泉美的反應。**當時**我有一瞬間感到不對勁。

譬如說……

六月初，我從醫院回家的路上，繞去「夜見的黃昏……」在地下室和鳴說話的**時候**。偶然在外面看到並尾隨我的泉美，在那裡第一次遇到鳴。**當時**鳴的反應，也讓我瞬間有種不對勁的感覺。

這到底是為什麼？我不清楚背後的架構或原理，這些記憶都不算鮮明。不過——

我的腦海裡，這樣的印象越來越強烈：

有個既堅固又靈活的「虛偽」外殼，包覆這個「世界」；外殼上到處都有微小的孔洞，由外照進「真實」的光；那些光讓我在腦海裡浮現各種景象。

換句話說，就是——

伴隨「現象」出現的扭曲與改變，重新構成一個合理的「世界」。而其中產生了細微破綻……

今年度的「死者」就是赤澤泉美——事到如今，我總算認清這個殘酷的事實。

然後——

我終於追上泉美。剛好在她打算越過橫跨夜見山川的那座橋時。就是那座行人專用陸橋——伊薩納橋。

泉美在橋中央停下來，雙手靠在欄杆上彎曲身子。肩膀、背部劇烈的上下移動。感覺她隨時都會癱軟在地上。

發現我靠近，她緩緩地挺直身體。

「看著我。」

我這樣說。

「讓我看看妳的臉……」

在這段時間之中，雨勢變大了一點。剛好又在橋上，所以風勢也很強。再加上，橋下的夜見山川因為大雨暴漲，河流變得非常湍急。

可能是因為這些聲音，導致泉美聽不到我說話。

上空出現一道閃電，在瞬間的白色閃光之中，

……砰咚

腦海裡再度出現新的景象。

……砰咚

……「弗洛伊登飛井」的Ｅ1。放在隔音房裡的三角鋼琴。我看見泉美坐在琴椅上，雙手手指放在琴鍵上的樣子。

這是六月底的那個時候。為了追悼死者，她為我彈奏貝多芬的《月光》的那天晚上。

聽她演奏的時候，我把身體靠在窗簾上，突然聞到些許異味……一瞬間，我有種踏入很久

沒人居住的建築物的感覺。**當時**那種不對勁的感覺。還有——

——有一個琴鍵沒有聲音對吧？

演奏到一半就停下的泉美，當時說的這句話。

——音準都不對了。

沒有聲音的琴鍵、**走音的鋼琴**。這些狀況背後的意義……

泉美抬起頭。

看著她此時的表情，我再度出現「她該不會也——」的感受。

她該不會也看得到我腦海中浮現的景象吧？她該不會因為這樣……

泉美的臉在雨水和淚水之下皺成一團。超越混亂、憤怒、膽怯，啊……這到底是……

「阿想。」

有人從背後喊我的名字。是鳴的聲音。我明明說「接下來就交給我」，但她還是追上來了。

「阿想。」

鳴再度喊我的名字。

「阿想……不要猶豫，不要懷疑，相信我。拋棄迷惘，馬上採取行動……」

嗯，我知道。

我真的知道。

我朝著泉美踏出一步。但是，發現我行動的泉美，沒有打算逃跑。只是看著我，無力地搖著頭。

我再踏出一步。結果——

泉美單手抓著欄杆，改變身體的方向。背部朝著橋的外側——應該是下游的方向，然後緩緩地放開手……

我更靠近她，把雙手舉到胸口的高度。接下來該怎麼做，我心裡有數。

只要照這樣走到她身邊，再用這雙手把她推到橋下……

現在橋下的河流湍急，無論多麼會游泳都沒有機會生還。一旦落入河中，絕對會沒命……所以……

我不知道泉美會不會發現我的想法。她依然在原地不動，等著我靠近。然後——

我很快就執行剛才想好的行動。

她背靠在橋的欄杆上，看著我的時候，浮現一種似哭似笑的表情。嘴唇好像在說什麼似地動了動，但我無法辨別出她要說什麼——

我朝著她的雙肩，用力伸出雙手。然而——

就在雙手碰到她的身體之前……她——泉美的身體以欄杆為軸心往後方倒下，頭下腳上的飛了出去，就這樣往橋下墜落。

目瞪口呆的我衝向欄杆，看著河水。鳴也跟著我這麼做，不過，這個時候泉美的身體已經被湍急的混濁河水吞沒……

砰咚——

位於這個世界外側的某個人，按下相機快門。就像「暗夜的閃光燈」一樣，我們瞬間被黑暗包圍。

以七月五日，星期四晚上為界——

除了和她的「死」有直接相關的我和見崎鳴之外，今年四月開始以「夜見山北中學三年三班學生」的身分存在的「赤澤泉美」，從所有人的記憶中消失。

Part 3

M.M.

Interlude IV

聽說**今年的「災厄」好像已經結束了。**

真的嗎？

我是這樣聽說的啦。

災厄已經結束……可是，「對策」不是都失敗了嗎？這個月比良塚同學的爺爺也因為意外過世，那也是「災厄」吧？

對啊。不過，那好像就是最後一個，今年已經結束——災厄停止了。

真的嗎？為什麼……

有人說是**因為「死者」已經不在了。**

「死者」是指混進班上的「多出來的人」嗎？

對啊。

那怎麼會知道有多出來的人？

教室裡的課桌椅數量啊。

課桌椅……

據說之前多了一組。這麼說來，好像真的有這麼一回事耶。

是這樣嗎？

五月過世的繼永和六月過世的幸田、住院中的牧瀨再加上一直沒來上學的葉住，這樣應該會有四個空位才對。

——嗯。

可是現在還多了一個空位。

那是誰的座位？

不知道啊。除了牧瀨和葉住之外沒有人缺席，但有一個空位。之前明明沒有空位

啊，很奇怪吧！

……

所以**有人說那搞不好就是「多出來的人」＝「死者」的座位。因為那傢伙**不在，

所以四月初多出來的課桌椅就空出來了。

……

「死者」不在，就表示「現象」結束了吧。既然如此，「災厄」也……

真的嗎？

如果是這樣就好了，決策小組的成員和老師不是正在商討嗎？

……**「災厄」已經結束**，所以不用再擔心了。

真的嗎？

嗯。

之前的「對策」都沒有成功……

已經沒問題了。

不過，妳為什麼會知道這件事？我沒聽到班上的同學說些什麼啊。

之後就會有通知了。

……

所以已經不需要再害怕了。不要膽怯，好嗎？
可是我……
畢竟時間拖了這麼久，妳會這樣也很正常。
我啊，有時候會想——與其說想，該怎麼說呢？應該是有種直覺。
什麼直覺？
如果我一直在**這裡**，**這裡**的時間就會停止，所以我也……我的存在本身就一直呈現停止的狀態，就像被凍結一樣，永遠停止……
不是的，才不會……
如果不是時間停止的話，我就是在原地踏步。我一直在原地踏步，永遠被囚禁在**這裡**……
我能了解妳的感受，不過沒關係，時間一直在流動，一直在往前走，妳並沒有被囚禁。
可是……可是啊，我可能就會一直這樣……
……………
……啊，對不起。我又說這種軟弱的話。
妳說多少軟弱的話，我都會聽。不需要勉強自己。不過，妳一定沒問題的。
——謝謝。
我下次再來看妳。
啊，嗯——謝謝妳。

Chapter 12 July II

1

梅雨季結束，夏天正式到來——

七月二十六日。

漫長的一個學期也結束了。暑假開始後第三天的下午，我完成今年第二次搬家。從「弗洛伊登飛井」E9號房搬回原本的居所赤澤本家，像之前一樣，只是稍微搬一點東西而已。

從四月開始到現在不到四個月，我的私人物品沒有增加，所以像上次那樣，沒有請業者來幫忙，還是自己搬走行李。一個人搬太辛苦，這次矢木澤發揮朋友的價值來幫忙搬家。

把最後的行李搬進壁紙和地板都新到閃閃發亮的書房兼寢室之後，我和矢木澤兩個人一起鬆了口氣：「呼——」轉移陣地到有冷氣的客廳休息時，小百合伯母拿出冰透的蘇打水慰勞我們。

「辛苦了。矢木澤同學這幾天都來幫忙，真是謝謝你。很累吧？」

「哪裡哪裡，一點也不累。」

矢木澤雙手握著掛在脖子上的毛巾兩端，挺起胸膛。

「我不客氣了。」

「還有冰淇淋，要吃嗎？」

「啊，好。」

「等一下喔，你難得來，我來做特製聖代。」

這個月初原本預計到放暑假的時候翻修差不多完成，我就要搬回來了。不過，七月五日那天晚上，害祖父浩宗過世的樹木倒塌意外，導致後面的日式房間和後院損壞嚴重，修復工程尚未結束。

因此本家的春彥伯父和小百合伯母要我等到工程都結束之後再搬回來。「弗洛伊登飛井」的夏彥伯父和繭子伯母也說：「只要阿想願意，想住幾個月都沒關係。」雖然我很感激他們這麼說，不過我越來越覺得自己不應該再繼續住在這裡，所以我才任性地向春彥伯父和小百合伯母要求，堅持要在這個時候搬回來——

因為我待在「弗洛伊登飛井」的那個房間裡，就會一直想起已經不存在於「現在」這個世界的她——赤澤泉美。而且不是單純想起而已，總覺得自己的心會被**不存在**的幻影束縛，甚至被拖著走。那實在太悲傷、太恐怖了……

一口氣喝完蘇打水之後，我把矢木澤留在原地，暫時離開客廳。拿著和搬家行李一起放在房間的背包，馬上走回來。

「這給你。」

說完，我把背包裡的東西放在矢木澤眼前。那是收納一整份照片的迷你相簿。

「嗯？」

矢木澤原本歪著頭，但一看到照片馬上說：

「啊，是那個時候拍的……」

然後摸著下巴稀稀落落的鬍鬚。

這個月四日放學之後，在中庭蓮花池前拍的那些照片。後來因為發生太多事，所以一直放著底片，前幾天想起就把照片洗出來了。

那是矢木澤提議拍攝的「紀念照」。

相簿裡先是矢木澤和我、泉美和我的幾組雙人合照。接著是我們每個人的獨照，後面是請神林老師幫我們拍的幾張矢木澤、泉美和我的三人合照。然而——

「當時**我們兩個人**的紀念照啊。嗯嗯，果然沒拍到蓮花池裡的手。」
矢木澤一邊翻相簿一邊自然地這麼說。
「雙人合照都是請神林老師幫忙拍的嗎？」
啊……果然……
雖然我已經預料到會有這種反應，但我無法承受地輕輕搖頭。
矢木澤也沒看見照片中的泉美，照片上只有拍到我和他兩個人。他也認定那天拍照不是三個人，而是「我們兩個」。「多出來的人」＝泉美消失之後，和她相關的事物、事件等記憶全都被改寫成**符合邏輯的樣貌**。
「想，你怎麼了？」
矢木澤納悶地看著我。
「你那是什麼表情……啊……該不會是那個吧？其實這張照片有拍到**她**──你那個叫做赤澤泉美的**堂妹**吧？」
「──沒錯。」
我一邊嘆氣一邊回答。
「你還真是敏銳。」
「還好而已啦。」
「所以你心裡還是知道這件事？」
「算是吧──你看得到嗎？這張照片裡面的她。」
「──嗯。」
我坐到矢木澤身邊，拿起相簿重新翻開。
「第一張照片不是神林老師拍的，是她幫我們拍的。接著是你幫我和她拍的合照……但你看不到對吧。」

「嗯，我只看到你一個人。」

「嗯——」矢木澤圓框眼鏡後的眼睛眨個不停。

「被你這麼一說，總覺得構圖不太自然。每張照片上，你的左邊都太空了。」

「那是她站的位置。」

我按照**自己眼睛所見**告訴他。

「只有我和她合照完之後的幾張照片，才是請神林老師拍的。是我們三個人一起拍的合照，她站在正中間，你和我在左右兩側。這你也看不到對吧。」

「我只有看到你和我而已……不過，我們兩個人中間距離很遠，很不自然。還有一張沒有拍到任何人的照片，這張也是在拍她嗎？」

「嗯。」

「這樣啊，原來是這樣。」

雖然點著頭，但矢木澤還是一臉疑惑——

「我說啊，你真的看得到嗎？」

照片裡穿著夏季制服的泉美，站在我和矢木澤中間開懷地笑著。我不知道她當時是不是真的很開心？或者是有多開心？不過，至少她在這個時候完全沒想到，隔天晚上就被宣告自己是「死者」……

「我**現在還是**看得到。」

回答完之後，我把相簿放在桌上。

「我想一定是因為那天晚上我在**現場**。」

沒錯，我還是能看得到。不過，我會不會有一天也看不到泉美呢？

「嗯——」一臉疑惑的矢木澤，再度沉吟。他拿下眼鏡，用毛巾擦了擦眼角。

「不過啊，就算你再怎麼說明，我還是沒有什麼真實感。不是我不相信你，怎麼說呢？有種被狐仙戲弄的感覺。」

我很快就告訴矢木澤這件事的「真相」。包含從榊原恒一那裡聽到的「阻止『災厄』的方法」、見崎鳴「人偶之眼」的特殊「力量」，還有透過鳴的「力量」看穿泉美就是「死者」。

不過，關於七月五日晚上泉美的「死」，我只說她知道自己是「死者」之後陷入混亂，從伊薩納橋墜落夜見山川……我不想告訴他詳情，也覺得不應該說。然後——

矢木澤並沒有要求我更具體地說明細節。因為「多出來的人」消失，記憶已經被改寫，對他來說那只是毫無「真實感」的故事而已。

「久等了，請用。」

小百合伯母不久便端來非常符合「特製」這兩個字的豪華手作聖代，她看到桌上的相簿時——

「喔，是照片嗎？」

她從我們坐著的位置後方，看著相簿攤開的最後一頁。

「這是在學校拍的吧？最近的照片嗎？」

小百合伯母也和矢木澤一樣吧。看到照片裡只有我和矢木澤兩個人，裡面沒有拍到泉美。看起來的確是這樣，**透過這種形式讓一切變得合理**。

對她來說，「赤澤泉美」只是「三年前就死掉的可憐姪女」。

2

七月五日那個晚上，在泉美被夜見山川的混濁河水吞沒之後——

事發之後，我馬上打電話給小百合伯母，這才確定「赤澤泉美」已經被抹除，不存在於這個世界的「現在」了。

小百合伯母和春彥伯父一起送爺爺到醫院，我問她接下來我該怎麼辦。

「阿想你先回公寓的房間吧。已經很晚了，而且天氣不好。」

她擔心地這樣回答，看樣子小百合伯母已經比較冷靜了。

「繭子小姐他們現在正要趕來醫院，阿想你今天晚上就不用過來了，明天我們應該會帶爺爺回家。」

聽到這裡，我突然插嘴：

「那個，伯母，泉美妹妹她……」

然後我就說不下去了。

我沒辦法說出實情。或許就算我說了，她也聽不懂——我心裡很清楚。就算心裡明白，我還是有股衝動，覺得自己應該告訴伯母泉美的事。然而……

「泉美嗎？」

這樣反問的小百合伯母，聲音聽起來有點驚訝，或者說是困惑。經過一段沉默——這段期間，在她的腦中是怎麼處理我剛才那段話的呢？

「泉美過世的時候，阿想還住在緋波町。雖然是堂兄妹，但是懂事之後你們就沒再見過面了呢。」

伯母的聲音聽起來和剛才相比不太一樣，充滿著平靜的悲傷，至少我有這種感覺。

「三年前的夏天，那孩子走了，但是阿想來到我們家……爺爺好像很高興。有孫子在身邊，果然還是……」

隔天，七月六日早上，爺爺的遺體就送回赤澤本家。翻修之後，原本的十張榻榻米改為木地板，遺體就暫時放在那裡，而我看著爺爺死去的臉龐。完全沒有一絲生前難相處的樣子，看起來睡得很安詳。與其說悲傷，不如說有種頭皮發麻、不可思議的感覺。

夏彥伯父和繭子伯母此時也來到赤澤本家，他們可能需要討論守靈和葬儀日期等事宜，再加上春彥伯父和小百合伯母也必須處理樹木倒塌和修復房屋的事情。在這樣的狀況之下，沒有任何一個人發現泉美從前一天晚上就消失不見。因為對大家來說，泉美只是「三年前就過世的人」。換句話說，這就是成功讓「死者」回歸「死亡」的證據——

十張榻榻米大的房間外，黑貓黑助出現在走廊上。不知道是不是感覺到家裡的氣氛不尋常，牠焦躁地在走廊上走來走去，有時會突然停下來，用微弱的聲音發出長長一聲貓叫。

看著黑助的時候，我突然想起一件事。

那是七月三日晚上嗎？我和泉美兩個人一起去看爺爺的時候——

當時黑助抓傷泉美的手，甚至滲出血來。牠明明一直都跟泉美很親近，為什麼會突然這樣？我當時就覺得很疑惑。

那是——事到如今我心中還是會有毫無意義的想像。

黑助在我來的好幾年之前就在這個家了。和住附近的泉美是從幼貓開始就長時間來往，當然會和她很親近。然而，三年前泉美死亡，到了今年春天又突然出現在黑助面前。雖然有三年的空白期，但黑助仍然記得泉美，所以還是像以前一樣親近她。然而——

黑助或許隱隱約約感覺到了吧。泉美有點奇怪，和以前不太一樣。那天晚上，黑助應該是突然感到混亂吧。

貓咪會具有人類沒有的特殊感應能力嗎？不……或許「現象」帶來的「記憶改變」不會影響人以外的動物。所以……

「喵嗚——」黑助過來磨蹭我的腳。我蹲下來摸摸牠的背，牠嚇了一跳抬頭看著我。好像在問：怎麼了？發生什麼事了？

3

「赤澤同學是三年前三年三班的同班同學。」

再隔一天，七月七日星期六的下午，我才從見崎鳴的口中聽到這件事。

「她三年前也是決策小組的成員。五月櫻木同學死後，女班長和她都……」

我在御先町，鳴的家裡。為了避開正在裝潢的藝廊，這天她邀我上樓。我之前曾經來過幾次，三樓還是一樣，寬敞的客廳和餐廳沒什麼生活感。我們隔著玻璃桌面的矮桌面對面——

「前天晚上，赤澤同學從橋上墜落之後，原本的記憶就回來了。在那之前都像是被濃霧圍繞一樣，但我好像完全沒有意識到霧的存在……後來濃霧散去，漸漸能看到被隱藏的東西，這就是我的感覺。」

鳴穿著白色短袖上衣，和之前不同，左眼不是「人偶之眼」，所以也沒有戴著眼罩。

「睡了一個晚上，醒來就想起大部分的事情，想起來之後這些記憶就變得理所當然，完全沒有不對勁——三年前的『死者』消失之後，那段記憶變得模糊，大概就是這種感覺吧。」

鳴凝視著矮桌上方的一個點，平靜地說。

「阿想呢？你有什麼感覺？」

「我也和妳一樣。」

緩緩點頭的我，和鳴一樣凝望著空中的一個點。

「三年前赤澤家把我接過來，在那之前的一個月，有個堂妹過世了。她大我三歲，叫做泉美，是夜見北三年三班的學生——我曾經和見崎姊說過這件事對吧。」

「八月班上辦宿營的時候，她就過世了。她也是那年『災厄』的犧牲者之一。」

「沒錯。然而，四月開始之後，那些記憶就完全……」

「完全消失了——被扭曲了。不只我們，所有相關的人的記憶都一樣……」

「紀錄的篡改也是。班級名冊或者照片，就連千曳先生的那份檔案也受到影響。」

「原本有關赤澤同學的所有紀錄都被篡改，取而代之的是出現各種讓『赤澤同學以今年三年三班成員之一的身分存在』這個『事實』顯得合理的紀錄……」

「記憶也是。」

「沒錯。」

腦海中有幾個畫面浮現。直到前幾天為止，從記憶中消失的東西，此時已經可以完全回想起來了。

譬如說——

四月九日。開學典禮那天的早上。

我走出房間，來到電梯門廳時，看見對面E1號房的門。

當時，我心裡有個疑問掠過：這個房間是做什麼的？我覺得有點混亂……但是在那之後，我馬上就想起來了。「啊，對了，跟我同年的堂妹赤澤泉美，從以前就自己住在這裡」這個「虛假的事實」馬上植入我的記憶之中。

泉美也是在那天早上，以三年三班「多出來的人」的身分「出現」。直到前一天為止，她都不存在這個世界上，E1只是沒有人住的空房。

而且，就在同一天，開學典禮後的教室裡——

「總之，請大家先坐下。」聽到泉美這麼說的時候，我曾經心想：這是誰的聲音？然而，在那之後，我馬上就冒出「啊，對了，是她」的想法。

其實那是我第一次見到「赤澤泉美」。儘管如此，我卻知道：那個女學生是在『應變會議』上被選出來的決策小組成員之一——赤澤泉美。三月的時候，泉美尚不存在，所以當然沒有參加過「應變會議」。然而，記憶卻能追溯到之前的事情並且改變……

那天在那個教室裡，所有人的記憶都出現一樣的情況。

「現在回想起來——」

我半帶自言自語的感覺說：

「有好幾件事，都讓我覺得很奇怪。」

「譬如說什麼事？」

「這個嘛……」鳴這樣問，我吞吞吐吐一會兒之後才說：

「泉美……赤澤同學她說過自己是話劇社，升上三年級之後，決定把位置讓給學弟妹。可是，葉住同學，就是之前那位……」

「當『第二個不存在的透明人』的那個女孩對吧。」

「對。她說過自己直到去年為止都是話劇社的社員，現在已經退出。如果都是話劇社社員，她們兩個人應該認識才對吧。但是……」

——我是第一次和她說話。

上學期剛開始的時候，泉美好像曾經這樣描述葉住。之後還接著說：

——我和葉住同學在升上三年級之前都不認識……

聽到這些話，為什麼我會一點也不覺得奇怪呢？應該是我沒辦法覺得奇怪吧。

「還有，這個我想請見崎姊確認一下。」

我繼續說。

「妳還記得第一次在這裡的地下室見到赤澤同學的事情嗎？我從醫院回家，繞到這裡來，結果她跟蹤我……」

「嗯。」鳴輕輕閉上眼睛，點了點頭。

「六月初的那個時候對吧。」

「當時，妳一直盯著她的臉，嘴裡念著她的名字……好像試圖要想起什麼很重要的事情一樣。我覺得看起來是這樣——實際上如何？妳還記得嗎？」

「——記得，**現在**能回想起來。」

鳴張開眼睛這樣回答。

「我一看到赤澤同學的臉，就覺得以前和這個人見過面。不過，那種感覺只有一瞬間，我馬上就覺得是自己想太多了……」

「……果然。」

砰咚——我緩緩地抹除腦海裡甦醒的低沉聲響。

當時，泉美看到鳴的時候，似乎也露出驚訝又疑惑的表情。那是……那也是因為泉美和鳴有相同的感覺嗎？因為「現象」而甦醒的「死者」，也會想像我們一樣，**無視**自己生前真正的記憶**被改變的「現狀」**嗎？——這一點讓我覺得很不可思議，又或者是說，有種疑惑沒有解開的感覺。

「三年前——」

我繼續追問。

「妳們同班的時候，是什麼……呃……妳們是朋友嗎？她是什麼樣的人呢？」

鳴有點困擾地歪著頭，沉默了一陣子。就在我心想自己是不是問了什麼尷尬的問題，覺得很焦慮的時候——

「我那個時候沒有朋友。」

鳴像往常一樣淡然地說。不知道是不是我想太多，從她的嘴角露出淺淺的、既寂寞又悲傷的微笑。

「所以我不知道她是什麼樣的人。」

「啊……嗯。」

「不過啊，阿想。」

「怎麼了？」

「雖然是因為『現象』才甦醒，不過那個人原本的個性應該不會有太大的改變——」

鳴直視我的臉繼續說：

「所以，赤澤同學一定就和你這三個月相處的感覺一樣，就是那樣的人。」

4

按照之前討論的結果，祖父浩宗的守靈儀式訂在七月八日的星期日，葬禮訂在七月九日的星期一。我不知道詳細的過程。不過，我也因此有了一整天的時間，所以這天我迫不及待地聯絡了鳴。

透過了解現在這個世界「真相」的兩個人互相對話，扎扎實實地確認「現實」。針對接下來應該採取的行動，我也想問問她的意見。

從「赤澤泉美」消失的暴風雨夜晚已經過了兩天，天氣已經完全恢復晴朗。藍天清朗，萬里無雲——然而，這天我覺得自己心中仍然斷斷續續出現暴風雨。

「你爺爺的守靈和葬禮儀式，月穗小姐會來嗎？」

鳴這樣問的時候，我只能回答：「不知道。」

「對方什麼都沒說，我也沒有主動聯絡。」

「你伯母他們應該會通知吧。」

「有可能。不過，我完全不清楚……」

——妳們不要來夜見山。

——絕對不要來！

我還記得六月底最後一次和月穗通話時，自己說過的那些話。

——我已經不想再看見媽媽了。我不會想見妳，也不想聽到妳的聲音。

——我最討厭妳了！

我並不後悔當時說了那些話。即便因為這樣，我和她完全斷絕往來，我也無所謂。這樣也沒關係——我是真心這麼想。

比起月穗的想法，我覺得自己更在意的是已經不存在於這個世界上的泉美。實際上只來往過三個月的、**同年的堂姐弟**。她消失之後，應該已經恢復原有狀態的「世界」，但對我來說反而變得非常不完整……

「如此一來，今年的『災厄』已經完全停止了吧。」

我再度向鳴確認。

「爺爺是最後的犧牲者，之後就……」

「是啊。」

鳴輕輕地但很堅定地點頭。

「已經不需要再擔心了。」

「赤澤伯父和伯母好像已經完全恢復原本的記憶，不記得今年的『赤澤泉美』了。因為擔心我，昨天打電話過來的矢木澤和神林老師也都不記得她。」

「現在只有阿想和我記得今年的赤澤同學和三年前的赤澤同學，擁有兩個記憶了。」

「——果然如此。」

「這是那些與『死者』消失有某種程度關聯的人，會獲得的殘酷特權。」

「殘酷……」

「不過啊，我們早晚也會忘記。即便我們再怎麼不願意，總有一天……」

鳴靠在沙發上，嘆了一口氣，視線凝望著桌子上方的一個點，彷彿找到連結過去的時間裂縫一樣。

我們在那之後保持一段沉默，最後是我率先開口。

「那個……妳覺得要怎麼告訴大家，『災厄』已經結束了。」

我從前天就一直在思考這個問題。這件事我也還沒告訴打電話來的矢木澤。
「譬如說在班會的時候說明緣由之類的。不過，我不知道大家會不會接受。」
當然，我不打算、也不想說出鳴的「人偶之眼」擁有「力量」，以及那天晚上的詳細經過。不過該怎麼說明「緣由」，我想破頭也想不到方法。
「我覺得不需要特別說什麼。」
鳴伸出右手食指按著太陽穴，淡然地回答。
「放著不管，他們自然就會知道。只要八月沒有『相關人士』死掉的話。」
「話是這樣說沒錯啦……可是……」
「可是？」
「大家會一直處在不知道『災厄』停止的狀態，而且接下來就是暑假，我希望大家能安心迎接暑假。」
「這樣啊。」鳴說著便把手指移開太陽穴，繼續喃喃地說：「大家啊……」緩緩地眨了幾次眼睛之後，她看著我——
「阿想真是溫柔。」
「沒有，別這麼說。」
「總之不會再有『災厄』發生。所以，阿想你想怎麼做都可以。什麼都不做也無所謂，想做些什麼也可以。」
自己想好再作決定。
她是這個意思嗎？——我這樣理解之後默默地點了點頭。
「歡迎啊，阿想。」
在那之後，我聽到房間入口處傳來打招呼的聲音。我馬上就知道那是霧果阿姨的聲音。
「赤澤家現在應該很忙吧，我聽說你爺爺過世了。」

我站起身來，霧果阿姨走到我身邊，一臉擔心地皺著眉頭。
「你今天來這裡沒問題嗎？」
「明天才是守靈儀式，我現在在家也不能做什麼。」
「這樣啊——我已經幫你把放在樓下的腳踏車鏈修好了。」
「啊，謝謝阿姨。」
自從到夜見山生活，我在這個家裡遇到過好幾次霧果阿姨，但她給我的印象和當初在緋波町見崎家的別墅見面時差很多。她比月穗大好幾歲，但是看起來卻很年輕……基本上外貌沒有什麼變化，但是在別墅的時候她的表情流露出「見崎鴻太郎夫人」的感覺，在這裡的時候則是「人偶師．霧果」的樣子。
據說她白天都關在二樓的工坊，埋頭製作人偶。在工坊大多穿著樸素的襯衫和牛仔褲等休閒的服飾，頭上經常包著印花頭巾，今天也一樣。
「好幾個月沒見到阿想了，我偶爾會聽鳴提起你喔。」
像這樣再度見面的時候，霧果阿姨總是會和顏悅色又溫和地歡迎我，這也讓我感受到她輕盈的溫柔。
見崎家和比良塚家交好，所以她一定也知道我被趕出來的事情……不，應該就是因為知道，才會這樣對我吧。這就是她的溫柔。
「阿想願意的話，要不要在我們家吃完飯再回去？我來叫外賣。」
「啊，不用了。這樣不太……」
「你不用客氣喔。」
「不，我是……」
我們對話的期間，鳴在沙發上抱著膝蓋沉默不語。在我視線的角落，她無所事事地仰望天花板或者放下白色捲簾的窗戶……

「那個……霧果阿姨。」
我突然想到，決定問問看。
「妳最近身體不舒服嗎？」
「嗯？」霧果阿姨歪著頭，一臉不可思議的樣子盯著我看。
「為什麼這樣問？」
「啊、啊，那個……我在市立醫院看過妳幾次……」
「醫院？」
「呃……就是……」
砰——此時傳來聲響。
「媽媽！」鳴從沙發站起來，同時向霧果阿姨搭話——就像要打斷我的話一樣。
怎麼回事？
為什麼突然這樣？
「阿想好像差不多該走了。」
鳴一邊走向霧果阿姨身邊一邊這麼說。
「不過，他剛才說難得來一趟，想在走之前看看人偶。只有地下室那些也沒關係……對吧？」
鳴把視線投向我。我看出她的表情在說「照我說的做」，連忙隱藏心中的驚訝點點頭。
「哎呀，是這樣嗎？」
霧果阿姨納悶地挑了挑眉毛，但我馬上就接著說「沒錯」，她聽到之後就露出柔和的微笑。
「阿想從以前就很喜歡人偶嘛，我很高興。」
「我可以去看嗎？」
「當然可以啊。一樓還有施工的工人，不要打擾到他們工作喔。」

5

爺爺的守靈和葬禮儀式，月穗都沒來。

當初對她說「妳再也不要來夜見山」這句話產生多少影響，我不知道。不過，月穗在和第一任丈夫冬彥死別之後，就離開赤澤家再婚，嫁進比良塚家。她應該本來就和爺爺關係不好，沒來參加儀式也不奇怪。幸好，至少我沒有聽到赤澤家的人針對這件事說三道四。

在殯儀館，我以孫子的身分坐在家屬席的角落。我穿著學校的制服，手臂上別著黑色的喪章。

莊嚴肅穆舉辦悼念死者的儀式時，我一直沉浸在悲傷的情緒裡。雖然我問自己到底在悲傷什麼？哪一件事最讓我難受？但還是沒有答案——葬禮之後我也一起去了火葬場，不由自主地回想起上個月幸田一家的悲劇，悲傷的情緒更加強烈，胸口一陣劇痛。

小百合伯母的兩個女兒之中，住在沖繩的二女兒（名叫綠，結婚之後姓氏改為朱川）趕在守靈那天抵達。住在紐約的長女光，好像沒辦法安排回國。

葬禮隔天，繭子伯母的兒子，也就是泉美的哥哥奏太從德國回來。在繭子伯母的介紹之下，那天晚上我第一次見到奏太哥哥——

「阿想來夜見山的時候，我已經不在日本了。你還是嬰兒的時候，我可能見過你……不過，我們還算是初次見面吧。」

普通身高、身材削瘦、帶著一點咖啡色的頭髮，光滑潔白的膚色加上纖細的無框眼鏡。奏太哥哥渾身充滿知識青年的氛圍，但是和泉美不同，說起話來沒有那麼凌厲，他說話的節奏比較緩慢。

「阿想的事情我大致聽媽媽說過了。我知道你家的問題有點複雜，不過因為這樣同情你，你應該也會覺得我多管閒事吧。」

「哪裡……謝謝你。」

「你不用這麼正經，我們是堂兄弟啊。」

奏太哥哥二十五歲，比泉美大十歲……不對，泉美原本和鳴同年，如果還活著的話，今年是十八歲。和奏太哥哥是差七歲的兄妹。

我們聊到我在繭子伯母的提議下，借用奏太哥房間裡的冰箱和書籍的事情……

「你選了什麼書？」

被問到這個，我照實回答。

「喔──艾可的書對國三生來說有點難懂吧。不過，他的書值得你辛苦鑽研──雅歌塔·克里斯多夫的書很不錯吧。」

「對，很棒。我第一次讀到那樣的小說。」

「除了那些之外，還有很多有趣的書喔，你可以隨便借去看。」

在他們的邀請之下，我來到「弗洛伊登飛井」的頂樓。繭子伯母端出咖啡和蛋糕，咖啡是用泉美喜歡的伊之屋綜合咖啡豆。

「如果有弟弟的話，就是這種感覺吧。」

奏太哥哥突然這樣說，然後喝了一口咖啡。他瞇著眼睛，看起來有點寂寞又像是在緬懷過去。

「如果泉美還在的話，一定會很熱鬧。」

「啊……呃……」

我不知不覺被奏太哥哥的話影響。

「泉美姊姊過世的時候，奏太哥哥人在德國嗎？」

我一問，他輕輕咬了一下嘴唇說：「嗯，沒錯。」

「當時……當時我也差點趕不上葬禮。和這次一樣，真的太突然了……」
然後他又再度咬著嘴脣。
「在那之後已經過了三年啊，阿想是在那之後才來的吧？」
「九月上旬的時候來的。」
「——這樣啊。」
奏太哥哥喝完剩下的咖啡，維持坐在沙發上的姿勢深深往後躺。他用手撥了撥頭髮，輕嘆一口氣。
「那傢伙不知道是怎麼看我的。」
他就像在自言自語一樣。
「那、那個……」
不知道為什麼，我沒辦法保持沉默。
「雖然問這個問題很奇怪，不過……你以前有和泉美姊姊一起去看過《侏羅紀公園》嗎？」
「嗯？——嗯，好像有。」
奏太哥哥又瞇起眼睛。
「阿想為什麼會知道這件事？」
「沒有，那個，伯母告訴我的……」
沒辦法，我只好說謊。
如同矢木澤之前說過的，《侏羅紀公園》第一集上映已經是很久以前的事了。一九九三年的夏天。距離現在已經過了八年——在這個時候才能確認時間點。
八年前，奏太哥哥高中二年級。以甦醒的「赤澤泉美」的年齡來思考，和哥哥一起去電影院，哥哥買恐龍公仔送給自己的時間點，應該是剛上小學的時候，差不多六歲或七歲，帶去《侏羅紀公園》會不會年紀太小了一點。

當時聊到這件事的時候，如果有想到這一點的話，我應該多少會覺得奇怪吧。還是說，**我會完全沒有感覺呢？**

「阿想是今年四月搬到這棟公寓嗎？」

「對，因為赤澤家要翻修，所以那段時間過來住。」

「爸爸媽媽都很高興呢，我在電話裡聽他們說了很多，他們一定因為泉美過世而感到寂寞。那傢伙以前在五樓住過的房間，到現在都還保持原樣。所以啊，阿想你能來……」

「不，我什麼都沒做。一直讓伯父伯母照顧……」

「沒那回事。畢竟我這個長男，是個很少回家的不孝子。我也很感謝你啊。」

「………」

「再過幾天我就要回德國了，如果有什麼想和我商量的事，可以和我聯絡。你會用電子郵件嗎？」

「會。」

「那這個給你。」

說完，奏太哥哥遞給我名片，然後抱著手臂枕在頭後方，慢慢環視屋內。

「說實話，泉美死了三年，我至今仍然沒有真實感。」

他露出有點困擾的表情這樣說。

在那之後，電梯來到五樓，E1的門板映入眼簾。

以前泉美真的用過這個房間，空屋一直保持三年前她過世時的樣子，在四月開學典禮的早上，「赤澤泉美」突然出現……沒錯，那天晚上，她從房間裡清出三個大垃圾袋。然後——

——總覺得房間好亂有好多不需要的東西。

她好像是這樣說的。

——雖然已經說好要由我打掃這個房間……嗯——不知不覺就亂成這樣了。

現在想想，那是——

這三年都沒有人住過，只是放在那裡的空屋。所以，在甦醒的泉美眼裡，堆滿了「不需要的東西」。裡面應該會有三年前學校的教科書和筆記，或許還有泉美的「遺照」，甚至祭拜用的線香和香座。泉美把這些東西都當作「不需要的雜物」處裡掉了吧？我在渾然不知的狀態下，還幫忙丟掉那些東西。

我走近E1的房門口，在那裡站了一會兒，突然聽到——

屋內傳來微微的鋼琴聲，讓我瞬間停止呼吸。

這個聲音是…………鋼琴聲是從這道門後，從屋內傳來的嗎？

還有這個旋律……這是泉美曾經彈過的那首貝多芬的《月光》？

難道……不，怎麼可能。

我不禁閉上雙眼，用力搖搖頭。結果鋼琴聲馬上就消失了——這是理所當然的事。

這一定是我想太多（或者是幻聽？）。

因為在那之後，我也經歷過一樣的事情好幾次。每次腦海中都會浮現泉美仍在那個房間裡彈著鋼琴這種不可能的景象，我必須急忙把畫面抹去。

6

喪假結束後去上學的那天，我趁午休去第二圖書室找千曳先生。我不斷咀嚼鳴說的那句「阿想你想怎麼做都可以」，深思熟慮之後選擇這樣行動。

「今年因為『現象』混入班級的『死者』是『赤澤泉美』。」

我開門見山地說，千曳先生剛開始明顯露出疑惑的表情。

「你怎麼突然這樣說？」

因為這個時候，千曳先生的記憶中已經沒有「赤澤泉美」這個人了——

「赤澤……我記得她是三年前三年三班的學生。」

他的反應一如我的預料，他的記憶已經完全恢復**原樣**了。

「她是三年前死於『災厄』的其中一人對吧。她也是比我大三歲的堂姊——那位『赤澤泉美』以今年三年三班成員的身分甦醒，變成和我同年的堂妹。她被選為決策小組的成員，所以千曳先生也見過好幾次……」

對此時的千曳先生來說，突然聽到這些，當然不可能馬上就完全相信。話雖如此，他應該也會知道，我並不是突然就毫無根據地說出這麼荒唐的話。

「上星期四，在那個暴風雨的夜晚，她墜落暴漲的夜見山川。我就在現場，目擊事發經過。」

千曳先生什麼都沒說，眉間有深深的摺痕。他直直盯著我，我也沒有轉移視線，繼續把話說完。

「她當時被河水淹沒……應該**已經死了**。然後，和她相關的所有人的記憶之中，都不存在今年的『赤澤泉美』了。班級名冊和任何紀錄都一樣——她的父母、班上的同學，沒有人記得**今年的她**。千曳先生你也是。」

「……」

「所以，從這一點來看，她應該就是今年的『死者』沒錯。只有那天晚上目擊她『死亡』的我，還例外保有記憶。」

總之，我想先把一定程度的「真實狀況」告訴千曳先生。如果是長年觀察這個「現象」的他，或許能理解吧——這是我的想法。

雖然鳴說「什麼都不做也無所謂」，但我實在沒辦法忍受毫無作為。如果連千曳先生都不理我，那就到時候再說。我可以再試試其他方法，也可以放棄，選擇「什麼都不做」。

「所以——」

我繼續說。這應該是我第一次在年長的「大人」面前，滔滔不絕地提出自己的想法。

「『多出來的人』＝『死者』消失在這個世界上，大家的記憶也回到改變前的狀態——如此一來，今年『災厄』應該也會就此停止對吧？就像三年前那樣。」

「三年前啊……」

千曳先生這樣喃喃地說了一句之後抿緊嘴唇。手指抵著黑框眼鏡的鏡架，用力閉起鏡片後的眼睛，維持好一陣子之後……他才終於……

「我記得三年前也聽過一樣的事。」

千曳先生緩緩睜開眼這樣說。

「那年的暑假……對了，就是你也認識的榊原曾經說過一樣的話。」

「啊……」

「當時他也說他認為今年『多出來的人』已經消失了。你應該也知道那年班級宿營發生的事件吧。又是殺人又是火災的……他說『多出來的人』應該是在那些混亂之中死去的。所以，『災厄』應該也會停止。」

「他有沒有提到『多出來的人』是誰？」

「這個嘛……」

千曳先生一時語塞，手掌貼著額頭煩惱地嘆氣。

「我記得榊原好像沒說……不，我的記憶已經不可靠了。就算他曾經說過，我的記憶也已經變得模糊不清了。『現象』就是會導致**這種狀況**啊。」

「——是。」

我認同地點頭。針對「現象就是會導致**這種狀況**」，在看過鳴的反應之後我就非常清楚了。

「因此，我覺得你今天說的話值得一聽。」

千曳先生把手移開額頭，挺直背脊。

「如此看來，你算是非常冷靜。如果單純是你個人的意見，應該沒辦法說得這麼條條有理。」

「是。」

「三年前的確如榊原所說，在班級宿營的慘案之後『災厄』就停止了。九月開始沒有出現任何一個犧牲者……希望今年也一樣。」

「我覺得一定沒問題。」

看到我堅定的眼神，千曳先生抿著嘴唇一陣子，最後才回答「嗯」。

「我知道了。」

「那……」

「這件事情先和神林老師商量看看吧。雖然最後還是要取決於她的判斷，不過按目前的現況看來，也可以告訴班上的同學『災厄』已經停止……」

然而，在那之後……

在神林老師作判斷之前，班上的學生就已經開始有傳聞說「『災厄』可能已經停止了」。有人發現教室裡的課桌椅（因為「赤澤泉美」消失）多了一組──所以推測「多出來的人」已經消失了……

……結果……

這個星期的後半段平安結束期末考（我的成績一塌糊塗），接著過了一個週末來到下個星期一。在早上的簡短班會上，神林老師終於鬆口說：

「正式宣布二〇〇一年度的『現象』應該在七月份的現在結束了。因此，今後應該不需要再擔心出現新的『災厄』。」

7

然而——我再度重新思考。

這三個星期發生的諸多事情中，只有一個部分讓我覺得不太對勁，至今仍無法忘懷……沒錯，就是在守靈前一天造訪鳴的家。

聽到霧果阿姨和我的對話後，鳴突然採取行動。她幾乎是強行要我離開霧果阿姨的身邊。後來，我在鳴的催促之下，來到樓層深處的電梯，直接搭乘電梯來到地下的展示室。

「謝謝你配合我。」鳴這樣說之後，還接著向我道歉：「對不起，突然做這種事。」然後壓低聲音說——

「你在醫院看到的對吧？」

她是針對我和霧果阿姨在樓上的對話提問。

「你什麼時候看到媽媽？……我是說霧果。」

「啊，那是……」

我急忙在記憶中搜索時間然後回答：

「我去看診完要回家的時候……應該是四月中。第一次是在醫院的玄關擦身而過，第二次是在醫院前的巴士站。還有上個月底，碰到見崎姊之後我們一起去住院大樓的頂樓對吧。在那之前我也看到她了。」

「你只是看到，沒有跟她搭話對吧？」

「對。霧果阿姨好像沒有注意到我，所以……我才會想說她是不是身體不舒服，才來醫院看病。」

「——這樣啊。」

鳴緩緩地在這個像洞穴一樣的地下空間移動，最後突然停下腳步，回頭往我這裡看。這裡

有一尊從以前就放在這裡的，漂亮的連體少女人偶。鳴剛好就停在人偶前面。然後──

「阿想看到的那個人，不是霧果。」

她這樣說。

「呃，可是那的確是……」

「長得可能很像，但不是她。」

「那個人啊……」鳴把聲音壓得更低，繼續往下說的時候──

我終於想到了。自己看到的那位女性，有可能是別人。

那是上個月──六月九日的事情。

鳴突然在那個下午，來到我在「弗洛伊登飛井」的住處。當時不知道在聊什麼，她第一次對我說出「自己的身世」……

霧果阿姨＝見崎由貴代不是鳴的生母。由貴代阿姨有一個異卵雙胞胎的姊妹，生下鳴的是雙胞胎之一的藤岡美都代。因為一些緣由，鳴在懂事之前就被接來見崎家當養女……

「所以那個人不是霧果阿姨，而是……美都代阿姨？」

雖然是異卵雙胞胎，在我這個外人眼裡，看起來還是一模一樣。應該也有這種案例吧。

鳴輕輕點頭，瞄了連體少女人偶一眼……然後壓低聲音說：

「美都代在兩年前離婚，後來又再婚……我之前也說過吧。直到去年底為止，她雖然住在市內，但離這裡很遠，後來搬到這附近。因為這樣，從今年春天開始，她偶爾會直接和我聯絡……」

此時我腦海裡突然浮現，鳴的手機鈴聲。以前，我和鳴見面的時候，從來不曾見過她的手機響。但是，今年春天開始，我至少聽到兩次她的手機鈴響。

第一次應該是四月我來這裡的時候。

突然響起和館內不同的音樂……當時的鳴，罕見地露出驚慌的神色。她離開桌邊，走到建築物外面。鳴曾說過手機是「討人厭的機器」，卻刻意設定來電鈴聲，當時我覺得很意外，或許那通電話就是美都代阿姨打來的？

第二次是五月上旬，黃金週的最後一天。

我在夜見山川的岸邊和葉住見面，一邊聊天一邊走過伊薩納橋，在過橋後的對岸道路上，偶然遇見鳴。當時她的手機也發出相同的鈴聲，當時鳴接電話的聲音雖然斷斷續續，但我都有聽到。（「我……可是……好，那就這樣……」、「……咦？嗯，沒問題……我沒跟他說，你放心吧。」）而且我還很在意對方到底是誰。那一定也是美都代阿姨……

「……她會打電話來聊聊天，後來偶爾會見面。不過這件事一定要對霧果保密。那個人如果知道，一定會很不安，也會很生氣、難過。」

鳴停下來，深深嘆一口氣。

她不想讓霧果阿姨生氣或難過，但是又不能、不想拒絕生母的聯絡──鳴就在矛盾的狀態下度過這幾個月嗎？

「所以，妳媽媽……美都代阿姨真的身體不舒服，所以需要去醫院嗎？」

我──我也抱著一種矛盾的心情，緩緩地問她。

「我們到住院大樓屋頂上談話之前，妳和美都代阿姨見過面了是嗎？」

這兩個問題，鳴都沒有回答。雖然有一瞬間嘴唇動了一下，但馬上就停下來，再度嘆了口氣──

「那個，阿想。」

鳴開口說。

「這件事，請你暫時不要告訴任何人。我心裡大概還有點混亂，所以……」

「所以……」鳴一直重複這句話，就像不知道接下來該說什麼似地閉上嘴巴，視線落在腳邊。

「沒問題。」

我用力點點頭。

「我不會告訴任何人，一定會保守秘密。」

除此之外，我還有其他問題。不過，我沒有想要在這個時候馬上確認。鳴想說的時候再告訴我就好了。如果她不想說，我也不想問。無論任何時候，我對她的想法都一樣。

8

「阿想，你怎麼了？」

矢木澤的聲音，把我從回憶拉到「現在」。實際上應該沒有過多久，但在矢木澤眼裡，我看起來一定「心不在焉」。

「啊，抱歉。」

說完，我用湯匙攪動沒有吃完的「特製聖代」裡已經完全融化的冰淇淋。

「我稍微恍神了一下。」

「搬家太累了嗎？」

「沒有……啊，說不定是真的太累。」

放下湯匙，我深深嘆了一口氣，用手撐著臉頰。就算開冷氣把窗戶關上，還是能聽到庭院裡叫個不停的蟬聲。

「話說回來啊。」

矢木澤邊說邊打開腰上的腰包，拿出對折的錢包。

「我身上有這個。」

他接著拿出來的是八月上映的《侏羅紀公園III》的預售票。

「我不記得我有買這種票。」

「啊，那個是……」

我回答之後，也在剛才放迷你相本的背包裡翻找，記得好像是收在其中一個內側口袋裡面……

「……有了。」

我拿出來給矢木澤看。

「我也有一樣的票。」

「喔——？」

矢木澤一副納悶，又或者說有點不滿似地嘟著嘴。

「我和你有約好要一起去看嗎？」

「你不記得對吧。」

事到如今已經沒有什麼好驚訝或感嘆的了。雖然是理所當然的事，但這個時候我還是有種揪心般的痛楚。

「我們約好了。」

我這樣回應。視線落在手掌上那張縐縐的《侏羅紀公園III》預售票。

「不過，不是我和你兩個人。是她約我們暑假一起去看的。」

9

和奏太哥哥聊完的那天晚上之後，我好幾次都聽到彈奏《月光》的鋼琴聲。在靠近Ｅ１的五樓電梯門廳，聽到過兩、三次；在同一層樓的我的房間裡也曾聽到過一次。然後每次我都會告訴自己，那是我想太多然後搖搖頭，聲音就會馬上消失不見。

當然，那也都是我的錯覺。因為Ｅ１放鋼琴的是隔音房，聲音不可能傳到外面。

即便心裡知道，我還是一直聽到琴聲，這到底是為什麼呢？

難道是我心裡的潛意識拒絕承認泉美從這個世界消失的事實嗎？因為我希望她現在還存在嗎？

想起三年前那個夏天在「湖畔宅邸」的怪異經歷，我在悲傷的同時也感到不安與恐懼。我害怕自己是不是已經被**不存在的東西**纏上了……所以……

所以我才會覺得自己不應該繼續停留在**這裡**，應該盡快離開這棟公寓，否則……

因此一週前，我才任性地向小百合伯母他們要求，堅持在暑假一開始就搬回來。然後，那天晚上，我從赤澤本家回到公寓的時候——

一進到電梯門廳，我就看到了。敞開的電梯門內——站著一個灰白的人影。

穿著白色雨衣的某個人。（但外面明明沒有下雨……）遮雨帽蓋得很深，看不清長相，但這個時候我突然喃喃地說：「是泉美嗎？」那人影看起來就像七月五日那天晚上，穿著白色雨衣的她。

我嚇了一跳，衝到電梯前。然而，電梯門馬上關起來開始移動……最後停住。停在五樓。

按著電梯按鍵的我，閉上眼睛不斷搖頭。

雖然我不禁喊出「泉美」的名字，但是根本不可能是她。剛才有可能是某個人剛好也穿著白色雨衣，導致我看錯，或者那完全就是我的錯覺——或者是幻覺。

這個世界上沒有幽靈，也不可能有——這是我在三年前那場怪異的經歷之後，深信不疑的想法。更何況，七月五日那天晚上死的「赤澤泉美」本來就是「死者」。在「死者」回歸「死亡」之後，還出現幽靈……根本不可能。

不可以——我深呼吸，然後這樣告訴自己。

不可以。不能被囚禁在這裡，不能被捲進去。

我等著電梯回來，然後再搭到五樓。走出電梯門廳的時候，我不禁戰戰兢兢地環視周遭。

沒有看到剛才的人影，我鬆了一口氣。然而，就在這個時候——

傳來鋼琴的聲音。
我聽到微微的鋼琴聲，從沒有人住的E1傳來聲音。
啊，又來了。
我嘆了口氣。
已經夠了，我受夠了……
我著急地用力搖搖頭，聲音應該會就此消失才對。然而——
這個時候聲音並沒有消失。
我搖頭搖了好幾次，聲音都沒有消失，還是能聽到從E1傳來的鋼琴聲，而且——
鋼琴彈奏的曲目完全不同，不是《月光》。不是《月光》，而是其他我不知道的、有點陰沉的旋律……
雖然非常混亂，但我仍然走到E1的門前。鋼琴聲果然是從這裡傳出來的。我屏息把手放在門把上，然後——
轉動門把打開門。
門沒有上鎖，現在有人在屋內。鋼琴房裡，真的有人正在彈琴。
「泉美……」
我不禁再度喃喃自語。
「……不會吧！」
不可以——我違抗心裡的聲音，緩緩地踏入室內。
出乎我的意料，屋內很明亮，客廳開著燈。也就是說……
屋內乍看之下和五日那天晚上來借團體照時一樣，沒有任何改變。然而，同時又有一種難以言喻的荒廢感。
整個房間被整理得很乾淨，一點也不髒亂。但是，有些地方和之前不一樣——明明是這種季節，但屋內的空氣就像井底一樣冰冷。不知道是不是我想太多，屋內的所有顏色——地板上的地毯、窗戶上的百葉窗簾、有玻璃門的展示櫃——色調都像褪色一樣比之前暗沉。而且，還聞得到像霉味一樣的異臭……

……鋼琴的演奏聲還沒結束。

仔細一看，鋼琴房的門沒有關好。所以聲音才會傳出來。不久後，演奏突然中斷。

「是誰？」

房內傳來聲音，是我認識的人。

「誰在那裡？」

雖然下定決心走到客廳，但我這個時候愣住了。對方應該察覺我站在外面了吧。

就在我沒有回答的時候，鋼琴房的門打開了。「哎呀……」一看到是我，她——蒴子伯母就張大眼睛。

「阿想，怎麼了？」

「那、那個……我……」

雖然事情出乎預料，但我還是照實回答。

「我聽到鋼琴聲……門又開著，所以我就擅自走進來了……啊，對不起。」

「啊……說得也是，難免會在意嘛。我之前有跟你說過，這裡是泉美以前住過的房間。」

其實我從沒聽蒴子伯母提起過，但還是默默點頭。也就是說，這是伴隨「赤澤泉美」消失而改變的記憶。我馬上就意會過來了。

10

「爺爺因為那種意外過世，奏太時隔三年回國，無論如何都會讓我想起泉美……」

後來薊子伯母走到客廳，拉出餐廳的一張椅子，無力地坐下。

「……時隔很久來這裡看看，一看到那個房間裡的鋼琴，我就想彈。真不可思議。都已經過了三年，我還是覺得那孩子直到最近都還在我身邊。」

「原來是這樣啊。」

回應之後，我也面對薊子伯母坐下。此時，我發現她左手拿著手帕，也發現她眼角到臉頰上有淚痕。

「那台鋼琴走音很嚴重，聲音很難聽對吧？」

薊子伯母這樣說。

「有一個琴鍵沒聲音。因為這段時間都一直放著沒保養……這樣不行，鋼琴太可憐了。」

——鋼琴太可憐了。

泉美上個月也說過一樣的話。

——得拜託媽媽處理一下。

後來她有這樣說，但是她想「拜託的事」終究沒能說出口……

「呃，那個……」

我試著詢問低頭閉口不語的薊子伯母。

「泉美姊姊是在三年前暑假的班級宿營過世的嗎？」

「——沒錯。」

薊子伯母輕輕地、但毫不猶豫地點頭。如此一來，我就知道之前因為「現象」而模糊不清的「暑假宿營」的記憶，現在已經完全恢復了。

「那年學校好像發生很多危險的事。他們班上好像有什麼問題，但不管怎麼問，那孩子都說『沒什麼』……」

三年前的泉美直到最後都嚴格遵守「規則」，就連對自己的母親也都沒有透露「現象」和

「災厄」的事。

「今年學校也一直傳出不幸的意外對吧。聽說阿想的朋友也過世了？」

「——對。」

「沒問題嗎？該不會跟三年前一樣，有什麼……」

蘫子伯母流露出擔心的眼神。

「沒事的。」

我斬釘截鐵地回答。**「已經沒事了。」**——我默默在心裡加上這一句。

「如果是這樣就好了。」

蘫子伯母看著我，臉上擠出微笑。她用手梳順稍微凌亂的頭髮（——以她的年齡來說，白髮有點多），然後緩緩地環視屋內。

「那孩子突然離世讓我受到打擊，所以這間房就一直保持原樣留著……但是，我覺得不能再這樣下去了。」

「咦？」

「我剛才一個人彈琴的時候，有這種想法。我覺得這樣不好。就算再這樣下去，那孩子也不會復活。」

我找不到任何能回應她的話，只好也跟著環視屋內。不知道為什麼，展示櫃裡的恐龍公仔之中，泉美說過最喜歡的迅猛龍好像正在瞪著我似的。

「阿想你搬回赤澤家之後，還是隨時都可以來這裡玩喔。」

蘫子伯母突然轉換口吻這樣說。「如果不會打擾你們的話……」我這樣一說。

「謝謝你。」

她就露出自然的微笑，離開桌邊。

「奏太說，你想借多少書都可以。」

「啊，好。」
「上次明明是初次見面，但奏太好像非常喜歡阿想喔。所以啊……」
「好，那我就不客氣了……」
接著，我跟在繭子伯母身後離開E1，就在此時——
廚房和客廳之間的中島上，咖啡機旁隨意放著的東西突然映入眼簾。
泉美說過「暑假時大家一起去看吧」，然後為我們準備了《侏羅紀公園III》的預售票。中島上放著的，是她的那張票——
我不自覺地拿起來，悄悄放在長褲的口袋裡。

11

把綴綴的預售票放在桌上後——
「我看看，好像是……」
我一邊喃喃自語一邊在背包裡繼續翻找。
「什麼啊？又有什麼？」
矢木澤探出身子。
「嗯，我記得昨天是放在這裡面……有了，你看這個。」
我從塞在背包裡的筆記類文件中抽出來，第三張預售票就夾在文件夾裡。
「我在她的房間裡找到這個，所以帶出來了。」
從文件夾抽出來，放在剛才那張票旁邊。
「哇——」
矢木澤點點頭，把自己手上那一張放在兩張票前面。

「我們真的有約過，我完全不記得了……嗚……」
他右手握拳，輕敲額頭。
「我們感情很好吧。」
「對啊。」
我盡量乾脆地回答。
「你跟她，嗯，好像很合得來。」
「是嗎？嗯──但我想不起來，好焦慮。」
「這也是沒辦法的事，這就是『現象』。」
「嗯──可是……」
五月繼永過世之後，由泉美擔任女班長。男班長就是矢木澤，所以兩人之間還是有關聯。順帶一提，「赤澤泉美」不存在的「現在」，「事實」已經被改寫成繼永死後由其他學生（繼永的好友福知）擔任女班長……決策小組也一樣，今年度的決策小組變成從一開始就只有江藤和多治見兩個人。
「首映是八月四日啊。」
矢木澤看著桌上的三張預售票這樣說。
「我們兩個人一起去看嗎？」
「──這個嘛……」
「既然有三張，再約一個人吧。」
「嗯，也可以……」
那要約誰呢？想著這個問題的時候，最後腦海中浮現的人選是嗚──不過，就算我說明事情的始末，她會對這種電影有興趣嗎？即便她有興趣，會想要和兩個國中男生一起去看嗎？──這我無法預測。

「好了。」

矢木澤看了手錶一眼，從椅子上起身。

「我差不多該回家了。」

「不是還早嗎？」

「不，其實今天是我家最小的小弟生日，媽媽嚴厲交代我一定要早點回家，大家一起吃蛋糕慶祝。」

看到矢木澤這麼認真的表情，我差點笑出來。無論怎麼說，這傢伙還是很愛家人啊——想到這一點，我覺得有點羨慕，也有點淒涼。

「總之，接下來就是暑假了。」

「呼——」站起身的矢木澤一邊發出聲音一邊伸懶腰。

「雖然也很在意高中考試，不過那還早。這是國中最後一個暑假，我一定要用力玩。」

這可是他這個「樂觀主義者」發揮本領的時候啊。

「你暑假有什麼計畫？」

「計畫？」

「譬如說旅行之類的。」

「沒有。我想收拾房間，讀幾本書。」

「你還是跟以前一樣啊。」

矢木澤搔搔他的長髮。

「嗯，如果你突然想玩樂團，可以告訴我。你可以先從敲三角鐵或手鈴開始……」

……

我們之後聊了一些無謂的小事，不過在停下時突然陷入一陣奇妙的沉默。剛才說「我差不多該走了」的矢木澤，打算拿起桌上的其中一張預售票，但動作卻停在那裡，我有點緊張地看著他的樣子。
再經過三、四秒的沉默之後，矢木澤打破沉默：
「我說啊，阿想。」
他的口吻和之前不一樣。
「在這裡問好像也不太對，不過今年的『災厄』真的結束了嗎？」
「你覺得不安心嗎？」
「沒有……」我回答後，矢木澤皺著眉頭說：
「我不是不安……該怎麼說呢？總覺得沒有真實感。」
「真實感嗎？」
「你有，對吧？我是說真實感。」
「——我有啊。」
「所以我才會問你——算是確認。『災厄』真的停止了對吧？接下來已經沒事了對吧？」
他不斷重複問題，我也試著問自己相同的問題……然後點了點頭。
「嗯，沒事了。就理論上來說是這樣沒錯。」
「不過『現象』和『災厄』都很不合理……理論這種東西真的能套用在這裡嗎？」
矢木澤難得追問，但我的想法完全沒有動搖。用盡全力回答：
「一定可以套用。」
今年度的「現象」結束，「災厄」停止了。已經沒事了。再也不需要害怕——就是這樣。否則，泉美那天晚上用那樣的方式回歸「死亡」，不就毫無意義了嗎？

Chapter 13 August

1

七月剩下的幾天沒有發生什麼事。

不過，對我個人來說，不能算是「沒發生什麼事」。搬完家隔天，我突然發高燒，整個人臥床不起。

小百合伯母很擔心我，帶我去附近的診所看醫生，但醫師診斷我只是罹患夏季感冒。只要好好補充水分和營養，乖乖睡覺就會馬上復原了。如果發生在「災厄」停止之前，無論醫師再怎麼安撫，我可能都無法安心睡覺。

如此這般，等我完全恢復已經是八月的事了。之後基本上都是平穩的暑假日常。

在我臥床不起的時候，鳴聯絡過我兩次。

一次是打手機——但我因為高燒躺在床上，沒有發現來電。她也沒有留言給我。

等到能夠起身的時候，看到未接來電，我一邊猶豫是不是該回撥，一邊打開電腦。結果看到信箱裡有一封信。日期是七月三十日。那是在她打過電話之後寄來的。

阿想

聽說你因為感冒正躺著休息對吧？

不要勉強自己，好好養病。

信件的內容提到這些。
應該是因為我沒接手機，所以她打到家裡，聽小百合伯母提起我生病的事吧。
後面的文字還提到這樣的通知。

我和往年一樣，會去緋波町的別墅小住一段時間。
雖然我不太想去。
不過，如果我說不去，應該會有很多麻煩事……
可能會在那裡遇到月穗阿姨。
但是我不會對她多說什麼，請放心。你不必擔心。

2

八月初時，房間已經差不多整理好，所以我就像當初對矢木澤說的一樣，開始過著「讀幾本書」的生活。

書看完了就去「黎明森林」的市立圖書館。我想過一段時間，再按照奏太哥哥所說的去「弗洛伊登飛井」借他的書。

七月時被打亂的生活步調，現在已經恢復原狀。回到早上起床吃完早餐，然後去夜見山川河岸旁打發一些時間的生活。六月俊介意外身亡之後，我一直都沒心情做這些事，現在又重新開始了。

季節正值盛夏——

雖然是一大早，但陽光炙熱，走到河邊之後才比較涼一點。對岸林立的櫻花樹綠葉繁茂，腳邊的雜草茂密，蟬聲和其他蟲鳴足以蓋過河水流動的聲音。

坐在河岸邊的長椅上，看到翠鳥在空中盤旋。最後一次看到是四月中旬和葉住一起的那個時候……不，不對。我記得俊介過世的那天早上，也有看到——我不自覺地用手指框出假想的取景器，捕捉美麗的翠鳥動態。能夠突然採取這樣的行動，應該表示這個時候我已經漸漸找回平常心了吧。

已經不需要害怕「災厄」，也不用思考「對策」了。當然也不需要像晃也先生以前那樣，逃離這個城鎮——我深深感受到自己處於這種和平的「現實」之中，但同時也有種不可思議的感覺。而且，有時候會有一陣寂寥掠過心頭。回想起已經不存在的「赤澤泉美」，在各種場合的表情、聲音、動作時，胸口就會有悶悶的疼痛感。

離開「弗洛伊登飛井」之後，我再也沒有聽到鋼琴聲或者她的幻影。所以，已經沒事了。不會像三年前一樣了。然而，我有時候還是會想起她。想起她，然後心裡會有種承受不住的感覺。

究竟要到什麼時候，這個記憶才會消失呢？要到什麼時候，我才會像大家一樣，忘記從四月開始的三個月，她曾經存在的事實呢？我真的能忘記嗎？……

我有時也會突然想起，鳴現在就在緋波町。

水流平穩的夜見山川河面，讓我想起水無月湖死寂的湖面，甚至感覺遠處突然傳來低沉的海浪聲。

「短期之內應該沒辦法，不過——」

我還想起鳴不知道什麼時候說過的話。

「以後我們再一起去那個『湖畔宅邸』吧。當然，要對其他人保密，就我們兩個一起去——怎麼樣？」

如鳴所說，現在還「沒辦法」。不過，如果是「以後」的話，或許有一天真的會成行也不一定，雖然現在的我也不知道那究竟會是什麼時候……

如果和往年一樣的話，鳴從別墅回來的時間點應該是在盂蘭盆節之前——八月十日前後吧。我想等到那個時間再和她聯絡，然後鼓起勇氣，邀她去看《侏羅紀公園Ⅲ》。

3

八月八日，星期三的早上。

我久違地來到位於市立醫院別館的「診所」，和碓冰醫師見面。

「哎呀，阿想，你看起來精神不錯呢。」

在診療室一見面他就這樣說，讓我印象深刻。因為在我記憶中，他應該是第一次在我進來這個房間之後這樣說話。

「上個月我聽說你爺爺過世的消息很擔心呢。你沒事吧？有沒有因為身邊的人過世，讓心情變得很混亂呢？」

「啊，的確有。我很受打擊……不過，我沒事。」

我毫不猶豫地這樣回答。晚上已經可以安然入眠，做惡夢的頻率也比以前少了。夏季感冒治好之後，身體狀況也變好了。

「你還是一直沒和媽媽見面對吧？」

「嗯……對。」

「有打電話嗎？」

「嗯，偶爾。」

我刻意用平淡的語氣回答。「嗯嗯。」不知道是不是看穿我的謊言，碓冰醫師點著頭，眨了眨小小的眼睛。

「你看起來精神不錯真是太好了。不過，你也不要太勉強——不要勉強自己打起精神。難受的時候就難受，難過的時候就難過，覺得害怕就害怕。誠實地去感受，然後接納那樣的情緒，才能保持精神上的良好平衡。你聽得懂吧？」

「──我懂。」

這天早上是充滿夏天氣息的晴天，但我抵達醫院時，怪異的烏雲突然出現。問診結束離開診療室的時候，開始下起雨來。這是一陣讓人不禁哇一聲兼倒退三步的大雨。

我沿著聯絡通道走向本館，前往醫療大樓的大廳。光聽建築物內響起的雨聲就知道，這段期間雨勢越來越大。只要經過窗戶我就會看一下窗外的狀況，發現白天這個時間竟然暗得看起來像黃昏了。

我沒有帶傘。我一邊想著要在醫院等到雨勢變小再走，一邊加入在出納櫃台前排隊的人潮。

有個東西突然映入眼簾。

在寬廣的大廳角落，有個灰白色的人影靜靜佇立。那是──

穿著夜見北女生制服的某個人……是誰？

我們距離很遠，中間來來往往的人也很多。不過，凝神仔細看，我就捕捉到「那個人」的長相──

「啊！」

我不禁叫出聲。

是她──泉美的臉。

不可能！我一邊否定一邊慌慌張張地閉上眼睛，過了一會兒才再度張開眼睛看。然而，灰白的人影並沒有消失，我也能看到對方的長相。那果然是她──泉美的臉。非常蒼白、毫無表情的臉。

不可能──這一定是我想太多。應該是某種錯覺，或者是幻影。

我強烈地這樣告訴自己好幾次，但是她並沒有因此消失。我就像著魔一樣，無法移開視線。

她的嘴唇看起來微微地在動。我明明不可能聽到，但她的聲音就像在耳邊一樣清晰。我覺得她在叫我的名字。（阿……想……）

這的確是她──泉美的聲音。

原本保持良好平衡的精神狀態，大概在這個時候錯亂了，我想我應該是被**什麼東西**纏上了。周遭的聲音聽起來都像是頻道受干擾的廣播雜音，大廳裡的人和他們的動作，彷彿退到半透明的牆外似地，失去了真實感。

就在這樣的狀態下──

她的人影突然動了起來，我追在她身後，馬上跟著動起來。

在那之後的事情，我只能想起一些很混亂的片段。沒錯，就像睡醒之後回顧夢中發生的事情一樣。

我還記得離開大廳後，先衝進電梯。我看到她搭上電梯，便從後面追上，在電梯門完全關上前鑽進隙縫。然而，電梯裡除了我之外沒有任何人。（……阿……想……）然而，目的地的按鈕亮著燈──〈B2〉。

電梯抵達地下二樓，我雖然疑惑但還是走出電梯。

結果，出電梯之後有通往三個方向的漫長走廊……（阿……想……）我感覺到有人叫我的名字，所以往左邊走。數公尺外出現她灰白色的人影。這個時候，所有天花板上的照明都開始閃爍。我追在她身後。然而，不久之後人影就融化在燈光閃爍時的「黑暗」之中了。看不到人影，我開始手足無措的時候，人影又出現在前方數公尺處。我再度追上去，但馬上就跟丟了……我甚至覺得這樣的循環會永遠重複下去。

我想這段期間有爬過幾次樓梯，也在走廊轉彎過好幾次。應該也有下樓梯，還有經過走廊上的緩坡道。

彷彿在詭譎的異界大迷宮之中迷了路。

我一直尋找、緊追著人影，最後連自己在醫院的哪裡都不知道。不，不只如此，我甚至越來越不確定，自己遊蕩的**空間**究竟是不是位於夕見丘的那座醫院……

……………

突然一道白色閃光出現，讓我一陣目眩，這才突然回過神來。

窗外——昏暗天空中的閃電，就是那道白色閃光的真面目。外頭持續不停的大雨聲並非毫無意義的雜音，而是我能正確掌握的「雨聲」。我也發現自己正站在院內某個陰暗的走廊上。然後——

數公尺前，有個灰白色人影。

穿著夜見北女學生夏季制服的她（阿……想……），的確就在那裡。那是泉美……

「咦？」

我聽到這樣的聲音。她對著我，發出有點驚訝的聲音。

「比良塚同學？」

咦？……啊，不對，**不是泉美**。

她不是泉美。她比泉美高，髮型是短髮，手上拿著一把小花束。她是——

「江藤……同學。」

她是江藤，三年三班決策小組的成員之一。當初就是她，提議把今年的「對策」改成設定兩個「不存在的人」……

「那……那個，妳好。」

我傻傻地打了個招呼。

「啊，呃，那個……」

江藤為什麼會在這裡？

我歪著頭思考這個問題，抱著解除附身狀態的心情，再度環視周遭、確認狀況。

這裡是夕見丘的市立醫院，我在醫院的某處。應該是離醫療大樓大廳很遠的地方，看窗外的樣子，應該是在三樓或四樓——

「嗯……」我結結巴巴的，江藤也歪著頭表示疑惑，然後眨著黑瞳孔的大眼睛。

「比良塚同學**也是**嗎？」

「咦？」我不明白這個問題的意思，所以更疑惑了。

「我今天是固定看診的日子。」

「這樣啊？可是……」

「江藤同學呢？為什麼來醫院？」

我這樣回問，她便指著手上的花束說：

「我是來探病的。」

「探病……」

「之前是住在本館的住院大樓，但聽說換了病房。這裡的構造很複雜，所以我迷路很久才走到。」

這樣啊——這個時候我才終於注意到，身為決策小組的她說要「探病」，那對方一定是……

江藤站在深奶油色的房門前，那裡就是她要去的病房啊——我走近確認門旁名牌上的姓名。

「牧瀨同學……還在住院嗎？」

「牧瀨同學在去年底轉學過來的時候，就已經是我的朋友了。」

江藤稍微壓低音量這樣說。

「她的身體從以前就很虛弱，但是她是個很溫柔的人，所以她那個時候才會說，反正自己都要住院，那就由自己來當『不存在的人』。」

那個時候嗎？三月的「應變會議」上，那個……

「難得比良塚同學也在，要不要一起去探病？」
「呃……這樣好嗎？我突然跑來。」
「她說她最近狀況比較好了——不然，我問問看好了。」
說完，江藤就敲了敲房門，然後報上姓名，自己先進病房了。過了一會兒——
「請進。」
病房內傳來這樣的聲音。不是江藤，而是其他女性的聲音——嗯。這的確是我聽過的聲音，當時的那個女學生……
「比良塚想同學？你來看我，我很高興。」
在爽朗卻透露著虛弱的聲音引導之下，我在江藤之後進入病房——
砰咚——這個時候，從某處傳來低沉的聲響。同時，「世界」突然又變暗，短暫一瞬間又恢復原狀……
…………
然後……
然後我**發現**、**想起**、**懂了某件事**……就結論來說，我**找到某個答案**。之前我默默抱持的疑問，出現了一個可能的解答。

4

「恐龍能像那樣自由自在地到處行動，光是這樣就已經很猛了。棘背龍又大又兇猛，無齒翼龍也很生動，好猛喔。」
矢木澤一臉興奮地一直說「好猛喔」。
「和前面兩集比起來，我覺得有點太平淡……不過，還是很有趣啊——對吧，阿想。」

他這樣問我，我乖乖地回答「對啊」。
「你是不是沒看過第一部和第二部啊？」
「嗯。」
「你之前好像說過你對恐龍沒什麼興趣。」
「啊，嗯。不過，這部電影還滿有趣的。」
電影院的大畫面和大音響，有種壓倒性的魄力，讓人覺得彷彿看到真的恐龍，故事很單純但是會一直想看下去。也有一些場景，讓人在不知不覺中，令人如文字所述捏了把冷汗……
八月十三日星期一的下午。
在紅月町的電影院看完《侏羅紀公園III》之後——我和矢木澤，還有意外答應邀約的見崎鳴總共三個人。鳴說「我請客」，我們兩個國三男生就恭敬不如從命，來到電影院附近的水果聖代咖啡店。
外頭充滿盛夏的炙熱陽光，正值盂蘭盆節的假期，街上人潮眾多。然而，店內卻不可思議地空曠，可以度過一段平靜的時光。
「見崎姊呢？」
矢木澤問。他瞄了圓玻璃桌旁的鳴一眼，但眼神一對上就急忙移開視線。
「我是說，妳有看過系列作品的第一集和第二集嗎？」
鳴的嘴唇離開插在柳橙汁裡的吸管。
「我是第一次看這種怪獸電影。」
如果是我的話，矢木澤一定會回嘴說：「這不是怪獸電影，而是恐龍電影。」
「啊、啊，這樣啊。」
結果他只說了這句，然後稍微抓了抓頭。鳴看起來一點也不在意，嘴唇再度回到吸管上。
看著這一幕，我拚命忍住笑意。

「不過，真的很猛耶。對吧，阿想。」

毫不氣餒的矢木澤再度面對我。

「那些恐龍現在幾乎都可以用CG動畫重現耶。在電影裡面，牠們看起來就像還活著一樣。現在的CG技術真猛。奧布萊恩和圓谷英二如果還活著，看到應該會嚇死。」

「奧布萊恩是誰？」

「威利斯．奧布萊恩，負責一九三三年版的《金剛》特效畫面。他是定格動畫的先驅。圓谷英二你應該知道吧？」

「《超人力霸王》的圓谷嗎？」

「沒錯沒錯，在那之前他拍了一九五四年的第一代《哥吉拉》……」

矢木澤開心地繼續聊。認識他到現在，我本來就知道他很喜歡這類電影和戲劇，只是沒想到他是這麼狂熱的愛好者。

「……順帶一提，有點匠人氣質的奧布萊恩唯一的弟子就是鼎鼎大名的雷．哈利豪森。你知道《超世紀封神榜》吧？」

「不知道耶。」

「喔——」

「但他很有名對吧。」

「沒錯。」矢木澤點了點頭，吐出一口氣他嘟著嘴，一副在抗議「你真沒用耶」的樣子，然後把手伸向桌上的冰淇淋蘇打。就在這個時候——

「我喜歡斯凡克梅耶。」

鳴說了這麼一句話，矢木澤出乎意料似地歪著頭。

「喔，那是……」

「捷克的動畫家。楊．斯凡克梅耶——矢木澤同學不認識嗎？」

「不，我只聽過名字。」
「阿想呢？」
「不認識耶。」
「我覺得阿想應該會喜歡喔。」
說完，鳴露出淺淺的微笑。
「我家有影片，下次借你。」
矢木澤和鳴，這天是第一次見面。他們兩個人從以前就聽過我談到彼此，但實際見面之後，他們的反應都和我預料的差不多——
鳴完全像平常一樣。相對之下，矢木澤從我介紹鳴，打招呼說「妳好」的那一瞬間就陷入怪異的緊張之中。
在電影院大廳等待上一部電影結束時也是，他偶爾會鼓起勇氣向鳴搭話，鳴沒有露出討厭的樣子，但也沒有面帶微笑。雖然我覺得她這樣不算冷淡，但對於和她不熟的少年來說，應該很難相處。而且，該怎麼說呢？鳴是個皮膚白皙的美少女，就像「夜見的黃昏……」裡的人偶一樣，對國三男生來說是很難接近的對象。
嗯，跟我想的一樣——心裡有點小得意，但另一方面又有點同情矢木澤。
這天鳴穿著衣領上有緞面蝴蝶結的黑色上衣，搭配及膝的深藍色短裙。感覺比平常更成熟，即便是在午後的明亮陽光之中，也有一種黃昏的氣息。說實話，其實我心裡也多少有點悸動——
「矢木澤同學也是從四月開始就辛苦呢。」
果汁喝到一半的時候，鳴這樣說。她第一次提起三人截至目前為止都沒有聊過——也不敢聊的話題。
「我聽阿想說過。矢木澤同學的姑姑，以前也是夜見北三年三班……」

矢木澤突然想起什麼似地睜大眼睛。

「三年前見崎姊也是三年三班的學生對吧？我全都聽阿想說過。」

不對不對，我可沒有全都說——雖然心裡這麼想，但我沒有插嘴。矢木澤繼續說：

「今年『災厄』好像也和三年前一樣中止，所以……」

「那太好了。」

鳴發自肺腑說完這句話之後瞇起眼睛，她的左眼瞳孔是略帶咖啡的黑色。今天當然不是「人偶之眼」，所以也沒有戴眼罩。

「真的是太好了。」

從鳴說的話和語調就能感覺到她毫無憂慮的安心，我的心情和她一樣。

「你們兩個明年春天就畢業了對吧。高中要讀哪裡？」

被問到這個，矢木澤馬上回答：

「我打算考縣立的夜見一，阿想也一樣對吧？」

「啊……嗯。應該吧。」

「這樣啊，那我畢業時你們剛好入學呢。」

鳴開口說——沒錯，她明年春天就高中畢業了。雖然我也很想知道她畢業後的計畫，但從來沒問過。

「夜見一沒有這種令人困擾的『現象』，所以可以放心。」

鳴接著說。矢木澤推了推圓框眼鏡，然後端正坐姿，挺起胸膛說：「我會放心地去讀夜見一的。」但是很快又垂下雙肩。

「在那之前要先考試。唉，真是焦慮。」

他在自言自語中參雜著嘆息。

「你不是說暑假要用力玩？」

我這樣吐槽之後，矢木澤誇張地仰頭看天花板。
「我用這種心情迎接暑假，但暑假已經剩一半了。啊——時間真是無情啊。」
鳴噗哧笑了一聲。矢木澤臉頰泛紅，刻意咳了咳。
我的視線轉往窗外。
路上行人的樣貌自動映入眼簾。總覺得今天路上的年輕人比平常多，開懷大笑的表情也比較多。然而——
發現自己不知不覺地在陌生的人群中尋找「赤澤泉美」的幻影時，我急忙踩煞車。告訴自己已經夠了，可以忘記了。然後——
目光轉向鳴。
不知道她怎麼看待我的舉動，發現我的眼神之後，她抿著嘴脣輕輕點頭。

5

那天的恐龍電影鑑賞會，在傍晚前就解散了。然而——
「再見，我今天玩得很開心。」
說完，鳴正打算起身離開。
「啊，見崎姊。」
我衝向前叫住她。
「阿想，怎麼了？」
「那個……我有些話想跟妳說。」
在鳴從緋波町的別墅回來之後，我們通過一次電話，在電話中約了這次一起看電影。從那個時候我就一直很想說，但是講電話的時候又猶豫不決……這件事我想直接對她本人說，而不是透過電話或信件。

「嗯——？」

她用彷彿在說「怎麼這麼正經？」的眼神看著我。然而，我還沒回答之前，她似乎已經察覺我的心思，沒過多久就點點頭。

「要去一趟藝廊嗎？」

「可以嗎？」

「沒問題——那矢木澤同學，改天再見。」

「啊、啊……好。」

就這樣，矢木澤被我丟在原地。班長，今天就原諒我吧。解散的時候，他看我的眼神很微妙，所以我已經作好心理準備，早晚會被他逼問：「你和見崎姊到底是什麼關係？」

接著——

在御先町藝廊那個令人熟悉的地下空間，我終於對鳴說出口。

她不主動說、不想說的事情，我不會勉強去問，也不想問——我已經放棄自己過去的堅持了。

不過，我覺得就結論來說，這麼做是對的。把疑惑說出來、問清楚，確認各種細節……我感覺到鳴和自己之間的距離大幅縮短。當然，對我來說這是一件好事，說實話，我甚至覺得很開心……

…………

…………

「話說回來……」

這天臨別之際，鳴突然想起什麼似地這樣說。

「昨天，榊原同學打電話來。從美國——洛杉磯打來。」

「啊，這樣啊。」

「他在墨西哥好像過得很辛苦。聽說這個月底就會回東京。」

說起這件事的鳴，表情看起來像是鬆了一口氣——

「榊原同學好像也很在意今年『災厄』的狀況，所以我有跟他說明過了。」

「啊，是。」

「他說之後也會打電話給你。」

榊原恒一。嗯——我告訴自己，得好好感謝他才行，然後輕輕點頭。

6

就這樣——

二〇〇一年的暑假，基本上都過得很安穩。

盂蘭盆節之後，久違地有個大型颱風登陸日本，不過這裡並沒有傳出什麼災情。看新聞報導，接連好幾天都熱到破紀錄，不過市民並沒有因此熱到倒下。

直到七月初「赤澤泉美」消失之前，天空都覆蓋著一層令人不安的烏雲。盛夏的夜見山閑靜、和平，彷彿那些烏雲已經完全被吹散——至少在我眼裡看起來是這樣沒錯。

自從上次市立醫院的事情之後，我就再也沒有看到過泉美的幻影。我想接下來應該也不會再看到了。

7

八月再過幾天就要結束的時候，生物社要在學校開會。在顧問倉持老師的召集下，找來所有社員。地點不在T棟的自然科學教室，而是0號館的社辦。

室內已經被整理乾淨，完全看不出兩個月前那件慘案的痕跡。即便如此，我還是會回想起那天的光景，所以必須拚命想辦法抹除——

「我先跟大家報告一件事，生物社社長由森下同學接任。」

剛開始聽到倉持老師這樣說的時候，我有點驚訝。聽說他好像家裡有事，所以不太能參加社團活動。我記得是這樣，但是森下他竟然答應接任社長？

「那個——我最近心境上有點變化。」

森下搶先回答了我的疑惑。

「畢竟這是幸田同學好不容易經營起來的生物社，所以我想自己應該試著做一點力所能及的事。」

森下身材纖瘦，長得高而且四肢細長，不過看起來沒什麼運動神經，頭腦聰明但不擅言詞，在班上沒什麼存在感。這樣的他看樣子和我想的不同，在生物社內和俊介之間的關係很好。在場的一、二年級社員並沒有人提出反對意見。「真的可以嗎？」當我這樣確認的時候。

「嗯。不過，一個人實在無法放心，所以請比良塚同學多多協助。」

森下彷彿在說服自己似地自言自語。

「所以今天想跟大家商量一件事。我覺得生物社必須把原本飼養的動物搬回這間社辦……」

後來我才聽說，讓森下煩惱不已的「家裡的事情」，指的是父親的家暴所導致的父母感情失和。這個夏天，他父母終於離婚，討厭父親的他由母親扶養。因為這件事，讓他心中陰霾一掃而空。據說他打算找個時間，把姓氏改成母親的舊姓。

待生物社的會議結束之後，我獨自前往第二圖書室。因為我在會議前，偶然看到千曳先生走進0號館。

雖然圖書室門口掛著「CLOSED」的牌子，但敲門之後裡面馬上傳來「請進」的回應。接著，在我開門之前，千曳先生就先問：「是比良塚同學嗎？」看樣子他也發現我來學校了——

「生物社有什麼事嗎？」

即便是這個季節，千曳先生仍然穿著黑襯衫和黑長褲。聽到他這樣問，我點了點頭說：

「對啊。」

「算是決定繼續經營社團的誓師大會吧。」

「喔——真是有魄力啊。」

「哪裡。沒有那麼誇張。」

「是喔。不過，六月的時候實在太慘了——你現在已經沒事了嗎？走進那個社辦，不會覺得不舒服嗎？」

「我沒事。」

「這樣啊。來——」

千曳先生從櫃台裡面的冰箱拿出礦泉水，說是要「補充水分」遞了一瓶給我。

「八月只剩幾天，所幸沒有任何『相關人士』過世。七月之後『災厄』就停止的判斷看樣子是正確的。」

雖然這樣說，但千曳先生的眉間仍有幾條皺摺。他單手放在讀書用的大桌上，接著說：

「其實——我七月聽你說的時候並沒有懷疑，但是也很難百分之百相信。因為我長年體會這個『現象』的各種辛酸，所以現在還不能完全鬆懈。我抱著這種想法，慎重地觀察……」

千曳先生話說到一半，稍微咳了一下才說：

「我現在覺得可以不用擔心了，一定已經沒事了。」

「嗯。一定是這樣沒錯。」

「只要按照現在這個樣子進入九月，就能證明你七月時說的話『屬實』。這樣今年的『災厄』就真的『結束』了。」

8

離開第二圖書室，走出0號館之後，我一個人走在中庭的小路上，最後停在**某個地方**。生物社社辦外的窗外。木片組成的小小十字架墓碑，林立在充滿雜草的地面上，站在那些墓碑前面——

時間過得比想像中還快，一轉眼已經接近黃昏時刻。吹過的風比白天涼一點，日本暮蟬開始發出尖銳的叫聲，寒蟬也跟著鳴叫。

操場那裡傳來學生的聲音。運動社的社員好像還在練習，但他們好像在某個遙遠的世界，不知道為什麼只有稀薄的真實感。除了蟬聲之外，上空突然出現幾隻烏鴉的叫聲。聲音聽起來好像也在某個遠方，沒有什麼真實感……

……最後一次在這裡立墓碑是什麼時候的事呢？

是四月時第一代小烏死掉的時候嗎？黃金週時死掉的琵琶湖鰍和大和沼蝦，馬上被俊介做成標本，所以沒有立墓碑。

當時我無心冷靜掌握死於六月慘案的動物數量，也沒有心情回收屍體幫牠們安葬。我想下學期開始之後，要先幫牠們製作新的十字架才行。就算沒有屍體，至少也要有墓碑。然後——

我想要在旁邊偷偷立一個比其他大一點的十字架，這是為俊介立的十字架，也是為他的雙胞胎兄弟敬介而立。

在我想著這些事情的時候，時間繼續流轉，西邊的天空開始出現夕陽。不是正紅色，而是鮮豔的朱紅色。雖說是朱紅色，但又比朱紅色更濃，感覺像黏糊糊流向地面的猩紅色。此時的夕陽，每一刻都在改變顏色，非常美麗。然而，不可思議的是那並不會讓人聯想到鮮血——

帶著一種難以言喻的安心感，我盯著黃昏的天空看了一會兒。

回想起來，這幾個月有太多悲傷的事了。除此之外，也發生很多可怕的事。還有很多讓人感覺到這個「世界」毫無道理、充滿不知名的惡意、無能為力的事情。然而，這一切彷彿都被渲染整個天空的夕陽之美淹沒——

我抬頭望著黃昏的天空。

帶著一種難以言喻的安心感。然而，此時我心中也有一種排山倒海的恐懼。暑假就要結束了——

Chapter 14 September I

1

「從今天開始就是下學期了。」
九月一日，星期六。開學典禮後的班會上——
「今年度的『現象』在七月時結束，『災厄』已經中止——這樣的觀測結果似乎是正確的。暑假期間沒有任何『相關人士』死亡，平安迎來新的月份。原本還殘留的些許不安，已經可以完全放下了。」
「各位同學——」站在講台上的班導神林老師緩緩環視整個教室。表情開朗，浮現以前很少展露的微笑，我想比起開心，她應該是打從心底感到安心吧。
「到畢業為止還剩下七個月，希望這段時間各位能創造許多有意義又快樂的回憶。我們追悼因『災厄』亡故的人，也連同他們的份活下去……大家一起加油。」
暑假過後，三年三班的教室有五個空位。過世的繼永和幸田敬介、現在仍在住院中的牧瀨、回歸「死亡」而消失的泉美，還有今天仍然缺席的葉住——和暑假之前一樣。
「星期一就會開始用下學期的課表上課——」
神林老師再度環視教室，然後改變語調說：
「上學期中途開始長期缺席的葉住同學，下週開始也會來上學。前幾天我和她見面，已經確認過她的意願。」
……氣氛一陣騷動。

幾個學生沉默地面面相覷，我和矢木澤也一樣。

「大家都知道葉住同學不來上學的原因，就是五月初在教室的那場騷動。不過，現在『災厄』已經中止，狀況完全不同了。我說服她忘記當時那件事，轉換心情來上學，她好不容易才聽進去。」

聽到老師這麼說，我真心覺得太好了……因為我心裡還是一直很在意葉住的事情。

「所以，我先拜託各位同學。葉住同學來學校之後，請像以前一樣，把她當作班上的一分子，自然地和她相處——大家做得到吧？」

我和矢木澤再度對看，然後坦率地點頭。在那之後，我不自覺地望向靠操場那一側的窗外。夏季尾聲的藍天，萬里無雲。

2

隔天，九月二日星期天的下午，榊原恒一打電話聯絡我。

看到手機的來電顯示，我馬上就知道是他。因為畫面上顯示我輸入過的電話號碼，以及「榊原恒一」的全名。

「阿想？是我，榊原。」

手機裡傳來的聲音，的確是他。比起七月初從墨西哥打來的時候，聲音明顯更清楚。

「我是想。那個，你已經回到日本了嗎？」

「上週剛回國。」

「那個……見崎姊之前說你從洛杉磯打過電話回來。」

「啊，沒錯沒錯。」

恒一很乾脆地回應我。

「見崎在那通電話裡告訴我後續的經過。我已經聽說今年『多出來的人』是誰，也知道她發生什麼事——辛苦你了。不過，嗯，太好了。」

「——是啊。」

「昨天下學期就開始了吧？」

「沒錯。」

「八月平安度過了呢。」

「是。」

「嗯，那就真的不用擔心了。三年前也是這樣。」

「呼——」電話的另一頭，傳來這樣的聲音。他遠在異國，自己也「過得很辛苦」，但還是一直很在意我這裡的狀況。

「辛苦你了，阿想。」

恒一不久後重複說了這句話。

「你心情還好嗎？」

被問到這個問題，我一時語塞。

「我聽見崎說了。是你讓她——赤澤泉美回歸『死亡』的。赤澤是你的堂姊吧？但你親手把她……」

那天晚上，我試圖在橋上把泉美推落夜見山川。然而，事實上在我碰到她之前，她就……然而，當時在鳴的眼中，看起來一定就像「我親手把她推下去」。因為後來我並沒有把真實的情況告訴鳴。

「榊原學長。」

我鼓起勇氣回話：

「三年前是你讓『死者』回歸『死亡』對吧？」

「嗯——是我。」

恒一的聲調感覺變低了，我繼續追問：

「對方是誰？你怎麼讓對方回歸死亡的？榊原學長到現在都還記得吧。」

「嗯——我還記得。」

「但是，那些記憶總有一天會變淡，然後消失不見吧？」

「應該是這樣沒錯。」

「那要等到什麼時候才會……」

我的這份記憶，要等到什麼時候才會消失？

「很難說，我也不知道。」

恒一喃喃地說完，隔了一段時間才開口。

「因為除了留下那卷錄音帶的松永學長之外，沒有其他先例。我想可能過幾年後就會忘記……不過每個人多少有差異，或許明年就忘記，但也可能還記得——阿想你想快點忘記是嗎？」

「這個嘛……」

「如果忘記，你會連**那個人**在那段時間曾經存在這件事都想不起來。即便如此，你也想快點忘記嗎？」

「那榊原學長覺得呢？」

我這樣反問後，恒一又喃喃地說「我也不知道」，然後參雜著嘆息回答：

「我到現在也沒有答案啊。」

在那之後，我們沉默了一陣子。就在我心想，得說些什麼、問些什麼才行，心裡覺得有點焦慮的時候——

「啊，說到這個。」

恒一不慌不忙地開口。

「有件事讓我有點在意。與其說是在意，不如說是覺得不可思議。」

「什麼事？」

「關於今年『多出來的人』＝赤澤同學的記憶。」

和泉美有關的記憶？究竟是什麼？

「七月初時聽見崎說到今年的狀況後，我有打電話給你對吧。當時我回想起三年前的記憶，然後告訴你那些話……真的很不可思議。」

「怎麼說？」

「當時『我三年前的記憶』之中，好像還有『那年和赤澤泉美同班的記憶』。**我非常自然地想起**她的名字和長相，也記得她在班級宿營時過世的樣子。也就是說，那個時候我的記憶並沒有被『現象』改變。」

「呃，所以……」

「雖然**現在的記憶**也有可能已經被改變了——不過，我覺得**應該沒有**。如果當時你跟我提到『今年的赤澤泉美』，那個瞬間我的記憶或許也會被改變，反而想不起來『三年前的赤澤泉美』。」

「這是……呃，為什麼會發生這種情形？」

「沒有人知道答案，所以才『不可思議』，但我能想到幾種假設。」

「譬如說？」

我這樣問，恒一便回答：「譬如說，距離。」

「有可能是地理上距離夜見山多遠的問題。你也知道，只有在夜見山市內，『現象』引起的『災厄』才會降臨在『相關人士』身上。在夜見山之外就屬於『影響範圍外』。紀錄的篡改和記憶的改變雖然也會波及『影響範圍外』，但『力量』應該也會相對減弱。根據當下狀況不同，記憶的改變有可能不完整，至少會出現某種時間差吧。」

「啊，是。不過……」

「如果光是這樣還不足以說明的話，還有我這個人的特殊性以及享有的特權。」

「榊原學長算特殊嗎？」

「我身為『三年前讓死者回歸死亡的人』，算特殊吧？而且，大家馬上忘記的『那年多出來的人』，我也擁有一直記得的特權。」

我想起鳴曾經說過「殘酷的特權」，我對著只有聽到聲音的恒一用力點點頭。

「如果，我至今仍記得三年前『多出來的人』，那麼關於三年前的『現象』和『災厄』，或許就會保持比一般人更強烈的記憶。因此，『三年前的赤澤泉美』的記憶也完全沒有被改變……你覺得這樣的假設如何？」

「我好像能懂你的邏輯。」

「所以我們已經不需要討論接下來該怎麼辦，畢竟今年的『災厄』已經結束了……」

「啊，是，你說得也對。」

「總之，真是太好了，這樣我就放心了。我想你應該碰到不少令人心痛的局面……嗯，你做得很好，阿想。」

明年春天之前，我想久違地回夜見山一趟。到時候我們和鳴三個人一起見面吧——說完這些話之後，恒一就掛斷電話。

我握著手機，反覆嘆了好幾次氣，但是連自己都不明白為什麼嘆氣。鳴送給我的風獅爺吊飾，隨著我的嘆息擺動。

3

九月三日，星期一。

如神林老師的預告，葉住結香來上學了。不過，她是在第一節數學課已經快要開始的時候才出現在教室──

「對不起，我一來就遲到。」

數學老師稻垣（女性，年齡大概三十五歲左右）溫柔地對坦率道歉的她說「沒關係」。

「不必著急，妳先回座位吧。妳休息了一段時間，應該有很多事不清楚。不用客氣，有問題就問。不管是上課時或下課後，都可以問。」

老師們應該都知道她的事吧。

「好，謝謝老師。」

葉住仍然坦率地回應。

我覺得她好像變得有點不同了──

頭髮比以前短。看起來也比較清瘦。好像很刻意要打起精神的樣子，我覺得看起來有這種感覺。我很猶豫，不知道等一下是否該跟她打聲招呼……

第一節下課到第二節上課之間的休息時間，葉住在和原本感情好的島村和日下部聊天。第二節、第三節和之後的下課時間也一樣。她們看起來很自然、毫無芥蒂地在聊天。看到葉住開懷的笑容，雖然覺得她的樣子看起來不太對勁，但我心裡真的大大鬆了一口氣。既然如此，我也沒有必要現在去跟她打招呼了吧。

葉住出席之後，教室裡的空位剩下四個。過世的兩個人再加上住院中的牧瀨，還有泉美的位子。之後至少應該把泉美的課桌椅搬走比較好吧。這幾天再去向決策小組的兩個成員提議好了。決策小組之一的江藤，午休時來找我搭話。

「之前你去探病，牧瀨同學好像非常高興喔。」

聽到她這樣說，我的心情有點複雜——

「江藤同學妳之後還是有去探病？」

我這樣問，江藤便回答：「從那次算起隔一週後，和上星期各去過一次。」

「原本是說秋天可能可以出院……不過，狀況好像又變差了。」

「——這樣啊。」

「再這樣下去，可能就要留級了……不過這也是沒辦法的事。她已經變得越來越沒自信了……好可憐。」

江藤悲傷地瞇起黑瞳孔的大眼睛低下頭，我再也忍不住。

「沒事的。」

我毫無根據地這樣說。

「牧瀨同學一定會好起來。」

「是嗎——你說得也對。」

「我也會跟妳一起去探病的。」

「嗯——謝謝你。」

「現象」結束，「災厄」中止，原本因為接下「對策」設定的「不存在的人」的角色而受到創傷的葉住，都能像現在這樣平安來上學……

九月三日這天三年三班的教室，自四月公布編班以來，第一次洋溢著日常的風景。充滿安穩、有別於過去的柔和又明亮的氣氛。然而——

有一件事，就像全新圖畫紙的某個角落，染上一點黑色的顏料。

神林老師這天沒來學校。

早上的簡短班會由社會科的坪內老師（男性，年齡大概四十五歲以上）代課。然後像宣布班務似地告訴大家：

「神林老師今天休假，她好像身體不舒服……應該是感冒了。第四堂的自然科學應該改為自習，具體的指示之後再宣布。」

4

九月四日，星期二。

這天神林老師還是請假。

和昨天一樣，坪內老師出現在早上的簡短班會時，我有點驚訝，而且覺得不太安心。這個時候應該還只是有一點茫然地不安而已。

「神林老師的身體狀況還是不太好……」坪內老師像昨天一樣宣布一些班務性質的事情和指示。

一定是……我在心裡喃喃自語。

身為三年三班的班導，神林老師從今年春天開始就感受到前所未有的壓力。五月時哥哥過世也是其中一個原因。所以，暑假過後確定「現象」結束，一定讓她徹底放鬆下來了，所以身體才會……

針對這一點，矢木澤和我也有一樣的想法。「畢竟她唯一的優點就是認真。一旦放鬆下來，就會感到疲倦。」

然而，這天又發生另外一件令人在意的事——

昨天除了住院中的牧瀨之外，所有同學都到齊了。但是今天有一個人沒來。是島村。

和葉住比較親近的兩個人之一，四月時被腳踏車撞倒受傷的那位同學。

從早上就沒見到她的身影，老師沒有特別說什麼，所以我想大概是請病假，結果被我猜對了。第二節課之後，擔心她的日下部打電話過去，確認真的是生病——

「她說是感冒。」

日下部對包含葉住在內的女同學們這樣說的時候，我也聽到了。

「據說她從昨天就有點發燒，覺得全身無力所以躺著休息。」

「這麼說來，昨天島村同學是不是有戴口罩。」

「好像也有咳嗽。」

「對啊對啊。」

「只是一般的感冒嗎？」

「是吧。她在電話裡說不用擔心，聲音聽起來也很有精神，等退燒就會來上課了。」

「希望她不是得了流感。」

「以這個季節來說，未免也太早了吧？」

「是啊。」

聽到女同學們的對話，一方面覺得安心，但另一方面又覺得有點不太對勁。然而，這個時候的不安仍然模糊。

今年度的「現象」已經結束，「災厄」早已中止——這樣的認知在我心中堅定不移。因為七月的那個晚上，泉美墜入夜見山川混濁河流之中的樣子，我仍然清楚記得。

因為「赤澤泉美」的「死」，「災厄」中止了。這件事千真萬確，不可能有錯。所以……

「……沒事的。」

我自言自語試圖轉換心情，把視線拉回前幾天在「黎明森林」圖書館借回來的書——艾勒里．昆恩的《暹羅連體人的秘密》。

5

九月五日，星期三。

這天一大早就出現濃霧。

我住的飛井町附近沒有這麼濃重的霧。如果要我在這樣的霧中騎腳踏車，我大概會有點猶豫吧。

夜見山市全區都有霧，根據區域不同，有些地方的霧很濃。夜見北周邊也一樣。校園附近完全被蒼白的霧覆蓋，即便已經來到校門前，學校的校舍看起來也只是模糊的灰色影子。有人在上學的路上迷路，紅綠燈幾乎沒有作用，小學生害怕到哭出來，教室裡充斥著這些討論聲。

「不知道多少年沒有看到這種大霧了。」

矢木澤一見到我就這樣說。

「小二還是小三的時候，曾經有一次起了很大的霧，當時學校好像直接停課——阿想你不知道嗎？」

「相比之下，今天的霧不算什麼是嗎？」

我這樣問，矢木澤喃喃地說：

「倒也不是。」

眼神轉向操場那一側的窗戶。

「我們在三樓，窗外卻只看得見霧耶。」

「好猛，應該是說，好奇怪。」

「的確是很奇怪，不過，天氣預報說下午就會放晴……」

神林老師今天也休假，得知這個消息，教室裡瞬間陷入不自然的沉默之中。接著，開始出現微微的躁動。也傳來「老師怎麼了？」、「老師沒事吧？」之類的聲音。

昨天缺席的島村，今天也沒來。感冒還沒好嗎？

除此之外——

今天又多了一個缺席的學生。

第一節課有好幾個人遲到，應該都是受到濃霧的影響吧。然而，有一個學生直到第三節下課都沒來——

是一個名叫黑井的男同學。

我幾乎沒有跟他說過話，所以不太認識他。我對他的印象只有身材嬌小、沉默寡言，沒什麼存在感……

這位黑井同學一直沒有出現，同樣都是缺席，但是他缺席的原因好像和請病假的島村完全不同。我會這樣說是因為——

不知道是學年主任還是訓導主任，在每節下課時間都來教室巡視，我才確定他不是請病假。

「黑井同學還沒來？」

到底是怎麼回事？發生什麼事了？——我直到午休時間才知道。矢木澤因為其他事情去了一趟教職員室，順便帶回相關情報。

「好像是黑井的媽媽聯絡校方。」

矢木澤這樣說。

「聯絡校方？」

一般不是應該相反嗎？學生沒來學校，所以學校聯絡家裡——如果是這樣我還能理解。

矢木澤看到我歪著頭，馬上接著說：

「她說有事打電話給兒子，但都沒人接，所以想確認兒子有沒有來學校。」

我不禁咦了一聲。

「也就是說，黑井同學今天早上已經離開家來學校囉？他沒有請假？」

「應該是。」

「他有出門上學，卻沒來學校。」

「對了，黑井離開家的時間，好像比平常晚很多。應該是睡過頭了吧。他急忙衝出門之後，媽媽發現他忘記帶的東西，所以打手機給他……之後就變成這樣了。」

「他沒來學校，而是去了其他地方嗎？」

「沒錯。」

矢木澤一本正經地點點頭，然後抓了抓長髮。

「難道是在霧中迷了路，找不到學校？——不會吧？」

「還是跟父母吵架，離家出走？」

「我是不知道黑井他家的私事啦。」

「或許是不想來上學，突然想到某個遙遠的地方之類的……」

「那傢伙是會做這種事的人嗎？」

「不是嗎？」

「不，這我不清楚。我也沒和他說過什麼話。」

「嗯——」我強忍住動不動就往壞處想的念頭。矢木澤說：

「總之，我們先觀察狀況吧。他父母現在應該在問親戚或朋友了吧？」

「希望能順利找到人。」

「如果到了晚上黑井還是沒回家，到時候應該會亂成一團。」

「——應該會。」

這天午休，我們待在C號館的頂樓。

濃霧已經變淡，抬頭可以看見陰暗的天空。混凝土的地面上因為濃霧的關係充滿黑黑的溼氣……因為找不到能夠坐下的地方，所以我們兩個人輕靠在圍住頂樓的欄杆，站著吃午餐。我的午餐是小百合伯母做的三明治。矢木澤的午餐是兩個便利商店買來的飯糰。

「話說回來，神林老師的事情啊……」

矢木澤開口說。

「她的確是從星期一就開始休假，不過原因似乎不明。」

聽到這件事，我又咦了一聲。

「為什麼你會知道？」

「啊，我偶然聽到老師們在聊這件事，所以……」

「你偷聽老師們說話？」

「自然而然就聽到了，我沒有刻意停下來或者躲在陰影處偷聽。」

「好啦，那些都無所謂。」

從昨天就感受到的不對勁，有種模糊的不安。「然後呢？」我刻意壓抑心中的這些情緒，催促他繼續說下去。

「好像是從星期一開始就聯絡不上老師了。打電話也不接，留言也沒有回。」

矢木澤嘆了一口氣。

「當初校方認為神林老師應該是身體不舒服在睡覺，可是老師第二天也沒來，仍然聯絡不上。」

「今天也一樣嗎？」

「是啊。因為實在太奇怪，所以老師們在討論是不是應該要去她家裡看看……」

「你這果然是偷聽啊。」

這次他沒有否認，身體轉個方向把胸口靠在鐵欄杆上。溫暖的風吹來，吹亂了他的長髮。

「我說啊，阿想。」

矢木澤完全沒有理會被吹亂的頭髮，轉向我這裡。

「你覺得呢，現在這個……」

然而，當他這樣問的時候，我正打算離開。因為我覺得自己沒辦法回答這個問題，而且也不想回答。但是——

從星期一開始發生一連串的事情。

神林老師、島村，還有黑井。每天都有一個人沒來學校，每天都有一個人從教室消失。

這是什麼？究竟是怎麼回事？難道是毫無意義的偶然嗎？還是蘊含什麼意義？如果有意義的話，到底是……

……啊，不對。我不需要在意，不需要無謂的擔心。

因為今年的「現象」已經結束了，「災厄」已經中止了。這樣的想法，仍然堅定不移。「必須堅定不移」的想法也非常強烈。

這天晚上我很早就上床，但遲遲無法入睡，很久沒這樣了。就在猶豫要不要吃碓冰醫師開的處方藥時，我昏沉地睡去——

我做了一個夢。

……霧氣……

到處都是蒼白的霧。這片霧很冰冷，每次呼吸都會深深侵入我的肺。又冷又寒，我一直發抖……突然發現霧的另一頭有什麼朝我靠近——是個不明的灰色影子。

勉強看出是個人的形狀，但究竟是不是人就不知道了。影子一個、兩個、三個……數量越來越多。我覺得很可怕，拔腿就想逃。然而，這個時候，越來越多影子已經完全包圍周遭了。又冷又寒，再加上恐懼，讓我不斷顫抖。我只能顫抖，沒辦法邁出一步——我做了這種惡夢。

6

九月六日，星期四。

這天神林老師仍然沒來。早上的簡短班會，還是由坪內老師來告知神林老師休假，但語調比之前更低更沉重，總覺得說得模糊不清。

因為昨天就從矢木澤那裡獲得情報，本來還猜想老師會不會宣布什麼，結果也沒有。不過，坪內老師看著我們的時候，偶爾會露出一種手足無措的表情，讓我非常在意……

島村今天也缺席。這已經是第三天了吧？

黑井也沒出現——昨天有找到他的行蹤了嗎？是不是已經回家了呢？我和矢木澤一樣，不清楚黑井家的狀況，不過他如果一直行蹤不明，應該會掀起一陣騷動才對。不對，說不定他家早就亂成一團了。

「島村身體還是不舒服嗎？」

「感冒一直好不了嗎？」

「她沒事吧？」

——下課休息時間我聽到日下部那群女同學的對話。葉住也在，但沒有聽到她的聲音。

「島村是不是沒有手機啊？」

「我昨晚有打電話到她家，她媽媽接電話說『抱歉讓妳擔心了』。她媽媽的聲音聽起來也很沒精神。」

「這樣啊，她真的沒事嗎？」

「我們去看看她吧。」

「嗯——可是……」

……我總覺得很不對勁，有種模糊的不安。

我甚至覺得，從前天就產生的這些感覺，現在已經漸漸蔓延到整個教室了。

沒有人討論黑井的事，但午休時矢木澤又帶來新消息。他又去教職員室偷聽了嗎？

「聽說黑井到現在還沒找到人。」

「沒回家嗎？」

「好像是。」

「有向警察報案了嗎？」

「不知道。應該有吧？如果是離家出走也就罷了，說不定有被綁架的可能。」

「綁架……不會吧？」

「無論如何，老師們看起來都很慌張，感覺氣氛比昨天更緊張。」

我們和昨天午休一樣來到C號館的屋頂。我帶著小百合伯母做的便當，矢木澤帶著便利商店買來的三明治……這也和昨天一樣。

「神林老師呢？」

我問。

「老師們不是說要去她家看看，後來怎麼樣了？」

「啊，這件事啊。」

矢木澤皺緊眉頭。

「雖然我沒聽清楚，不過狀況應該不太好。」

「怎麼說？」

「具體情形我不知道。」

「你沒問嗎？」

「有啊，我鼓起勇氣問了教國語的和田老師。結果，老師不知所措，什麼都沒回答……只說『這件事我們之後再說』，看起來一臉很頭痛的樣子。」

「——真奇怪。」

「真的很奇怪。老師們都那樣反應，讓人不禁往最糟糕的方向想像。」

「最糟糕的……」

「嗯。」

「你的意思是……」

我們兩個都沒有接著說下去。一定是因為我們兩個人都不想說出來吧。

今天沒有像昨天一樣起大霧，所以從屋頂上可以俯瞰附近的街道。雖然也能看見夜見山川的河水，但天空不算晴朗。淺灰色的雲覆蓋整個天空，連太陽在哪裡都無法分辨。偶爾吹來的風溼熱黏膩，這種感覺很符合「殘暑」兩個字。

頭頂上突然傳來烏鴉的叫聲。

嘎嘎嘎、嘎啊啊啊……我們抬頭往發出叫聲的地方看，然後不禁對看了一下，但我們都沒有說什麼。應該是說，我們都說不出口才對。

7

星期四的第六節課是正式的班會——

會是哪個老師來代班呢？坪內老師嗎？還是……就在我想著這個問題的時候，一個預料之外的人物在鈴響之後過了一下才進教室。

身穿黑襯衫、黑長褲、黑夾克……無論什麼季節都一身黑的第二圖書室館員——千曳先生。

為什麼是他來？每個學生一定都覺得疑惑。我也一樣，但疑惑馬上變成緊張，緊盯著講台挺直腰桿。

「我是千曳。我對你們都有印象，你們應該也都知道我是誰。」

他雙手撐在講桌上，刻意花了一點時間環視教室。千曳先生應該是透過這個動作，在調適自己的心情吧。我覺得應該是這樣。

「首先——」

千曳先生說著，用手指推了鏡框。抿著嘴唇兩、三秒，然後才緩緩地說：

「我必須告訴你們一個很遺憾的消息。昨天發現從星期一就休假的神林老師，在自家身亡。」

雖然很震驚，但不可思議的是我沒有很意外。這是我此時真實的心境。我……大概從昨天開始就已經有預感，會是這種情況了吧。不需要矢木澤刻意說出「讓人不禁往最糟糕的方向想像」我也有這種感覺——

教室裡，除了我以外的學生，反應各有不同。有幾個人聽到這個消息馬上發出尖叫，也有人雙手掩面。還有人盯著前方發愣，或者默默地左右搖頭……

「為什麼？」

不久後有人這樣說。

「這是怎麼回事？」

「我來說明。」

千曳先生用冷靜的口吻開口說。

「本來應該是今天早上就要告訴你們……不過，老師們也很辛苦。該怎麼處理這件事？該怎麼對學生說？要討論出一個結論需要時間。最後的結果是由我來告知各位——我們希望照實說明，以免傳出隨便編造的傳聞。」

這週開始校方就一直無法聯絡上神林老師。昨晚，有意願的老師們決定去看看神林老師的狀況……到這裡和矢木澤昨天說的一樣。然後——

神林老師家在朝見台，她獨居在一棟老舊的獨棟房屋裡。到訪的老師在玄關按門鈴，但沒有人出來應門，打電話也沒有人接。不過家裡的窗戶透出燈光，老師們判斷「這種情況的確很奇怪」。所以——

「老師們和警察商量，在警察的陪同下進入神林老師家中確認狀況。進門之後沒多久就發現神林老師的遺體。在浴室的浴缸裡……」

大家渾身動彈不得，教室裡一片靜默。千曳先生沒有流露出多餘的情感，繼續說明下去。

「勘查現場與遺體之後，判定死因是溺水，應該是在星期天晚上死亡。客廳的桌上有紅酒的空瓶和酒杯，所以推測應該是喝了酒之後泡澡，然後在泡澡時睡著，最後不幸因此溺斃。」

這算是所謂的「橫死」，但警方認為沒有任何他殺的可能性。現場沒有發現任何類似遺書的東西，所以也排除自殺的嫌疑。

飲酒後泡澡發生的意外，一般來說這種情形不算罕見。

「神林老師這陣子身體不好是事實，所以這星期沒有事先聯絡就休假，大家都以為是身體狀況不好。『災厄』中止，下學期平安地開始……或許讓她疲憊的身心一下子放鬆下來才會這樣。我不知道她平常有沒有飲酒的習慣，不過這次的意外或許就是因為在這樣的狀況下，讓她緊繃的身心放鬆後造成的不幸。想到這裡，我們只能為神林老師祈禱。」

話說完，千曳先生深深嘆一口氣。彷彿受到千曳先生的影響，教室裡到處都是嘆息聲。還有幾個女學生在啜泣。

就這樣過了一段時間，都沒有人開口說話——

「我可以問個問題嗎？」

不久後有個學生舉手。是江藤。

「那個……神林老師過世，是因為『災厄』嗎？」

「問得很好。」

千曳先生這樣回應。他用手推了眼鏡鏡框，沉默了一下，但神色看起來並不慌張。看起來就像在確認腦海中已經準備好的答案。

「如果要說我現在的想法……」

千曳先生又停頓了一下。

「我覺得**不是**。這不是『災厄』。」

「——真的嗎？」

江藤說。

「真的是這樣嗎？」

「七月的某個時間點，『多出來的人』消失，今年的『現象』結束。而且『災厄』也因此中止，八月完全沒有犧牲者就是最好的證據。既然如此，這次神林老師的不幸，就和『災厄』沒有關係，**只是單純的意外身亡**。若非如此，事情就太不合理了。」

千曳先生流暢地說完，但視線並不是對著提問的江藤，而是這個教室中央的某一個點。發現這件事之後，我心裡有個想法。千曳先生說「若非如此，事情就太不合理了」這句話，與其說是在說服我們這些學生，不如說是在說服他自己。

然而——

此時我的想法，其實也和千曳先生一樣。

「現象」結束，「災厄」停止了。所以，神林老師的死和那無關，雖然一樣是令人難過的事，但那只是世界上到處都可能發生的「一般死亡」。我只能這樣想，所以……

8

「目前暫時由我代替神林老師擔任本班的班導。我本來想一開始就先告訴大家這件事，不過考量要依序交代事情的始末，所以只好……」

接著千曳先生轉換口吻，為我們做遲來的自我介紹。

「我是千曳辰治。本業是第二圖書室的館員，但是因為持有國中教師證，所以這次接受校長的緊急任命。應該有人知道，我在二十九年前——**災厄開始的那一年**，曾任這所學校的社會科老師，也是當時三年三班的班導。因為這個身分，讓我想拒絕也拒絕不了。」

雖然語氣比剛才輕鬆，但千曳先生的樣子，看起來和他在0號館圖書室裡完全不一樣。該怎麼說才好呢。雖然不明顯，但連我都感覺得到他因為中間隔了很長一段空窗期，而且又是以「三年三班導師」的身分站在講台上，顯得非常緊張。

「這只是為了應付緊急狀況的臨時『代班』，所以可能會有很多地方做得不夠好。總之請大家寬宏大量，如果有什麼問題儘管來找我商量，不必客氣。社會科老師目前還足夠，所以我不會授課。神林老師負責的自然科學，不久就會請支援的人來幫忙……」

如此這般，「暫代班導」的校務通知告一段落之後，千曳先生說了句「好了」便離開講桌，靠在黑板旁的牆壁上。手上拿著出席名冊，打開之後，按順序看著同學們的臉。

「島村同學今天請病假嗎？」

他皺著眉頭這樣說。

「今天是第三天……嗯……」

那黑井呢？我心裡這麼想。千曳先生應該知道他的事情才對。

「昨天沒來學校的黑井同學——」

彷彿知道我的心思似地，千曳先生接著提到黑井。

「大家或許有聽說，黑井同學昨晚好像沒回家。他父母已經報警，所以導致一陣騷動……不過，他一定會沒事的。或許今天晚上就回家了。『災厄』已經停止，所以不需要擔心因為災厄造成什麼意外。」

可是——我差點就出聲插嘴，但還是忍下來了。

我非常能理解千曳先生的想法和現在的態度，而且基本上我也希望真的是這樣，應該是這樣才對。然而——

即便理論上能夠否認，但心裡總是會湧現不安。無論再怎麼強烈否定，在心裡築起高牆，也會有某種感覺越過高牆或者穿越牆上的孔洞襲來……

我腦海中浮現昨晚惡夢中，霧裡出現的灰色影子，不知不覺中我就像**中邪**一樣全身顫抖。

「嗯？比良塚同學，你沒事吧！」

不知道是不是發現我不對勁，千曳先生一臉擔心地看著我。

「——我沒事。」

我刻意從記憶中找出泉美墜落夜見山川混濁河水中的樣子。藉由這個舉動，消除在腦內蠢動的影子，好不容易才回過神來回應。

「千曳老師，我沒事。」

9

有個小孩從對面走過來。

外表看起來是小學三年級或四年級的嬌小男生。身穿黃色的破舊襯衫和牛仔褲，頭戴白色棒球帽。因為距離很遠，對方又低著頭走路，所以看不清楚長相。他身上沒有背書包，所以應該是放學後先回家一趟再出來玩吧？

時間是下午四點半。

九月上旬的這個時間，距離日落還早。不過，因為下午就漸漸開始堆積的雲層，使得風景看起來有點陰暗。

我剛才才離開學校，正在回家的路上。延續在教室時談天的組合，我和矢木澤、決策小組的江藤與多治見走在一起。

「雖然千曳老師那樣說，但那是真的嗎？神林老師在這個時候過世，果然還是……」

多治見愁眉苦臉地這樣說。

他比我高很多，體格也很精壯。乍看之下長得有點恐怖。不過他其實是個很好親近的男生，只是讓人覺得有點靠不住就是了。以「決策小組」的觀點來看，之前曾經是成員之一的泉美和江藤就可靠多了。

「既然千曳老師這麼說，我覺得應該可以相信。」

江藤這樣回應。

「他是這所學校裡，觀察『現象』最久的人。如果還有風險的話，校方要求他擔任班導，他應該會拒絕才對，不必刻意成為『三年三班的成員』……」

江藤看著我。

「嗯……對，的確是這樣沒錯。」

我雖然點頭，但也知道這個回答很模稜兩可。我總覺得，因為沒有風險——很安全才接受校方的任命，這種合理的算計不太適合千曳先生。

話雖如此，我並不是希望現在的三年三班還有「災厄」的風險。就是因為不希望還有風險才會——

「沒事的。」

我這樣說。

「神林老師過世，只是因為偶然發生的不幸。島村同學沒來，也只是因為感冒一直沒好，感冒沒好的話，請假三天也沒什麼好稀奇的。」

實際上，我自己七月底的時候，也因為夏季感冒躺在家裡好幾天，不過當時也沒有被「災厄」牽連。

「如果因為感冒休假令人擔心，那一直住院的牧瀨同學，就更令人擔心了。」

「嗯，的確是。」江藤這樣說，我點了點頭。

「我也贊成阿想的說法。」

矢木澤開朗地說。

「黑井的事情還是很令人在意，不過，我們在這裡乾著急也沒用。」

「──是啊。」

「如果像千曳老師說的，黑井今晚自己跑回家，那就沒問題了──不過，多治見。」

「怎麼了？」

「班長的任期到這個月月底，我覺得自己已經完成任務，你要不要接任下學期的班長？」

回家的路上，我們一路聊著這些事情。離開正門後，我配合其他三個人走上和平常不同的大馬路。那是一條兩側設有人行道的二線道馬路，我們四個人並排走在右側的人行道上……

步道前方有一個小孩朝我們走過來。話雖如此，剛開始我並沒有特別注意。

不久後距離縮短，小孩停下腳步抬頭看著我們。看到小孩的臉時──

我突然有種奇怪的感覺。

帶著一點咖啡色的頭髮，皮膚白皙、看起來乖乖的，露出一副很寂寞的表情……啊，總覺得……

這孩子的這張臉。

是不是和我自己很像？我有這種感覺。不對，不是像而已──

那就是幾年前，還在讀小學的我自己。經常進出緋波町那棟「湖畔宅邸」的自己。為什麼會突然出現在我眼前呢？我感覺自己已經被混亂的幻覺囚禁……

……不可以。

這是……這個感覺是……

自己所處的「現實」突然開始軟化、動搖。彷彿「世界」的輪廓正在緩緩融解。在這樣的狀態下，「我」的意識漸漸一分為二，一個已經離開我的肉體……
不可以——我搖了搖頭。
我甚至覺得自己變得不再是自己，我至今都記得那感覺。三年前的那個夏天……啊，沒錯，這說不定是那個異常經歷的某種後遺症。
那孩子其實長得和我一點也不像。更何況，以前的自己出現在眼前，根本就……
……另一方面。
小孩看到我們之後，歪著頭好像想說什麼似的。不過，最後他什麼都沒說就別過臉，然後——
不知道想到什麼，身體轉了個方向朝車道跳出去。
小孩突如其來的舉動，讓我們嚇得停止呼吸。剛好就在那個時候，前方有一台黑色的小型汽車開過來。對小孩來說，那台車在他的身後，所以他好像完全沒有注意到——
「危險！」
「危險啊！」
江藤和矢木澤同時喊出聲。汽車按了很長一聲喇叭，所幸在千鈞一髮之際沒有撞上，小孩順利過了馬路。汽車沒有停下來，就這樣開走了。
「呼——真是好險。」矢木澤說。
呼——他一直反覆吐氣。
「喂——小心一點啊！」
他朝對面的小孩這樣喊。
「他可能是看到四個國中生從前面走來，並排擋住去路，所以才突然想到從那裡過馬路吧。」
多治見說出自己的看法。
「喔，可是這未免也太危險了。」

矢木澤皺著眉頭，江藤一直撫著胸口。

我還沒完全擺脫剛才那種奇怪的感覺，仍然盯著小孩的身影。「小心一點！」矢木澤這樣說的時候，小孩稍微回頭看了我們一下，但沒有多餘的反應，開始走在對面的人行道上。

然而——

就在那個瞬間。

發生令人難以想像的事。

一點預兆也沒有，至少我沒有感覺到。

我感受到的不是「預兆」，而是激烈的「聲音」。從某處突然傳來非比尋常的聲響。那是什麼？我連思考的時間都沒有——

伴隨著更加劇烈、足以震破耳膜的聲響，小孩瞬間消失了——我看起來就像瞬間消失一樣。實際上與其說是「消失」，不如說是被抹除。被一個落下的巨大物體抹除。

至於那到底是什麼？當下發生什麼事？我都無法馬上理解。只知道有某種又大又重的東西，落在人行道上，剛才走在人行道上的小孩，直接被壓在重物底下。

連地面都隨之震動的巨大聲響，讓矢木澤和多治見都雙手掩住耳朵。江藤則是遮住眼睛。我完全無法反應，只是愣愣地站在原地。

掉下來的東西似乎是水泥塊。在一片粉塵之中，依稀能看見鐵管和鐵板之類的東西散落一地。水泥以墜落的形式崩毀，有好幾根彎曲的深棕色鋼筋凸出來。這是……

視線往上抬，發現那裡剛好在某個施工現場的前面。應該是幾層樓高的大樓，正在改建或拆除。雖然建築物整體都有防護布和防護板包圍，但就結論來說一點用也沒有。

不知道發生什麼事。總之，應該那棟大樓靠近頂樓的地方發生某種事故。導致大樓的外牆或者陽台的部分整個崩解，周圍的鷹架也一起被扯下來。而小孩剛好經過水泥塊掉下來的地方……

那孩子與其說是「被抹除」，不如說是被壓扁。他完全沒有時間發現異狀或逃跑，連發出慘叫的時間都沒有。

「那孩子怎麼樣了。」

江藤用帶著哭聲的語調說。

「欸，怎麼樣了？發生什麼事了？」

「看樣子，應該是沒救了。」

矢木澤用顫抖的聲音回答。多治見按著耳朵，左右搖頭。

「沒救？他死了嗎？」

「還不知道……但是應該死了。」

「我們得救救他。」

「啊……不行，現在靠近太危險了。有可能還有其他東西會掉下來。」

「可是……」

「比起這個，先打電話報警還有叫救護車！」

「啊，對，嗯。」

因為掉落下來的東西也散落在車道上，擋住了車輛的往來。緊急煞車的聲音，還有喇叭聲。有人停車下來看，也有人注意到發生意外，從附近聚集過來。在那樣的狀況之下……

我離開其他三個人身邊，獨自過馬路靠近案發現場。或許是分裂到肉體之外遊蕩的意識控制了我的行動……不，到底是不是我還不知道。我唯一能確定的是，此時我的精神狀況並不穩定。我連自己到底想做什麼都不知道，甚至覺得自己有點像夢遊症的患者。

「喂，阿想，不能過去！」「危險！」我把矢木澤他們的呼喊甩在後頭，一直往前走，親眼目睹悲慘的事實。小孩完全被壓在水泥塊下，但頭部和右手露在外面。棒球帽掉在附近。小孩的臉對著路面，沾滿鮮血的右手朝著前方，而且——

「嗚……嗚、嗚……」

傳來彷彿就要消失的微弱呻吟。

他還有氣——他還活著。

發現這一點，我不禁試圖往前衝。然而，就在這個瞬間，眼前出現的景象只能說是「惡魔的戲弄」。

一根鐵管隨後落下。

剛好就落向勉強維持氣息的小孩身上。小孩的後腦勺瞬間被穿刺，應該是完全貫穿……大量的鮮血蔓延到人行道上。

「嗚哇啊啊啊！」

活生生血淋淋的恐懼突然膨脹，我發出尖銳的叫聲。

「嗚哇啊啊啊啊啊！」

聲音大到感覺喉嚨都要裂開了。有邏輯的思考已經完全消失，我只覺得恐懼、噁心……不斷忘我地大吼大叫。

10

田中優次。

到了晚上，我才知道那個過世的小孩的名字。九歲。夜見山第三小學的三年級學生——電視上的當地新聞這樣報導。

小百合伯母也在有電視的客廳。看到悲慘意外的報導，伯母發出驚訝與哀嘆的聲音。

「這不是我們附近的學校嗎？」

伯母這樣問，我完全無法回答。只能靜靜地起身，走到外頭。

目擊傍晚那起意外之後，我自己一個人回家。幾乎是用逃走的感覺離開現場。

我受到太大的打擊，陷入停止思考——應該是說拒絕思考的狀態。也可以說，彷彿為思考而存在的大腦功能已經凍結。

回家之後，這種狀態仍然持續。不只是思考，掌管情緒的功能也跟著凍結了。因為我心中完全沒有「覺得死去的小孩很可憐」之類理所當然的情緒。

小百合伯母覺得我看起來不太對勁，擔心地問我：「怎麼了？」但我只能回應她：「沒什麼。」我也完全沒有心情接矢木澤打來的電話。

透過新聞知道小孩的名字之後，我的大腦功能才終於稍微恢復了一點。我發現這一點——

田中．優汰。

我在心中試著念他的名字。

田中．優汰。田中……

我總覺得哪裡不對勁，但是大腦再度拒絕思考。

「田中」，沒錯，是很常見的姓氏。然而——

直到深夜，矢木澤還是打了很多通電話來，我也不好再繼續忽視，只好戰戰兢兢地按下通話鈕。

「喔，你終於接了——你沒事吧？」

「啊……嗯。」

「你什麼都沒說就回家了。我很擔心耶。」

「——對不起。」

「你看到新聞了嗎？那個小學生叫做田中優汰……」

「我看到了。」

「我們班也有人姓田中對吧？」

「…………」

「『田中』是個很常見的姓氏。所以，那一定……

「桌球社的田中慎一。我跟他幾乎沒什麼交集，不過我很在意這件事，所以查了一下。發現——」

矢木澤在這裡停下來。好像是想看我的反應，但我無法作出任何回應。雖然在心裡一直想著「不會吧」、「不會吧」，但是沒辦法好好發出聲音。

「發現田中優次，就是田中慎一的弟弟。」

矢木澤這樣說。

「詳細狀況我不清楚，不過弟弟優次當時好像是要去找留在學校參加社團活動的哥哥，所以往夜見北走去。」

「——不會吧！」

我終於發出聲音了。虛弱又沙啞的聲音。

「怎麼會……」

「那孩子是三年三班的『相關人士』。」

「怎麼會……可是……」

「『災厄』已經終止了對吧？」

「——嗯。」

「既然如此，這到底是怎麼回事？難道跟神林老師一樣，只是單純的意外嗎？」

矢木澤以強勢的口吻問我，但聲音纖細又帶著顫抖。我答不上來。大腦再度陷入拒絕思考的狀態，情緒也保持凍結……經過幾秒鐘的沉默之後，我終於回過神來。

「我不知道。」

我只能說這句話。

11

「首先，必須告訴大家一個壞消息。」

九月七日，星期五。

早上的簡短班會上，千曳先生對我們說出和昨天正式班會一樣的話。我挺直腰桿，想著他大概是要宣布田中慎一的弟弟意外死亡的事，但沒想到出乎意料——

「剛才學校收到通知。因為是幾個小時前發生的事，你們應該都還不知道。」

幾個小時前的事？到底是什麼事？

千曳先生一反常態，表情顯得非常嚴肅。一種非常不好的預感，讓我幾乎就要停止呼吸。教室內的空氣瞬間就像出現海浪般震盪，但馬上又回歸平靜。接著——

千曳先生以更加嚴肅的表情、痛苦的聲音說：

「一直請病假的島村同學，今天凌晨過世了。」

寂靜瞬間變成激烈的躁動。比起昨天聽到神林老師過世的消息，教室裡傳來更多尖叫似的聲音。「怎麼會！」連我都喊出聲。

「騙人！」

日下部聲淚俱下地大喊。

「島村嗎？是島村嗎？」

接著又繼續傳來——

「為什麼？為什麼？」

手足無措的疑問，那是葉住的聲音。她在靠窗最後一排的座位上，雙手抱著頭直視前方。雖然直視前方，但她的眼中應該什麼都看不到吧。我也感受到那種空虛了。

看著學生的反應，千曳先生將手肘靠在講桌上，手掌撐著額頭。

「有可能是她的病況突然轉變……不，詳細情況還不清楚。」

他緩緩地搖頭，然後端正姿勢繼續說：

「這個時候要你們冷靜，應該也很難。不過，我希望各位能盡量冷靜。現在我只能這樣說。」

12

從星期一的晚上就已經有異狀了。

星期二開始就因為身體不舒服而休假的島村，症狀就像一般的感冒，所以家人也沒有太擔心。想著她只要吃一點市售的感冒藥，靜養幾天就會好了。

然而，症狀雖然沒有惡化，但也沒有朝康復的方向走。請假第三天，星期四的白天仍然沒有退燒，還持續有頭痛、全身倦怠等不適，到了晚上——

去房間看女兒的母親，聽到她起床之後在意識朦朧的狀態下一直自言自語。問她「怎麼了？」她也一直呈現朦朧的狀態，毫無反應。母親心想她應該是發燒才會這樣，所以先哄她入睡，觀察了一陣子才離開房間。

剛過凌晨兩點，母親聽到聲音，所以再度到女兒房間查看。

到房間之後，發現女兒離開床鋪站在壁櫥前面。然後用雙手拍打壁櫥的門。拍了幾次之後打開門，又馬上關起來，接著繼續拍……她在意識朦朧的狀態下，重複毫無意義的行為。

雖然母親也覺得奇怪，但把女兒帶回床上之後，女兒又乖乖入睡了，看起來不像身體狀況不好的樣子。即便如此，母親還是觀察了一下才離開房間——

第二次發現異狀是在兩個小時之後，也就是天亮前的凌晨四點之後。

島村的房間位在獨棟房屋的二樓。房間裡有陽台。據說她走到陽台，跨越柵欄跳到空中——

往下跳。她墜落在圍牆上，圍牆帶有防止外人入侵的不鏽鋼防盜刺。很不幸地，其中一根防盜刺穿過她的喉嚨。

墜落時發出的慘叫和異常的聲音，讓父母發現異狀，但為時已晚，她已經大量出血，呈現瀕死狀態。結果，在送到醫院途中，就在車內停止呼吸了。

——這些事情的經過，都是後來聽千曳先生說才知道。那是這天午休時的事。早上校方只知道她過世的消息。

「自己跳下去……如果是這樣的話，她是自殺嗎？」

「不。」針對我單純的疑問，千曳先生輕輕搖頭。

「目前非自殺的看法比較有力。現場沒有發現遺書，看起來也沒有想自殺的念頭……所以……」

千曳先生說完之後，輪流看著我們——地點在第二圖書室。我身邊是矢木澤。午休一開始，我們兩個人就在找千曳先生，最後在0號館一樓的這裡發現他。

「不是自殺，也不是病死，這算是某種意外吧。」

千曳先生這麼說。

「意外嗎？」

矢木澤喃喃地說。

「不過……」

「有可能是因為病毒性急性腦膜炎引發的異常行為，結果導致墜樓身亡——這是其中一種可能。」

病毒性急性腦膜炎。

我和矢木澤因為這麼陌生的單字感到困惑，千曳先生向我們說明。

「最近流感腦膜炎的問題漸漸受到重視，不過這種症狀不限於流感，其他的病毒感染也有可能引發急性腦膜炎。這種病還有很多未知的部分，目前發現的症狀很多元，其中一個就是『異常行為』。譬如說，發生怪聲音或者出現一些無意義的行為，現在判斷這次的例子應該就屬於這種症狀。」

我只能默默點頭，矢木澤也一樣。千曳先生說到這裡就抿緊嘴唇，長嘆一口氣抓了抓參雜白髮的一頭亂髮。

「那個……」

經過一小段沉默之後我開口說話。

「千曳先生……不，老師。」

「照之前那樣稱呼我『千曳先生』就好了。」

「啊，好。」

「什麼事？」

「那個，早上班會的時候千曳先生只有提到島村同學的事情，但你應該知道今天請假的田中同學發生什麼事吧？」

「嗯——」千曳先生很沒精神地再度抓了抓頭髮。

「你是說他讀小學的弟弟，昨天意外過世的事對吧。田中同學有聯絡說要請喪假。」

「今天早上為什麼沒有提到這件事呢？」

「反正最後大家都會知道，我希望大家能夠少受一點衝擊。你覺得一口氣告訴大家比較好是嗎？」

「嗯……是啊。」

我用力閉上眼睛，以免回想起昨晚那起意外的光景。在現在這個狀況下，如果活生生地回想起當時的情景，好不容易保持平衡的精神狀態，很有可能就會崩毀了。

「那——」

我對千曳先生提問。

「千曳先生覺得怎麼樣？田中同學的弟弟和島村同學，接連有兩個『相關人士』……不對，包含神林老師在內已經有三個人。這是不是……」

「你想問這是不是『災厄』，對吧？」

千曳先生皺著眉頭，盯著我看。

「我不知道。」

我這樣回答。

「今年的『死者』已經在七月消失，『災厄』應該中止了。所以……可是……」

此時，放在櫃台角落的電話響了起來。千曳先生背對我們朝向櫃台，接起電話。

「這裡是第二圖書室……是，我是千曳。」

看樣子是校內的內線電話。雖然不知道對方是誰，不過應該是學校的老師——

「……這樣啊。」

千曳先生回應的聲音很低沉，不知道是不是我想太多，聽起來有點顫抖。

「……我知道了。感謝通知，我會馬上過去……好，那就這樣。」

把話筒掛回去之後，千曳先生背對著我們大大地聳肩嘆氣，接著回過頭朝向我們。

「我必須去教職員室一趟，這裡要鎖門了。」

說完之後，再度大大地聳肩嘆氣，看起來像是拚命讓自己保持冷靜的樣子。

「那個，發生什麼……」

千曳先生打斷我的問題**這樣**說：

「發現黑井同學的屍體了。好像是今天早上在本市的垃圾處理場找到的。」

Chapter 15 September II

1

「有天霧很大對吧。星期三那天，黑井同學就行蹤不明，結果昨天……」

「發現他的屍體對吧——聽說是在垃圾處理場？」

「昨天早上職員打算掩埋送來的垃圾時發現的。從服裝辨認出是國中生，在同一堆垃圾中也發現他的書包。通知警察之後，馬上也聯絡校方。他父母確認過，的確是黑井同學沒錯。聽說黑井同學手上握著已經壞掉的手機。」

聽著我說明的見崎鳴，微微皺起單邊的眉毛。她的表情只有這樣——像人偶一樣的冷臉。

「他全身骨折、內臟破裂，判斷已經死了兩天。所以，他一定是在星期三早上就……」

「…………」

「星期三是收家庭垃圾的日子，黑井同學他家那一帶應該也是。雖然不太想去想像當時的狀況……」

不過，我沒辦法不去想。

九月五日，濃霧覆蓋城鎮的星期三早上。黑井比平常晚很多，慌慌張張地出門，大概是在前往學校的途中碰到壓縮式垃圾車，然後發生不幸的意外吧。譬如說——

我不禁想像。

壓縮式垃圾車在艙門打開的狀態停下，而黑井不小心撞到車體後頭。

結果他本來拿在手上要用的手機，就這樣掉進垃圾投入口。嚇了一跳又著急的黑井，碰到操作面板上的按鈕，導致內部的旋轉板或壓縮板動了起來。黑井不知道有沒有發現，總之急著把手機撿起來。結果一個失誤或者腳滑失去平衡，整個人掉進垃圾車裡，就這樣被運作中的機器捲進去……

一般來說不可能會發生這種事，但是那天有濃霧。黑井撞上壓縮式垃圾車、在判斷錯誤之下被捲進去、作業員完全沒發現重大異常……都是因為那片濃霧。不只視覺，就連聽覺和其他知覺、注意力、判斷力，可能都被濃霧蠱惑，沒辦法充分發揮功能。

被捲入車內，無論怎麼掙扎都無法掙脫，全身被壓扁，黑井可能在這個時候就已經氣絕身亡了。連發出聲音求救的機會都沒有，只能抓緊手機……

沒有作業員發現這個異常，壓縮式垃圾車結束工作之後，就載著黑井的屍體前往垃圾處理場。在垃圾從車內倒出來的時候應該就會有人發現，但是不知道是不是因為濃霧或者其他原因，不可置信地完全沒人發現，過了星期四直到昨天早上才……

真的有可能會發生這種事嗎？我對每個細節都感到疑惑。可是，即便如此——

結果，還是在垃圾處理場發現黑井的屍體。因為那片異樣的濃霧，導致不幸的偶然，在現實之中發生這樣悲慘的意外。只能這樣想了。

「真的是很慘的意外。」

鳴這樣喃喃自語，緩緩地閉上眼睛。

「一般狀況下不可能發生的悲慘意外……」

九月八日，星期六的下午。我來到「夜見的黃昏是空洞的藍色眼睛」，在地下的那個空間與見崎鳴面對面。

神林老師在自家浴室溺死；放學後目擊的那起意外——田中慎一的胞弟．優次之死；原本因感冒請假的島村，在異常行為之下身亡；還有昨天才發現的黑井之死。

我昨晚在電話中，就已經告訴鳴這一連串意外的概要，然後我們約好今天見面。我想要面對面說清楚詳細過程和來龍去脈，然後問問她的想法……

「昨天班上的同學狀況如何？」

被問到這個問題，我一時語塞。

「——大家還是很混亂。」

一早得知島村的死訊，下午又傳來黑井過世的消息，在這段時間之中，大家發現前天意外身亡的孩子就是田中的弟弟……教室陷入大混亂。不少學生驚慌失措哭了出來，可以說是頓時陷入恐慌。

「千曳先生怎麼說？」鳴這樣問。

我回答說：

「千曳先生說……千曳先生好像也很手足無措。他也說不知道是怎麼回事，一切都太不合理了。」

「……………」

「昨天第六節是自然科學，神林老師不在所以讓大家自習，千曳先生在那個時間來教室，整理這些事情的緣由並且對大家說明。我想他應該是想防止資訊誤傳或暴走。不過，這樣還是沒有安撫到同學的情緒，整個教室仍然呈現混亂的狀態。」

「……………」

「開始有人說這就是『災厄』。九月才過一週，就接連有四名相關人士過世，怎麼想都很奇怪。一般都會覺得這種狀況算是異常吧？所以……」

「阿想你也這麼認為嗎？」

「見崎妳覺得呢？」

我這樣回問，鳴再度微微皺起眉頭。和剛才一樣，表情幾乎沒有任何改變。不過，不同的是看起來不再是「像人偶一樣的冷臉」。

2

昨天我當然也受到很強烈的打擊，煩躁又很混亂……前天還能分析自己處於「拒絕思考的狀態」，現在已經沒有那樣的餘裕。我驚訝於陸續傳來的「死訊」，身體顫抖感覺隨時都要暈過去，之後大腦裡不斷出現各種情緒。我幾乎想不起來自己在想什麼，或者和誰說過什麼話。

回家之後，下定決心和鳴聯絡，約好見面的事情，但直到深夜我都無法入眠。吃了處方安眠藥也無法入睡……就在短暫的睡眠和不舒服的清醒之間反反覆覆，然後天就亮了。

自己究竟是活著，還是死了？醒來之後，這樣的疑問強烈湧上心頭。突然被劇烈的不安包圍……我不知該如何是好，早上打了通電話到市立醫院的「診所」。然而，碓冰醫師的門診今天已經約滿。接聽的人說下午晚一點可以看診，但是——

「沒關係。」

我馬上這樣回應，一邊回應一邊拚命壓抑內心的不安。

沒事的——同時我也這樣告訴自己。

下午和鳴約好了。比起碓冰醫師的問診，我更需要和鳴見面——這一點我毫不猶豫。

上次造訪御先町的人偶藝廊，是八月看完恐龍電影後的事了。在那之後經過三個星期……不，將近四個星期了吧？

入口細長的櫃台裡，天根婆婆像平常一樣歡迎我：「歡迎啊，阿想。」

「鳴在地下室喔。」

因為七月的翻修，館內一樓的樣子有點改變。

展示櫃的數量減少，配置也不同，包含沙發區在內的空間，整體感覺更加寬敞。不過以前沒有用到的上方空間，增加了一些風格奇特的裝飾。在牆面的高處用透明材料打造宛如陽台的層架，天花板上吊著透明、巨大的蛋形盒子……層架上和盒子裡都放著人偶，人偶的姿勢配合由下往上看的視角，連燈光都有跟著搭配。

不過，明明是大白天，但暗得像黃昏的氛圍沒有改變。館內的音樂也沒有改變，平靜又陰暗，很適合人偶們秘密集會的曲調……

「……很奇怪對吧。」

「妳覺得呢？」我這樣回問之後，過了一會兒鳴才回答：

「有連續四個『相關人士』過世，一般來說的確不太可能。我覺得這很不尋常。」

鳴以微微皺眉的表情，左右輕輕搖頭。我覺得這不是毫無情緒的冷臉，而是在某種情緒支配下的面無表情——

「班上同學陷入恐慌也不是沒有道理。不管怎麼安撫，這些不安都不會消失。」

「那見崎姊妳也……」

聽自己說話的聲音就知道，我已經失去正常的抑揚頓挫了，這就是被某種情緒支配的結果。

「我覺得是『災厄』。」

說完，鳴低聲嘆氣。

「雖然很難以置信。」

「可是，見崎姊……」

「你想說這樣不合理？」

「那是千曳先生說的……」

「阿想覺得呢？」

「我……」

我想回答，但又說不出口。總覺得說出口承認現狀，可能就無法挽回了。然而——

「……妳說得對。」

不承認現狀也不行了。
「我覺得無法否定，這種狀況只有可能是『災厄』。但是——」
「但是什麼？」
「我在想為什麼會這樣。」
「為什麼啊……」
「這不是很難理解嗎？」
就算我不說，鳴一定也知道。雖然心裡這樣想，但我還是忍不住加重語氣。
「七月的那個晚上，身為今年『多出來的人』的『赤澤泉美』已經回歸『死亡』，如此一來『災厄』應該就能中止。除了見崎姊和我之外，大家都失去關於**今年的她**的所有記憶，和她有關的紀錄也都恢復原狀。而且，八月沒有任何人因為『災厄』而犧牲。但是……」
「但是為什麼現在又有人死了？」
鳴閉起雙眼，像是在自問自答似地這麼說，然後緩緩地搖搖頭。
「難道是『災厄』**根本**沒有中止？還是說暫時中止，**接著又開始了**？這到底是為什麼？」
接著說了這一句之後，再度搖搖頭——
「——我不知道。」
她睜開眼睛看著我。
「這種情況是第一次，千曳先生會手足無措也很正常。」
她垂下肩膀，深深地嘆了一口氣。
我感覺到鳴自己也不知所措，所以不禁移開一直盯著她的眼神。

3

有段時間我都沒開口，鳴也保持沉默……原本流動的弦樂突然消失了。是一樓的天根婆婆讓音樂停下，還是機器有什麼問題嗎？

我刻意深深吸入陰暗地下展示廳冰冷沉澱的空氣，人偶隨處展示在這個宛如洞穴的空間中，我突然覺得自己必須替它們呼吸才行……這好像是我初次造訪這裡時的感受。

我一邊想著這些一邊等著鳴會說些什麼。

或許鳴也在等著我說些什麼……不，她這個時候看起來像是獨自陷入沉思。她坐在椅子上再度閉上雙眼，一動也不動……雖然不知所措，但是仍然思考著什麼。

又沉默了一段時間。最後——

「那個……有想到什麼嗎？」

我緩緩地問張開眼睛的鳴。「嗯？」鳴微微地歪著頭。

「沒事，我是想說……」

「我不知道。」

鳴喃喃地說，像剛才一樣深深嘆一口氣。

「為什麼『災厄』沒有停止？為什麼又再度開始了？——我真的不知道。」

她像剛才一樣搖頭，不過在那之後——

「但是……」

鳴繼續說。

「有件事讓我很在意。」

「很在意？什麼事？」

「有種很奇怪、不對勁的感覺。」

說完之後，鳴用兩根手指——中指和無名指按著右邊的太陽穴。

「五月初的時候，那個叫葉住的女孩放棄扮演『第二個不存在的人』。當時我說『應該沒問題』對吧？就算少了一個『不存在的人』，只要阿想繼續扮演角色就沒問題。只要剩下的一個人好好扮演，『災厄』應該就不會降臨。」

的確如此——

當時鳴斬釘截鐵地這樣說，我也就深信不疑。然而，實際上五月下旬繼永就那樣死了，同一天小鳥遊的母親也過世，確定「災厄」降臨。

「當時我並沒有特別樂觀，也不是想讓你安心，只是按照自己的想法說出來。結果卻……」

「……」

「結果是我錯了，不過我還是覺得很不可思議。為什麼『災厄』又降臨了？」

為什麼「災厄」又降臨了？——鳴的問題，喚醒我心中清楚記得的「她」說過的話。

——這個問題，我覺得重點應該在於「力量」的平衡。

她——泉美說過的話。

——不存在的「多餘的人」＝「死者」混入班級，招來「災厄」。唯一的「對策」就是在班上設定一個「不存在的透明人」來阻止「災厄」降臨。我覺得就像用「不存在的透明人」之力抵消引發死亡的「死者」之力一樣。

這應該是她在繼永他們死後兩天的晚上說的話。

——我們為防萬一，把今年的「對策」改為設定兩個「不存在的透明人」。因為這樣四月時「災厄」沒有降臨，表示兩者之間的平衡保持得很好。然而，五月葉住同學放棄扮演這個角色，「災厄」便降臨了。也就是說，**今年的力量需要兩個人平衡**。

「只有一個『不存在的透明人』還不夠？」當時我這樣問，泉美就回答：

——不夠，這樣無法取得平衡……沒錯，就是這種感覺。必須增加「不存在的透明人」的力量，否則就無法抵消今年的「死者」之力。所以啊……再度用兩個「不存在的透明人」，把葉住退出後的平衡拉回來。如此一來，應該就能夠阻止「災厄」——她用這樣的理論提出新的「對策」，但是……

「『力量』平衡的問題……嗯，阿想你之前有說過對吧。」

鳴像平常一樣，彷彿看穿我的內心。

「我記得赤澤當時提出『再次把不存在的透明人增加到兩個』這個新的『對策』。結果，這個『追加對策』也沒有效果。」

我像是要確認自己的記憶似地慢慢說起這件事，鳴終於把放在太陽穴上的手指移開。

「那言歸正傳吧！」

我一邊甩開浮現在腦海裡的泉美的聲音和臉龐——

「啊……是。」一邊這樣回應。

鳴開口說：

「五月時我感受到的疑惑，和聽到『災厄』又再度降臨時感受到的疑惑很像，應該是說，兩者都會讓我不禁思考『為什麼』、『怎麼會這樣』……該怎麼說好呢？有種相似的不對勁。不知道哪裡有問題，總覺得很奇怪，就像……對，就像不和諧但很相近的音階。」

鳴自己難以解釋這種感覺，無法明確掌握其中的含義——我覺得看起來像是這樣。

我也不太清楚她到底想說什麼，只能單純從字面上描述想法——

「妳的意思是感覺很不合裡，也違反規則，但是到底為什麼？」

「嗯。是這樣……沒錯。」

鳴的回答一反常態，聲音聽起來很苦惱。

「既然如此——」

我接著說。此時，我無法控制突然湧現、彷彿黑色硬塊般的情感，已經呈現半放棄狀態。

「這件事本來就毫無道理可言。雖然有規則，但那也不是能夠透過科學手段證明的法則。『現象』和『災厄』本來就都很不合理，就算我們再怎麼想出類似的理論，也不見得能套用，這本來就不可能。」

從「弗洛伊登飛井」搬回赤澤本家，七月下旬的那天。矢木澤曾經這樣說過，當時我還認真否定，結果現在跟他說了一樣的話。這點我還有自覺。不過——

「按照之前已經發現的規則實施『對策』，但是都失敗了。甚至仿效三年前見崎姊你們的經驗，讓『死者』回歸『死亡』……都做到這個地步，還是無法阻擋『災厄』。」

我抱著半放棄、幾乎是自虐的心情這樣說。

「也就是說，我們做什麼都沒用。以過去為依據的規則未必正確，甚至有可能是完全錯誤……」

七月那個夜晚，把泉美推向「死亡」，或許根本就是毫無意義的行為。早知道結果如此，當初完全沒必要把她逼到那個程度。要是我一開始就沒有用小聰明做無謂的抵抗選擇放棄，把一切交給命運，或者像晃也先生那樣逃離這個城鎮……

想著想著，我突然覺得呼吸困難。

我深呼吸好幾次。空氣又冷又稀薄，感覺每呼吸一次體溫就跟著下降。這個空間裡的所有人偶，都像沒有說出口但低聲交頭接耳的樣子。像在可憐我，又像在嘲笑我。我……

我抱著求救的心情看著鳴。

非義眼的右眼露出悲傷的神色，鳴直直盯著我……視線相對之後，她慢慢地眨眼然後輕咬下唇。

「阿想。」

她緩緩地說。

「現在的阿想不能再繼續待在這裡了，我們去一樓吧，我請天根婆婆幫我們泡茶。」

4

我們移動到一樓的沙發區，天根婆婆端來熱綠茶。喝了綠茶之後，身體變得溫暖，讓我稍微打起精神。此時館內的音樂也已經恢復，呼吸也不覺得痛苦了……

鳴只稍微抿了一口茶，之後又獨自陷入沉思。我不敢搭話，應該是說，不知道該說什麼，只能坐在沙發上環視周圍。

話說回來——我突然想到。

上個月一起看完電影繞過來這裡時，也是先在地下一樓的那張圓桌邊說話，之後才上來一樓，接著……

在樓層深處的樓梯口旁，一尊展示中的人偶吸引我的目光。

人偶就在鋪著紅色床單的老式床板上。比真人略小一點的少女人偶，穿著蒼白的洋裝——這好像是長久以來被放在地下室一隅的作品。一樓翻修之後，八月開始這裡就變成用這種方式展示人偶。

人偶呈現仰躺的姿勢。雙手放在胸口，手指交扣——紅褐色的頭髮、雪白的肌膚。張開的雙眼，左右都採用「空洞的藍色眼睛」。嘴脣微開，就像要說些什麼一樣。

躺在床上的少女——這個設定讓我想到一個光景。沒錯，就是八月上旬那天，在夕見丘市立醫院……追著泉美的幻影在院內遊蕩，最後抵達那間病房……

——比良塚想同學？

這是她當時的聲音。爽朗卻透露著虛弱的聲音——

——你來看我，我很高興。

「這孩子剛開始是放在棺材裡的。」

上個月我第一次看到這尊人偶的時候，鳴曾這麼說。

「霧果好像花了很多心思，但我不太喜歡就是了。」

鳴說「我不太喜歡」，一定是因為人偶長得很像自己吧。我清楚記得那是什麼時候聽到的。

雖然能夠理解，但是當時心裡還是想起那間病房的景象……

──嗯，我沒事。最近狀況還算不錯。

無趣的寬敞房間裡，有一張白色的床。她躺在床上迎接和我一起前去的江藤。

──結果我還是沒幫上什麼忙。

聽到她落寞地這樣說時──

不會啦──我當時應該是這樣回答的。

──可是，我真的什麼都……

不會啦。而且已經沒問題了，現在不用再擔心「災厄」了。

──真的嗎？

床邊那張桌子的角落，閃爍著銀色的亮光……

──真的已經不用擔心了嗎？

「災厄」已經停止了──我這樣說。因為當時我對這一點深信不疑，也沒有餘裕能抱持懷疑。

──這樣啊，謝謝你。

我至今仍記得她那放心又帶著點落寞的微笑。

──謝謝你，我……

那間病房裡的她。牧瀨……

綜合考量那天我的**發現**、**回憶**、**理解**……結果，**我得到一個答案**。然後，**為了確認答案**，

四週前我在這裡……

「欸，阿想。」

鳴開口說。我急忙端正坐姿，迎向她投過來的視線。

停了一拍之後，鳴說：

「阿想覺得死亡很可怕嗎？」

我不禁咦了一聲。突然被問到這個問題，我不知道怎麼回答，也覺得很疑惑。

「我會怕。」

沒過多久，我這樣回答。

「你討厭死亡嗎？不想死嗎？」

「——我不想死。」

「嗯，說得也是。」

為什麼會問這個問題？我猜不到鳴的真意。另一方面，我也覺得鳴好像一直在問一樣的問題，但是我馬上轉換想法。

或許她的答案和我不一樣。我突然想到這一點。也覺得很怕聽到這個答案。

「既然如此，之前我也說過，你可以選擇逃走。」

鳴接著說。

「只要你還在這個城鎮，就無法避開『災厄』的風險。像賢木先生以前一樣，放棄一切逃離夜見山……」

但是在鳴這樣說的時候，我就緩緩地搖著頭。

「我不想逃避。」

「但是阿想……」

「我也不想死，所以……」

所以呢？即便我自問自答，也只能說出一些和解決問題無關的空虛言論。

「我會小心，注意各種風險，以免被捲入『災厄』之中。」

「——這樣啊。」

我知道，回答夾雜著嘆息的鳴，現在的立場和以前不一樣。所以——

在那之後沒多久，就到了我該回家的時間，我忍不住對她說：

「見崎姊也要小心。」

5

叮鈴——我背對門鈴聲走出屋外，正打算跨上停在建築物前的腳踏車時——

「那個……阿想。」

送我出來的鳴，好像突然想到什麼似地說：

「那個叫葉住的孩子，狀況怎麼樣？」

「怎麼樣……昨天看起來很驚慌失措。因為聽到好友島村去世，會這樣我想也很正常。」

「你知道她的聯絡方式嗎？」

「電話號碼嗎？」

「如果可以話，也給我住址。」

為什麼在這裡跟我要葉住的地址？

雖然我覺得很不可思議，但此時我沒有想太多。我回答「回家查班級名冊就知道了」

之後——

「那你查好了可以聯絡我嗎？」

鳴像往常一樣，用淡然的口吻這樣要求。

「呃……為什麼突然要地址？」

我一問，鳴只輕巧地說「有點事」帶過。

「之後再用電子郵件寄給我也可以——拜託你了。」

6

「欸，是真的嗎？『災厄』真的又降臨了嗎？不是七月就結束了嗎？」

矢木澤完全沒有喝小百合伯母端來的冰茶，當房間裡只剩下兩個人獨處的時候，他這樣問我。他沒有氣勢洶洶，但是口吻和表情一反常態地嚴肅。

「欸，阿想，怎麼樣？你覺得呢？」

這是九月九日星期天下午的事情。「我現在可以去找你嗎？」矢木澤不到一個小時前突然打電話來。我當然無法拒絕，只能歡迎他來，但是——

這個月開始連續出現的「死亡」，是否真的和「災厄」有關？

我們星期五午休時間去找千曳先生時，通知黑井死亡的電話剛好打來——從那之後，我和矢木澤就沒有好好聊過。雖然大腦很明白這應該是要和決策小組的江藤和多治見討論的問題……但我實在沒辦法。

不只是我。

矢木澤和江藤他們一定也有相同的想法。

千曳先生也是。即便親眼看見教室裡的混亂，也沒辦法像以前那樣冷靜以對。雖然好不容易說出「請冷靜」、「不要慌」這種話安撫大家，但聽到「這真的是『災厄』嗎？」、「為什麼會這樣？」、「我們該怎麼辦？」這些問題也沒辦法說出一個清楚的答覆……

「昨天，我和見崎姊見面了。」

我稍微別開視線，迴避矢木澤直直盯著我的眼神。然後說：

「見面之後，我把狀況都告訴她了。她也認為這是『災厄』。」
「這樣啊——說得也是。」
矢木澤搔搔他的長髮，然後發出「嗯——」的聲音，聽起來也像是在嘆息。
「真是的……」
地點在我的書房兼寢室，我們隔著一張橢圓形的小茶几。
房間很亂，所以我實在是不想讓矢木澤進來，但是也沒辦法，因為我不想讓小百合伯母聽到這件事。事到如今，我還是沒有告訴小百合伯母和伯父「三年三班的特殊情況」。
話雖如此，伯母他們不可能完全沒有起疑。就算我沒說，他們應該也知道夜見北發生好幾起「事件」（畢竟七月時家裡也發生祖父離奇身亡的意外）。這個月應該也聽說班上的事情，當然也有發現我不太對勁吧。
實際上，伯母也每天都以擔心的口吻問我：「阿想，你沒事吧？」「如果有什麼問題，都要找我們商量喔！」伯母有對我這樣說，但是沒有再繼續多談。也沒有逼問我——我應該要感謝她保持這樣適當的距離。畢竟現在告訴伯母詳情，也沒辦法解決問題。就各種層面的意義上，這麼做只會平添麻煩而已。
「……是說，阿想……」
矢木澤停下搔頭髮的手瞪著我看。
「到底是怎麼回事啊？『災厄』不是停止了嗎？今年的『死者』不是七月就消失了嗎？這樣很不合理吧？」
「…………」
「這樣不是很奇怪嗎？太不正常了吧？想了那麼多辦法，最後暑假也平安無事……結果竟然……竟然這樣……」
「…………」

「到底是怎麼回事？現在是怎樣？你說說看啊！——是說，對你發脾氣也沒用。」
「嗯——」矢木澤再度發出呻吟，然後長嘆一口氣——
在那之後，我們兩個都沉默了一陣子。
喝了一點冰塊幾乎融化的冰茶，我站起來找冷氣的遙控器。因為在這幾分鐘之內，感覺房間突然變得很悶熱。
我打開冷氣回到原本的位置坐下後，矢木澤一邊環視屋內一邊問：
「那張照片呢？」
「照片？」
「你之前的房間裡不是有八七年暑假的照片嗎？」
「啊……」
一九八七年——十四年前的暑假。逃出夜見山的晃也先生邀請班上的朋友到「湖畔宅邸」時拍的照片。遠離「災厄」不斷降臨的夜見山，他們度過短暫的和平時間，當時拍的那張……
「你把照片收到哪裡去了？桌子的抽屜嗎？」
七月泉美消失之後，像之前那樣把照片放在房間裡總覺得看到就很痛苦。雖然那是晃也先生的重要遺物，但同時也會讓我聯想到住在「弗洛伊登飛井」的泉美。
對矢木澤來說，心裡一定會覺得那是拍到十四年前過世的姑姑——理佐小姐快樂模樣的照片。
「要不要我找找看？」
「不，不用了。」
「矢木澤的姑姑是突發急病過世的對吧？」
「聽說是這樣，具體上到底是什麼病就不知道了。」
矢木澤摘下圓框眼鏡，用右手的兩根手指按著雙眼的眼頭。看起來不像是在強忍眼淚，比較像是太過疲勞。

「黑井死得太慘了。」
話題跳回現在。
「田中的弟弟也很慘。」
「——嗯。」
「如果都要死，不要死得太慘比較好。」
「不，等一下。就算『災厄』繼續降臨，你也未必會死啊。」
「喔，你這樣說也沒錯啦。」
「你不是樂觀主義者嗎？」
「嗯，話是這樣說沒錯啦……」
矢木澤苦惱地皺著眉頭。
「可是啊……」
他叨念了一句，然後一臉嚴肅地沉默之後才開口說：
「我說啊，已經沒辦法了嗎？沒有什麼能避免『災厄』的方法嗎？」
他嚴肅地這樣問我。
「這個……」
我也嚴肅地回答。
「說不定會有完全不同切入點的方法……但是我不知道，也沒有其他人知道。」
「『不存在的透明人』這個『對策』是為了不要讓『災厄』降臨對吧？不要從這個角度想，而是思考讓『現象』本身無效，或者是解除一開始『MISAKI』的『詛咒』之類的方法。」
「我聽說這和『詛咒』不一樣耶。」
「沒有可以迴避『災厄』的咒語之類的東西嗎？」
「咒語……」

「不一定是咒語啦。讓『災厄』不要靠近的某種道具……譬如說歌曲……」
「歌曲？」
應該說是出人意表嗎？他說的話實在不太合理，但我又沒辦法笑著帶過。
矢木澤輕嘆一口氣之後就閉上嘴，我也沒開口。屋內就這樣再度陷入沉默。
「最後我想只能逃到『影響範圍外』，才能讓風險降到零。」
我先開口打破沉默。
「就像十四年前的晃也先生那樣。」
「離開夜見山，是嗎？」
「晃也先生那一年，五月發生重大事故，一次死了很多人。晃也先生當時也受了重傷，隔月母親也身亡……他好像就是因為這樣，才決定逃離這個城鎮。」
「…………」
「可是一般很難這麼做。就算告訴父母來龍去脈，也會有住處、工作等現實上的種種問題。國中生還算是小孩，所以有很多不自由的地方……」
「說得也是。」
矢木澤老實地點頭。
「就算要逃，我家裡的人口也太多了。上面一個姊姊，下面還有三個弟弟。爸爸的工作和這裡緊密相連……沒辦法說搬家就搬家。嗯……可是……」
此時矢木澤停下來，用手掌用力按著額頭。
「『災厄』不只會降臨到我身上，也有可能會降臨在家人身上對吧？如果是這樣的話……嗯……」
明明就已經採取「對策」，「災厄」還是降臨了。明明就已經讓「死者」回歸「死亡」，「災厄」還是沒有停止，又再度降臨——沒有辦法了嗎？沒有什麼能夠對抗的方法嗎？

心裡彷彿身陷在無力感的泥沼之中只露出一顆頭，在這樣的狀態下尋思這個想破頭也找不到解答的問題。然而，我還是沒有找到答案，根本不可能找到——

「阿想呢？你不逃嗎？」

矢木澤這樣說。

「你只要回緋波町的老家就好了……啊，抱歉。」

忘記是什麼時候了，我曾經把跑來夜見山赤澤家的大致始末告訴矢木澤。

「真是抱歉。我好像……不，不過既然已經這樣，我就……」

矢木澤還想繼續說下去的時候被打斷了。

手機開始響了起來。我的手機是靜音模式，所以是矢木澤的電話。

矢木澤從牛仔褲口袋裡拿出手機，沒有戴起眼鏡只是把眼睛湊近螢幕，喃喃地說：

「是多治見啊。」

「是我。」他接起電話。

「是多治見吧？怎麼了……嗯？咦！什麼？」

我聽不到對方說什麼。不過光看矢木澤的回答和表情的變化，我就知道是什麼事了。

「……怎、怎麼會。怎麼會……啊，嗯。對，你說得對。該怎麼說呢……啊！」

「電話掛斷了。」低聲這樣說的矢木澤，把手機丟在桌上。他拿起放在一邊的眼鏡戴上，但手微微地顫抖。表情非常僵硬，單邊上揚的嘴唇看起來像是邊哭邊笑。

到底怎麼了？剛才是什麼事？在我問之前，矢木澤用痛苦的聲音說：

「多治見的姊姊剛才發生意外，她和朋友去『夜見山遊樂園』玩。」

「在遊樂園發生意外……」

「目前還不知道詳情，但多治見的姊姊……好像已經死了。」

7

據說意外發生在九月九日星期天的下午兩點左右。

地點在市內西南方的「夜見山遊樂園」。那是一個又舊又小的遊樂園，有傳聞說最近就要結束營運。這天早上，多治見的姊姊美彌子（十九歲，就讀專科學校）和高中時期的女性朋友一起來到這座遊樂園。兩人一起搭乘「咖啡杯」的時候——

據說是兩個人太過用力轉咖啡杯中間的方向盤，才會造成這起意外。咖啡杯旋轉的力道太大，美彌子被拋出咖啡杯外。

結果，美彌子的頭部劇烈撞擊其他還在運轉的咖啡杯，大量出血後失去意識。雖然送去急救，但抵達醫院後沒多久就身亡了。

「夜見山遊樂園」——我剛到赤澤家那年，小百合伯母曾經帶我去過一次。當時的我是個情緒比現在不穩定百倍的小孩，但那是我第一次去遊樂園，所以還留有很開心的片段記憶。我應該也搭過那個咖啡杯才對……

因此，在當天晚上的報導中得知意外現場的狀況時，我更受打擊。想像之後覺得毛骨悚然……甚至有種絕望的心情……

8

九月十日，星期一。從早上就開始下雨——

這幾天我經常睡不著或者淺眠，所以這天我也揉著惺忪的睡眼去上學。沒趕上早上的簡短班會，好不容易在第一節課前抵達教室，進門後發現有很多空位，讓我嚇了一跳。但是，同時也有種「這也是理所當然」的心情……

一眼望過去，大概有三分之一左右的學生缺席。

上學期死亡的繼永和幸田敬介；住院中的牧瀨；最近身亡的島村和黑井；再加上昨天姊姊過世請喪假的多治見。泉美用過的桌椅已經被撤走，所以這樣總共有六個空位——不知道是誰準備的，島村和黑井的書桌上，都有插著白菊花的花瓶。

三分之一以上的座位都沒有學生，也就是說，除了這六個人以外，還有多名學生缺席——

上星期四弟弟過世的田中已經結束喪假，回來上學。沒來的是其他數名學生，不可能全部都請病假，所以一定是……

「一定是害怕來上學。」

第一節數學課下課後，江藤來找我搭話。

「『相關人士』像這樣一一過世，大家都知道『災厄』沒有中止……所以害怕到不行。就連我也一樣。」

「啊……說得也是。」

「不知道『災厄』什麼時候會降臨，也不知道會降臨在哪裡。學校已經死了很多人，上學放學的路上也很危險，既然如此乾脆不要去學校，關在家裡比較安全——會這樣想也是理所當然吧。」

「不過，就算都不出門，『災厄』還是會……」

爺爺就是其中一例，島村也是。我之前聽鳴說過，有個一直待在家中二樓的「相關人士」，因為工程用的大型車撞進家裡而身亡。然而——

下學期開始才一個多星期，就已經有五個人喪生。現在根本就沒有冷靜思考「災厄」性質的餘裕，出現單純被「不想再去夜見北」這種情緒淹沒的學生也是在情理之中。

「之後說不定會有人退學搬離夜見山。」

江藤用克制情緒的聲音這樣說。

「這樣的案例以前也有好幾個。我表姊也說三年前她苦惱很久，不知道該怎麼辦。」

「江藤同學打算怎麼做。」

我這樣問，江藤意外地爽快回答「不知道」。

「從四月開始好不容易努力到現在，這時候逃走總覺得很不甘心。我其實是個很愛操心的人，所以三月的『應變會議』上，才會提議把『不存在的透明人』增加到兩個以防萬一。」

「啊，嗯。」

「結果那個『對策』沒有奏效，『災厄』降臨之後，我心裡有一半覺得已經沒救了。」

愛操心、可能也是完美主義者，這種類型的人應該都會有這種反應。

「不過，我還是不想死，也很怕死，覺得很不甘心——比良塚同學呢？」

「我……」被問到這個問題，我一時語塞。

「我也不想死，很害怕，但是……」

「災厄」已經停不下來，沒辦法逃離「災厄」了，在某種概率上，我或許也已經被捲入「死亡」了。話雖如此，我也沒有逃離夜見北的選項，所以……

「還在醫院的牧瀨同學呢？有告訴她這個月的情形嗎？」

突然想到這個，所以問問看。結果江藤輕輕搖頭。

「我已經有段時間沒去看她了。」

「她狀況怎麼樣？」

我繼續追問。回想起獨自躺在病房裡的牧瀨的樣子，我心裡湧現很複雜的情緒。

江藤再度輕輕搖頭，然後像是在自言自語似地說：

「事到如今才告訴她其實『災厄』沒有結束……」

「妳說不出口嗎？」

江藤閉口不言，這次則是輕輕點頭——

我的心情越來越複雜，仰頭望著教室的天花板。

9

第二節下課後，我去和矢木澤搭話。

他坐在椅子上，緩緩抬起眼睛應了一聲，但聲音非常微弱。表情有氣無力，視線相對之後他馬上就低頭……

怎麼回事？他沒事吧？——雖然我很在意，但看氣氛似乎不太適合問。

昨天他接到多治見的電話之後也是這種感覺。告訴我發生意外的消息之後，他一臉凝重又一直不說話。在多治見打電話來之前，他好像要說些什麼，但後來也不了了之……最後只說「我要回去了」就起身準備離開。

他應該受了很大的打擊吧。這一點我也一樣，所以當時並不覺得矢木澤的狀況不對勁。

「我啊……」矢木澤要回去的時候，好像想說些什麼。我疑惑地望向他，但是他馬上搖頭。

「不，還是算了。沒事。」

他這樣說完，就匆匆回家了……

「你很沒精神耶。」

我再度向低下頭的矢木澤搭話。

「這時候還要你打起精神好像也不太對。」

「嗯……也是啦。」

我還是第一次看到矢木澤這個樣子——雖然心裡這麼想，但是也覺得擔心太多也沒有用，我相信矢木澤明天一定會靠自己重振精神的。

結果這天我和矢木澤就只說了這些話。

10

午休時間我獨自前往圖書室。本來想和千曳先生聊聊（話雖如此，我也不知道要聊什麼），但是入口處掛著「CLOSED」的牌子，敲門也沒有人回應——

於是我轉往同樣位於0號館一樓的生物社社辦。我的行動並沒有預設目的，只是覺得……午休時間應該沒有社員會來。或許是這個時候我想要一個人獨處吧。至少是不想回到三年三班的教室。

如我的預料，社辦一個人也沒有。

八月下旬的會議上，生物社決定目前的目標，就是「把之前飼養的動物搬回原處」。原本是說下學期就可以開始行動，但是幾乎沒有進度。接下來大概也不會有什麼進度吧。新社長森下和我——兩個國三生都陷入無暇顧及其他的狀況之中。

我從大桌子下拉出一張椅凳。

外頭持續傳來雨聲。室內昏暗，又溼又熱……但不知道為什麼，我沒有出汗。彷彿身體裡面被什麼非常寒冷的東西侵蝕一樣……

「俊介……」

六月時幸田俊介的死。那天在這個屋內的光景，浮現在我的腦海裡……然而不知為何我並沒有因此心煩意亂。是因為已經經過一段時間了嗎？還是說我對「死亡」的感覺已經開始麻痺了呢？

「當時俊介死了，現在不知道怎麼樣……」

我被自己不知不覺發出的聲音嚇了一跳。

——人死之後會怎麼樣？

啊……這是我小時候問的問題。

——人死之後啊，應該會在某個地方和大家相連吧。

當時晃也先生這樣回答。

——「大家」是誰？

——之前死掉的大家啊。

如果是這樣的話，俊介現在一定也……

我突然發現自己有這個念頭，覺得毛骨悚然。

不對，這樣不對，不能這樣想。這不是正不正確的問題，至少我已經……

——「死亡」啊，是無論去到哪裡都很空虛、很寂寞的……

這是鳴在三年前的那個夏天說的話，然後我……

……砰咚

——當時用撲克牌抽籤對吧？然後，葉住同學抽到鬼牌，所以決定由她擔任「第二個透明人」……快想起來，**在那之前發生什麼事**。

咦？我很驚訝。為什麼突然出現這樣的記憶。

——在開始抽籤之前，有一個人說「既然如此，就由我來吧」。雖然聲音很小，感覺好像快消失一樣，但是大家都嚇一跳。還問她怎麼突然這樣說……為什麼突然想起來？

這是泉美說的話。五月底，繼永和小鳥遊的母親去世，確定「災厄」降臨的兩天後的那個晚上。

為什麼會這樣？就在我覺得狐疑的時候，記憶又持續重現。

我想起當時自己的心跳，想起當時自己的回答。當時的……

……砰咚

——不過，最後沒有採用她的意見，我們還是用抽籤的方式選人。

——牌都已經切好的時候……沒錯，葉住同學還慌張地說「怎麼現在就要抽籤，這樣不行」，結果馬上就開始抽了。

——啊……嗯。是這樣嗎？

話說回來，泉美開始說起她對「死者」和「不存在的透明人」之間的「力量平衡」的假說，是在這些對話之後嗎？

不過……

為什麼？為什麼我現在才想起這些？

因為早上和江藤在教室說話的時候，稍微提到三月的「應變會議」嗎？還是說……

……砰咚

在聽覺範圍外的某處，有某個低沉的細微聲響，另一方面——

HATZUMI YUKAI。

我突然開始在意這個名字。

葉住結香。

今天沒來學校的學生之中也有她。原本以為到下學期她終於願意來上學，結果一個禮拜就又回到之前的狀態。

我鮮明地回想起上星期五，得知島村和黑井身亡的時候，她非常驚慌失措。

「為什麼？」、「怎麼會？」她又哭又叫地這樣說。然後還接著說「這和我沒關係」、「不是我害的」……她甩亂比以前更短的頭髮，用力搖頭好幾次。剛開始滿臉通紅，但日下部急忙安撫之後，她馬上失去血色，變得一臉鐵青……

她今天沒來學校，在做什麼呢？

一旦開始在意，就會沒辦法壓抑好奇心——

我從口袋裡拿出手機，按下葉住的電話號碼。

11

響了好幾聲，電話才接起來。

應該是看到來電顯示就知道是我，所以葉住用怯懦的聲音說：「阿想？」

「抱歉，突然打給妳。」

「什麼？你有什麼事？」

「沒事，我有點在意……」

我盡量放柔語調。

「因為妳今天沒來，我有點擔心，想問問妳怎麼了。」

一瞬間的沉默。然後——

「喔……」

她有種保持警戒的感覺。

「原來你是擔心我啊。」

「是啊……嗯，當然會擔心啊。妳好不容易才開始來上學，結果又……」

「我不會再去學校了。」

葉住乾脆地說。

「我不會再去學校，絕對不會去。」

完全沒有商量的餘地啊。

「妳現在在家裡嗎？」

「沒錯——」

「一直都在家？」

「對啊。畢竟……」

「畢竟什麼？」

「『災厄』不是沒有結束嗎？不要說結束了，現在還死了這麼多人。神林老師和島村……昨天多治見同學的姊姊不是也死了嗎？」

聽得出來她很害怕。

兩、三個月前還在「仲川哥哥」的影響下，駁斥「災厄」太不科學，結果現在卻……我不知道後來他們兩個人之間發生什麼事，但是現在看來葉住已經脫離他的引力圈。

「離開家門不知道會發生什麼事，所以我不會去學校，也不想去學校。我不想死。一直關在家裡的話就很安全。」

她會這樣堅信，也很正常。我覺得這個時候告訴她，即使關在家裡也有碰上「災厄」的風險——她大概也聽不進去吧。

「嗯，這樣啊——」

我只能如此回應。

「我覺得不用勉強自己來上學也沒關係。不過，太過封閉也不好，我知道妳很害怕，但是一味地恐懼，該怎麼說呢？感覺精神上會負荷不了……」

雖然我也覺得自己這樣是不是太多管閒事，但是這些話，大概也是在告誡我自己吧。

這通電話就這樣結束吧。正當我這麼想，也準備道別的時候……

「等一下，阿想。」

葉住沒讓我掛斷電話。

「什麼事？」

「那個人到底是什麼來頭？」

電話裡傳來的語氣和剛才完全不一樣。沒有怯懦的感覺，反而非常積極。

「『那個人』是誰？」

我不懂她在說什麼，所以反問她。

「妳是指誰？發生什麼事了？」

又有一瞬間陷入沉默，後來葉住告訴我一件事。

「昨天晚上，家裡的對講機突然響了。我接起來之後，對方問我：『是葉住結香同學嗎？』那是我不認識的女人的聲音，爸爸和媽媽都不在家，所以我沒有走出玄關。時間已經很晚了，我也覺得很害怕。」

啊，那……該不會是……

「但我還是有問『妳是誰』，結果對方回答『我是MISAKI』，而且還說『我是比良塚想同學的朋友』。」

果然是這樣啊。

「可是我沒辦法就這樣相信她，所以我們只有透過對講機說話，然後就請她回去了。而且MISAKI這個名字也太不吉利了吧。她說是你的朋友，我的確是有點在意，不過那也可能是她瞎編的啊。總之她突然找上門來，總覺得有種令人毛骨悚然的感覺。」

星期六臨走前鳴說想要葉住的聯絡方式，原來就是因為這個。不過，她為什麼會……

「然後昨天那個叫MISAKI的人，今天也跑來我家。」

完全不管我還在尋思鳴的意圖，葉住就繼續說下去。

「時間還滿早的，而且媽媽還在家，所以我就沒那麼警戒，沒開對講機就直接打開玄關大門。結果那個人就出現在門口……」

葉住和鳴五月的時候見過一次，地點在夜見山川上的那座伊薩納橋——追在我身後過橋的葉住和剛好經過橋對面的鳴。當時雖然有點距離，但應該都看到彼此的長相才對。

鳴還記得這件事。然而，葉住應該沒辦法認出短暫相遇過的鳴。所以……

「那個人穿著高中制服，是你的學姊嗎？」

被問到這個問題，

「嗯，算是吧。」

我這樣回答。

「她絕對不是什麼奇怪的人。」

「很奇怪啊。」

葉住斬釘截鐵地說。

「她的臉蒼白到讓人覺得陰森，左眼還戴著眼罩……還用毫無情感的聲音說『妳就是葉住同學對吧』。」

……左眼戴著眼罩？

「妳們聊了什麼？」

我戰戰兢兢地問，葉住好像在評論什麼不祥的東西似地回答：

「沒聊什麼。」

「她什麼都沒說，只是站在玄關外一直盯著我看，然後就回去了。」

「——這樣啊。」

「欸，阿想，那個人到底是怎麼回事？為什會會來我家？她想做什麼？」

葉住比剛接電話的時候更加激動地重複提問，就在我不知道該怎麼回答她的時候——

通知午休時間結束的鈴聲，從社辦老舊的音響傳出來。

12

翌日——九月十一日，星期二。

我完全睡過頭，起床的時候已經是早上十點，這是開始上第二節課的時間。

「阿想，不要著急。」

正當我打算跳過早餐出門的時候，小百合伯母叫住我。

「身體還好嗎？有沒有發燒？」

「呃……我沒事。」

「因為你沒起床，所以我有到房間看看你，你睡得很沉。我想說硬把你叫起來，實在太可憐了。你最近發生那麼多事，一定很累。」

「——抱歉，讓伯母擔心了。」

「如果身體狀況不好，學校那邊請假也沒關係喔。」

「不用……我沒事。」

因為我真的不想再給伯母他們添麻煩了，所以我這樣回答之後就出門了，然而——

說實話，我真的「很有事」。

昨晚也沒有睡好。就算睡了一下，也會馬上因為惡夢而驚醒……就這樣不斷循環。最近每天晚上都沒有睡好。仔細想想，從上星期三黑井失蹤、出大霧的那天晚上就一直這樣。

我自己知道，不管是肉體還是精神上都耗損得很嚴重。持續睡眠不足，很難入睡。所以昨天晚上我很早就上床睡覺。然而，這麼做反而讓我腦海中浮現各種想法……

缺席很嚴重的三年三班、凝重的氣氛、有氣無力的矢木澤、在電話中和葉住的對話、上課的老師們都盡量不和學生視線相對，說話也很戰戰兢兢……

……第六節課之後，代理班導千曳先生才來到教室，表情一反常態地嚴肅。不過，對我們說話的時候含糊不清，顯得軟弱無力。

「其實我不想判定『災厄』再度降臨。不過這個月已經有好幾個『相關人士』喪命，這個事實無法否定。既然如此，我們該如何處理現在的狀況呢？」

千曳先生這樣說完之後，也沒有人嘆息或者騷動。大家的反應非常空虛……不對，應該說是毫無反應。就像「死亡」本身已經化為現場的其中一種成分，教室裡顯得沉默寂靜。只有外頭的雨聲沒有中斷，就像毫無情感的背景噪音一樣……

「該怎麼辦呢？」

千曳先生重複說著這句話。

「——我也不知道。」

他自問自答，搖了搖頭。

「不過，我希望你們不要太多不安或恐懼——我現在只能先說這些。『災厄』的法則是一個月有一個以上的『相關人士』喪命，你們——這個班級的學生只是『相關人士』的一部分。你們不要一直想著下一個是不是自己。這種時候，我更希望你們盡量冷靜。

「還有另一件事，那就是這個星期算是異常。據我所知，在這麼短的時間內連續出現這麼多『災厄』還是第一次……所以我想接下來應該不太會再繼續。這是我個人的想法。」

不能為了讓學生安心，而隨便編造一些謊言——千曳先生本來就是這種個性，這也是他帶班的方針。我是想要這樣理解他說的話，不過……

「**這次發生的事情**或許可以當成是餘震。」

千曳先生繼續說。這個時候的千曳先生，瞇起鏡片後的眼睛，看起來是在說服自己的樣子。

「七月的某個時間點，『多出來的人』消失、『現象』停止，結果『災厄』也跟著中止。如此一來，照理說今年的災厄應該就已經『結束』才對。這個時候『災厄』再度降臨實在很不合理，完全說不通。」

我不得不這麼想——

今年的狀況一定是「特殊案例」，不適用於過去的法則，也無法用理論說明。這只有可能是過去從來沒有前例、不規則的、突發性的、沒有任何應對方法的異常狀態……

千曳先生之所以用「餘震」這個詞，就是在無奈之下為了說明這種狀態而採用的方法。

「如果把『災厄』當成『超自然的自然災害』來看待，用地震這種自然災害來比擬的話，『災厄』也有可能出現像是大地震後的餘震，大家應該能夠想像吧。過去沒有先例，但今年卻出現某種反彈，這就是……」

這聽起來有太多不合理的地方了，千曳先生自己應該也很清楚。

回想起來，當時千曳先生的表情非常痛苦、沉重……而且，也有種半放棄的感覺。

……或許千曳先生已經作好心理準備了。

夜裡睡不著、沉溺於思緒之中的我有這種想法。

神林老師過世之後，負責代理班導的千曳先生，現在也是「三年三班的成員」。他也是有可能會碰到「災厄」的「相關人士」之一。和他原本以「局外人」的身分，觀察「現象」的立場完全不同，所以……

當時千曳先生的表情非常痛苦、沉重，看起來也非常悲傷——就在我回想他的表情時，不知道為什麼腦海浮現三年前去世的晃也先生的樣子。

13

我在前往學校的途中，發現手機有未接來電。打開來看，發現是月穗打來的——

應該時隔兩個半月了吧。

螢幕顯示有一則留言，應該是月穗留的。我可以想像留言的內容，因為她刻意挑在今天——

九月十一日早上打來。

那個人去年和前年也是在這天的早上打電話來。跟我說——生日快樂。

今天是我十五歲生日。

身為母親，她還是會想要在這天說「生日快樂」嗎？即便三年前就已經是這種狀況……自從六月底的某天，我在市立醫院屋頂（在鳴的注視下）說出決裂的話之後，稀釋了過去對她的不滿。當時，鳴說「……阿想，你還是很喜歡月穗阿姨吧」，但連我自己都不知道是不是真的如此。不過——

我不想聽這則留言。

這個想法很強烈。所以，我連聽都沒聽就把留言刪除了。

雨好像下了一整晚。離開家的時候雨已經停了，但是天空依然布滿烏雲，感覺隨時都會下雨。到學校之後，如我預料地又開始下起小雨。

那是不需要撐傘的小雨。我快步從後門進入校內已經是早上十一點的事。第二節課結束，第三節課剛要開始——

沒有任何班級在到處都是積水的操場上體育課，寬闊而無人的空間看起來非常荒涼。上空飛過幾隻烏鴉，我停下腳步，不經意地看著烏鴉的身影……就在這個時候……

手機出現來電的震動。

又是月穗嗎？雖然我這麼想，但是考量時間點應該不可能。想到這裡，我拿出手機，螢幕顯示的名字是「矢木澤」。

「喂，是矢木澤嗎？」

我維持停下腳步的姿勢接起電話，電話那頭傳來矢木澤的聲音。

「阿想……你在家嗎？」

「沒有。我遲到，才剛到學校。」

「搞什麼，我還以為你今天要請假。」

「昨晚沒睡好，所以沒有準時起床——我說你啊，現在不是正在上課嗎？還是你沒來學校？」

我這樣一問，過了一下子──

「我有來學校，但是沒上第三節課。」

「什麼……怎麼了嗎？」

「嗯，有點事。」

矢木澤雖然含糊其辭，但是馬上就回答我。

「你說你剛到校對吧，你在哪裡？」

「剛進後門……」

「嗯？──喔，那個就是你啊。」

「『那個』是什麼？」

我嚇了一跳，不禁環視周遭。矢木澤現在能看得到我嗎？

「矢木澤，你在哪……」

「我以為你請假在家，所以才打給你的。」

「什麼？這是什麼意思？」

「這個嘛……」

才開口，矢木澤就停住。接著我聽到他紊亂的喘息聲……不久後……

「最後我想跟你說說話。」

「什麼？」

他在說什麼啊！「最後……」到底是什麼意思。

我心裡的躁動急速膨脹，慌慌張張地再度環顧四周。

他能看到我的地方。能夠說出**「那個就是你啊」**然後馬上認出我的位置──到底在哪裡。

「我在**這**啊。」

電話裡傳來聲音。

「我在C號館樓頂。」

「什麼？樓頂？」

空無一人的操場對面，鋼筋水泥材質的三層樓灰色校舍。最前面的C號館，在那棟校舍的屋頂上……

……他說他在那裡。**是那個嗎？**

在越來越強烈的雨勢中，我凝神看過去。

以烏雲為背景，有個人在那裡。因為有段距離，看不太清楚，但他應該是站在圍繞屋頂的鐵欄杆**外側**。那個就是……

「看得到我嗎？」

矢木澤說。

「要揮手嗎？」

人影舉起一隻手。

「都這個時候了，還真是不可思議。」

「等一下，你要幹什麼……」

我把手機按在耳朵上，然後穿越操場跑了起來。因為穿越操場是抵達校舍的最短路徑。

「抱歉啊，阿想，我已經不行了。」

矢木澤這樣說。

「我要**走**了——我要**逃走**。」

「你要走？要逃走？你在說什麼？」

我一邊穿越雨中泥濘的操場，一邊帶著喘息聲說話。

「你在說什麼啊？到底是……」

「我最近一直在想。」

矢木澤回答。

「只要我一直在夜見北，身為三年三班的成員，就不可能逃離『災厄』的風險。而且，這不只是我的問題。連我父母和兄弟姊妹都可能被捲進去。就像田中的弟弟、多治見的姊姊一樣。既然如此——」

他一點也不激動，反而很淡然地這樣說：

「既然如此，**只要我現在消失就沒事了**。如此一來，我的家人就不再是三年三班的『相關人士』，也能消除他們被捲入『災厄』的可能性。對吧？」

「怎、怎麼……」

還差一點我就能穿越操場，但我停下腳步抬頭看校舍。站在屋頂上被雨淋溼的人影，已經可以清楚辨認出來就是「矢木澤」。

「不行，矢木澤。」

就算跑得很喘，我還是擠出聲音來。

矢木澤是打算從那裡跳下來。他打算跳樓自殺，拯救家人……

「不行，你不能這樣做。」

矢木澤不知道嗎？這種想法未必正確。

「你不要阻止我。」

「不行！」

三年前在班級宿營中喪命的「相關人士」之中，也包含早先死於同年「災厄」之中的學生的祖父母。他不知道這件事嗎？——然而，以現在的狀況來看，我已經沒有說明清楚的餘裕了

「不行，矢木澤。」

我只能不斷出言阻止。

「你不能這麼做！」

「我已經決定了。」

「不行！不可以！」

最後我不是透過電話，而是直接對著屋頂上的他大喊。

「快住手！」

這個叫聲一定傳到上課中的老師和學生那裡了。因為教室的窗戶，有半數都是打開的。

我還能從C號館各層樓的窗戶，看到幾個人的臉。我感受到身上聚集著看著可疑人士的眼神。

「快住手！」

我繼續大喊。

「矢木澤，快住手！」

然而——

「對不起，阿想。」

手機傳來矢木澤嘆息的聲音。

「再見了，你要活下去。」

電話掛斷了。然後，就在下一個瞬間。

站在頂樓柵欄外的矢木澤，往空中一跳。沒有發出任何聲音，就掉落在操場和校舍之間的植栽外側，消失在我的視線之外。

14

在那場騷動的幾個小時後，我回到家。知道這件事的小百合伯母，一直很擔心我，但是我只說「我沒事」就把自己關在房間裡茫然地待著。

親眼目擊矢木澤跳樓的我，在那之後因為打擊過大，如字面所述，像被鬼壓床一樣動彈不得。我沒辦法衝到他身邊，只是在雨中站著不動，這段期間不知道是誰通報了一一〇和一一九，沒過多久警察和急救隊就趕到現場……整個學校大騷動。

我還記得自己遠遠看到矢木澤被擔架送上救護車的樣子，因為墜落點在草皮上，所以沒有馬上斷氣，雨勢讓地面變得比較柔軟應該也是其中一個原因吧。

雖然我很想趕去醫院，但是千曳先生找到我之後，不知道是不是察覺之前的來龍去脈，告訴我：「醫院那邊我會去。」

「比良塚同學，今天早點回家，這樣比較好吧。」

「啊……可是……」

「你的臉色很差，聲音和身體都在顫抖。心情怎麼樣？」

「——我不知道。」

「你看到矢木澤同學跳樓了對吧。」

「——對，因為我比較晚到學校，他剛好……」

「嗯。總之看你要不要先去保健室休息，如果沒問題的話就直接回家。」

「可是，矢木澤……矢木澤他……」

「如果知道他的狀況，我會聯絡你。」

「…………」

「我想警察應該會想要找目擊者問話，不過我會先跟他們談談。沒問題吧？」

「——謝謝。」

「回家的時候路上小心，不要被捲入『災厄』之中。」

「——好。」

結果，下午兩點左右我就自己回家，等著千曳先生的聯絡。直到回家我斷斷續續顫抖的身體才終於漸漸和緩。不可思議的是我一滴眼淚也沒有流，彷彿情感已經麻痺似的。

我記得千曳先生是在下午四點過後才和我聯絡，他從送去急救的市立醫院打手機給我。

「因為頭蓋骨骨折和腦出血，他現在意識不清。好不容易留下一命，但接下來無法判斷會怎麼樣。」

千曳先生用壓抑的聲音告訴我矢木澤在醫院的狀況。

「除了家人以外，其他人都謝絕探病。就算你趕過來，也沒辦法做什麼。」

「這樣啊——」

「不過，矢木澤為什麼會突然做這種事？」

千曳先生像是在自問自答似地問我。我原本猶豫要不要告訴他，在矢木澤跳樓前在電話裡說的話，但我放棄了。因為回想那些對話，實在太痛苦了。

「那個，千曳先生。」

我問。

「矢木澤的事……這也算『災厄』嗎？」

「『災厄』引起的『死亡』不只限於意外死或病死，自殺和他殺也包含在內。」

「這樣啊。」

「我看過很多案例。根據狀況不同，也曾經有『相關人士』以外的人被捲入的情形……」

「矢木澤會得救嗎？」

我繼續追問，但千曳先生的回答很嚴苛。

「他現在的狀態非常危急，如果是『災厄』的一環，那就更沒有希望了。很遺憾……」

一想到矢木澤在醫院的重症病房裡徘徊於生死之境，我就覺得心好痛。即便如此，我也沒有流淚。我的情感真的已經麻痺了嗎？

明明就很悲傷，明明就很痛苦；明明就很不安又害怕，明明我心裡甚至感到絕望——但是連結各種情緒的迴路，好像在某處斷線了。我有這種感覺。

因為受到嚴重打擊，心情被劇烈攪亂，另一方面有部分的意識漸漸遠離「現實」。心裡同時也出現這種異樣的感受。

我覺得或許自己的心靈已經開始崩壞了。因為我無法克制地一直想起三年前的夏天發生的那件事。

原本就不怎麼堅強的內心，現在已經無法承受眼前的「現實」，所以……

當心靈開始漸漸崩壞，全都壞掉之後會出現什麼呢？「我」會變得怎麼樣呢？「我」到底會怎麼樣……我一直沉浸在這樣的想像之中。

我獨自在房間裡，陷入一片茫然之中。

15

只有在伯母喊我吃晚餐的時候，我離開房間默默吃了一點飯菜，之後又馬上回到房間裡。

擔心、不安、恐懼、懷疑、疑惑、無力感、絕望感……腦海裡散亂著無數的問題和想法，但我並沒有確實面對任何一個問題。那顆開始崩壞的心彷彿不關自己的事一樣，我茫然地度過這段時間。

就算依賴藥物也無所謂，我今晚真的想要趕快睡著。實際上，我也服用了雙倍的安眠藥與鎮定劑……即便如此，我仍然無法深沉地睡去。

我覺得自己在不安穩的睡眠之中，腦內某個部分仍保持清醒，擅自繼續思考。

…………

……為什麼？

有個巨大的疑問排山倒海而來。

……為什麼？到底是為什麼？

今年的「死者」＝「赤澤泉美」明明就已經回歸「死亡」，為什麼「災厄」還是持續降臨？明明就曾經暫時擋下災厄，到了這個月卻又開始，怎麼會……到底是為什麼？為什麼會這樣？

因為**這次**是脫離法則的「特殊案例」，就連千曳先生也不曾經歷過的「異常狀態」嗎？不過，如果說──

如果說這不是「特殊案例」呢？那這代表了什麼意義？

──這個問題，我覺得重點應該在於「力量」的平衡……

我突然想起泉美說過的這句話。……為什麼？

──「不存在的透明人」之力抵消引發死亡的「死者」之力……

……為什麼？

──也就是說，**今年的力量需要兩個人平衡**。

……為什麼？事到如今，我才想起她說的這句話……為什麼？為什麼？為什麼？

因為心裡太多「為什麼」，讓我覺得好混亂。不，這難道是想對我表達**什麼**嗎？是要告訴我某種……**答案**嗎？明明沒有什麼正確答案，也不可能有，我都已經放棄了……但是……

……為什麼？

我心裡還浮現另一個疑問。

為什麼……沒錯，事到如今，見崎鳴為什麼要去見葉住結香？

──很奇怪啊。

這是葉住說的話。

──她的臉蒼白到讓人覺得陰森，左眼還戴著眼罩……

……

……總覺得我好像看見什麼了。

……砰咚

但是看不清楚。好像就快抓到什麼了。

……砰咚

但是又抓不住。好像……有某個非常重要的……

…………

…………

……啊，我張開眼睛。

因為出現強烈的尿意。

不知道是不是因為藥效的關係，我雙腿發軟地打算去廁所的時候——

我先注意到自己丟在床邊地板上的手機。撿起來一看，發現已經沒電了。現在才發現昨天和今天，都沒有充電。不知道這是否也是因為藥效的關係，我用昏沉的腦袋想著這些，然後幫手機連接充電器……

上完廁所之後，搖搖晃晃地打算回到房間……就在這個時候……

我聽到奇妙的聲音。

奇妙的……不尋常的聲音在對話。那應該是春彥伯父和小百合伯母的聲音。他們應該在客廳。不知道是不是開著電視，好像也傳來電視的聲音。

雖然我醒來，身體也在移動，但頭腦有一半還在沉睡。在這樣的狀態之下，我還是前去窺探客廳的狀況。

因為盥洗室有時鐘，所以我印象中有看到時間。應該已經過半夜十二點了。這個時間……我覺得很狐疑。

伯父和伯母果然在客廳。兩個人坐在沙發上，認真地看著電視。喵咪黑助也在，但是坐立難安地在兩人身邊走來走去。

「阿想？」

小百合伯母發現我。

「啊，阿想。發生大事了。」

說完之後，示意我往電視的方向看。春彥伯父只看了我一眼，就馬上把視線轉回去。我也看著電視。

畫面上出現某個異國街道，出現明顯非日常的光景。

這是怎麼回事。

什麼電影？不，不對。看起來像是新聞正在轉播現在進行中的「事件」……

「客機撞上了紐約的世貿大樓，而且還是連續兩架。所以兩棟大樓都崩塌了，這真是太慘了……」

紐約？

世貿大樓？

現在電視上播出的，是崩塌後的影像嗎？萬里無雲的藍天之下，出現大量的煙霧，讓人聯想到火山噴發後的火山雷，而且隨時都在改變形狀吞噬建築物，就像一隻擁有意志的怪獸。

「打電話給小光，好像也沒有接通。」

伯母一臉擔心地這樣說。

「她住在皇后區，應該沒事才對。」

光姐是春彥．小百合夫婦住在紐約的長女——

「華盛頓的五角大樓也起火燃燒。雖然還不清楚全貌，但看樣子是大規模的恐怖攻擊。」

聽到伯父這樣說，我也幾乎沒什麼反應。因為現在的大腦還有一半陷入沉睡的狀態。

我不記得之後自己看到、聽到或者說了什麼。也不記得自己什麼時候，在什麼時間點回房間睡覺。不過，我還記得不論自己看了多少新聞畫面、聽到多少具體的說明和解析，都覺得一切沒什麼真實感——

早上睡醒的時候，我甚至必須問自己那究竟是現實還是夢境？

Interlude V

阿想

我剛才有打電話給你，但是電話不通，所以只好寄信。

今天是你十五歲生日，生日快樂。

我們第一次見面是你九歲的時候，你比當時成長很多，也變得很堅強。你既堅強，又善良。比我好多了。

話說回來，關於這個月的「災厄」，我想到一件事。

這件事或許我能幫得上忙。我本來很猶豫要不要告訴你……但是，我想還是算了。你不要在意。

Chapter 16 September III

1

我好像在那之前聽到轟、轟轟……這樣微微的震動聲。我還沒時間去思考那是什麼的時候——

轟——

聲音和震動同時出現。

一瞬間，冒出由下往上而來的衝擊。接著腳邊也開始搖晃，桌椅都發出喀噠喀噠的聲音，立在黑板上的粉筆也都倒了……地震？即便我發現是地震，身體仍然僵硬無法行動。

當時正在上第三節數學課——大家的反應各有不同。

隨處傳來大大小小的慘叫聲。

有人半蹲著，有人緊抓著書桌，也有人試圖鑽到桌子底下。很多人和我一樣動彈不得，雖然反應各有不同，但我們都覺得既驚訝又害怕。

「大家冷靜一點。」

正在寫板書的數學老師稻垣，握著粉筆回頭說。

「感覺不是很大規模的地震。沒問題，馬上就會停了。」

就像老師說的，搖晃感漸漸停下來，但是——

桌上的一支鉛筆，掉到地板上。抬頭一看，在天花板上的照明也在搖晃，但沒有太嚴重。看樣子的確不是太大的地震，感覺安心之後身體也跟著放鬆。然而，就在這個時候——

啪嚓！

突然傳來物品破掉的聲音。

不知道是不是因為暫時放鬆下來，所以驚嚇的程度更大，幾聲尖叫又讓教室裡的空氣為之震動。

破掉的是花瓶。

從星期一就放在島村和黑井桌上的花瓶。兩個花瓶上連同插在裡面的白色菊花，一起掉到地上。

或許是花瓶本身就處於不穩定的狀態，也有可能是因為放在桌角。現在因為地震掉下來，但是即便如此，在這個時間點掉下來砸碎，總是會讓人覺得不吉利、很可怕。

後來在三年三班教室裡又發生異常狀況，這或許就是一個開端。

2

九月十二日，星期三。

三年三班來上學的學生比昨天更少，只有原本人數的一半左右。我是來上學的學生之一，這天沒有遲到，還在早上的簡短班會前就抵達教室，但是——

我原本也可以選擇不來學校。小百合伯母也對我說：「你今天可以請假沒關係。」不過，請假在家我也只會把自己關在房間裡鬱鬱寡歡，這樣會讓伯母他們更擔心……

客廳的電視一定整個晚上都開著。直到我起床出門，電視都在轉播美國的大慘案。

小百合伯母說，今天早上終於和住在皇后區的長女光聯絡上了。伯母和伯父看起來大大鬆了一口氣，不過當地應該還會持續混亂一陣子，我想他們可能還要擔心一段時間。

光是透過電視報導也能充分理解，後來被稱為「九一一恐怖攻擊事件」的嚴重程度，也能夠想像接下來美國和全世界或許就要面臨最慘的狀態。然而——

在我醒來之後，仍然覺得這些事情對我來說沒什麼真實感，雖然很受衝擊，但還是覺得不關我的事……

比起恐攻，我還是比較關心矢木澤的狀況和目前碰到的「災厄」的問題，即便無論我再怎麼關心都束手無策。

來上課的同學們應該多少都有類似的心情吧。

「你有看昨天的新聞嗎？」

「有。偶然打開電視看到，畫面突然切換。」

「剛開始還不知道那到底是什麼。」

「很像電影的其中一個場景。」

「我爸跟我一起看，說了好幾次『這下真的很慘』。」

「電視一直用特別節目的方式轉播，之後不知道會怎麼樣。」

「好像死了很多人。」

「對啊，很多人都死了。」

「接下來不知道會怎麼樣。」

「這是恐怖攻擊吧？」

「新聞裡是這樣說的。」

「會演變成戰爭嗎？」

「不知道耶……」

早上的教室裡，理所當然地聽到學生們在聊這件事，但另一方面——

「聽說矢木澤同學一直沒有恢復意識。」

「沒救了嗎？」

「很難說。」

「如果這也是『災厄』的話，應該很難救得回來。」
「不過，他是自殺對吧。矢木澤同學為什麼要自殺啊？」
「可能是害怕『災厄』之類的？」
「自殺本身也很恐怖啊，如果是我的話絕對做不到。」
「不過，怎麼偏偏是矢木澤同學……」
「他沒有留下遺書之類的東西嗎？」
「不知道耶……」
——也有這樣的對話。
我無意和任何人說話，只是站在窗邊看著外頭。
昨晚斷斷續續地下雨，今天天氣已經恢復平穩，不過也不是秋高氣爽的晴朗。藍天雖然廣闊，但山邊出現大片的積雨雲。感覺天空有種盛夏回歸的樣子，可是不知道是不是因為風的關係，其中蘊含著和這個季節不搭的強烈寒意……
「……撐不下去了。」
我又聽到一段教室裡的對話。
「我已經撐不下去了。」
「我也不行了……」
「我一點也不想來學校。雖然不想來，但是在家裡也會一個人東想西想……總覺得自己快要瘋了。」
「什麼嘛……為什麼會這樣……」
「唉，真的很受不了，好恐怖喔。」
「你不覺得比紐約的恐攻好多了嗎……」
「一點也不覺得。」

「我不想死啊。」

「討厭，太恐怖了——我不想死。」

「大家都不想死對吧。」

……我也是。

我也不想死，但是只要「災厄」仍然持續，自己就有可能會是犧牲者，這樣的風險不會消失。現在的我們，唯一能做的只有每天祈求自己平安無事嗎？

看到班會上千曳先生的樣子，我也覺得很心痛。我明白他身為教師必須表現出堅定的樣子，但是從表情和口吻都可以看出他的疲憊。

他通知我矢木澤的狀況時，聲音顯得非常痛苦，告訴學生「不要悲觀」、「特別注意意外和生病的狀況」的聲音有氣無力。我強烈地感受到千曳先生自己已經放棄，認為「已經別無他法了」。

「在這樣的狀況下，任何人都會感到不安和恐懼。如果有需要的話，無論是多小的事也可以來找我商量，不需要客氣。就算不解決眼前的問題，我也能按照經驗提供建議。

「昨天的事情，警察已經開始調查，不過你們不用在意。應該很快就會告一段落了。除此之外——」

此時，千曳先生稍微加大音量。

「從昨天開始就陸續有媒體出現，無論被問到什麼，都不要理他們。就算把『災厄』的事情告訴他們，他們也只會毫無責任心地把報導寫得很有趣而已。對我們一點好處也沒有，而且——」

千曳先生又加大音量繼續說下去：

「即便一時蔚為話題，他們也會**馬上忘記**，就像一般社會大眾那樣。就算同為夜見山的居民，只要和夜見北的『現象』或『災厄』沒有直接關係，對『災厄』周邊事件的關心和記憶都**不**

會長久。這點非常不自然也很不可思議。所以，無論多麼騷動，都只是暫時的現象，馬上就會被淡忘。在將近三十年的時間內，每次都是這樣。我認為這可能和『現象』帶來的『扭曲』、『篡改』有關係。」

3

第一節課結束，在第二節課開始之前，有一個遲到的學生終於進教室。那個人是葉住，所以我有點嚇一跳。

星期一在電話裡她明明就說：「我不會再去學校，絕對不會去。」……為什麼？

第二節下課的時候，我默默往葉住那裡窺探，結果視線剛好相對。她一臉尷尬地別開視線，但是沒有打算離開座位。

「妳不是說以後都不來了嗎？」

我來到她位於窗邊的座位，試著搭話。

「妳是心境上有什麼變化嗎？」

葉住默默望向窗外，過了一陣子才回答：

「我覺得很害怕。」

「一個人在家裡總覺得很可怕。打開電視之後，每一台都在播美國的事情……太恐怖了。」

她的臉色非常蒼白。像這樣靠近說話之後，發現她看起來比以前憔悴很多。然而——

「妳前天在電話裡說過，見崎姊去找過妳對吧？」

我忍不住問了很在意的問題。葉住依然望著窗外，默默地點頭。我繼續接著問：

「妳說見崎姊當時有戴眼罩對吧。妳走出玄關之後，她有把眼罩拿下來嗎？」

「有啊——」

葉住稍微抬起眼睛看了我一眼，然後回答：

「她把眼罩拿下來，然後一直盯著我看。」

「——然後呢？」

「——就這樣啊。」

「她什麼都沒說嗎？」

「我只有聽到她自言自語說了一句：『原來如此。』」

想像當時的狀況，也難怪葉住會覺得很陰森。不過——

我不禁陷入沉思。

鳴左眼戴著眼罩，也就是說，她左眼應該是裝了「人偶之眼」。而且還把眼罩拿下來「看」葉住，她這麼做到底有什麼意義？

難道是……此時我心中自然而然湧現一個疑惑。

難道……不，可是……

我不知道該怎麼想這件事才好。在強烈的疑惑和混亂之中，上課鐘聲響起，第三節課開始了……

4

地震明明沒有很晃，但是兩個花瓶都從桌上掉下來摔碎了。

地上散亂著玻璃碎片、花朵、潑出來的水——後來為了整理這些東西，有幾個學生站了起來。沒有人命令他們，但是大家的動作都顯得很害怕。

有人用掃把和畚箕把玻璃碎片掃起來，也有人用抹布擦乾溼潤的地板，還有人撿起散落的花束放回桌上……乍看之下這是很認真很有秩序的行動。

默默做這些事的人和看著這一切的人——每個人的表情都很驚恐。雖然擺脫地震的驚嚇和恐懼，但現在教室裡蔓延的是，接觸無以名狀之物的緊張感和近乎膽怯的情緒。

在這樣的情況之中——

第一個發現微小異狀的人就是我。

我突然聽到某種噪音，一邊想著是什麼一邊把視線轉往聲音的方向。被人從地上撿起來放在桌上的白色菊花花瓣上——

有一隻黑色昆蟲停在上面。

那是？

我凝神一看，馬上就知道了。

「有蒼蠅……」

不禁脫口而出這句話之後，正在整理的女同學（是班長福知）說了句：「討厭！」

一隻蒼蠅跑進教室，一般來說應該不會引起什麼騷動才對。然而，現在是這種狀況——獻給死者的花上面有蒼蠅，聽起來非常不吉利，令人感到不安……

「討厭……」

福知一直重複說這句話。

「什麼時候飛進來的。」

她厭惡地揮手趕走蒼蠅，我微微聽到蒼蠅飛離花瓣的聲音，就在那之後——

蒼蠅振翅的聲音突然增加數十倍似地從某處傳來。

有人哇地大喊一聲，是坐在窗邊的男同學。仔細一看——

打開的窗戶外面，不知道為什麼出現黑色、形狀不固定的巨大團塊……下一個瞬間，馬上就知道那是什麼了。那也是蒼蠅。數十隻，不對，是數百隻的蒼蠅，成群結隊飛來飛去。而且，現在正打算從窗戶飛進室內。

教室內一陣大騷動。

在這樣的狀況下，我腦海中突然出現——

嗡嗡——嗡嗡嗡嗡——嗡——

尖銳的振翅聲開始響了起來。這和現實中聽到的**聲音**不同，**而且**彷彿要蓋過蒼蠅聲似地……

嗡嗡——嗡嗡嗡嗡——嗡——

……這是……

三年前的那個……在「湖畔宅邸」地下室遇過的可怕經驗嗎？明明這一、兩年好不容易很少想起來了。

嗡嗡——嗡嗡嗡嗡——嗡——

環繞全身，深入腦髓的尖銳振翅聲。強制讓人聯想到「死亡」的真實和恐怖的……

學生們驚慌失措地大喊。把走廊那一側的窗戶也都打開，拚命試圖把飛進來的蒼蠅趕出去。結果，有些蒼蠅飛出去，有些蒼蠅還留在教室裡。

「不要——」

聽到慘叫，我回頭一看，發出聲音的人是葉住。她站起來拍打自己的頭髮和衣服，蒼蠅跟著她不走。

「真是的……為什麼啊？饒了我吧。」

日下部衝到幾乎泣不成聲的她身邊，兩個人一起把蒼蠅趕跑，之後葉住才冷靜下來。

嗡嗡——嗡嗡嗡嗡——嗡——

即便教室裡的騷動總算結束，我的腦海裡仍然盤旋尖銳的振翅聲。就算我用力搖頭閉上眼睛，聲音也沒有消失——

我坐在椅子上，手肘靠在桌上抱著頭。持續不斷的振翅聲，召喚出現在不可能存在的「死亡」的味道，我感覺快要喪失眼前的「現實」，單手壓著鼻子。

「那個……老師，我……」

此時，我聽到有人痛苦地說話。

5

那是一名叫做市柳的女同學。她的座位是從操場數來第二列的最前面一排，從我的座位只能看到她的背影。

「我覺得，不太舒服……」

「哎呀。」

稻垣老師這樣回應。

「如果不舒服的話就去保健室吧……」

老師話都還沒有說完，市柳就從我的視線裡消失了。砰——還伴隨著低沉的聲響。不知道是不是要站起來但腳沒有力氣，她連同椅子一起倒在地上。

「啊，妳沒事吧？」

老師一臉慌張地靠過去。然而，就在這個時候——

「我也是」、「我也不舒服」、「我也一樣」……陸續有學生說自己不舒服。接著，教室裡出現比剛才的蒼蠅騷動更加混亂的局面。

「我呼吸困難。」

實際上有一個男同學就像全力奔跑後那樣肩膀劇烈上下晃動。

「好痛苦，我不行了……」

「有奇怪的味道。」

還有女同學說完用手帕按住口鼻。那是小鳥遊嗎？

「欸，有聞到吧？有個很奇怪的味道，總覺得很難呼吸。」

「我也是……」

說完站起來的人是生物社的新社長森下。

「從剛才開始突然……」

他搖搖晃晃走了幾步，應該是朝窗邊走去，但途中就雙手按著上腹部，膝蓋跪地。然後，當場突然開始嘔吐……

也有一樣搖搖晃晃離開座位朝教室出入口走去的人倒地不起。還有人在位子上趴著，痛苦地說「頭好痛」。

葉住呢？我突然想到，往她的方向看。結果她也趴在桌上，一副筋疲力盡的樣子。日下部不知道是不是也聞到異味，用手帕遮掩口鼻。江藤離開座位走向走廊那一側的窗邊，上半身探出窗外就停止不動了。星期天剛失去姊姊仍然來上學的多治見也是一站起來就用盡力氣，蹲在地上。

這很明顯是異常狀態。

教室裡的學生，現在幾乎全部都變成這個樣子。看到這個情形，稻垣老師完全不知所措……此時的教室，一定是陷入某種集體歇斯底里的狀態吧。

下學期開始之後，在短時間內就陸續有人死亡。明明暫時停止，卻又沒有結束的「災厄」。在各種不安和恐懼之中，心理上的壓力越來越大，就在這個時候出現地震。花瓶破裂、大群的蒼蠅……連續出現不吉利的徵兆，壓力一口氣衝破極限，引起身體上的症狀。這是同時發生或是像傳染一樣擴大呢？

——我是之後才有辦法這樣分析，此時的我也被捲入教室裡病態的混亂之中。

「這到底是怎麼回事。」

我聽到有人這樣大叫。

「怎麼回事？我們大家都會死在這裡嗎？」

怎麼可能。雖然我心裡這麼想，但是從剛才就一直維持撐著桌子想站起來的姿勢，幾乎不得動彈。腦內一直出現尖銳的振翅聲，令人作嘔的「死亡」異味完全沒有消失，伴隨著暈眩和想吐的感覺同時襲來。接著，我感覺到「自己」這個存在，漸漸脫離「現實」……

某個時間點之後，我的記憶就中斷了。我想我應該是昏倒了。我只依稀記得聽到好幾台救護車的鳴笛聲。

6

「……阿想。」

聽到有人呼喚我的名字，張開眼睛一看是赤澤泉美。這個地方我有印象，這裡是她「弗洛伊登飛井」的那個房間。

「這個問題，我覺得重點應該在於『力量』的平衡……」

泉美帶著一點怒意這樣說。

「力量的平衡？」

我用自己的聲音重複這句話時才意識到。她——泉美是今年的「死者」，七月的那個晚上已經回歸「死亡」，所以現在的她當然不可能是現實中的她。這只是我腦內重現的……

「甦醒的『死者』和設定『不存在的透明人』的『對策』，一定是需雙方『力量』的平衡。」

「一定？」

雖然我知道這不是現實，應該是類似夢境之類的東西，但仍有一種焦躁感，所以進一步追問。

「一定什麼？」

她露出臉上的微笑背對我，這麼說：
「你再想一下，阿想。」
「然後，**快想起來。**」
「……阿想。」
聽到有人呼喚我的名字，張開眼睛一看是見崎鳴。這個地方我有印象，這裡是我在「弗洛伊登飛井」住了將近四個月的房間。
「我有一個同年同月同日生的妹妹──雙胞胎妹妹。我們雖然是異卵雙胞胎，但是長得很像……」
鳴緩緩地說。
「可是啊，那孩子在大前年的四月先走一步了。因為生病。」
啊，這……這也不是當下的現實。不是現在，而是過去。我記得是六月的時候，她來到我房間裡的場景──與其說是夢境，不如說是腦內正在重現當時的記憶。
鳴當時正在告訴我，以前從來沒對我提過的「身世」。然後我因此得知她和霧果阿姨之間的真實關係，然後……
「唉──」
鳴一邊雙手十指交扣手臂往上延伸一邊說：
「要是沒有家人或者血緣關係之類的東西就好了。不過，小孩沒辦法逃，就算想逃也逃不掉，然後不論願不願意，自己也會在這段期間變成大人。」
我一點也不想長大。小學的時候──至少三年的夏天之前，我都這麼想。但是現在……現在呢？現在覺得呢？──我的想法也忠實地重現了。然後……
「那個，見崎姊，我可以問妳一個問題嗎？」

然後我問了她一個問題。

「剛才妳提到的雙胞胎妹妹，她叫什麼名字？」

「那孩子的……」

嗚的嘴脣動了一下。

「那孩子……」

嗚斷斷續續地說出名字。

「那孩子叫做……[redacted]……[redacted]……[redacted]」

這裡我聽不太清楚。也沒辦法讀出她的脣型。

嗚留下驚慌失措的我，就這樣消失在黑暗之中。驚慌失措的我，耳邊還傳來一句——

「你再想一下，阿想。」

我只聽到聲音。這是泉美……不，還是嗚的聲音？

「然後，**快想起來**。」

7

我在床上醒來。

只有一瞬間不明白發生什麼事，但下一秒馬上就知道**這裡**是病房。因為我想起在失去意識之前，有聽到救護車的嗚笛聲。一定是有人發現教室中的混亂，打電話通知一一九，所以……

我試著緩緩撐起上半身，但是頭腦還有點昏沉，身體並沒有哪裡不舒服……不，右手的手背到手腕那一帶有悶痛感。仔細一看，發現手上纏著繃帶。是我昏倒的時候擦傷了嗎？左手臂上插著點滴用的注射針頭，只要一動就會出現些許刺痛感。

「你覺得怎麼樣？」

有人這樣問我。剛好有位護士走進病房，看起來是個比小百合伯母年輕幾歲的女子。
「啊……我想我應該沒事。」
我看到她的名牌上寫著「車田」。
「手上的傷口會痛嗎？」
「不會，沒有很痛。」
車田小姐來到病床邊，確認點滴的狀況，然後用哄小孩的聲音說：
「很快就好了，打完點滴我就去請醫生過來。」
這個時候當然不是找老師，而是找醫生。
「那個……這裡是……」
「這裡是市立醫院喔，我們接到聯絡說有多名學生身體不適甚至昏倒。」
「所以大家都送到這裡了嗎？」
「是啊。」
我環視室內。
這是狹窄的單人房，床邊有一張椅子，上面放著我的書包。送醫的時候有人幫我拿過來了嗎？
因為沒看到時鐘，所以我問護士現在幾點。車田小姐告訴我，現在是下午一點四十分。
「其他同學現在在哪裡？」
「症狀較輕的同學都在六樓的大病房休息。昏倒或有受傷的同學則送進空著的單人房，各自接受治療。」
「大家都平安無事吧？」
我忍不住這樣問。
「有沒有人受到危及性命的……」

「沒事，沒有人性命垂危。」
車田小姐溫柔地微笑。
「我聽說教室有一陣惡臭，是這樣嗎？」
她這樣問，但是我完全無法回答。這個時候我不知道該怎麼表達實際的狀況才好——
「啊，點滴打完了。」
車田小姐熟練地拆下點滴。
「那就請你先躺著休息。」
護士離開，留下我一個人在病房的時候，耳邊一直傳來轟隆聲。那是雷鳴嗎？今天明明是晴天……我納悶地望向窗外。
完全看不見藍天，外頭的天色暗到讓人不覺得是白天。
我目瞪口呆，接著覺得毛骨悚然——不知道為什麼，有種不祥的預感。令人緊張的躁動逐漸擴散，身體不斷顫抖。

8

雖然護士交代要躺著休息，但我實在沒辦法一直躺著——
我離開病床，從椅子上的書包裡拿出手機。
有兩通未接來電，都是小百合伯母打來的。一定是學校跟家裡聯絡了吧，所以伯母才擔心地直接打我的手機。
我想著要告訴她我沒事，所以按下通話鍵。然而，不知道是不是收訊狀況有問題，手機只傳來嚴重的雜音，完全打不通……
我把手機塞進褲子的口袋走出病房，我想去上廁所。雖然剛開始有點搖搖晃晃，但這種感覺馬上就消失了——應該已經沒事了吧。

病房號碼是「5」開頭，而且按照走廊上的標示，這裡應該是住院大樓的五樓，而且是小兒科的區域。

我在離自己的病房很遠的地方找到廁所，也解決了排泄問題。雖然我試圖再打一次電話給小百合伯母，但手機還是充滿雜訊，根本沒辦法用——就在我打算乖乖回病房的時候——

「咦？」

我發出狐疑的聲音並停下腳步。

我站在一個和走廊之間沒有用牆壁隔開的談話室外。面積大概有半個教室那麼大，裡面也有幾組桌椅。

角落還有一台大型電視。畫面上顯示轉播美國現況的特別節目，但是聲音被關掉了。那台電視前——

站著一個年幼的小女孩。她背對電視，歪著頭往我這裡看。

「妳好。」

我有點在意，主動向對方打招呼，因為我記得自己見過她。

「妳是希羽妹妹對吧。」

那孩子的名字好像叫做希羽，她是「診所」主治醫師碓冰就讀小學二年級的女兒……不過……

她現在穿著檸檬黃睡衣，不是放學回家的服裝。也就是說——

「妳正在住院嗎？」

我不禁這樣問。

「妳身體不舒服嗎？」

她——希羽無視我的問題。

「我擔心，爸爸。」

小小聲地這樣說。

「呃……」

我不懂她的意思。

「妳說爸爸——」

擔心什麼？在我追問之前，希羽默默轉了個方向，緩緩地走向深處的窗邊。我還是很在意，所以跟在她身後。

這個住院大樓的平面構造非常複雜，我完全不知道自己在哪裡，也不知道希羽靠近的窗戶朝向建築物的哪個位置或方向，但是——

希羽在唯一一扇打開的窗戶前停下腳步。跟在她身後的我，順著她的視線看過去。

外面的天色比我剛才從病房窗戶看到的更暗，甚至讓人覺得將近日落。雖然沒有聽到雷鳴般的轟隆聲，但尖銳的風聲不絕於耳。而且在風聲之中，還參雜著截然不同的噪音。那不是自然界的聲音，而是非常粗暴、嘈雜的……這是某種爆炸聲嗎？是直升機嗎？

希羽直直盯著窗外，什麼都沒說，一動也不動。

「欸，怎麼了？」

我和緩地問她。

「有什麼……」

「風……」

希羽開口了。

「呃，妳說什麼？」

「風……」

她重複說一樣的話，右手往前方伸直。我走到希羽身邊，看著陰暗的天空，再看看她的表情。然後，我恍然大悟地倒抽一口氣。

她雙眼圓睜，黑色的瞳孔和剛才不一樣，變成在深藍色裡面加入幾滴銀色那樣不可思議的顏色——我看起來就像這樣。

——那孩子啊……

我想起以前碓冰醫生曾經描述過自己的女兒，那些話突然浮現在耳邊。

——那孩子啊……從以前就有些與眾不同。

「風，要來了。」希羽說。

她的表情像是被什麼東西附身一樣。毫無抑揚頓挫的聲調，不像是出於她的意志。

風，要來了——風，要來了？

在那之後——

風聲急遽改變，尖銳的聲音瞬間消失——就在我這麼想的時候，風聲彷彿都聚在一起變成一個巨大團塊，發出轟隆轟隆的聲音。

這已經不是什麼預感或焦躁感可以形容，而是瞬間就感覺到恐懼。

室外的光量發生急遽的變化，原本的「陰暗」明顯漸漸變成宛如夜晚般的黑暗。就像不知從何處來的濃烈黑暗，一口氣闖了進來。然後——

風，來了。

伴隨著更加慘烈、宛如巨大的某種生物低吼的聲音。

強烈的風吹進打開的窗戶，直擊站在窗邊的希羽。一聲慘叫，小小的身體被風吹倒，跌在地上。

被強風直擊的我也一樣，雖然沒有被吹倒，但是後退了好幾步，完全站不起來只能單膝跪地。光是這樣還不夠，我必須雙手雙膝著地才能抵抗風力。

此時，在同一個空間裡的其他人（幾名大人和兩、三個小孩）紛紛發出尖叫，桌上的宣傳簡介和一些紙張都雜亂地飛在空中。

我好不容易才撐起身體，一邊避著風一邊朝窗戶前進，因為我心裡想著要關上那扇窗才行。然而——

轟——

有種低沉但是劇烈的聲音在附近響起，有人發出慘叫。我也嚇了一跳，差點喊出聲音。

結果……

轟——

又出現一樣的聲音。

聲音持續不斷。

轟——咚——轟轟……

那是什麼？這次又是什麼？即便在頭腦混亂的時候，我還是產生這個疑惑。

這些聲音都是從眼前這排窗戶外面傳來的，有什麼東西不斷撞向窗戶。就是這個聲音。

我靠近窗戶之後，便知道那究竟是「什麼」了——是鳥。從顏色和大小判斷，應該是鴿子。是被強風吹來的嗎？還是牠們想避開強風？或者是被極端的天候變化嚇到？——無論如何，陷入極端恐慌的鴿群，朝著這個住院大樓窗戶猛衝，所以才會……

猛衝之後，有些鴿子保持貼在窗戶上的姿勢蠕動。有些鴿子用盡力氣墜落。有些鴿子重新振翅飛走……雖然每隻鴿子的狀況不太一樣，但鴿群多少都有受傷流血，被鴿血染紅的窗戶看起來非常驚悚，還有些地方出現裂痕。如果繼續下去，應該會有一部分的玻璃窗無法承受衝擊而碎裂。

啊，外面到底——這座住院大樓周邊現在到底發生什麼事？或者是說接下來要發生什麼事？

都這個時候了，我竟然還想起五月上旬突然下起冰雹那天的事。當時正在上去世的神林老師的自然科學課。葉住放棄扮演「不存在的透明人」，大聲主張自己的存在。彷彿子彈的冰雹打破玻璃，當時有受傷的烏鴉飛進教室。

那時候和現在不一樣，今天沒有下冰雹，也沒有下雨。然而，風勢比當時強多了。外頭再度傳來劇烈的風聲，有一隻鴿子伴隨著強風從窗戶飛進來，有幾名職員發現騷動。在人們交錯的尖叫聲中，鴿子飛到走廊上，然後飛走了。

我看到有一名護士，牽著倒在地上的希羽的手，讓她站起來。

「希羽，妳怎麼了？」

我也聽到護士這樣問。

「妳沒事吧？嚇了一跳對不對？來，我們回房間吧。」

看到小女孩乖乖聽話的樣子，我鬆了一口氣，然後飛也似地逃離窗邊。膝蓋還在顫抖。雖然感覺到室溫突然下降，但也突然覺得有這種感覺的自己，並不是「我」。

啊，總覺得這種感覺……對了……

從一開始被強風衝擊的時候，有一半的「我」就已經從肉體之「內」被吹到肉體之「外」了，所以——

所以我才會開始陷入「覺得自己一定會就這樣死掉……」的胡思亂想之中。

此時，又出現此起彼落的尖叫聲。

樓層的照明燈突然開始不穩定地閃爍，最後通通熄滅。

9

停電只維持了一秒鐘，馬上就復原了，但是照明在那之後仍然持續閃爍。雖然不知道確切的原因，但有可能是因為建築物周邊颳起強風，導致電力系統發生某種故障。

我遠離現場的騷動，來到走廊上。懷抱著有一半的「我」不在自己肉體之「內」而是在肉體之「外」的奇妙感受——

要回病房嗎？還是去六樓的大病房看看大家的狀況呢？

我恍惚地想著，然後沿著走廊前進。

不知道是不是因為可怕的天氣驟變和照明異常，到處都有人從房間衝出來亂竄。我聽到好幾次手機鈴響，還有小孩子的哭聲和尖叫聲，也有大人抓住職員詢問狀況——幾分鐘前還很平靜的午後住院大樓，突然變得非常嘈雜。

或許不只是剛才那裡有鴿子撞擊窗戶，走在走廊上也能感覺到被強烈的風聲包圍，所以有可能是其他地方的窗戶也破掉了——總之，這是異常狀態。應該不是只有這層樓才有問題。現在應該是整棟住院大樓，都面臨嚴峻的情勢。

即便如此——另一半的「我」仍然在思考。

那個叫做希羽的孩子，剛才到底是怎麼回事。

只是單純發現強風要來，在那個時間點告訴我而已嗎？還是說……

她還說了「我擔心，爸爸」。是因為這樣，才讓那個有某種健康問題的孩子擅自離開自己的病房，在那個時間點出現在那裡嗎？不過，她「爸爸」碓冰醫生……

啊，對了。

或許碓冰醫生現在就在這棟住院大樓。有很多國中生被送來醫院，他可能會為了確認病患狀況，從身心醫學科過來支援。

如果是這樣的話，為什麼要說「擔心」？

她在擔心什麼？有什麼好擔心的？那孩子——碓冰希羽到底……

我還是不要回病房，直接去六樓好了，去到那裡或許就能見到碓冰醫生。見到面之後，就能告訴他希羽剛才的狀況。

剛好這裡有樓層分布圖，找到「中央電梯」的標示之後，再掌握和目前位置的相對關係——

走廊上的照明仍然閃爍不定，我盡量克制自己不要走得太快。轉了幾次彎之後，終於看到前方有電梯。然而，兩座電梯都靜止不動。是因為剛才停電的關係嗎？

電梯門廳聚集了好幾個大人，大家都在說「什麼」、「這是怎麼回事」。人們顯得很焦躁、不滿，或者是說不安……

「比良塚同學。」

這個時候，有人叫住我。隔著門廳的對向走廊上，出現我熟悉的穿著一身黑的人影——是千曳先生。

「我聽說你在這層樓的病房，所以過來看看。你怎麼樣？已經復原了嗎？」

「對，沒事了。」

「這樣啊，那就好。」

「六樓的同學們呢？」

「大致冷靜下來了。還有家長擔心到跑來醫院，所以光是應付他們就夠累了。」

「千曳先生知道第三節課的教室裡發生什麼事嗎？」

「我聽稻垣老師說了。好像是聞到惡臭，但實際上並沒有惡臭，有可能是集體歇斯底里或集體恐慌才造成這種現象。來幫學生看診的醫師也持相同意見。」

「——我知道了。」

回想在教室昏倒前發生的一連串事件，我點了點頭。纏著繃帶的右手傷口，微微疼痛。

「大家都沒事，真是太好了。」

「嗯。」千曳先生雖然點頭回應，但還是皺著眉頭說：

「不過，這裡也不平安啊。」

看著天花板上閃爍的照明——

「看樣子……」

「鴿子……」

我繼續說：

「剛才有很多鴿子撞上窗戶，掀起一陣騷動。」

「醫院的窗戶出現鳥擊事件嗎？」

千曳先生的眉頭皺得更緊了。

「之前就有天氣異常的現象。外面風很大，雖然沒有下雨，但這裡——夕見丘的醫院一帶突然像是被暴風雨吞沒一樣。」

因為被「災厄」纏上的三年三班學生送到這裡，導致連醫院都陷入異常嗎？

雖然我覺得不可能，但是考量這個月開始暴走的猛烈「災厄」，現在發生什麼狀況都很正常。想到這裡，我不禁毛骨悚然。

「千曳先生接下來要去哪裡？」

「我打算到樓上去。」

「那我也一起去。」

放在病房裡的書包，等一下再回去拿就好了。

「電梯現在好像不能用，樓梯在這裡。」

在千曳先生的引導下，我們朝六樓走。

10

在上樓的途中，遇到從樓上下來的女學生。是葉住。

「啊。」

她和我們都同時發出這樣的聲音，千曳先生用沉穩的口氣問她：

「怎麼了？」

「那個……我覺得很害怕……」

葉住看著千曳先生回答。

「身體不舒服的狀況已經好轉，所以……」

「不，葉住同學……」

「如果繼續在那個房間和大家待在一起，感覺好像又會發生什麼很可怕的事。剛才電燈突然熄滅、強風吹破窗戶……我覺得太可怕了。」

「外面正在颳大風很危險。」

「我會待在一樓的大廳，這樣比較沒那麼恐怖。」

葉住不打算繼續聽千曳先生嘮叨，直接衝下樓梯。看到她的樣子，我覺得非常危險，不對——我馬上轉念。

現在危險的不只有她。

第三節課的教室裡**面臨崩潰**的學生，包含我在內，精神狀態都非常危險。被送到這裡接受診療，就算治好當下的症狀，大家心裡恐懼也不會就此消失——

來到六樓的走廊，我跟在千曳先生的身後前進。照明和五樓一樣不穩定，而且到處都很嘈雜。

轉了幾個彎之後，千曳先生暫時停下腳步。

「在那裡。」

他指向長長走廊的深處。

「那裡有一個沒人使用的大病房，所以院方……」

千曳先生話說到這裡就中斷。就在這個時候，突然……

襲來一陣異常的衝擊。

衝擊——彷彿用強大的力量破壞某種東西似地發出劇烈聲響，足以讓整棟建築物晃動的劇烈

震動。

地震又來了嗎？我本來這麼想，但是很快就否定這個選項。這不是地震，反而更像上星期四目擊的那起事故，從正在拆除的大樓砸下水泥塊的那個時候……

走廊上的人，有些雙手抱頭蹲在地上。這個劇烈的衝擊，讓人馬上採取這樣的行動。

「什麼？這是怎麼回事？」

千曳先生喃喃地說。

「這就好像是……」

人們開始尖叫，蓋過他的說話聲。慘叫、哭聲，還有怒吼。

「這下糟了。」

千曳先生跑了起來。

我不清楚到底發生什麼事，但是馬上跟在他身後。前進之後看到的慘狀讓人腿軟。天花板上的照明燈罩脫落，各種備品散落一地。還有滿地的碎玻璃。前方的視野非常模糊，是因為有粉塵的關係嗎？我也聞到某種味道，是灰塵的臭味、化學物質般的臭味，還有某種燒焦的臭味……

千曳先生突然停下腳步。

我目瞪口呆。

前方出現哭喊聲和慌忙的腳步聲，從模糊的視線彼端，陸續跑出人影。

那都是穿著夜見北制服的學生。首先是一個男學生，接著有三名女學生，還有一個男學生……

「啊，老師，糟、糟糕了！」

第一名男學生——生物社的森下對著千曳先生大喊。他的臉和頭髮、襯衫、長褲都沾滿泥濘。其他的學生也一樣。

「怎麼了？」

千曳先生問他。

「發生什麼事？」

後面三個女學生推開慢下腳步試圖回答的森下，穿過我和千曳先生的身邊，跌跌撞撞地跑走。「我撐不下去了」、「饒了我吧」、「得逃走才行」、「要趕快逃」……每個人都這樣說。

「直升機突然……」

森下拚命地描述。

「應該是撞進隔壁房間的窗戶，牆壁和天花板都崩塌，連我們所在的病房都……」

直升機？

是直升機嗎？

因為太過驚訝，讓我頓時說不出話。

是被強風捲入，沒辦法操控嗎？不過，直升機竟然偏偏撞上這棟大樓的這層樓，還剛好在班上同學所在的隔壁房間。

「……那架直升機已經撞得七零八落。斷掉的螺旋槳葉片亂跳，那個房間也被破壞得亂七八糟，真的很難以想像，我已經搞不清楚這是怎麼回事了。」

「有人受傷嗎？」

「我想應該有。不過，大家都拚命想著要逃走，不然也不知道怎麼辦……」

在對話的期間，陸續有人逃出來。其中有班上的學生，也有非學生的成人。有人像森下一樣一臉拚命的樣子，也有人因為打擊太大而發愣……不久後……

足以震破耳膜的爆炸聲，搖晃著建築物。嚴重損毀的直升機，燃料著火了嗎？

在模糊的視線彼端，看得見熊熊燃燒的火焰，還有一股熱氣襲來。

「不行，快逃！」

千曳先生大聲命令，我急忙轉換方向。

持續閃爍的照明，此時已經完全熄滅，沒有窗戶的走廊呈現一片黑暗。火災警報器開始動作，警報鈴尖聲作響。

除了原本就待在走廊上的人以外，還有被警報嚇到急忙衝出病房的患者和探病的客人，其中也有醫師和護士。在這樣的狀態下，根本不能期望大家都有秩序地行動——

過沒多久，住院大樓就陷入無法控制的恐慌與渾沌之中。

11

之後我的意識越來越混亂，現實奇妙地化為片段。

我的確心裡想著「得快逃才行」，然後回過頭沿著走廊奔跑，但是驅動身體的只是半個「我」而已。剩下的一半，已經被吹到身體之「外」，我覺自己好像在遠處愣愣地眺望著一直不停轉變的混亂以及在那之中被揉碎的自己。

人們嘴裡喊著什麼，在昏暗的走廊上到處亂竄。雖然發電機開始運作，沒過多久就切換成緊急電源，但能發光的只有少數的緊急照明。壞事接連而來，樓層深處發生火災，煙霧逐漸擴散——

場面越來越混亂，開始出現真正的恐慌。

人們都衝向電梯門廳，但是電梯應該還處於停止運轉的狀態。結果人潮都湧向樓梯，人群之中還有行動不便的住院患者。到底是怎麼回事？——有一個「我」正在遠眺現在的狀況。同時，也有一個「我」壓低上半身以免吸入煙霧，試圖跟著人流逃離現場……

我早就看不見千曳先生的身影。

緊急照明的燈光很微弱又不安穩，視線很差。院內有廣播通知緊急狀況，但因為現場實在太過混亂，所以完全聽不到廣播在說什麼。

就在這樣的狀況之下——

我被爭先恐後前往電梯門廳的人群踢了出來。不知道被誰推了一把，身體失去平衡，又撞到另一個人，更加東倒西歪……最後趴在地上。有人踩過我的背，有人的腳踢到我的手臂、肩膀、側腹……我承受不了在地上翻滾了幾下，試圖逃離人群——

半個「我」一邊翻滾一邊被強烈的恐懼支配。

雖然不願意，但昨晚在電視上看到好幾次的美國恐攻新聞畫面，閃過腦海。飛機撞進大樓爆炸，發生火災而且火勢蔓延，最後大樓崩塌……如此令人大受打擊的光景和現在的狀況交疊。這棟住院大樓會不會也像紐約那棟大樓一樣崩塌呢？因為想像而生的恐懼，任我無法冷靜分析或判斷現況。然而，另一方面——

半個「我」朦朧地想著，一定不是只有自己而已。在現場的所有人，一定也和我有相同的想像，所以才會引起恐慌。所以……

得逃走才行。逃走吧！逃吧！逃吧！趕快逃！——他們（我）非常焦急。如果拖拖拉拉，沒過多久這棟建築物就會崩塌，大家都會死。大家都會死掉。大家都會死掉！

我在地上翻滾，胸口猛烈撞上某處，有一瞬間喘不過氣……導致我暫時失去意識，不過——

……我忍耐著全身上下的痛楚，好不容易撐起身體。

煙霧的味道比剛才更加刺鼻。我急忙低下頭在走廊上奔跑，但這個時候我不知道自己在哪裡，也不清楚方向。

「緊急出口」的標示突然映入眼簾。

雖然那附近沒有看到人影，但我二話不說就朝那裡前進，然後靠在標示底下的灰色鐵門上。雙手握著門把，再加上肩膀推擠的力量打開門——

我倒進門內，此時我又短暫失去意識。

……這是一個很昏暗的空間。

沒有窗戶，天花板上有一盞燈，但是非常微弱而且閃爍不定。藉著燈光，我好不容易才看清屋內有緊急逃生用的階梯往下延伸。

階梯的前方沒有光線，彷彿被地底吞噬一般，但這時候折返到原本的走廊上實在太危險，我不能在這裡停下腳步。

下定決心之後，我開始下樓。

四下無人。

是因為剛好這座樓梯都沒人看到嗎？或者是說，這座樓梯有什麼問題呢？

現在想這些也沒用。總之我只能沿著樓梯往下走，然後逃到建築物外面。

我的心情很焦躁，越往下走光線越少，四周變得越來越暗。我單手扶著水泥牆，一步一步往下走。往下走了一層樓之後，視線已經完全被黑暗覆蓋。

這個時候，我覺得在五樓被「強風」襲擊後造成的意識分裂感漸漸消失。被吹到身體之「外」的半個「我」回到原處，融合為一個完整的自己，但這時候視覺也完全被奪走了——

如同字面所述，這裡一片漆黑。

前後左右，伸手不見五指，當然也看不到腳邊。即便如此，我也只能用雙手雙腳探索，慢慢下樓梯。

不可思議的是外面沒有傳來任何聲音，上面的鐵門隔開煙霧的味道。話雖如此，我也不能在這裡停下腳步……

我在黑暗之中走下樓梯。

越往下走，就越有一種奇妙的感覺。

這裡的確是住院大樓內部，但是不知道為什麼唯獨這個逃生樓梯的黑暗，彷彿在現實世界之外。一階又一階，越往下走我就越覺得自己正在前往一個被封閉在黑暗之中的異界。

不過，這種感覺沒有持續很久。

不知道在我前進多久時，不小心踩空階梯。雖然急忙想要踩回來，但還是沒用……我整個人往下摔倒。

連我自己也不知道是怎麼滾下來、在哪裡停下來的。途中我的頭好像有受到強烈撞擊，但在還來不及感受到疼痛的時候……

我又再度失去意識。

12

「**你再想一下**，阿想。」

我聽到聲音。

「然後，**快想起來**。」

這是……啊，又來了。這個聲音又是赤澤泉美嗎？

是夢嗎？——我張開眼睛看，但仍然只有一片漆黑，沒看到泉美。

「**你再想一下**，阿想。」

只有這個聲音一直重複同一句話。

「然後，**快想起來**。」

一直叫我想，我也想不起來啊——

我手足無措地看著深沉的黑暗。

現在叫我快想起來，我也——

到底要我想起什麼？

到底要怎麼想起來？

我持續看著這片深沉的黑暗。此時，不知道從哪裡照進微光，那道光緩緩地照亮這裡的**東西**。

那是一個巨大的天秤，長桿左右掛著兩個托盤——只有這個東西像是浮現在暗夜之中似的。

「這個問題，我覺得重點應該在於『力量』的平衡……」

這個時候又傳來泉美的聲音。

平衡。「死者」和「不存在的透明人」之間的「平衡」——**這是**要我用天秤視覺化的意思嗎？

就在我這麼想的時候，左手邊的空間出現一道聚光燈般的光線，然後出現一尊人偶。那是個沒有穿著任何衣物的球體關節人偶。雖然不知道性別，但裸露的白皙肌膚看起來很嬌豔，頭上不知道為什麼戴著黑色頭巾。

接著，右手邊的空間也出現光線。這次有兩尊一樣的人偶，頭上都戴著頭巾……有雙看不見的手，在這個時候動了起來。左邊一尊、右邊兩尊人偶各自被拿起來，放在天秤的左右托盤上。

在稍微晃動一陣子之後，天秤停止在水平的狀態。這是——

左邊是「死者」。

右邊是「不存在的透明人」。

是這樣嗎？

今年度混入三年三班的「死者」＝赤澤泉美是左邊的人偶。

為了「對策」而設置的「不存在的透明人」則是右邊的人偶。兩尊人偶中的其中一尊，就是我比良塚想，另一尊則是葉住結香。

「死者」和「不存在的透明人」之間的「力量」，透過這個方式保持「平衡」。這就是四月到五月初持續保持的「平衡」。兩者之間的平衡，阻止了「災厄」的發生。

然而，進入五月之後，過了一個星期的某天，葉住就放棄扮演「不存在的透明人」。

看不見的手動了起來，撤下右側托盤上的一尊人偶。結果，天秤大幅度地往左邊傾倒──「力量」的平衡瓦解，「災厄」開始降臨。首先是神林老師的哥哥去世，接著是繼永橫死，再來是小鳥遊的母親喪生……

泉美在五月底提議「追加對策」，試圖挽回已經瓦解的平衡──

新的一尊人偶出現了。這是代替葉住扮演「第二個不存在的透明人」的牧瀨。看不見的手拿起這尊人偶，放在右側的托盤上──然而，天秤的傾斜狀況沒有改變。

「災厄」沒有停止，六月下旬幸田俊介和敬介兩兄弟和他們的父母都死了。「災厄」一旦降臨，靠後來**追加的**「對策」根本無法阻止──也就是說，平衡一旦瓦解就無法復原。接著──

「對策」就此終止。

看不見的手，把右側托盤裡的兩尊人偶都拿走。只剩下左側還有一尊人偶，天秤當然繼續往左傾斜，「災厄」已經停不下來。然而──

看不見的手又開始動了起來，摘下左側托盤人偶的頭巾，露出頭巾下製作精巧的泉美的臉蛋。

手繼續移動，拿起人偶。用力掐住人偶的身體，然後拉扯四肢，最後人偶被拆得破碎融入黑暗之中。

七月初的那個夜晚。泉美＝「死者」回歸「死亡」消失後，就應該找回平衡才對。然而──

我盯著黑暗中浮現的天秤。

左右兩側的托盤上已經沒有東西了。在什麼都沒有的狀態下，應該會持續保持平衡才對，但是──

九月之後，「相關人士」就陸續喪生。「災厄」已經停不下來。也就是說……
天秤朝左邊傾斜，但是左右側的托盤上都沒有東西。明明沒有東西……究竟為什麼？
為什麼？我一邊自問一邊凝視天秤。
為什麼？為什麼？為什麼？……
——只要你好好扮演「不存在的透明人」就好了。
耳邊突然浮現鳴曾經說過的話，我記得那是四月中的事。
——利用創造一名「不存在的透明人」，把混入一名「死者」的班級人數導正，重新找回平衡，這就是「對策」的意義。所以啊，只要阿想一個人好好扮演角色，還是會有防止「災厄」降臨的效果。
當時鳴說得斬釘截鐵。她當時認為就算葉住放棄扮演「不存在的透明人」也能維持「死者」與「不存在的透明人」的1：1平衡。然而實際上並非如此，因為葉住放棄扮演角色之後，「災厄」就降臨了。
——也就是說，**今年的力量需要兩個人平衡**。
泉美針對這一點，說出自己的見解。
——妳的意思是……只有一個「不存在的透明人」還不夠？
我這樣問。
——不夠，這樣無法取得平衡……沒錯，就是這種感覺。必須增加「不存在的透明人」的力量，否則就無法抵消今年的「死者」之力。
泉美這樣回答，當時我也同意，但是……現在是不是應該重新思考**「今年的力量需要兩個人平衡」**這句話的意思。
為什麼？我一邊自問一邊持續凝視天秤。
為什麼鳴的預測落空了呢？

為什麼**今年的力量會需要兩個人平衡**呢？

為什麼？為什麼？為什麼？……我持續問、持續凝視，後來……

左側的托盤上出現像是從黑暗中滲出的東西——**之前從未出現過的**，一尊全身塗黑的人偶。

……難道是……

我在思考的同時，也打了一個冷顫。

13

「**你再想一下**，阿想。」

不知道從哪裡又傳來泉美的聲音。

「然後，**快想起來**。」

浮現在黑暗中的天秤消失，突然——

……砰咚

腦海裡重現**某個景象**。

位於C號館三樓，三年三班的教室。什麼都沒寫的黑板，整齊排列的課桌椅。學生都在，但是沒有人坐下。這是——

沒錯，這是四月九日，上學期開學典禮後的樣子。

除了我之外，其他學生在神林老師的指示下坐在位子上。教室裡的桌椅剛好容納坐下的學生，數量剛剛好。也就是說，沒有我的座位——**課桌椅少了一組**。

「**你再想一下**，阿想。」

我對重複這麼說的聲音緩緩搖頭。

「然後，**快想起來**。」

……砰咚

當時我覺得**課桌椅少了一組**。每個人都這麼想，所以……不，等一下。啊，怎麼回事？我現在突然覺得……

……砰咚

……有種不對勁的感覺。

有某種不舒服的感覺……

……**真的是這樣嗎？**

當時，課桌椅真的少了一組嗎？

那天，全班都在教室，其中也包含「多出來的人」＝「死者」＝泉美，所以……啊，不對。

不對，這樣不對。我錯了──**不是全班**。從四月開始就住院治療的牧瀨，那天就沒來了。如此一來──

她缺席的話，教室就會多出一組課桌椅。即便增加「死者」＝泉美這個學生，相減之後課桌椅應該剛好足夠才對吧。結果卻……

……究竟是怎麼回事？

為什麼之前都沒有注意到如此不合邏輯的問題呢？

……砰咚

我從剛才就斷斷續續地感覺到，在聽覺範圍外的某處，有某個低沉的聲音。隱隱約約地察覺到這個聲音，同時也覺得非常困惑。

「現象」會引起各種紀錄或記憶的篡改與扭曲，在這樣特殊的「世界」之中，我到底該怎麼思考才好？我該怎麼回想？

「**你再想一下，阿想。**」

泉美的聲音再度出現。

「然後，**快想起來**。」

14

我感受到手機震動，突然清醒過來。踩空階梯跌倒之後，我好像昏倒了，不知道過了多久的時間。

雖然張開眼睛，但周遭仍然一片黑暗。我只知道，自己呈趴姿倒在冰冷又堅硬的地上。

我從長褲口袋中找出手機，看著螢幕上面顯示「來電」。震動還在持續，打來的人是——見崎鳴。

我急忙按下通話鍵，把耳朵貼在手機上。沙沙沙……聲音中參雜著雜訊。

「……阿想？」

我聽到鳴的聲音。

「你沒事吧？」

她知道我們全班被送醫還有醫院現在的慘狀嗎？是透過某種管道獲得資訊，所以打電話來確定我是否平安嗎？

我現在有好幾個問題想問她，不過，現在這個狀況沒辦法慢慢問。即便如此——

「見崎姊。」

我硬擠出聲音。

「見崎姊已經知道了嗎？」

她沒有回應。我繼續說：

「見崎姊為什麼特地去見葉住？」

喀喀喀、沙沙沙沙……嚴重的雜音出現。不知道我說的話鳴有沒有聽到，訊號就斷了。

我嘆了一口氣，視線落在離開耳邊的手機。憑藉手機螢幕的光，周圍的黑暗稍微消退了一點。

我倒在樓梯中段的樓梯間。環視周遭，發現旁邊就有一扇灰色的門，也看到有「3F」的標示。

是不是應該繼續下樓呢？還是……

我想了又想，最後把手伸向那扇門。

15

住院大樓三樓的走廊上，一樣只有閃爍的緊急照明，所以顯得昏暗，在我的視線範圍內空無一人。大家都已經往樓下逃跑了嗎？

我沒聽到火災警報器的鳴笛聲，也沒有煙霧的味道。不過，六樓的緊急狀況應該還沒有解除才對，繼續待在這裡很危險。

膝蓋、手肘、肩膀、背上……都有脹痛感。在樓梯跌倒時撞到頭，所以頭部左側也有點刺痛；右手纏繞的繃帶已經鬆開，手背上的傷裂開滲出鮮血。傷口比我想的還要大，出血量也多。

我獨自一人待在視線的一隅，在令人毛骨悚然的寂靜之中，屏息窺探著周遭的狀況，就在這個時候——

有個灰白色的人影動了一下。

是誰？我只有疑惑一瞬間，下一秒我就懂了。

灰白色……那是夜見北的夏季制服。看上去有短裙飄動的樣子，所以是女學生的制服。

人影背對著我，站在走廊的轉角處。接著，稍微回頭看了一眼。因為周遭昏暗又距離很遠，所以看不清楚長相，不過……

「啊……果然……」

我喃喃地說。

那一定是**她**——是泉美。

不應該存在於這個世界的赤澤泉美的亡靈……不，我現在看到的是幻影。八月，那應該是八月八日吧？我在這間醫院的一樓大廳看到她，追在她身後。現在就像當時那樣。

她消失在轉角處。我跟在後面，在同一個地方轉彎。距離數公尺前方的黑暗之中，我模模糊糊地看到她的背影，小跑步追上去。她再度轉彎，我繼續追。

這樣的過程像惡夢一樣，一直重複上演。無論我再怎麼想追上她，拚命跑步也完全沒有縮短距離，最後終於追丟了……

我根本不知道自己在哪裡，也不知道自己是怎麼跑過來的。和八月那個時候一樣，我覺得自己彷彿在詭譎的異界大迷宮之中迷了路，不久後——

等我回過神來，我站在熟悉的漫長通道中央。

我不想說自己是被泉美的「亡靈」引領。她只不過是我心裡打造的幻影，或許是因為我在無意識之中，不斷尋找和三樓連結的**通道**，最後真的找到了。這樣想應該比較能接受吧。

無論如何——

我知道**這裡**是哪裡。

以前——八月八日那天，我追在泉美的幻影後，結果來到這裡。這裡是……這個通道是……

這間醫院有兩棟建築物，分別是醫療大樓暨住院大樓的「本館」以及設有身心醫學科的「別館」。兩棟建築物之間有聯絡通道，分別位於一樓和三樓，這裡是三樓的通道……

我當然知道前方就是**那間病房**，所以接下來打算往病房走。現在的思緒還很混亂，雖然能看見模糊的輪廓，但是不能確定。即便如此，我還是要……

通道兩側都有窗戶，但是幾乎沒有光線。外頭依然像晚上一樣黑暗，而且照明幾乎全都熄滅了。

狂風還在吹，尖銳的聲音從未中斷，有時候聽起來好像還參雜著無數人的尖叫聲。除了風聲之外，還有雨聲。不知道是什麼時候開始下的，雨勢頗強，雨滴打在屋頂、牆壁、窗戶上。

不過——

這些聲音感覺都離我很遠，這座通道彷彿是個被隔絕在現實之外的異界隧道。

我調整紊亂的呼吸往前走，前進的時候腦海裡浮現一個不是泉美的聲音。

「**你再想一下**，阿想。」

這次是嗚——

「然後，**快想起來**。」

我繼續往前走。前進的時候——

……砰咚

就像被閃光照亮一樣，腦海突然浮現一些場景和畫面。還有自己快速的心跳——啊，這和七月初那個晚上，我追著逃走的泉美時出現的奇妙感覺很像……

……砰咚

……四月二十一日，星期六。

升國三之後，我第一次造訪「診所」的那天。看完診之後，我在前往醫療大樓一樓大廳的出納櫃台途中——

伴隨砰咚一聲低沉的聲響，世界瞬間轉暗。然而，那真的只有一瞬間……之後有些事實就從記憶中被剔除了。

三班好像有個學生，從四月初就因為生病的關係沒來學校——雖然不清楚詳情，但聽說必須住院，短時間內很難來學校上課。那名學生就是牧瀨，不過……

……**這到底是什麼？**

我心裡有一股不對勁的感覺急速膨脹。

當時的記憶，說不定是……

……砰咚

……五月二十七日，星期天。

我想起那天晚上，泉美來到我房間時的一連串對話。

——你還記得三月底的「應變會議」發生什麼事吧？就是討論今年如果是「有事的一年」，要由誰扮演「不存在的透明人」的時候。

聽到這段話，我開始探詢**自己的回憶**。

在討論要由誰擔任「不存在的透明人」時，我自己舉手了。不過在那之後，江藤提出「**這樣**就能解決了嗎？」的意見，所以才會在之後選出「第二個透明人」。後來就用撲克牌抽籤……

——當時用撲克牌抽籤對吧？然後，葉住同學抽到鬼牌，所以決定由她擔任「第二個透明人」……對吧？快想起來，**在那之前發生什麼事**。

泉美像是要望向遠處似地瞇起細長的眼尾。

——在開始抽籤之前，有一個人說「既然如此，就由我來吧」。雖然聲音很小，感覺好像快消失一樣，但是大家都嚇一跳，還問她怎麼突然這樣說……

聽到這裡，兩個多月前那天的場景，就像從黑暗之中現身一樣，在腦海裡擴散開來。當時我想起來，的確是有這一幕。我還記得，得知除了自己以外，竟然還有人願意扮演「不存在的透明人」，讓我嚇了一跳……

結果她的提議沒有被採納，所以按照原本的計畫抽籤。結果是葉住抽到扮演「第二個透明人」……那個時候說「既然如此，就由我來吧」的人，沒錯，就是牧瀨。

我們在「應變會議」上見過一次，但聽到牧瀨這個名字，我竟想不太起來她的長相。我只知道她的身形纖細，沒什麼存在感……

啊……這難道也是嗎？

當時的記憶難道……不對，應該是……

16

我一邊前進一邊回想。

八月八日那天，江藤拿著一束花，站在通道前方的那間病房前。

——我是來探病的。

她這樣說。

——之前是住在本館的住院樓，但聽說換了病房。這裡的構造很複雜，所以我迷路很久才走到。

那間病房熟悉的門就在前面。

就在從本館延伸過來的通道盡頭。別館三樓的病房，據說以前是精神病患使用的病房。她就在那裡面……

——請進。

我想起當時房內傳來她的聲音。當時我覺得這的確是我聽過的聲音……三月的「應變會議」上見過的那個女同學……

——比良塚想同學？你來看我，我很高興。

在爽朗卻透露著虛弱的聲音引導之下，我在江藤之後進入病房——

……砰咚

砰咚——對了，這個時候，從某處傳來又傳來一聲低沉的聲響。同時，「世界」突然變暗，……砰咚

短暫一瞬間又恢復原狀……

我終於抵達病房前。看著暗奶油色的門，我陷入沉思，試圖思考。

她現在是否在病房內？會因為本館的騷動而避難，不在病房裡嗎？——不對。

她在。

雖然沒有確切的根據，但我這麼想。

她在，一定還在這裡。

既然如此，那我……我該怎麼辦？

我在原地站了一會兒。數度閉上眼睛又張開，深呼吸好幾次……然後拿出手機。

——**你再想一下**，阿想。

——然後，**趕快想起來**。

我一直在想，而且應該快想起來了，我漸漸看到核心問題的輪廓了。然而——

我必須確認這個輪廓是真是假，所以……

我用沾滿自己鮮血的右手，拿起手機。

要是鳴在就好了。但是，這根本不可能。雖然不知道剛才她是從哪裡打電話過來，但是平常這個時間，一般來說她應該在高中吧。就算我剛才用電話發出求救的訊號，趕過來應該也是三十分鐘或一小時之後的事了。

「不行。」

我喃喃自語，再度握緊手機。這個時候，我想到了。

打電話給榊原恒一。

如果是他的話，說不定……

我在電話簿裡找出恒一的電話號碼，然後抱著祈禱的心情按下撥號。幸好，此時的收訊狀況不差。鈴響了幾次之後——

「喂，是阿想嗎？」

恒一接起電話了。

「怎麼了？發生什麼事了……」

「對不起，突然打給你。」

我加強語氣說：

「先不要問為什麼，只要回答我的問題就好，拜託你。」

「什麼問題……」

恒一顯得又驚訝又疑惑，這也是理所當然的事。

「我聽見崎說了，你那裡狀況還是不好對嗎？」

「榊原學長，你先回答我的問題，拜託你。」

「嗯？——嗯，我知道了。」

「我要問你三年前的事。」

我強忍著差點就要破音語調，盡量淡然地問：

「三年前——一九九八年四月死去的見崎姊的雙胞胎妹妹，叫什麼名字，榊原學長還記得嗎？想得起來嗎？」

我現在怎麼樣也想不起來。

六月鳴來我房間，跟我聊到自己的「身世」時，我明明就聽她說過。我記得自己有聽她說過——但是，無論我怎麼集中精神搜尋記憶，我都想不起來她的名字。不知道從什麼時候開始，我就想不起來了。雖然不確定，但鳴本人應該也和我一樣。

不過，如果是他的話，說不定會記得。

他長年待在夜見山的「影響範圍外」，又擁有身為「三年前讓死者回歸死亡的人」的特殊性，而且，也擁有「一直記得大家馬上忘記的『那年多出來的人』」的特權。如果是他的話，針對三年前的「現象」和「災厄」，應該會比一般人保持更強烈的記憶——如果是榊原恒一的話。

「見崎鳴原本是藤岡家女兒，她有一個雙胞胎妹妹，那年四月在醫院過世……我記得啊，阿想。」

應該是感受到這裡凝重的氣氛吧。恒一沒有問理由，就回答我了。

「她叫MISAKI。」

「啊……」

「漢字是未來的『未』和意指花開的『咲』，未咲。藤岡未咲。」

「啊……」我把耳朵離開手機，再度嘆了一口氣，看著病房旁的名牌。

上面方方正正地寫著住院患者的姓名。

「牧瀨未咲」——

17

——比良塚想同學？你來看我，我很高興。

腦海內重現八月八日那天下午，我偶遇江藤，在她的邀請下進入這間病房。

無趣的寬敞房間裡，有一張白色的床。躺在床上迎接我們的是她——牧瀨未咲。江藤把探病用的花束，放在窗邊的花瓶架上。不知道是不是因為這裡原本是精神科的病房，窗戶裝有堅固的鐵柵欄讓我印象深刻……應該是說，當時一看到這個鐵柵欄，我就知道這裡是透過聯絡通道相連的別館。

——結果我還是沒幫上什麼忙。

她落寞地這樣說。雖然按照泉美的提議，代替葉住扮演「第二個不存在的透明人」，但沒什麼效果，所以……

不會啦——我當時應該是這樣回答的。

——可是，我真的什麼都……

——不會啦。

我應該重複說了幾次。

——而且已經沒問題了，現在不用再擔心「災厄」了。

——真的嗎？

她的語調高了一些，不過這個時候她仍然躺在床上。

——真的已經不用擔心了嗎？

我站在離病床有點距離的地方，所以沒有看清她的臉。不過——

當時我看到床邊那張桌子的角落，**有個東西閃爍著銀色的亮光**。

那是手機吊飾。她的手機吊飾從桌邊垂下來……我對那個銀色的公仔有印象。那是以沖繩知名的傳說神獸為基底設計的——

和鳴給我的校外教學伴手禮風獅爺吊飾一樣……**當時我有發現這一點**。

我差點喊出聲音，接著悄悄移動到病床邊。

——「災厄」已經停止了。

說完之後，我看著視線朝向我的她——

太驚人了。雖然很憔悴，髮型也不一樣，但**她的長相基本上和鳴非常相像**，就像有血緣的姊妹一樣。

不過，這應該不是我第一次注意到才對……因為三月召開「應變會議」的時候，我就已經見過她了。當時我看到她，也覺得「和鳴好像」——**當時我想起這件事。**

同時想起的，還有在醫院見到好幾次的霧果阿姨。其實那不是霧果阿姨，而是生下鳴的生母美都代阿姨。美都代阿姨原本姓藤岡，但是兩年前離婚，後來又再婚了。再婚後搬到「這附近」，因為這樣從今年春天開始，她就偶爾會和鳴聯絡。

該不會——

美都代阿姨再婚對象的姓氏，該不會就是「牧瀨」吧？所以……這間病房裡的女學生，就是「牧瀨未咲」。因為母親再婚，所以女兒的姓氏從「藤岡」變成「牧瀨」。住家搬到「這附近」，所以國中也轉到夜見北。

因為女兒從四月開始就住院，所以美都代阿姨經常會來醫院探病。她不是為了看醫生來醫院，而是為了看女兒——說不定就是這樣。

鳴除了三年前去世的雙胞胎妹妹之外，還有一個小三歲的妹妹——我有聽說過這件事——這個時候我仍有這樣的印象，而且也能接受。

這位女學生——牧瀨未咲一定就是「比鳴小三歲的妹妹」。她也有鳴給的風獅爺吊飾，這個事實能夠佐證，所以我也就幾乎相信了。不過，我當下沒有和牧瀨本人確認過。第一次造訪病房就問這種問題，總覺得不太恰當。

不過，另一方面，我也以**這個事實**為基礎思考很久。**七月那天的鳴，言行舉止不太自然。**泉美回歸「死亡」消失之後，我仍然對這個問題耿耿於懷。

七月的那天，是七月五日。

大雨持續不斷的黃昏時刻，鳴打電話給我。我一聽到她的聲音，馬上有種強烈的異樣感——那和我以前認識的鳴不同。她平時總是很淡然，不太會把情緒外放，這算是她的基本態度，不過剛才的她完全不是這樣……當時鳴說：

——必須盡快解決才行。我覺得……

然後她問我手邊有沒有「拍到很多班上同學的照片」。我說有入學典禮那天拍的團體照。

——能不能現在就讓我看看那張照片？

她這樣一說，我馬上帶著那張照片去「夜見的黃昏是空洞的藍色眼睛」找她。

鳴當時說話的口吻，有種凝重、走投無路的感覺——我是第一次看到鳴這個樣子。

直到前一天，都沒有任何動靜。在恒一從墨西哥打電話來之後，她好像還在猶豫，不知道該不該使用「人偶之眼」的「力量」，也不知道該不該讓「死者」回歸「死亡」。為什麼隔天就突然……

結果，那天晚上她以「人偶之眼」判定泉美就是「死者」，我們把泉美逼上絕路，讓她就此回歸「死亡」。當時我深信，如此一來，今年的「災厄」就停止了。然而——

在那之後我還是一直很在意。七月的那天，鳴為什麼會突然催促我？為什麼她會這麼焦急？

——為什麼今天晚上這麼急著找我過來？

那天晚上我也直接問鳴，但是她回答我：「——沒有為什麼。」

——沒有為什麼……妳開始覺得焦躁了是嗎？

我繼續追問時，她回答說：「我有不好的預感……」

她到底在隱瞞什麼——當時我有這種感覺，因為她的回答都很不像我認識的鳴。

該不會——

該不會鳴在那天——七月五日那天才知道自己的妹妹牧瀨未咲是夜見北三年三班的學生之一？——她在那之前都不知道。雖然會聽母親美都代提起近況，也會去探望住院中的未咲，但完全沒有提到學校或班級的話題，完全沒有聊過轉學到夜見北和三年三班的特殊情況。

然而，那天鳴終於還是知道了。雖然不清楚過程，但她應該是聽未咲提起的吧。

所以才會這樣，所以鳴才會……之前默默抱持的疑問，**當時的我終於找到可能的解答**。

直到八月中旬看完恐龍電影之後，才有機會確認答案是否正確。我拋下同行的矢木澤，在回家的路上繞去人偶藝廊，在熟悉的地下空間——

我下定決心，對鳴說了這件事。我說出自己眼見的事實和自己的想法，聽鳴解釋，然後核對各種細節……

如我所料，七月的那天，鳴得知比自己小三歲的妹妹牧瀨未咲轉學到夜見北，而且還是今年度的三年三班成員之後，非常吃驚而且不知所措。如此一來，鳴自己也有可能會被捲入今年的「災厄」。她應該也很害怕這一點吧。不過，比起這些，之前一直不知道妹妹未咲和生母美都代全都成了「相關人士」，隨時都有生命危險，這一點更讓她大受打擊。因此，她很慌張。所以那天晚上，才會想著要盡快終結「災厄」，於是打電話給我……

「啊……」

我不知不覺又這樣喊出聲。盯著「牧瀨未咲」的名牌，我伸手打算握住病房的把手。

八月八日來到這間病房時，見到她之後我就**發現**、**回憶**、**理解**了一連串的事實與記憶，全都說得通了。這些其實都是經過「現象」篡改與扭曲的「虛假的現實」——是這樣嗎？真的是這樣嗎？

我的手碰到門把。觸感異常冰冷。我沒有敲門，就逕自把門打開了。

18

病房裡比走廊更昏暗。

照明燈完全熄滅。雖然屋內就像夜晚一樣漆黑，但窗外並不是完全沒有自然光線。藉著自然光，我勉強能看到病房內的狀況。

在一片昏暗中浮現灰白色的病床，還有她躺在病床上的身影。

即便我進入病房，病床上的身影也文風不動。是在睡覺嗎？還是……

醫院現在正經歷一陣大騷動，雖然這裡離本館很遠，但住院中的患者竟然被丟在這裡。這種不自然的狀況，仔細想想還真是毛骨悚然。總覺得是身處這個「世界」之外的某個人，刻意為之的情況……

彷彿在尖叫的風聲、打在地上的雨聲，一樣持續從外面傳來。即便如此，我還是覺得那些聲音離我很遠。穿過異界隧道抵達的這間病房，宛如處於「現實」之上的某種特殊空間。

我朝著病床，悄悄地走了兩、三步。

她仰躺在床上，閉著眼睛。胸口緩緩地上下起伏。應該是在睡覺吧？我——

我接下來該怎麼做……

「阿想。」

此時，我聽到一個聲音。

不是躺在床上的她發出來的。聲音從我的斜後方傳來，因為人站在門後的陰影下，所以我完全沒注意到。

「啊……」

在一片昏暗之中，看到對方的身影，我差點大喊出聲。我非常驚訝，再加上，些許的安心感。

「見崎……姊。」

見崎鳴站在那裡。

身穿高中制服，左眼戴著白色眼罩。

「啊……那個……」

我壓低音量說話。

「妳剛才打給我。」

「嗯。」

「妳是在這裡打的？」

「沒錯。因為我聽到你們班都被送來這裡，所以想說你應該也在這裡，被捲入騷動之中才對。雖然訊號馬上就斷了……不過，你沒事真是太好了。」

「那個……妳不用去避難嗎？」

「這裡離主建築很遠，所以沒關係。」

她一副無所謂的樣子，朝我這裡走來。我問她：

「妳什麼時候來的？」

「很久之前。」

她沒有去上學嗎？還是說，中途蹺課跑出來？

「今天美都代也有來探病，不過她先回去了。」

美都代阿姨回去之後，鳴還留在這間病房，然後……

「你打電話給榊原同學了吧？」

鳴開口說。

「剛才在這間病房前，我都聽到了。我也知道阿想你為什麼會打給他。」

「——是。」

「所以呢？」鳴近距離看著我，繼續追問。

「榊原同學怎麼說？」

「三年前的四月，在這間醫院過世的我的雙胞胎妹妹——**她叫什麼名字？**」

「呃，這個嘛……」

果然，鳴也想不起來啊。

我抱著沉重的心情回答：

「MISAKI……藤岡未咲。榊原學長還記得她的名字。」

聽到我的回答，鳴的表情也沒有明顯的變化。

「這樣啊。」

她緩緩地點頭。

「——果然。」

她彷彿自言自語似地低聲這樣說。

接著，視線朝向沉睡在病床上的牧瀨未咲。

「見崎姊是什麼時候發現的？」我問鳴。

「上星期六，和你聊天的時候，」

鳴淡然地回答。

「當時我說『不知道』是真心的。不過，有件事我很在意……」

鳴的確這樣說過，而且她也表明自己「有種很奇怪、不對勁的感覺」。

「真的像赤澤同學說的一樣，這是『力量』平衡的問題。」

鳴大大地聳肩嘆息，朝病床靠近一步。

「明明七月份已經讓赤澤同學回歸『死亡』，『災厄』還是沒有停止。究竟是為什麼——」

鳴像是在自問自答似地喃喃自語，我接著回答：

「**那是因為還有一名『死者』**對吧。一定是這樣，因為今年的『對策』設定了『兩個不存在的透明人』，**校正平衡的『力量』讓班上出現『第二個死者』**……」

我一邊回答，一邊想像。

「第二個死者」是誰？鳴思考這個問題之後採取的行動，就是去見葉住結香。因為——

七月五日那天晚上，我帶去的班級團體照，鳴已經用「人偶之眼」看過了。然後也指出「死者」就是泉美，但是入學典禮那天拍的照片，其實並沒有全員到齊。**有三個學生不在照片裡。**

三個人之中，一個是扮演「不存在的透明人」的我，另一個人是「第二個不存在的透明人」葉住。還有另一個人，就是因住院而缺席的牧瀨。

鳴很早就用「人偶之眼」確認過我是不是「死者」，所以只剩下葉住和牧瀨兩個人。因此，鳴先去見了葉住。見面之後，鳴用「人偶之眼」確認她是不是「死者」……

鳴就像往常一樣，看穿我的心思。

「葉住同學身上沒有『死亡的顏色』。」

鳴繼續說：

「所以，我想剩下的就只有**這孩子**了。」

她閉上右眼，停了一下。

「雖然我這麼想，但是又覺得不可能……沒辦法馬上下定決心。」

當然，這很正常。

不過……鳴今天還是下定「決心」，抱著某種覺悟獨自來到這裡。

「妳已經確認過了嗎？」

我問她：

「已經用『人偶之眼』確認過了嗎？」

鳴默默點頭，然後緩緩地摘下眼罩。露出「人偶之眼」的「空洞的藍色瞳孔」，映著躺在床上睡覺的牧瀨的身影。

「美都代回去之後……這孩子還沒睡，但我還是確認了。」

「看到『死亡的顏色』了嗎？」

「看到了。現在也看得到，非常清楚。」

「那……」

「即便如此，我還是很猶豫。」

鳴很痛苦但又很平靜地說：

「我一直很猶豫。這孩子真的是『死者』嗎？我根本就沒有小三歲的妹妹嗎？現在我**擁有的**，只是『虛假的記憶』嗎？真的是這樣嗎？……我該怎麼辦？到底該怎麼做？」

鳴留下無法回答，只是愣愣站在原地的我，逕自朝病床走去。

病床前的桌上，有個裝著水果的籃子，那應該是美都代阿姨今天帶過來探病的吧。籃子旁疊著好幾個白色盤子。盤子旁邊有一支水果刀。

「謝謝你，阿想。」

鳴停下腳步，回頭往我這裡看了一眼。

「謝謝你打電話給榊原同學，問出她的名字。」

鳴轉回病床的方向，右手拿起水果刀。我在心裡大喊「不會吧」，但是喉嚨卡住發不出聲音——

「我的妹妹只有一個，三年前去世的另一個我——藤岡未咲。根本沒有小三歲的妹妹。」

我隱約聽到鳴喃喃自語的聲音。

「所以，妳根本不存在。」

鳴用雙手握住水果刀，朝睡在病床上的牧瀨未咲刺過去。我在心裡大喊「不要」。同時，也喊著「讓我來」。我急忙靠過去想要阻止鳴（這個工作就交給我……），但在那之前（我自己）就停下動作——我只能停下來。

因為水果刀已經刺進牧瀨的胸口。

我聽到沉悶的聲響。病床被染黑。被刺的牧瀨張開眼睛，眼神裡有驚訝的神色，但沒有反抗，連呻吟都沒有，就像一個已經失去「生命」的人偶。宛如展示在「夜見的黃昏是空洞的藍色眼睛」藝廊裡的深紅色床板上的少女人偶。

鳴先拔出水果刀，又馬上把沾滿鮮血的刀刃刺向牧瀨的喉嚨。

此時，牧瀨的臉上有一瞬間露出淡淡的微笑，那是我的錯覺嗎？同一個瞬間，她的嘴唇微微顫抖，好像說了什麼似的。然而——

鳴沒有停下動作。接著斬斷牧瀨灰白色的脖子上，維繫短暫生命的血管——她毫不猶豫，完全不留情。

Outroduction

我來說說後來得知的事實吧。

二〇〇一年九月十二日下午，夜見山市立醫院本館的住院大樓發生火災，直到當天日落前都沒有撲滅。因為火災的關係，屋頂和五樓的一部分以及六樓的半數以上面積燒毀，所幸在消防員拚命滅火，還有劇烈的大雨之下，沒有繼續延燒。

至於導致火災的直升機事故，目前還在調查墜毀的原因。那架直升機是位於縣公所Q＊＊市的「星河航空」名下的飛機，事故當天是載某報社前往採訪。推測應該是夜見北連續傳出學生意外死亡或自殺的消息，這次又因為惡臭導致學生集體送醫，所以緊急飛來採訪，但還有很多不清楚的部分。

操控直升機的飛行員和搭乘的記者、攝影師共三人都在墜落時死亡。據說其中一名其實是三年三班的「相關人士」，但現在還不知道詳情，也不能判斷真偽。

直升機墜落的地方是住院大樓六樓的北側。不知道該不該說是不幸中的大幸，直升機的墜落點是當時剛好沒有人的備品室。話雖如此，三年三班的學生待在靠近備品室的大病房裡，其中有兩名因為逃得太慢而喪生。身分確認如下：

●江藤留衣子……女學生，決策小組成員。

●中邑城也……男學生，隸屬足球社。

其他學生和來醫院的幾位家長，有些沒受傷，有些則是受了輕傷。不過，「相關人士」以外的患者和職員，扣除直升機上的三人，總共有四人喪生，二十幾人輕重傷。

我個人很擔心的專科醫師碓冰所幸平安無事。

如我所料，碓冰醫師當天下午為了查看集體送醫的學生趕到六樓，但在引起騷動前就離開現場。擔心爸爸的希羽似乎也快速避難，所以平安無事。

即便如此——

希羽那天奇妙的行為到底是怎麼回事。

碓冰醫師之前曾說女兒「從以前就有些與眾不同」，這和那天的行為有什麼關係嗎？——我想找個機會問問醫生。

當然，也不能略過在那間病房發生的事情。

牧瀨的頸動脈被砍斷，大量鮮血噴濺在鳴和一旁的我身上。病床化為血海，牧瀨很快就斷氣回歸「死亡」。同時，我在那個地方感受到的「異界感」很快就消失。

外頭原本呼嘯的狂風，當時不可思議地突然停止，另一方面嘈雜的雨聲讓現實感倍增，也傳來院內呼籲避難的廣播。

我們先離開病房，往下走到別館的一樓大廳。有幾位職員來引導我們，還告訴我們「本館的火災已經慢慢在控制了」。然而——

鳴和我的臉上、衣服上都是血，卻沒有人提到這件事。

按照我的想像，**他們應該完全看不見這些血吧**。

鳴在這段期間什麼都沒有說，也不打算和我說話。她就像一個沒有「生命」的人偶。

別館三樓的那個病房已經很久沒人使用。當然，也就沒有牧瀨未咲這位住院患者——或許在那個時間點，除了鳴和我之外，所有人都已經對這個「現實」有共識了。

在那個病房裡，當然沒有發現牧瀨的屍體和染血的水果刀、病床。「牧瀨未咲」從四月就住院的事實以及相關的文件、資料全都一起消失了。和牧瀨相關的人的記憶、院方的相關人員、就連母親美都代都不記得她……

同樣的現象當然也發生在學校。

和七月泉美消失時一樣，老師和學生都不記得牧瀨的存在。一切都以「沒有那個學生」的「事實」為前提改變、扭曲。

結果，今年的「現象」比往年更多人犧牲。之前的各種抵抗都是一場空，「災厄」沒有停止也無法阻止，還造成這麼多人犧牲。

「夜見山現象」史上最兇惡的一年。

之後或許會有這樣的傳聞，不過，在這樣的狀況下——

在市立醫院發生慘案三天後，我接到唯一的好消息。

在醫療大樓的重症病房裡徘徊在生死邊緣的矢木澤，火災隔天下午恢復意識。終於脫離命危的狀態，之後復原的狀況也順利到令人驚訝。醫生甚至說「這是奇蹟」。

「最近就能開放探病了，據說也不用擔心會有後遺症，這也算是『奇蹟』。」

千曳先生在電話裡告知的時候，我不禁眼眶含淚。

我猶豫很久之後，才告訴千曳先生那天在病房裡發生的事，也解釋七月「赤澤泉美」消失之後「災厄」仍然沒有停止，是因為出現「第二個死者」。

「所以，接下來就——這次應該就真的不用再害怕『災厄』了。」

我非常確定地說。

「今年的『現象』已經結束了。這次絕對沒錯，不用再擔心了……」

千曳先生看起來非常疲憊，但還是默默聽我說到最後。然後回了一句：「我知道了。」我不知道他相信到什麼程度，但九月結束，十月也沒發生任何事的話，就能證明這是「事實」。

九月三十日，星期天的下午。

右手的傷和身上的挫傷、擦傷大致痊癒，我久違地走在夜見山川邊的那條路上。我中途往下走到河岸，獨自坐在長椅上，度過一段和緩的優閒時光。

清澈的天空和涼爽的風、輕盈飛舞的紅蜻蜓、蟋蟀的叫聲、河面上還有幾隻為了過冬而來的小水鴨……

對岸河堤的一角開滿彼岸花。花朵彷彿吸收了在「災厄」中犧牲的死者鮮血般，呈現危險而鮮豔的大紅色，在秋風中搖曳，我看著彼岸花的模樣——

不禁想起這半年發生的事情，好幾次在不知不覺中反芻腦袋裡整理過很多次的「真相」。

三月的「應變會議」上，當時……

我舉手自願擔任今年的「不存在的透明人」，之後在江藤的提議下選出「第二個不存在的透明人」——**在這之前**，**「牧瀨未咲」都不存在**。在抽籤決定「第二個透明人」之前，牧瀨說「既然如此，就讓我來」的記憶，其實是後來再植入我們腦海裡的「虛假的記憶」……

四月九日，上學期開學典禮那天。

今年度的「多出來的人」＝「死者」，也就是「赤澤泉美」混進班上。**這個時候牧瀨還不存在**，當時我們覺得課桌椅少了一組，其實是正確的。

得知今年是「有事的一年」之後，決定由我和葉住扮演「不存在的透明人」。按照慣例，我們從0號館搬來兩組舊課桌椅。原本的課桌椅並沒有撤走，所以教室裡應該會多出一組……用兩個「不存在的透明人」對付一個「死者」，今年的「對策」奏效，四月沒有發生「災厄」。

然而——

這段期間悄悄發生不可預期的「現象」。因為設定兩個「不存在的透明人」，讓生者和死者之間的「力量」變得不穩定——不平衡。為了修正過度傾向「生者」的平衡，出現了「第二個死者」。「第二個死者」的出現，可以說是**過度的「對策」引來的副作用**。

在「有事的一年」混入三年三班的「多出來的人」＝「死者」，會在過去因「災厄」喪命的人之中隨機挑一個甦醒。不過，他或她甦醒之後，只是普通的「三年三班成員」，「現實」會扭曲到讓大家自然而然地接受。

因此——

無論再怎麼「隨機」，以極端的例子來說，死於過去「災厄」的老人也不會變成「學生」混進班上。「死者」應該會以他或她死去那年的樣貌甦醒。「甦醒」時不會變年輕才對。

「第二個死者」就是三年前的四月死於市立醫院的「藤岡未咲」。

因為母親美都代離婚又再婚，去年搬到夜見北學區內，才會引發這個「現象」，但她出現的地方不在夜見北的教室，而是在三年前她度過生命最後一段時光的市立醫院病房。和三年前死亡時一樣，她以「住院患者」的身分「甦醒」。

四月二十一日。升上國三之後，我第一次去「專科」看診的時候，在前往醫療大樓一樓大廳的聯絡通道上，腦海中浮現這裡有個同學正在住院中的「事實」。那或許就是在我腦海裡植入「有個叫做牧瀨的同學，從四月初就因病請假」這個「虛假的記憶」的瞬間——

「第二個死者」並非一開始就存在。

而是在四月途中——應該是二十日左右，突然出現的。

而且不是出現在教室，而是以例外的形式出現在病房。不過，她仍是三年三班的成員。牧瀨出現之後，大家過去的記憶也跟著改變。在三月的「應變會議」上，決定「第二個透明人」之前，牧瀨說「既然如此，就讓我來」的**記憶**，其實也是她出現之後，才植入我們腦海裡的「虛假的記憶」。就連江藤也有「去年底轉學過來的時候，就已經成為朋友」的「虛假記憶」。

教室的課桌椅數量問題也是，在這個時間點莫名其妙地對上了。從0號館搬過來的「不存在的透明人」專用的兩組舊課桌椅，還有多出來的一組新桌椅。這個時候每個人都認為那是「住院中的牧瀨」的座位。明明仔細想想就會知道細節不合邏輯，卻完全沒有人發現。或許就是有一股「力量」讓人「想發現也發現不了」。

就這樣，今年的「死者」變成兩個人，和兩個「不存在的透明人」之間的「力量」保持平衡。這股平衡在五月葉住放棄扮演「不存在的透明人」時崩毀，「災厄」就此降臨。現在回想起來，再度降臨的「災厄」由泉美提出新「對策」，然後又拜託牧瀨代替葉住扮演「第二個不存在的透明人」，實在是太諷刺了。

五月底的時候，泉美和江藤一起去拜訪住院中的牧瀨。然後，泉美幾天之後在「夜見的黃昏是空洞的藍色眼睛」第一次和鳴見面。我現在才完全了解，當時泉美表現出來的驚訝和困惑代表什麼意思。

泉美看到鳴的時候一定想著：

她和在病房見到的牧瀨很像。為什麼會這麼像呢？所以才會有那樣的反應……

六月過後，進入七月，得知泉美就是「死者」也讓她回歸「死亡」。然而，「赤澤泉美」消失之後，還有「第二個死者」牧瀨未咲。平衡仍然傾向「死亡」，結果九月又連續出現「災厄」……

然而……

「牧瀨未咲」本來是「藤岡未咲」。未咲是鳴的雙胞胎妹妹，直到三年前的四月為止都存在於這個世界。那個未咲甦醒，變成三年三班的一員。為了消除此時產生的落差，讓事情變得符合邏輯，出現「鳴除了雙胞胎之外，還有一個小三歲的妹妹」這個「虛假的事實」，然後把「虛假的記憶」植入大家的心中。

這個時候出現一個小問題。

此時的篡改和扭曲並**沒有消除「鳴的雙胞胎妹妹在三年前死亡的事實」**，所以產生「死去的雙胞胎妹妹」和「小三歲的妹妹」名字都是「未咲」的矛盾。因此，當時——

我問鳴，雙胞胎妹妹叫什麼名字的時候，（現在回想起來，她莫名地沉默很久……）才回答「未咲」。**在那之後**，我們都想不起來那個名字了。怎麼會發生這種像是在糾正錯誤的「現象」呢——不過，我現在都明白了。

…………

…………

……在我沉思的時候，時間意外地過得很快。下午四點二十五分，我發現已經到了這個時間，便急忙起身。

我們約四點半。地點是前面的那座行人專用陸橋——伊薩納橋。

如果趕快過去，應該會剛好趕上吧。

我抵達橋墩的時候，橋上空無一人。我鬆了一口氣邁開步伐的時候——

對面出現人影。是她——見崎鳴。

這個月的十二日之後，我和鳴就沒有見面，也沒聽過她的聲音了。

後來我打電話給她，她也沒有接，寄電子郵件她也沒回，但我又不好直接殺去她在御先町的家……不過，昨天晚上她寄信來了。

「明天下午四點半，我們在夜見山川那座橋見。」

鳴穿著黑色上衣和黑色裙子，就像喪服一樣。太陽西下，景色淡淡罩上一層暗紅色，我們各自前進，在橋中央停下腳步面對面。

「你過得好嗎？」

先說話的是鳴。

「傷都好了嗎？」

「是，都好了。」

「有去上學嗎？」

「從上星期開始就恢復上課了。」

「矢木澤同學得救了對吧。」

「據說是奇蹟。」

「那太好了。」

「——是啊。」

鳴的聲音和口吻，就像我以前認識的她。她雖然幾乎沒有表情，但這也不稀奇。即便如此，我還是很緊張。

「那……妳呢？」

「嗯？」鳴微微地歪著頭，然後又輕輕點頭。

「我已經沒事了。」

說完之後，雙眼緩緩閉上又睜開。她沒有戴眼罩，左眼的瞳孔是略帶咖啡的黑色義眼。

「在那之後，我一直忘不了**那孩子**。不過，我決定不要勉強自己遺忘。」

「那個……我可以問妳一個問題嗎？」

「什麼問題？」

「妳和住院中的牧瀨同學……見面聊天的時候感覺怎麼樣？」

「媽媽——美都代會告訴我她的狀況，我偶爾去看她或者打電話給她。我記得有一次還在醫院碰到你對吧？」

「啊，是。」

在醫院裡看到霧果阿姨（其實是美都代阿姨）之後就被鳴叫住，我還嚇了一跳。我們兩個人一起到醫院的頂樓……

「那也是我去探病之後的事，那天美都代也有一起去。不過，當時我還不知道那孩子就是夜見北三年三班的成員，完全出乎意料……這件事我們暑假的時候聊過了吧。」

「啊，對耶。」

說完之後，我不禁說了句「對不起」。「已經沒事了。」雖然鳴這麼說，但她回想這些事情應該很痛苦才對。

「你不用跟我道歉。」

看到我的反應，鳴這樣說。

「啊……可是……」

「反正再過幾年，就算我不願意也會忘掉。」

之後鳴看著河川的下游，胸口靠近橋上的欄杆。我站在她身邊，雙手扶著欄杆——

我想著該說些什麼才好？

我有很多問題想問。

譬如說，那天——十二日鳴造訪「牧瀨未咲」的病房，美都代阿姨回去後到未咲入睡前的那段時間，她們兩人到底聊了什麼？在漫長的住院生活中，未咲獨自一人，抱著什麼樣的想法度過呢？因水果刀刺進胸口而睜開眼睛的未咲，在臨終前的那一瞬間，到底對鳴說了什麼？……不過，我決定先把這些問題藏在心裡。

那該說什麼好呢？

聊一些更無關緊要、無所謂的事情——我越是這麼想就越說不出話。

啊，對了。十一日晚上，鳴寄給我的那封信呢？矢木澤試圖自殺那天，我回家之後完全沒有心情打開電腦，所以直到十三日才注意到那封信。

「今天是你十五歲生日，生日快樂。」收到這個訊息，我還是很開心。趁機跟她道謝好了……不對，鳴寫這封信的時候，一定就已經……

從橋上俯瞰河流映著夕陽，景色非常美麗。

不過——

不到三個月前，那天晚上，同一座橋下出現洶湧的濁流。而泉美就是在我們現在所處的位置，縱身跳入濁流之中……想到這裡，我還是覺得很心痛。即便如此，就像鳴說的一樣，這些記憶和痛苦總有一天會變淡，不管我願不願意都會消散。

「有個謎團……應該是說有件事讓我很在意。」

我終於還是開口了。鳴回應：「什麼事？」我瞄了一眼她的側臉。

「八月為什麼能平安無事？明明還有『第二個死者』，為什麼八月沒有『災厄』？」

鳴看著河川的水流喃喃地說：

「為什麼啊……」

我把自己想到的可能說出來。

「會不會是一個『死者』消失，所以有一個月的休息時間？」

「也有可能。不過……我不知道。」

鳴不確定地歪著頭。

「這本來就是『超自然的自然現象』，說不定和天氣一樣，其實很反覆無常。」

「反覆無常……」

我話說到嘴邊，又停了下來。鳴也一樣，針對這件事沒有再多說什麼。

「說到這個。」

沉默一段時間之後，這次換鳴開口。

「之前榊原同學有聯絡我，他說十一月的連假會來這裡。」

「榊原學長嗎？」

「他說到時候想要三個人一起見面。」

榊原恒一這次也在關鍵時刻救了我。我非常感謝他，如果能見面，不只要道謝，還有很多問題想問他。

「榊原同學去年和前年的盂蘭盆節都有來夜見山。不過今年沒辦法來，所以才挑下一個連假來。」

「——這樣啊。」

「應該是想要幫重要的人掃墓吧。」

「重要的人嗎？」

我不知道那是誰。不過，我總覺得很羨慕但又淒涼。
重要的人——無論是生者還是死者，我有這種重要的人嗎？
我再度看著鳴的側臉，然後抬頭望向漸漸日落的天空。傾聽著平穩的水流聲，我突然希望這樣的時光可以永遠繼續下去。
「我差不多該回去了。」
不久後，鳴這樣說。
「霧果她啊，最近又有點神經質。」
「因為妳和美都代阿姨之間的關係嗎？」
我問了之後，她完全沒有回答。
「月穗阿姨在那之後還有跟你聯絡嗎？」
鳴突然這樣問。我一邊嘆氣一邊回答。
「她打過幾次電話給我。」
「你們有聊嗎？」
我默默地搖頭。
「你沒接電話嗎？」
我默默地點頭。
「一次也沒接？」
我再度默默點頭之後，鳴說了句「這樣啊」，才露出今天見面後的第一個微笑。
「我覺得照阿想的意思去做就好。」
之後，臨別之際鳴說起一件事：
「對了，我記得之前也說過，阿想，之後我們一起去『湖畔宅邸』吧。」
「咦？」我嚇了一下，沒有正視鳴直直盯著我的眼神。

「暑假去緋波町的時候，我有過去看了一下。宅邸還是像以前一樣，不過……我想早晚會被拆除或者賣掉吧。」

從她的口吻，我聽得出來她是認真的。我悄悄把視線拉回來。鳴直直盯著我看。

「之後……譬如說，明年春天之類的。」

鳴開口說。

「當然要對所有人保密。就我們兩個，偷偷去宅邸探險——怎麼樣？你要去嗎？」

被這樣一問，我不知道該用什麼表情回答，不過……

「阿想已經沒事了對吧？」

鳴接著說出這句話，我默默地點頭。

去看看吧。去那裡，然後跟晃也先生報告一切——我這麼想。

告訴他夜見北的三年三班，今年也碰到很慘的「災厄」。不過，晃也先生，我沒有逃避喔。

我組合雙手的手指，久違地框出一個虛擬的取景器。對著黃昏之中的雲朵，喀嚓一聲按下虛擬快門時。結果——

這個時候，從某處傳來又傳來一聲低沉的聲響。總覺得為風景增添色彩的泛紅黃昏，短短一瞬間就變成黑暗……我焦急地尋找鳴的身影，而她就待在和剛才一樣的地方——就在我身邊。

「再見。」

說完，鳴就背對我。我強忍住追上去的心情，目送在橋上緩緩離開的黑色背影。

斜前方突然吹來一陣風，冷得不像是秋風，讓我渾身顫抖——只是微微顫抖而已。

——完

本作品曾連載於《小說 野性時代》

二〇一四年十一月號～二〇一五年四月號、六月號～九月號、十一月號、十二月號、

二〇一六年二月號～八月號、十月號、十一月號、

二〇一七年一月號～七月號、二〇一八年八月號～二〇二〇年二月號。

出版專書時曾經過刪改、修正。

作品中的人物、團體、事件皆為虛構。（編輯部）

後記

這是自二〇一三年發表《Another Episode S》之後，暌違七年的長篇新作。

在寫完《Another Episode S》之後沒多久，我就有本作品的靈感。我之前就想過要為《Another》再寫其他續集，但我決定延後其他續集先寫這部作品，並從一四年的秋季開始在《小說 野性時代》開始連載。當初預計順利的話，最快兩年、最長三年就可以完結，不過就像平常一樣，我還是把事情想得太簡單了。寫作的過程空前艱難，中間隔了一年沒有連載，結果到連載完結總共花了五年時間。之後，好不容易才把大量的原稿修訂到能夠接受的程度，然後順利發行——

執筆期間，我一直覺得很不安，懷疑自己到底能不能把這部小說寫得有趣或者到底能不能寫完。因為這個故事就某個層面來說，和我過去寫的東西擁有完全不同的架構。再加上，我也已經不年輕了，當然對自己的體力、生命力完全沒有自信。隨著連載的時間延長，我越來越擔心自己如果在作品完成前就倒下怎麼辦（——我是真的這麼想）。因此，現在我只覺得鬆了一口氣。

或許不用我說大家也知道，但接下來我想介紹一下這個故事的時代背景。

《Another》和《Another Episode S》是一九九八年的故事。本作品則是如書名所示，講的是三年後二〇〇一年的故事，作品中出現的手機當然是掀蓋式（所謂的貝殼機）。當時用手機發電子郵件的方式尚未普及，使用有照相功能的手機拍照傳送出去的「圖片郵件」功能，也是在這年夏季才剛剛開始流行的服務。所謂的「郵件」主要是指用電腦傳送的電子郵件，網路線路的比例仍以窄頻較高……當時就是那樣的年代。這二十年之間，產生很多變化。

如果這部作品能讓一部分的人回憶起當年的親身經歷，或者讓完全不知情的人帶著想像造訪二〇〇一年的夜見山，那我會覺得很開心。

二〇二〇年意外的疫情席捲全球，造成歷史性的混亂。在這樣的一年裡，發行「暌違七年的長篇新作」，我想或許也是一種有意義的機緣。

這是一部描述人們在毫無道理的「災厄」之下陸續喪命、既危險又不祥的小說——如果能讓各位暫時忘卻充滿壓力的「現實」，享受虛構的故事，那麼將是我身為作者至高無上的幸福。

如同我一開始提到的，《Another》還有另一個續集的構想（應該會是這個系列的最後一集）。我在本作品中也埋下了幾個伏筆……不過實際上什麼時候才會動筆、寫不寫得出來還不知道。因為我現在身心都有些疲勞，所以想暫時離開夜見山，重振旗鼓之後再另覓良機。

最後是謝詞。

長期陪伴本作品執筆過程的《小說 野性時代》的歷任責編——福島麻衣小姐、中村僚先生、岩橋真實小姐。出版專書時盡心盡力的岩橋小姐與伊知地香織小姐。還有，應該稱呼為本系列的綜合顧問——我長年的盟友．金子亞規子小姐。負責插畫的遠田志帆小姐。負責裝幀的鈴木久美小姐。除此之外還有很多人，以各種不同形式給予幫助——我由衷感謝大家。

綾辻行人

二〇二〇年夏

國家圖書館出版品預行編目資料

Another 2001 / 綾辻行人 著；涂紋凰 譯. -- 初版. -- 臺北市：皇冠, 2021.12 面；公分. -- (皇冠叢書；第4990種)(奇・怪；22)
譯自：Another 2001

ISBN 978-957-33-3821-5 (平裝)

861.57 110018600

皇冠叢書第4990種

奇・怪 22

Another 2001

作　　者—綾辻行人
譯　　者—涂紋凰
發 行 人—平雲
出版發行—皇冠文化出版有限公司
台北市敦化北路120巷50號
電話◎02-27168888
郵撥帳號◎15261516號
皇冠出版社(香港)有限公司
香港銅鑼灣道180號百樂商業中心
19樓1903室
電話◎2529-1778　傳真◎2527-0904
總 編 輯—許婷婷
責任編輯—蔡維鋼
美術設計—嚴昱琳
著作完成日期—2020年
初版一刷日期—2021年12月
初版三刷日期—2022年7月
法律顧問—王惠光律師

讀者服務傳真專線◎02-27150507
電腦編號◎512022
ISBN◎978-957-33-3821-5
Printed in Taiwan
本書特價◎新台幣499元/港幣166元